我が内なる沖縄、そして日本

ある放送人が見つめた昭和・平成史

大濱聡
Ohama So

ボーダーインク

プロローグ

いざ出漁！（石垣島）　撮影：大塚勝久

バガスマ《私のふるさと》 石垣

「本籍において出生父大濵方永届出昭和弐拾参年八月参日受附入籍」「父　大濵方永　母　嘉」「出生　昭和弐拾参年七月弐拾参日」と私の戸籍に記載されている。四男二女の末っ子である。本籍の「沖縄懸八重山郡石垣町字大川百七十七番地」の部分には傍線が引かれ、「石垣市字石垣弐百四拾七番地」と訂正されている。私が生まれる一年前の一九四七（昭和二二）年七月一〇日に市制施行で石垣市になった。私が産声を上げたのは「字石垣」の家である。母の実家だった。父の実家の「字大川」から移り住み、本籍もそこに変更したようだ。父母とも「大濵」姓である。私が物心ついて認識しているのはその住所である。

きょうだいのうち、二女と三男は台湾の高雄市で生まれている。土木技師だった父は戦前に台湾にわたり、終戦まで家族で住んでいた。そのため、沖縄戦での石垣島空襲からは逃れている。従って大濵家の沖縄戦体験は薄い。

沖縄戦体験では、伯母一家六名が最後の疎開船二隻で台湾に向かう途中、尖閣列島近海で米軍の機銃掃射を浴び一隻は沈没、航行不能になったもう一隻に乗船していた一家は（祖母は船中で死亡）魚釣島に漂着。約一か月近く集団生活を続けた後、石垣からの救助隊に救助されている。

戦後、家族は石垣に引き揚げた。戦後三年経って、私が生まれた。

島影追想

島の港は海が浅かったから、客船は直接には桟橋に横づけできなかった。船は一キロくらいの沖合に碇泊して、船客を待っている。人々は、そこまで艀《はしけ》で行った。

この艀というのが恐ろしく小さなポンポン船で、そのうえ、客をギュウギュウづめにしている。今にも沈むのではないかと思われるほど海面すれすれに、人々のスリルを無視して、左右に大きく揺れる。

大正十年に、その島を訪れた柳田國男が『海南小記』に、伝馬船で本船に行く情景を書いている。「端舟は帆ばかりが力で、ただ浅い湾内を右左にまぎって行く」「晴れて水底に日の光のさし込む朝ならば、青白い砂地の所々に、深緑の珊瑚岩が二尋《ひろ》ぐらいまではのぞかれる」

やっと客船までたどり着いたのはいいが、艀から乗り移る時の作業が、また厄介である。見上げるほどの客船にかかった段梯子を伝うのであるが、なかなか容易にはいかない。何しろ海上のこととて、船は波の動きに翻弄されているのだから。タイミングの呼吸が肝心なのだが、婦女子や老人には、いささか難儀ではある。

ぼくが、その恐怖の初体験をしたのは五つか六つの時だったので、今ではほっきりと覚えていないが、子供心にも怖いと感じたのだろう。もう二度とこんな目にあうのはごめんだ、と思ったものである。しかし、公務員だった父の転勤によって（初めての時の理由もそれだったが）、その後、二度も寿命の縮まる思いをしたのである。

最後の体験から七年経て、旅行者として島を訪れた時には、栈橋が沖まで拡張していて、船はじかに港に入ることができた。そして、出船の際には、見送りの幼馴染とテープをひきあって、船出の哀愁をわかちあったものである。と書くと、いかにも情緒があるのだが、実はそれは今だから体裁ぶっているのであって、その時は何しろテープをひきあうというのはぼくには初めての経験だったので、船が動くまでの間、見送人と顔をあわせるのがてれくさくて、哀愁といったようなものではなかったのが実際である。それまでのぼくの念頭にあった船の見送りというものは、艀から本船に無事に着いたらしいところまで見届ける、ということだったのである。

しかし、ぼくは、飛行機と汽車の送別の経験もあるが、それらのあっけなさと冷淡さに比べて、船の別れにつきまとうところの、ずっとお互いが見えなくなるまで見つめあっているうちにこみあげてくる感情というものが、ぼくは好きである。あの汽笛と銅鑼《どら》と「蛍の光」の悲壮でもあり勇壮でもある様と、ひとつ、またひとつとちぎれていくさまざまな色のテープの弱くもあり力強くもあるのが、えも言われぬほど感動的である。

ぼくの記憶の中の島影は、鮮やかな風景画である。遠浅になると、真白い砂浜が沖合まで続く。ぼくらは、南国のカンカン照りの太陽に照らされて、落ち込んでいきそうなくらいの真砂を踏みつけてたわむれる。さまざまな魚類や貝や蟹も、ぼくらの遊び相手だ。栈橋の周辺でも澄んだ海水だった。ぼくらにとっては、泳ぎを練習したプールである。家からわずか五百メートルの距離だったから、学校が終るやいなや、毎日のように直行するのである。

夏の風物詩である「爬竜船競漕《ハーリー》」も、この海岸で行われる。海岸線の防波堤は、見物客で黒山の人だかりとなる。アイス・ボンボンの好きだった少年は、いつもそれを口にくわえながら、ハーリーのたくましさに魅せられていた。

遥か海上から見渡す島の姿というものは、どこもよく似ている。が、その島独特の特徴もある。それは、山の格好によろう。例えば、ぼくが行った所では、利尻富士の利尻島、三原山の大島、諭鶴羽山の淡路島、そして桜島など、それぞれの貌を持っている。その島の山は、オモト岳という。海抜五二六メートルの山だが、沖縄ではいちばん高い。

ぼくは、その山に一度だけ登ったことがある。たかだか五百余メートルの山と侮ることはできない。現在はどうか知らないが、当時は登山道というものがなかった。かてて加えて、山中は波布《ハブ》や蛭の本拠地なのだから。ぼくは富士には二度も登ったが、あの銀座並の前後にぞろぞろと人波の絶えない喧騒には、全くうんざりする。オモト岳はその七分の一の山とはいえ、波布や蛭に神経をとがらせながら林をかきわけ登らなければならない緊張感といったらありゃしない。

頂上から、東シナ海の眩しい青さが眺望できる。

あの山のてっぺんに立ったんだ——島を去る時、ぼくは島の貌にじっと視線を見すえながら、島との別離を惜しんだのだった。「万青年《おもと》は千古の霊山であって、今も尋常の旅人には、ただ遥かに山の姿を仰ぐことを許している」（海南小記）

過日、東京で親戚の結婚式があって、久しぶりに同郷の人々が大勢会したので、ふと生まれ育った島に想いを馳せたのである。聞けば、その後、桟橋周辺は埋め立てられてビルなどが建ち並び、島も急速な発展を遂げつつあるということだ。

ぼくの東京生活も、那覇にいた八年間にやがて迫ろうとしている。本土において故郷を問われると、「沖縄」だけでいい筈のものを、ぼくはなぜか「沖縄の石垣島です」と答えてしまう。

沖縄本島に定住するために、石垣島を出てから（あの艀から本船に乗り移るという恐怖の体験も今や懐かしいものとなっているが）、もう十五年にもなるのだ——。

［ＮＨＫ東京勤務］

（一九七四年『青い海』五月号）

目次

第三章　我が愛しの国際通り　～『沖縄・国際通り物語』の周辺～　254

第四章　青春記　～愚直に一直線～　274

第五章　東京で沖縄を見つめていた頃　～ふるさとは遠きにありて～　288

第六章　書も読み、町へも出よう　～連載コラム、寄稿など～　320

■『月刊情報やいま』〈やいまーる外電〉

■書評

カバー絵　下嶋哲朗

凡例

本書は著者が一〇代半ばから六〇年近い期間に新聞、雑誌、同人誌などに発表した原稿を収録したものです。初出、発表時の所属、肩書などはそれぞれの原稿の末尾に記しています。

我が内なる沖縄、そして日本

ある放送人が見つめた昭和・平成史

26歳、報道局ディレクターになる。1年間、生放送の「ニュース解説」「ニュースの窓」を担当、緊張の連続だった（1973年）

第一章 「NHK」を歩く

～報道・制作の現場から～

私がＮＨＫ（日本放送協会）に就職したのはまったくの偶然からである。

高校三年の夏休みの登校日だった。所属していた放送部に立ち寄った時、部室前の職員室の掲示板に「ＮＨＫ職員募集」の張り紙を見つけたのがきっかけである。それまで琉大を受験するつもりでいたが、高校三年間、「全国高等学校ラジオ作品コンクール」（民放連主催・文部省後援）で脚本を担当し、沖縄地区で上位（一位、二位）の成績を収めていたことで「放送」に興味を持っていた。家族にも相談せず、すぐに受験の申し込みをした。

しかし復帰前の当時、沖縄にはまだＮＨＫはなく、正直なところＮＨＫに対する知識もなかった。連続テレビ小説「おはなはん」や大河ドラマ「源義経」「七時のニュース」などはＣＭ付きで民放で放送されていた。

ＮＨＫが沖縄で採用試験を始めたのは前年からで、大卒、高卒それぞれ一名ずつ採用されていた。二年目の大卒の受験者数は知らないが、高卒は私一人だけだった。運よく私は合格し、前年同様に一名ずつ採用された（入局前に大卒の内定者は辞退）。「就活」のニュースで数十社の会社まわりをしたり、一社も内定が取れず悲嘆にくれる若者のことを見るにつけ、「就活」の経験のない私は申し訳ない気持ちになる。

一九六七（昭和四二）年四月一日、東京内幸町のＮＨＫホールで入局式。中央研修所での研修を経て大卒は地方局、高卒（同期一二五名）はそれぞれの出身地に配属されるが、ＮＨＫのなかった沖縄の私は東京配属になった。

これが四四年間の「ＮＨＫ人生」の始まりとなった。

この年一二月、ＮＨＫ沖縄放送局の前身となる沖縄放送協会（ＯＨＫ）宮古放送局と八重山放送局、翌年一二月、豊見城村に中央放送局が開局する。

詩　青い夏

遠く隔てた南の島　常夏の島
やはり　夏が来た
煤に包まれた味のない　この都会
あの頃　楽しかったふるさとの夏
春夏秋冬
青く澄んだ海と空　あでやかな原色
いっそう　青く青く天まですきとおった夏の空
海原が珊瑚礁に　きらめく
遙か沖合に潮ひく頃　友とつれだって

「ネットワークＮＨＫ」１９６７年８月号

砂浜に足跡を残しつつ歩く　快さ
ひとにぎりのしあわせ
すずかぜに　さそわれて
ドッ　ドッ　ドッ
水しぶきに　ぬれて
冷やかな　キャンディがとろけたような
なあんて　真っ黒い肌
水平線が燃えて　激しかったきょうの夏は　ようやく　おわった
ふるさとの夏　幼い日々の絵日記
おふくろの乳房のあたたかさ――

（一九六七年『ネットワークＮＨＫ』八月号）

ＮＨＫの社内報にあたる月刊『ネットワークＮＨＫ』に掲載された詩。毎号、裏表紙前に職員の文芸作品を紹介するコーナーがあった。なぜ編集部から私に依頼があったかわからないが、沖縄出身ということが注目されたか、文章を書くのが好きだという情報がいっていたのか、どっちかだろうと想像した。編集後記には、「今月の詩人。国際局は編成部に配属されたばかりの新人、大浜聡さんです。故郷沖縄の夏をうたっていただきました」と記されている。

7・30キャンペーン　具志堅撮影記

三カ月ぶりの対面だった。彼とは、三回目のつきあいである。去年の十二月、本土で活躍する沖縄出身者にインタビューした「ふるさとへのメッセージ」という番組（今年一月放送）の取材で、四度目の防衛戦に備えてキャンプ中の千葉県館山に訪ねたのが最初だった。二回目は、五度目の防衛戦のため、故郷沖縄の奥間ビーチでキャンプをはった今年三月。彼、具志堅用高は、いつも同じ雰囲気を持った気さくな好青年である。

今回は、NHK沖縄局が行っている7・30キャンペーンの一環の「ステブレ」（言わばNHKのCM）撮影が目的。「7・30と交通安全のPRを、ぜひ県民のアイドル具志堅に呼びかけてもらいたい」との要望に、彼と協栄ジムは多忙なスケジュールの一日をさいて、全面的に協力してくれた。

六月十五日、梅雨に入ったばかりの東京が、珍しく青空をのぞかせた快晴のロケ日和。まずは、代々木駅近くの協栄ジムでの撮影。約束の十一時前には、彼はすでに準備して待っていた。スターぶらない彼は、飯田橋の自宅から電車で通っている。五度目の防衛を果たした後、ごほうびに二週間のハワイ旅行をして来た彼は、真っ黒に焼けていた。練習好きの彼は、早くもバケーション気分を捨てて十二日からトレーニングに入ったばかりだった。ジムの玄関を入ってすぐの受け付けのカウンターには「具志堅用高様」と書かれたファンレターが数枚、束になっていた。

最初、沖縄から持参した7・30シャツを着てもらっての撮影だったが、だいぶ気に入った様子。三十秒という短いステブレ（ステーションブレイク。番組と番組の間に流すスポットCM）なのでタイミングをピシャリと決めるのが難しい。彼自身の動作が早かったり、カメラの動きが早すぎたり、セリフをとちったり、途中で電話のベルが入ったりで、N・Gの連続。毎朝、欠かさない六時からのトレーニングの疲れ（普段は終わってから二、三時間寝るという）と、こうこうたるライトの熱で、さすがのチャンピオンも、いささか精彩を欠く。それでも、こちらの注文どおり何度もやり直してくれる。

「NHK沖縄730キャンペーン」（1978年6月～7月）

一時間余で終了。近くの喫茶店で昼食をとる。彼は店の人にも気軽に声をかけるし、お客さんにも顔なじみが多いらしく、例の口調で盛んに話し合っていた。

午後二時、再開。ジム近くの小学校に頼んで三年生八人を動員、子どもたちと彼が横断歩道を渡るシーンを撮る。テレ屋の彼は、子どもたちと手をあげて横断する演技には大いにテレた。また、すぐ腕を組む癖があるので、子どもたちと信号待ちをしている時の姿勢としては余りよくないのではないかと注意したら、「普通、立つ時はこんなポーズだよ」と返ってきた。「癖はわかるけれども、この際は」と説明したら、了承してくれた。しかし、撮影の時は夢中になって気づかなかったのだが、沖縄に戻ってできあがったフィルムを見ると、彼はやはりテレくさそうに腕を組んで立っている。

撮影が終わってから「このシーンは子どもには効果があるねえ」と自ら納得した彼は、わざわざマネージャーに頼んで、ジムから似顔絵入りの鉛筆を持ってこさせ、子どもたちひとりひとりに配った。東京では放送が見られないとガッカリしていた子どもたちだが、天下のチャンピオンとの共演には終始はしゃぎっぱなしだった。道行く人たちも具志堅と知るや、サインを求めたり握手を求めたりして立ち止まる。

最後に、渋谷に出て車の洪水の横を走るシーンを撮る。結局、ロケは炎天下で二時間続いた。毎日、四時からジムで練習する彼は、ロケ終了後、そのまま代々木のジムまでランニングして帰ると言い出して、われわれを慌てさせた。炎天下でいろいろやってもらって恐縮していたので、コンディションをくずしてはと説得して車に乗せて送った。

「ふるさとへのメッセージ」でインタビューに答えた彼が、「自分のためでもあるし、沖縄のみんなのためにファイトしていると思う。タイトルに勝って、郷土に帰るといううれしさがある。飛行場に着いた瞬間、いちばんうれしい」と言った言葉を、私は忘れることができない。

われらが〝カンムリワシ〟がふるさとの人々に呼びかけた7・30ステブレは、六月二三日からオン・エアされている。

［NHKディレクター］

（一九七八年七月九日『琉球新報』）

全琉婦人芸能大会

歌と踊りの島・沖縄――沖縄人《ウチナーンチュ》の芸能好きは、つとに名高い。宴席では三線《サンシン》をつま弾き、民謡を口ずさむ。四〇〇年の歴史を持つ琉球舞踊は、沖縄女性の習い事のひとつである。また、それぞれの地域では、古くから伝わる民俗芸能が根強く継承されている。

そんな沖縄の土壌の中から、「全琉婦人芸能大会」という番組が誕生した。（全琉《ぜんりゅう》というのは復帰前の名残りで全県という意味）

昨年二月、第一回大会を行い、スペシャル番組（木曜・夜七時三〇分）として、八〇分にわたって放送した。第二回の今年は一月十四日に実施したが、一五〇〇人収容の会場は立見まで出る盛況ぶりであった。

この催しは、沖縄県婦人連合会（地婦連傘下の組織で会員六万人）との共催である。

この番組が生まれた裏には、沖縄営業部の地道な活動がある。何しろ沖縄では、民放がＮＨＫより八年も前に発足していたこともあって、ＮＨＫに対する理解はまだ足りない。加えて反ヤマト（中央）感情も強く、郷土物に対する愛着が人一倍強い。そこで営業部が考えたのが、まずサイフを握っている奥さん方にＮＨＫを理解してもらおうという「溶け込み活動」なる作戦であった。

手始めは昭和五十二年、那覇市と沖縄市が毎年行っている婦人会の演芸の催しを、営業技術の職員が１／２インチのカセットに収め、巡回して見せたりした。二年目からＰＤ（プログラムディレクター）・調整技術が担当、中継車も出て三Ｐカメラでカセットに収録した。その間、婦人会からは放送にも出して欲しいという要望が相次いだが、果たして番組として成立するか不安要素もあって、実現には至らなかった。

そして、四年目の昨年、各部の代表者が集まって局内のさまざまな問題を話し合う「ゆんたく会」（沖縄方言で雑談・世間話）で討議を重ねた結果、番組として取り組もう、各地区の代表的芸能を一堂に集めて全県的な催し物にしようと構想が広がった。

案ずより産むが易し。出演者総数一〇〇余人、芸達者な婦人たちの熱演に会場はわいた。放送の結果も大変好評で、旧盆には再放送もした。ＮＨＫには、私たちの婦人会も出して欲しいという声が数多く寄せられ、今年は、地元紙にも写真入りで報じられた。沖婦連にも称賛や激励の電話が殺到したという。放送を収録したカセットは、南米移民地の琉舞研究所にも送られた。

また、芸能大会の記事を地婦連の全国誌に掲載したところ、幹部や他県の婦人会に羨ましがられたという。

しかし、こういう催しは沖縄だからできた、というのがスタッフと沖婦連のひそかな自負である。なぜなら、無数にある芸能と、それに親しむ婦人層の多さは、他県をはるかに圧倒しているからである。

初めて番組化する時の企画書には「婦人たちの熱演ぶりを放送することによって、ＮＨＫと婦人の結びつきを高め理解促進を図る。あわせて郷土芸能の向上と育成に寄与し、ＮＨＫ沖縄局の目玉番組のひとつにしたい」とある。どうやらこれが実現しつつあるように思える。

［沖縄・放送部ディレクター］
（『ネットワークＮＨＫ』一九八一年三月号）

沖縄・もうひとつの終戦

一九八二（昭和五七）年八月一四日、終戦記念日の前日にＮＨＫラジオ第一でドキュメンタリー「沖縄・もうひとつの終戦」（四〇分）を制作、放送した。三四歳の時の作品である。放送を基に再構成した。（数字は当時の取材を基にしている）

冒頭、男と女の証言で番組が始まる。

男「一〇月末か一一月、山から下りた。負けているとは思わなかった」

女「久米島では、八月一五日以後も住民が日本軍に虐殺された事件があった」

日本が経験した、ただ一度の大勢の住民を巻き込んだ国内地上戦の戦場となった沖縄。六月二三日――沖縄では「慰霊の日」として、戦没者の霊を弔う。

昭和二〇年六月二三日、沖縄守備軍司令官・牛島満中将が自決。日本軍の組織的戦闘が終わったことから、この日を沖縄戦終了の日としている。しかし、実際には、それ以後二か月間、一般住民は戦《いくさ》に巻き込まれていた。これは、沖縄戦終了後の「もうひとつの終戦」を体験した人々の証言記録である。

「ありったけの地獄を一か所にまとめたような戦闘」――とアメリカ軍の戦史でさえ記したほど、凄絶をきわめた沖縄戦。沖縄に配備された日本軍約一二万、アメリカ軍約五四万。四月一日のアメリカ軍の沖縄本島上陸から二か月余――。日本軍は玉砕寸前にあった。六月一九日、牛島司令官は最後の命令を出した。

当時、二一歳、沖縄師範学校生・仲真良盛《よしもり》さんは、学友二人とともに司令官の命令を受けた。

「一九日午後七時、摩文仁の参謀本部に集合。『国のため命をながらえて、地下工作に一生懸命やってもらいたい。日本本土に上陸する米軍に打撃を与え、ながらえてくれ』ということだった」

牛島司令官がアメリカ軍の三度にわたる降伏勧告文を拒否し、各部隊に出した最後の命令。

「爾今各部隊は各局地における生存者中の上級者これを指揮し、最後まで敢闘し、悠久の大義に生くべし」

最後の命令を出してから四日後の六月二三日未明、牛島司令官、長参謀長自決。

当時一六歳、渡久山朝章《ちょうしょう》さんは戦いの状況を知らないまま、まだ砲弾の飛び交う戦場をさまよっていた。

「島の果て、岩の根っこに隠れて最後までやったのは戦前の学校で培われた〝大和魂〟とか〝皇国の学徒〟とか〝死して虜囚の辱めを受けるなかれ〟というのがあった。お前らは生き延びて部隊を再編成して国のために頑張れとか、悠久の大義に生きよとか言っておきながら、自らは腹をかっ切るのは無責任」

仲真さんや渡久山さんが在籍していた沖縄師範学校生三八六人は、アメリカ軍の沖縄上陸を前に「鉄血勤皇隊」という名で沖縄守備軍に配属された。そして、実に半数を超える二二六人が戦死した。

生き残った人々の多くは戦後、教職の道を歩んだ。大学教授の大田昌秀さんは当時二〇歳。この八月、自らの戦争体験と研究をまとめた『総史　沖縄戦』を出版した。

「六月二三日は本来、司令官が自決した日。教科書にも終戦と書いてあるが、大きな疑問だ。組織的な戦闘はできないが、その時点で戦闘がやんだわけではない。それ以降に二〇人の住民が殺害された久米島事件もなかったことになる」

大田さんはそのなかで、六月二三日終戦説を否定し、日米両軍が正式に降伏文書に調印した九月七日説を主張している。大田さんが投降したのは九月二三日だった。三七年前、いたずらに戦場に放置されて生死の境をさまよった思いを、決して忘れることができないという。

小学校長の渡久山さんは、「慰霊の日」には毎年、子どもたちに戦争体験を話して聞かせている。

「終焼香《ウワイスーコー》、霊魂《マブイ》分かしは三三年経ってもない。形の上で八・一五、六・二三はあるが、終戦は生涯あるかなと思う。未だに級友のことが思い出されて、沖縄戦の十字架を負っているような思いだ」

三三回忌のことを、沖縄では「終わりの焼香」と書いて終焼香《ウワイスーコー》と呼ぶ。つまり、最後の法要のことである。それによって、霊魂《マブイ》分かし――死んだ者と、この世にある者との魂の交わりは切れる。

沖縄戦で犠牲になった人々の終焼香からすでに五年――しかし、生きている者は、未だに死者との交わりを絶つことができないでいる。

ここにも、終焼香を終えることができない人々がいる。この人々こそ、日本軍玉砕後に重要な任務を背負わされていた部隊である。

「〝運命かけたる沖縄島に／我等召されて郷土の戦士／驕れる米英撃ちてしやまん〟。これは『護郷隊』の歌で、中野学校の替え歌。郷土を護るのはこの俺たちで護るんだと。教育に一生懸命励んだ」

と語る宮城清正さんは当時一九歳。宮城さんのような徴兵前の少年たちを集めて、昭和一九年一〇月、「護郷隊《ごきょうたい》」というのが組織された。「護郷隊」というのは防諜上の名称で、正式には「遊撃隊」といった。一般住民にも秘密にされた〝姿なきゲリラ隊〟であった。隊長は陸軍中野学校から村上治夫中尉が派遣された。当時、二三歳の青年将校であった。

大阪・池田市に住む村上さんを訪ねた。

「高砂族を使って第一遊撃隊、現地住民を使った第二をフィリピンで、おのおの成功。本土決戦をひかえて戦力にならない者まで戦力にしようということで、テストとして自分がやってみた。

護郷隊としたのは秘匿名にもなるし、郷土を護るという精神的支柱にもなるから。軍人の教えをしていない者には、まず愛郷心からやるのがいちばん」

ニューギニアとフィリピンに続いて、沖縄では第一、第二護郷隊が組織され、一五歳から一八歳までの少年たち、およそ千人が集められた。村上さんは第一護郷隊を指揮した。翌二〇年に組織された鉄血勤皇隊やひめゆり部隊は、この護郷隊が手本になったといわれる。

　宮城さんたちは、夜間の斬り込みや爆破など敵の後方攪乱に当たった。

「沖縄で負けても、本土では決戦するんだと思った。いつかはまた集まってやるんだ、本土と呼応してやるという気持ちだった」

　東恩納《ひがしおんな》寛貞《かんてい》さんは当時一六歳。最年少の隊員であった。

「呼び出しがあればいつでも出たいという考え方で長らく銃も隠していた。死ぬべきだという考え方だったので、逆襲でもあればいつでも参加するつもりだった。親とも長らく会っていない」

　日本軍の玉砕後、護郷隊の面々は北部の山中に身を潜めて反撃の機会をうかがっていた。村上隊長は七月七日を期して全員決死の〝不帰還攻撃〟を計画した。しかし、それに対して地元出身の照屋規吉《ききち》は攻撃中止を訴えた。

「大本営からの指示もあるし、生き残って後方攪乱をせよと。あれだけの若い人たちを殺したくなかった。護郷隊の終戦は、七月の不帰還攻撃を中止した時。決行していたらみじめだったろう。優秀な武器の前に全員死んだ。純粋な青年たちで、言われれば死んだ連中だから」

　第一護郷隊の戦死者九一名。或いは、全員死んでいたかもしれない。「少年護郷隊之碑」と刻まれた碑《いしぶみ》は、北部名護市の小高い丘に建立され、のどかなふるさとの山河を見下ろしている。「生きて虜囚の辱めを受けず」――戦陣訓を守り通した村上隊長は、最も遅く翌年の一月に投降した。

「防衛召集の法律を有効に最高に使ったといってよい。日本国内でこれだけやれたか疑問。沖縄の県民性はものすごく純情。内地だったら逃げるのに忙しかったろう。沖縄はそんなことなかった。逃げる所ないもん」

六月下旬から七月にかけて、アメリカ軍は連日のように壕に立てこもった日本軍の掃討戦を展開していた。

当時二二歳の小橋川朝二さんは捕虜になって以来、英語ができることからアメリカ軍と一緒になって投降勧告にまわっていた。

「手榴弾を投げられたり、発砲されるから危険。私がやったのは、ヤマトンチュに対する怨念があった。スパイ容疑でやられたり、壕から追い出されたり、県民を戦争に引きずり込んで協力させて、『お前らがいたから負けた』『スパイがいたから負けた』と。助けてやろうというよりは、つかまえてやろうという意識が強かった」

沖縄戦の最終段階では、住民と日本兵のトラブルが多く発生している。避難壕からの住民追い出し、自決の強要、スパイ容疑による住民殺害などの例がいたるところでみられる。

玉城村糸数の壕では八月に入ってからも、日本兵数人と百人近い住民が籠城し、誰も外からの投降勧告に応じようとしなかった。当時、壕にいた地元の住民の証言である。

男性Aさん「投降勧告にきても、だまされてはいけない、出ていくのを見たら殺すから出ることはできなかった。相手は軍曹だし、戦前の軍隊は言うことを聞かないと国賊扱いされた。人間の生活ではなかった」

当時、早い時期に捕虜になった者や、投降勧告に来たものはスパイ扱いされた。この壕でも、入口に近づいた三人の住民が射殺されている。

女性Bさん「敗残兵が来て、今にも友軍が来ると言っていたので信じていた。若い人はアメリカ人にあれされると、老人、子どもは海に沈められるというデマがあった。入口で二、三人死んだと聞いた。身を守るために撃ったのかもしれない」

男性Cさん「出て行った時に誰か撃たれたことを知った。長い間、壕にいたので外の様子がわからなかった。視力も衰えて、人間か岩かわからないくらい白っぽく同じ色に見えた。我々のために殺されたことを考えると、あの当時の教育が我々の頭を狂わせていたとしか思えない」

玉城村糸数の例は、住民と日本兵が同居していた所では、どこでも起こりうる事件であった。当時、住民たちはスパイでないことの証として軍民一体の戦闘協力をすすめたという。

結局、糸数の住民たちが壕から出たのは八月二二日のことである。掃討戦による住民、日本兵の犠牲者およそ八千人。

沖縄守備軍の玉砕から二か月近い八月一五日、日本は全面降伏した。しかし、離島の久米島では八月一五日を過ぎてからも、悲惨な事件が起きている。二〇日、一家七人がスパイ容疑で日本兵に殺された。当時、小学校教員の上江洲トシさんは一〇歳になる教え子を失った。

「玉音放送を聞いて、口惜しさよりもホッとした。日本軍が次々に住民を虐殺するのを見るにつけ、ホッとした。久米島では米軍に殺されたのは四人、日本軍には二〇人。いつ自分の身にふりかかってくるかわからないので、ビクビクしていた」

久米島は那覇の西方およそ九〇キロにある島である。アメリカ軍は六月二六日に上陸した。翌日、住民ひとりが日本兵に殺害されたのを始めとして、二〇人がいずれもスパイ容疑で殺されている。上江洲さんは、

「彼たちがいちばん恐れたのは、民心が日本軍から離れていくことだった。アメリカ軍と一緒になって、自分たちが孤立しないか、こういうことが怖いために九人を殺した。スパイ行為をしたり、アメリカと仲良くするとこうなる、という見せしめだったと思う。一般住民はアメリカにつこうとは思わなかった。その時は、日本が負けるとは考えなかった。そのうち助けに来ると思っていた」

戦争はさまざまな形で犠牲者を生む。戦火が静まってから、実に多数の死者を出した出来事があった。激戦地の南部の住民が送り込まれた北部の難民収容所では、マラリアが猛威をふるった。

玉城村から行った仲村常栄《じょうえい》さんは父親を失った。

「私たちが行った所は一四、五軒の民家のある谷底で、そこに二五〇〇人入っていた。問題はマラリアで、次々人が亡くなっていった。かかったら最後、ほとんどが亡くなっている。二五〇〇

人のうち、五〇〇から六〇〇人は亡くなった」

当時、山原《やんばる》と呼ばれる北部には中南部からの疎開者を含め、沖縄本島の人口の約七〇%が集中していた。南部の住民は実家に帰ることが許された一二月までの間、マラリアに苦しめられた。

佐敷村の平田貴美さんは父親を失った。

「一日に四、五人以上、亡くなったのでは。山原に行かなければ、こっちにいたら亡くなることはなかった。どうして山原に行かしたのかと思う。八月になってからも。戦争の犠牲者だと思う。戦いもしないのに亡くなるはずがなかった」

北部でのマラリアによる死亡者は、今でもまだ正確にはつかめていない。一万とも二万ともいわれるその数は、沖縄戦における犠牲者一二万二千人には数えられていない。

昭和二〇年九月七日、嘉手納の空に戦闘機が飛び、地上では戦車が集合した。そして、南西諸島の日本軍代表とアメリカ軍代表で、降伏文書の調印式が行われた。

人々は、戦後の新しい生活へ歩み出していた。

――ところが、激戦地のひとつ伊江島でその後、二年近くも日本軍の応援を待っていた人がいた。当時二七歳、現地召集の陸軍歩兵、佐次田秀順さんである。

「敗戦、終戦を信じなかった。いつかまた連合艦隊が来ると思った。戦前から私たちは、日本は神の国で、最後は神風が吹いて逆転すると教えられた。日本軍服と日の丸旗はビニール袋に入れて隠してあった。日本軍が来たら着けて出るつもりだった」

沖縄戦に巻き込まれ、戦闘協力をしていった住民の典型的な姿を、佐次田さんに見ることができる。ガジュマルの木の上に隠れて生活していた佐次田さんが出てきたのは、昭和二二年三月のことである。

番組は最後に三人の話が続く。

佐次田秀順「精神的に終戦になった気持ちは今でもない。というのは、沖縄戦が始まって以来、アメリカ軍が沖縄を引き揚げたのはかつて未だにないのだから」

上江洲トシ「次々に日本軍に住民が虐殺されていったこと、あれは生きている間忘れない。自衛隊が入ってきた時、『あなたたちを守りに来ました』と言ったあの言葉、戦前の日本軍と同じ。戦争は絶対イヤ。そのために今の基地は全部、撤去してもらいたい」

大田昌秀「私たちには学友や先生が死んで、『生かされた』という気持ちがある。私の人生のすべてが戦争と関わっている。前半生は戦争に巻き込まれた者として、後半生は戦争を考える者として。戦争を考えないようにしても、それは関わってこざるを得ない」

今年、沖縄は復帰一〇年を迎えた。

戦後三七年の夏——。それぞれにとっての「もうひとつの終戦」にこだわりを持ちながら、人々は沖縄を見つめ続けている。

（一九八二年八月一四日・NHKラジオ第一）

秘祭イザイホー

イザイホーは一二年毎の午年に、久高島の三〇歳以上の女性が神女になるための儀式で、五日間にわたって行われる。民俗学的にも貴重な秘祭を求めて、県内外から研究者、マスコミ、一般の見学者が大挙押し寄せてくる。人口約三〇〇人の島が千人以上にふくれあがった。島には民宿が二、三軒しかないため、それらの人々のために小中学校の校庭が開放された。たちまちテント村が立ち並んだ。私たちスタッフは事前取材の段階で目星をつけていた空き家を借り、寝袋での寝泊まりになった。

番組ディレクターの私には、前回（一九六六年）のモノクロフィルムの資料映像が唯一頼みの綱だった。放送・技術スタッフは、局に保存されていた映像を繰り返し見て事前学習を重ねた。取材時（一九七八年）はカラーフィルムになっていたが、まだＥＮＧカメラ（ビデオカメラ）は導入されていない。番組はビデオ構成のため、中継車車載のビデオで収録するしかなかった。しかし、フェリーは就航していないので、機材を小分けにして運んだ。島内での撮影はリヤカーに積んでの移動である。

三日目、「花さし遊び」（ナンチュと呼ばれる八人の女性たちが神女として認められる儀式）が行われた。洗礼の後、ナンチュは二人のノロを含めた先輩の神女たちと円陣を組んで踊る。初日の「夕神遊

NHK教育テレビ「イザイホー〜沖縄の神女たち〜」より（1979年 1月放送）

び」のような厳かな儀式と違って、華やかな場に変わる。私たちが番組の主人公として取材していたKさんの目から一滴の涙が落ちる瞬間をカメラがとらえた時、モニターを凝視していた私も感動でふるえた。そして、長い準備期間から本番までの苦労が一瞬にして消え、これで番組は成功したと思った。番組は「九州730・これがイザイホーだ」、教育テレビ「イザイホー・沖縄の神女たち」の二本制作した。

前回のイザイホーから三四年――これまで二度その日を迎えたが、ノロの不在、対象になる女性がいないなどの事情から、その後行われていない。私たちが記録したVTRが今後、直近の資料映像として残されていくのだろうか。

［当時　ディレクター］

（二〇一二年六月『NHK沖縄放送局史〜NHK・OHK70年のあゆみ〜』）

終わりなき「基地問題」報道との闘い

一九九五（平成七）年――「戦後五〇年」の節目の年だった。とりわけ、戦場《いくさば》になって大勢の住民が犠牲になった沖縄にとって、意味のある年であった。二三万余の戦没者の名前を刻んだ「平和の礎」の完成は戦後五〇年の象徴でもあった。六・二三の「慰霊の日」中継、二五日の「ＮＨＫスペシャル／沖縄・二三万人の碑～戦後五〇年の祈り～」の放送で、ひとまず沖縄局の年度前半の大きな仕事はヤマ場を越えた。さて、年度後半はどういうテーマに取り組んでいくか。夏休み前後、我々が直面していた最大の課題であった。そんな矢先に「事件」（九・四）は起きた。衝撃的な出来事だった。しかし、事件は静かな報道で始まったのである。

最初に事件を知り被害者が少女と聞いた時、「何てひどいことをする」とは思ったが、正直なところ多くの人同様、結果的にあれほど大きな出来事になるとは予想しなかった。沖縄出身の私がとっさに思い浮かべたのは、かつての「由美子ちゃん事件」だった。後で調べたら、ちょうど四〇年前（一九五五年）、奇しくも今回と同じ九月――中部の町で六歳の由美子ちゃんが嘉手納基地所属の米兵に拉致、暴行された上、殺害された事件である。七歳だった私とはひとつしか違わない。もちろん当時は、その事実を知る由もない（同月下旬にはもう一件、離島で九歳の少女が米兵に拉致、暴行され重傷を負う事件が発生している)。犯人の米兵は死刑の判決を受けたが、後に本国に送還、四五年の重労働に減刑された。

結果的にあれほど大きな出来事になるとは予想しなかったと書いたが、それでも微かにいつもと違うかもしれない、という予感はあった。何しろ被害者は十代の少女である。さらに、事件発生時に北京で開かれていた第四回国連世界女性会議に出席、「女性の権利はすなわち人権」などの北京宣言を採択して帰って来た女性グループや、婦人連合会などが直ちに怒りの声をあげたからである。

今回の事件発生の頃、私は「新日本探訪」(新城PD)の制作のために東京に出張中(九・一〜七)だった。帰局してみると、立岩記者、比留間アナが中心になって、「630」で「地位協定」をテーマにシリーズで解説しようという企画を考えていた。また、このふたりに行武PDが加わって、近々沖縄で開かれることになっていた月一回の九州管中の番組提案を審議する「共プロ会議」(一二〜一三・読谷村)に向けて、「ズームアップ九州・三五年目の〝日米地位協定〟〜米兵暴行事件の波紋〜」という提案を書いた。

「630」放送(一一〜一三)と会議の日、私は「NHKスペシャル・戦後五〇年その時日本は〜沖縄返還〜」(教養番組部&佐藤PD)の試写のために、また東京出張しなければならず、後ろ髪を引かれる思いで上京した。

帰局して結果を聞いた。「630」は好評のようであった。私も後でVTRを見た。「ズームアップ」の提案は不採択になったという。少女のプライバシーの問題、安保・地位協定に対する切り口の問題、その後動きがない事件をどう映像化するか、さらに広がりそうな問題なのでもう少し様子をみようという結論だったというが、やはりその時は出席者それぞれが事件の重大性をまだあまり認識していなかったというのが正直なところだろう。仮に私が出席していたとしても、ボツの裁定に大した反論もできなかったかもしれない。

しかし、沖縄局としては、それで引き下がる訳にはいかない。ローカル放送で取り組むことにした。「戦後五〇年」関連番組のため、四月以来休止していた「沖縄マンスリー」を一〇月から再開することにしていたので前倒しで編成することにし、二四日（日）放送に決めた。一五日（金・敬老の日）、スタッフが集まって打ち合わせを行った。立岩、油井記者、比留間アナ、森カメラマン、柳田PD（行武PDが「列島リレードキュメント」の取材に入っていたため）という布陣だった。そして、出来高で「ズームアップ」に再提案することにした。

番組同様、ニュースの扱いをめぐっても曲折があった。ローカルの第一報（九・八）後、「ニュース7」に提案したが、採用されなかった。現場だけではなく、局の上層部からも電話を入れたようだが、功を奏しなかった。ニュースバリューとしてまだ東京に理解してもらえなかったようだ。後で聞いたことだが、東京ではかつて沖縄局に勤務したことのある職員に意見を聞いたところ、「沖縄ではよくあること」との反応があったことも不採用の判断材料になったのではないかと言う。「よくあること」だから扱わないというのは、マスコミに「よくある」欠点である。本当は、「よくあること」だから問題にすべきである。もちろん、「よくあること」の何が問題かという視点が必要であるが。

全中（全国放送）での最初の放送は、八日（金）ＢＳ―１「日本列島ふるさと発」だった。総合では、一四日（木）六時台の「おはよう日本」が最初だった（七時台にも放送）。当時の東京の放送確定シートには「沖縄で〝日米地位協定見直し〟求める声強まる」という項目になっている。日時が経っていることもあって暴行事件そのものというより、地位協定の見直しに焦点が絞られている。しかし、どちらもまだインパクトは弱かった。そして翌週一八日（月）、やはり「おはよう日本」で立岩リポートが「企画」として放送された。放送時のタイトルと同じかどうかは分からないが、確定シートには「きょうの特集・米兵の小学生乱暴事件の波紋」（前説込み五分四二秒）とある。結果的には、これが大きな反響を呼んだ。国が事件に衝撃を受けたのである。大きな問題になる、と予感したようだ。本土マスコミも、これ以後、本格的に報道を始めていくのである。

後に「米兵暴行事件」報道が一段落してから、上司が話していた言葉が印象に残っている。「慣れというのは恐い。また、いかに（担当）編責（編集責任者）の見識と、地元局の（相手を説得して理解させる）熱意が大事か」――肝に銘ずべきである。確かに、我々の仕事はマンネリに陥りやすい。また、東京にいると地方が見えにくい。地方も声を大にして主張し続ける必要があり、東京もより「地方」を知る努力をする必要があるだろう。誰が悪い、どこの責任ということを私は書こうとしているのではない。今後、同じことを繰り返さないために、今回のことを率直に振り返り反省する必要があると思うのである。

「マンスリー」の取材が始まった。しかし、〝取材現場〟はなかった。少女のプライバシーを最大限に優先して、事件が起こった地域も、少女の年齢も報道しないことになっていた。

ノンフィクション作家の吉岡忍氏は『新潮45』に連載した「NHK解体新書・沖縄レイプ報道の『死角』」でこう書いている。

「三人の男と少女、それに少数の沖縄県警の捜査員と米海軍犯罪調査局の係官を別にすれば、その現場を確認した者はいない。公式には、いないことになっている。現場は封印され、抽象化され、かき消えた。そして、やがてその現場から出来事だけが抽出され、『沖縄米兵暴行事件』『米兵少女乱暴事件』などの通称で一人歩きしはじめる」

沖縄局では当初、「沖縄県でアメリカ兵が小学生の女の子に乱暴した事件」（テロップは「米兵暴行事件」）としていたコメント（九・二〇「事件表記の統一について」）を、後に「（沖縄で起きた）アメリカ兵の暴行事件」（テロップは変わらず）にしている（一〇・六）。事件発生から一カ月が過ぎ、事件そのものが既に広く知られていて小学生の女の子が被害者であることを強調する必要性がなくなったこと、繰り返し放送されることで特に女性を中心に視聴者の抵抗があることなどが理由であった。

「米兵暴行事件」という表現については、局内外で賛否両論あった。「被害者の心情を考えると、あえて〝少女〟を冠する必要はない」とするものと、「〝米兵暴行〟では米兵同士が暴行事件を起こした程度の事件を連想させ、事の本質を表していない」とするものだ。

また、「暴行」の表現にも普段からさまざまな意見がある。「〝暴行〟では、殴る蹴るの暴行と一緒だ」「真実を伝えるには〝強姦〟とすべきだ」「〝強姦〟ではあまりに生々しい」など（ちなみに琉球新報は「米兵少女乱暴事件」、沖縄タイムスは「米兵少女暴行事件」→「米兵暴行事件」、吉岡氏は〝レイプ〟と表現）。マスコミとして考えていかなければならない課題である。

週明け、私と若宮デスクは報道局番組部の「クローズアップ現代」と連絡をとり、これまでのいきさつと、いずれ「クロ現」でも扱わねばならないだろうということを話し合った。しかし、事は「いずれ」という悠長なものではなかった。「クロ現」の方でも議論があったらしく、夕方に折り返しの電話が入った。翌週早々にもやりたいということだったが、諸般の事情で二八日（木）放送と決まった。短期間の勝負なので、沖縄、東京報番、福岡報番の合同チームで取り組むことになった。急遽、二一日（木）にスタッフが集まって打ち合わせをした。沖縄は前記メンバー、東京は山崎健CP（チーフプロデューサー）、山崎秋PD（現沖縄局CP）、太田PD（前年まで沖縄局勤務）、福岡は軽部CP、皆木PD（途中から立川PD参加）というスタッフであった。一週間の勝負であった。放送は「島は怒りに揺れた〜沖縄・米兵少女暴行事件〜」というタイトルで、東京の国谷キャスターと嘉手納基地前の立岩記者のかけあいを交えて、暴行事件の怒りに揺れる沖縄の実情と政治の動きを伝えた。

その他、関連番組は二〇本余にのぼる。もちろん、それだけのものを沖縄局だけでこなすのは不可能である。東京、福岡局の支援、衛星放送局など他セクションの積極的な取り組みがあったからこそである。

　そういう状況の中で、日常の業務も普段どおり進めなければならなかった。今、線表（勤務表）を見直してみると信じられないくらいの業務量である。本題とは直接関係ないが、当時の状況を知る上でも資料的な意味でも書きとめておきたい。

　「マンスリー」放送決定以降に限っても――一六日（土）沖縄局が九州メディスと共同で初めて取り組むハイビジョン番組の打ち合わせ（後に嘉手納基地・海兵隊取材）、一九日（火）「歌謡コンサート」石嶺聡子の生中継（松山御殿）、二一日（木）「おはよう日本」中継（糸満の紅茶工房）、「列島リレードキュメント」完パケ、二二日（金）台風一四号中継、二三日（土）「おはよう日本」完パケ（全中列島リレー）、二一日～二三日「おはよう日本」富山ロケ（管中リポート）、二五日（月）加賀美幸子アナを迎えての「語りばチョーデー・東門美津子」収録、二六日（火）「６３０」「ニュース７」暴行事件抗議集会中継、二七日（水）「亜熱帯電視城・りんけんバンド」収録（「クロ現」放送前日のスタジオ収録に東京から来たＰＤがびっくりしていた）、二八日（木）「おはよう日本」完パケ（管中リポート）、「クロ現」ナマ放送、二九日（金）翌週からの「６３０」中継シリーズ（一〇・一一～六、大琉球祭り王国）打ち合わせ、三〇日（土）「沖縄の歌と踊り・組踊」収録（県立郷土劇場）、二六日、二九日、三〇日「きょうの料理」ロケ――まさに総動員体制の〝地獄の二週間〟であった。おまけに当時、沖縄を舞台にしたＢＫのドラマ「ランタナの花の咲く頃に」が県内ロケ中だった。

　「クロ現」の放送が終わった後、若いスタッフたちは早くも次のターゲット、「Ｎスペ」をめざしていた。行武PDが「ズームアップ九州　沖縄県知事・代理署名せず」（一〇・二九）を終えて、「Nスペ」取材に入ったのは一一月下旬だった。「クロ現」と同じ沖縄、東京、福岡の合同チームであった。そして、翌年二月一八日、「日米安保が問われた日～沖縄・東京・ワシントンの模索～」として放送した。行武PDはまたBS―1「列島スペシャル・基地が動いた～沖縄二二七日の証言～」（三・一四）も担当、事件発生から日米首脳会談までを区切りとした総集編ともいうべきドキュメントを制作した。

前述したように、九月から一〇月にかけて、私たちは日常業務もやりながら、暴行事件関連のさまざまなニュース・番組を地域向け、九州向け、全国向けに発信し続けた。ひとつひとつに思い出はあるが、「県民総決起大会」の中継（一〇・二一）も忘れがたい。局内的には当初、中継に対して全体的に積極的ではなかった。その頃には皆、心身ともに疲弊しきっていたこともあったろうし、二時間の大会をどう見せるのか、登壇者のあいさつをタレ流しするだけにならないかという意見もあがった。しかし、「大会に参加できない遠方の人や離島の人に見てもらう」「超党派の大会である」などの理由から、最終的に取り組むべしということになった。

他の番組でPDが払底していたため、PDは私、メインFDは若宮デスクが担当した。大会前日の夜、私は情報収集のため大会事務局の玉城事務局長（県議）にはりついていた。事務局としては何としても五万人は集めたいとの意向であったが、周囲から半信半疑の声もあった。玉城氏自身も、時に自信ありげだったり、時に不安をもらしたりした。

果たして、大会当日——始まった頃はまだ会場に空いている場所もあったが、途中、モニターに写し出されたヘリからの映像（児成カメラマン）を見て、私は身震いした。ぎっしりと会場を埋めた人、人、人……そして、なお延々と続く会場に向かう人々の列。事務局の予想をはるかに超えた八万五千人（主催者発表。警察発表五万八千人）の人々が集まったのである。大会も番組も大成功であった。

「終わりのない基地報道」と先に書いたが、実際、暴行事件問題以後も、大田知事の「代理署名拒否」「暴行事件裁判」「象のオリ」「日米安保再定義」「代理署名最高裁判決」「普天間基地返還」「県民投票」「代理署名応諾」「海上ヘリポート」「特措法」「復帰二五年」関連の取材、番組対応が二年間にわたって相次いだ。そして、私は九七年六月、東京に転勤した。私も含め当時、さまざまな取材に関わった者が転勤後の今日でも、名護の「海上ヘリポート」問題など、依然として「基地問題」報道は続いているのである。

「基地問題」取材VTRは、ニュース・番組を含めて数千本以上という膨大な数に上る。一連の取材の中で私が最も印象に残っているのは、次のふたつの言葉である。転勤の挨拶状にも引用した。その言葉を掲げることで拙文の結びとしたい。

「五〇年経っても少しも変わらない、不思議だねぇ」（BS—1「列島スペシャル・基地が動いた〜沖縄二二七日の証言〜」から）——金武町の県道一〇四号線越え実弾砲撃訓練の日、ゲートボールに興じる老人たちの後方に見える山に砲弾が撃ち込まれ、耳をつんざく音に対して八〇代の老婆がもらした言葉である。おそらく五〇年前、沖縄戦の砲弾の中を逃げ惑い、生き延びてきた人なのだろう。

「アメリカの偉い役人がテーブルを前に戦略報告を出しているが、その人の頭の中に、沖縄で現実に一〇〇万余の生身の人間が生活していることを一度でも考えたことがあるのか」（「NHKスペシャル・日米安保が問われた日〜沖縄・東京・ワシントンの模索〜」）――一〇万人の兵力体制を謳ったアメリカの「アジア戦略報告」について大田知事が述べた感想である。

［当時、制作副部長。現在「おはよう日本」チーフ・プロデューサー］
（一九九九年三月・NHK沖縄放送局編『米兵暴行事件』あの時、私は）

米兵少女暴行事件報道

一九九五（平成七）年九月四日に起こった米兵少女暴行事件は発生の翌五日、沖縄県警記者クラブ室に張り出された〈少女を対象とする事件の発生について〉という広報文から表に出た。当日、ニュースで扱ったのは沖縄テレビだけだったたが、広報文をなぞった程度の内容だった。この後、各社の報道はなかったが、夜まわり、聞き込み取材を続けていたNHK沖縄放送局の油井秀樹県警キャップと鈴木徹也記者（四月着任の新人）が連名で書いた原稿が八日朝の県内向けニュースで、《小学生暴行事件で米兵三人に逮捕状》として放送された。米兵が事件に関与していることがNHKによって初めて報道されたスクープだった。

夕方の「630沖縄」では初めて容疑者三人の名前と階級を報道し、日米地位協定の問題にふれた。朝夕とも他局、地元紙よりも情報は先行していた。県外での報道は、同日の九州・沖縄地域向け（福岡発）のラジオニュースで四回、テレビで一回放送された。全国放送は衛星第一、午後四時からの「日本列島ふるさと発」で映像なしで短く伝えただけだった。

沖縄局は全中の定時ニュース、「おはよう日本」「ニュース7」などに提案をあげたが、なかなか採用されなかった。東京の反応は鈍かった。「NHKは全国放送で報道したか。どのように扱うつもりか」と県内各界の知人から聞かれていた座間味朝雄局長は、自ら報道局に電話を入れて説得を試みた。しかし、「沖縄通の記者たちと検討したが、せいぜい九州ブロックのネタではないかとの見方が強い。全国紙もほとんど報道していない」との返事だった。

結局、総合全中では一三日の「ニュース11」が初めての扱いになった。続いて、翌一四日「おはよう日本」の六時、七時台で《沖縄で〝地位協定見直し〟求める声強まる》とのニュースが放送された。

そして、大きな反響を呼んだのが一八日の「おはよう日本」で放送した《特集・米兵の小学生乱暴事件の波紋・立岩記者リポート》であった。本土マスコミもこれ以後、本格的に報道を始めていくのである。

沖縄局では九月の九州・沖縄ブロックの提案会議に、行武哲三ディレクター、比留間亮司アナウンサー、立岩陽一郎記者が連名で「ズームアップ九州・35年目の『日米地位協定』〜米兵暴行事件の波紋〜」を提案した。日米地位協定にしぼって、なぜ容疑者の米兵が拘束できないのか、これで主権国家といえるのかをテーマにした内容だった。審議の結果は、被害者の少女の人権問題、安保体制・地位協定に対する切り口の問題、その後動きのない事件をどう映像化するのかなどの点から、もう少し様子を見ようということになった。

しかし、沖縄局としては簡単にあきらめる訳にはいかない。ローカル枠の「沖縄マンスリー」で制作することにし、併行して「クローズアップ現代」に提案した。当初は「マンスリー」の出来高次第で採否を決めるということだったが、事は「出来を見て」という悠長なものではなかった。急遽、沖縄、東京、福岡局が共同で「クロ現」を制作することになった（九月一八日放送「島は怒りに揺れた〜沖縄・米兵少女暴行事件〜」）。沖縄で起こっている事件の重大性、切実さが確実に東京にも伝わったのである。同スタッフは「クロ現」後、さらに「NHKスペシャル」に取り組んだ（一九九六年二月一八日放送「日米安保が問われた日〜沖縄・東京・ワシントンの模索〜」）。

「事件」の取材報道とともに、沖縄局では「10・21県民総決起大会」「知事の代理署名拒否」「象のオリ〝法的空白〟」「日米安保再定義」「普天間基地返還合意発表」「沖縄初の県民投票」「海上ヘリポート」「駐留軍用地特措法改正」問題など、次々と展開される「沖縄と米軍基地」関連の取材と番組制作に二年以上にわたって取り組んだ。取材VTRはニュース・番組含めて数千本以上という膨大な数に上る。

なお、ノンフィクション作家の吉岡忍氏は沖縄局に密着して事件報道の現場を取材した「HK

解体新書・沖縄レイプ報道の『死角』」を月刊誌に三回にわたって連載した（『新潮45』一九九六年一・二・三月号）。沖縄局は四年後に取材記録『「米兵暴行事件」あの時、私は』（一九九九年三月刊）をまとめた。

事件報道の一連の経過から学びとれるものは何か。記録発行の発案者である座間味局長が記した言葉を掲げてまとめとしたい――「ジャーナリストは、慣れとあきらめを排し、常に新鮮な目と素朴な正義感を持つこと。遠く離れた東京の反応が鈍いのは当然のことで、これはと思ったら、東京へアピールし続ける情熱が現地局には求められる」

〔当時　チーフ・プロデューサー〕

（二〇一二年六月『ＮＨＫ沖縄放送局史～ＮＨＫ・ＯＨＫ70年のあゆみ～』）

第二章 個人的昭和・平成史

～同人誌『多島海』から～

『多島海』は、元琉球大学教授・学長の船津進平氏（筆名・フランス文学者）がゼミの学生だった宮城秀一氏（元琉球放送ディレクター）、池間一武氏（元琉球新報記者）、山入端津由氏（沖縄国際大学教授）に呼びかけ、さらに私の友人である宮城氏と高校級友の池間氏から声をかけられた私が参加して、二〇一二（平成二四）年三月に始めた同人誌である。山入端氏も宮城氏を通じて以前から知り合いだった。九歳年長の船津氏以外の四名は全員同年生（一九四八年）である。

名称は皆で話し合って決めた。宮城氏が事務局を務め、決まり事として「季刊、三年一二号で終刊」「編集は順番に交代で担当」「会費は執筆した頁数で分担」「テーマは自由」ということを決め、最終的な目標として「各々、連載したものを単行本にまとめる」ことを目指した。それぞれライフワーク的なテーマに意欲的に取り組んだ。創刊号発刊と、途中にも地元紙で取り上げてもらった。

そして、計画どおり三年一二号（二〇一四年一二月）で終刊となった。

目標にした単行本にまとめたのは、これまで池間氏の『沖縄の戦世―県民は如何にしてスパイになりしか』『君知るや名酒あわもり　泡盛散策』の二冊（いずれも琉球プロジェクト刊）だけである。船津氏が二〇二〇年二月に、宮城氏が二〇二三年一月に亡くなり、本にまとめることができなかったのが惜しまれる。その後、聞いた話では、船津氏が第二次『多島海』に意欲を示していたということを耳にした。どちらも叶うことができなかったが。

私は創刊号から五号まで「安保がゆれた～米兵少女暴行事件～」、六号から一二号まで「個人的昭和・平成史」を連載。今回、後者の連載をこの本に収録した。終刊九年後に目標を達成したことになる。

佐藤栄作との45年

拝啓　佐藤栄作殿

「拝啓、佐藤栄作殿。まがりなりにも沖縄返還が実現し、あとは待望のあなたの引退を待つだけですね。あなたと私との出会いは、七年前のあなたの沖縄訪問の時に始まります。以来あなたを見守り続けてきた私ですが、あなたにはほとほと失望させられました。あなたは沖縄返還に政治生命をかけたとのことですが、おれがやったんだという思い違いはせぬことです。真実は沖縄住民の多年の血のにじみ出るような運動と世論に、アメリカがその支配の不当性を認識し屈服したということを忘れてはいけません。また引退の花道ができたなどとおろかなことは考えぬことです。沖縄があなた一人の芝居の道具に使われるのはたまったものではありません。あなたはとうにやめてしかるべきだったのです。でも、もう何もいいますまい。あなたがやめたあとはあなたを思い出すこともないし、すっかり忘れてしまうでしょうから。あなたとしてもその方がいいのかも知れません。返還交渉で密約問題など、とかくのウワサが絶えませんが、何年か後、もしそれが暴露されるようなことが起き、再びあなたがクローズアップされてはあなた自身も不名誉でしょうから」

これは一九七二（昭和四七）年五月一五日付『朝日新聞』の「声」欄のトップに掲載された私の投書である。「東京都・大浜聡・勤労学生・二三歳」となっている。復帰当日の新聞である。今から四一年前のことだ。

この何日か前、職場の慰安旅行で長野県の馬籠宿に泊まっていた私あてに、朝日新聞の「声」欄担当者から電話が入った。こんな所までと驚いた。おそらく、アパートの大家さん〜職場を経由して、旅先の連絡先を突き止めたのだろう。

「『拝啓、佐藤栄作殿』という投書はあなたですか」

というような確認の電話だったように記憶している。これまで、そういう確認の電話をもらったことがなかったので怪訝に思った。

「これまで」と書いたのは、実は過去に二度「声」欄に投書し、いずれも掲載されていた。そして、二度とも確認の電話をもらったことはなかった。なぜ今回に限ってと思ったが、投書が総理大臣を名指ししているものなので、新聞社としても慎重を期しているのかもしれないと想像した。

私は五年前の一九六七（昭和四二）年三月、就職のために上京、東京で一人暮らしをしていた。一年後に夜学に入学し、勤労学生という身分であった。当時は「沖縄返還闘争」が盛んな頃で、私は沖縄出身者として、また総評傘下のマスコミ労組の組合員として、当然のように「沖縄返還闘争」に関わっていた。なぜかその頃、血気の勇というか、多感な青年特有の正義感からか、自分の主張を公にして訴えたいという気持ちが強かった。無謀にもその意見表明の場に天下の『朝日新聞』を選んでいたのである。

本来なら新聞などに投稿する場合、職場の上司の許可を得るのが規則になっていたようだが、当時はそういう社内ルールもあまりよく知らず、無断で投稿していた。職種が特定できるような肩書きは使っておらず、「勤労学生」なら職場に迷惑もかけまいと思っていたのだろう。職場の何人かは新聞に掲載されたことは知ったようだが、特段おとがめもなく、話題が広がることもなかった。

最初の投書は、上京三年後の一九七〇（昭和四五）年一一月か一二月（日付、タイトルがはっきりしない）だった。

この年の一一月一五日、沖縄で初めての国政選挙が行われ、衆議院で定員五人のうち革新系が三人当選（瀬長亀次郎、安里積千代、上原康助。保守は西銘順治、国場幸昌の二人）、参議院でも革新統一の喜屋武真栄が一位当選（二位は保守の稲嶺一郎）、全体の得票数でも革新が保守を上まわった。

選挙の結果に対して、当時の中曽根康弘防衛庁長官が「終戦直後の本土の総選挙で、戦後の混乱に乗じて社会党が第一党を占めたのに似ている」とコメントしたのに対して、「まさに沖縄はまだ終戦直後の状況と同じである。そういう状況を作り出したのは、本土政府の責任である」と反発したものだ。

選挙が行われる前の一〇月、中曽根は初めて沖縄を訪問した。屋良朝苗主席は「沖縄県民は米軍基地に反対していると同時に自衛隊の配備にも反対している。私は県民代表として、自衛隊の配備に反対せざるを得ない」と申し入れたが、中曽根は「沖縄の軍事基地は重要であり、これを無視してこれからの沖縄の行政や経済というものは当分考えられない。沖縄県は基地を前提にして考える必要があり、この方針が正しい。沖縄が復帰した以上、主権の発動として全国民の責任として堂々と進出するつもりである」と答えた。当時の自民党は、国会において三〇〇議席と絶対多数を占めていた。

二度目の投書はこの一年後、復帰前年の八月二四日付。編集者がつけたタイトルは「沖縄は自衛隊の本質見抜く」。

二年ぶりに帰省した沖縄でいちばん印象に残ったことを、帰京してさっそく投書にしたためたようだ。沖縄は、返還協定に不満のまま明年復帰をひかえ期待と不安と反発が入り混じった表情であった。そのころ、自衛隊は配備にあたって、先兵役として沖縄出身の隊員をリーダー格で送り込む計画を持っていた。

「同郷意識から住民の態度を軟化させようという魂胆は浅薄であり、こっけいでさえある」

「太平洋戦争で軍隊のむごたらしさを体験した沖縄では、自衛隊は軍隊と同視される。配備に反対しているのは一部の者だ、反対があっても計画は絶対にやめない、などという佐藤首相らの国会答弁は独善的である。返還後の住民の生活を守っていく政策を優先すべきだ」

という趣旨の内容だった。

そして三回目の投書がその佐藤首相に反発して書いたものだ。たぶん、佐藤さんは記念式典で有頂天になるだろう、しかし、あまり浮かれてばかりでは困りますよ、という気持ちからであった。これも編集者がつけたタイトルで「返還は政府の手柄ではない」。

沖縄返還に関しては、ベトナム戦争が激しくなっていた当時、沖縄で高まりつつあった復帰運動、反基地闘争を前に、アメリカは基地機能を維持するために、すでに沖縄の施政権返還を考えていたことは公文書や研究などによって明らかにされている（後に知ったことだが）。復帰は沖縄の人々の長年にわたる運動の成果によるもので、何も首相の手柄ではないのだ、ということを訴えたかった。そういう意味では、タイトルのつけ方はさすがプロだと感心した。

また、当時から噂されていた「縄」（沖縄）と「糸」（繊維）にまつわる「密約」がいずれ暴露された時の布石を打っておきたいとの思惑もあった。

佐藤栄作との「出会い」

さて、「佐藤栄作との45年」といっても、もちろん私と元総理大臣とは直接の関係はない。正確には、「私が見てきた佐藤栄作の45年」ということになろうか。

タイトルの「45年」は、佐藤との最初の「出会い」から、佐藤が亡くなって、沖縄返還に関わる「密約」の文書が確認された二〇〇九（平成二一）年までの四五年を指す。

佐藤栄作との最初の出会いは、私が高校一年の時、一九六四（昭和三九）年だった。今から四九年前のことだ。私が部活で所属していた演劇部の年一回の定例公演で『ボストンバック』（霜川遠志・作）という劇に取り組んだことがきっかけである。私は舞台監督兼ちょい役の出演という役回りだった。

演劇の内容ははっきり記憶していないが、当時のパンフレットによると、──運輸省海運局の会計課長補佐飯塚は造船疑獄事件の時、不正な金の配達役をさせられたため地検の取り調べを受けた。そのことを悩み、七階の窓から飛び降り自殺を図る。事件の真相に口を閉ざしたまま。結局、船会社の人間も運輸省の幹部も皆、無罪の判決を受ける。三年後、父の死の真相を知った長男は「おやじのバカ野郎！死んじまいやがって。おやじのようなバカがいるから日本には次々と汚職や疑獄が尽きないんだ。まるで飼いならされた犬だ」と叫ぶ──というような大筋だった。題名の「ボストンバック」は、贈収賄のお金を運んだバックを指す。

なぜ、高校生がそんな難しいテーマの劇を選んだのか、これもよく覚えていないが、私たち一年生はまだ新入部員だったから、おそらく二年、三年生が中心になって選んだのだろう。

おかげで私は、その劇で初めて「造船疑獄」「滅私奉公」という事件や言葉を学んだ。そして、資料を調べて多少の知識を得た。それによって、「指揮権発動」ということも初めて知った。奇しくも時（一九六四年）の総理大臣佐藤栄作が当時（一九五四年）、自由党幹事長として事件のなかに名前が出てくることも知った。

佐藤はこの年（一九六四年）一一月、第六一代内閣総理大臣に就任していた。「棚からぼた餅」であった。四か月前の七月、自民党総裁選が行われ、佐藤は池田勇人の三選阻止を掲げて初めて立候補した。藤山愛一郎を交えた三つ巴戦になり、池田が辛勝した。しかし、池田の病気退陣に伴い、後継総裁に指名されて内閣総理大臣に就任したのだった。運の強い男である。その後、七年八か月続く長期政権の幕開けであった。

造船疑獄事件というのは——一九五四（昭和二九）年、船舶建造融資に絡む法案をめぐって、船主・造船業界と政官有力者の間で贈収賄が行われ、政治家や運輸省の官房長、造船会社社長ら七一名が逮捕され、三四名が起訴されたものだ。自由党幹事長だった佐藤は二千余万円の収賄容疑（私腹のためではなく、当時分裂していた鳩山一郎グループの復党のために使ったとされる）、池田勇人政調会長は二〇〇万円の収賄容疑で取り調べを受けた。そして、佐藤に対して逮捕請求が行われたが、犬養健法相が検事総長に指揮権を発動したことから佐藤は逮捕をまぬがれた。犬養は後日、法相を辞任した。これまで表向きの「指揮権発動」はこの一件だけである。

私はある時期まで指揮権を発動した犬養の独善的な権力行使だと思い続けていたが、その後、戦後史や政治史などの文献に当たるにつれ、崖っぷちに立たされた佐藤自身が猛烈な巻き返しを図って指揮権発動に至らしめたということを知った。

佐藤の日記を解析した堀越作治（元新聞記者）の『戦後政治裏面史「佐藤榮作日記」が語るもの』によると、佐藤は、幹事長が逮捕されることは政権の基盤に関わる重大事だとして「犬養の首を切るべきだ」と吉田茂首相に談じ込んだり、緒方竹虎副総理に犬養の更迭と新法相による指揮権発動を要求。最終的には緒方が犬養に命じて「佐藤逮捕許諾請求」を押さえ込み、指揮権発動後、犬養は自発的に辞任する形になったのだという（実際は、指揮権発動を渋った犬養は三日前に辞表を提出したが、緒方が説得して撤回させたという）。

「彼（佐藤）は自らの政治生命を守るために死に物狂いで吉田と緒方の間を奔走したのである。この事実を見落としてはならない」（同書）

気の毒なのは「初の指揮権発動」「唯一の指揮権発動」を行った大臣として歴史に名を残した犬養の方であろう。

ところで、私の「ちょい役」は、主人公の課長補佐の逮捕に出向いた刑事に同行する警官役で、セリフは一言、二言だったたと思う。

そういう表と裏の歴史があったことなどまるで知らない一六歳の頃の佐藤との出会いであった。

二度目の「出会い」——佐藤来沖

二度目の「出会い」はその一年後のことである。この時は実際の姿をとおしてであった。

一九六五（昭和四〇）年八月一九日、佐藤は現職の総理大臣として戦後初めて沖縄を訪問した。日本の首相としては伊藤博文、東條英機に次いで三人目になる。

当時、高校二年生だった私は学校側から首相の出迎えに動員された。那覇空港に近い小禄の道路に日の丸旗を持って並ばされ、ホテルに向かう首相一行の車列を歓迎するというのが役割だった。が、車列はあっという間に目の前を通過して、ちらっと垣間見える程度だった。首相の空港での「名言」は後で知った。

那覇空港での歓迎式典は米国側の主催だった。

「沖縄はきびしい国際情勢のもとにあって政治、経済、社会などあらゆる分野にわたり、きわめて複雑、困難な諸問題が山積している。首相一行がこの訪問を機会に沖縄現地の実情をつぶさに視察するとともに、住民の生の声を聞き、これが問題解決の糸口となるよう念願する」と琉球政府の松岡政保主席は述べた。

続いて佐藤が挨拶に立った。

「私は、沖縄の祖国復帰が実現しない限り、わが国にとって〝戦後〟は終わっていないことはよく承知しております」

歴史に残る名言となった。

が、これは周到に準備された「名言」であった。佐藤政権を実現させるために結成された「佐藤オペレーション」（略称・Sオペ）の成果だった。佐藤の首席秘書官を務めた楠田實が後に明かしている（二〇〇一年刊『楠田實日記』）。

Sオペは一九六四（昭和三九）年一月、楠田ら四人の新聞記者を中心に作られた。政治家として愛知揆一（当時、自民党憲法調査会長。沖縄返還時の外相）、通産省から官僚ひとりが参加した。彼らは佐藤が政権をとったとき、いちばんの政治的課題を「沖縄問題」としていた。

しかし、首相に就任して最初の記者会見では「……沖縄は米国が施政権を持っているけれども、日本に基本的主権は認められている。祖国に復帰する日は必ずあると思うし、米国ともよく話してみたい」と語っただけで、

「この時点ではまだ返還実現への意欲を持つまでにはいたっていない」

と『正伝　佐藤栄作』（山田栄三）は記している。

因みに同書は佐藤が亡くなって八年後に、元朝日新聞記者だった山田が寛子夫人から直々に依

頼されて書いた上下二冊の分厚い伝記でいわば決定版といえる。それにしても生前、佐藤は朝日新聞を最も嫌っていたというから何とも皮肉な取り合わせである。

話をSオペに戻す。沖縄訪問の一週間前、楠田らは官房長官の橋本登美三郎から佐藤が沖縄訪問したときのステートメントを検討するように指示された。那覇国際空港（到着時）、国映館、米軍将校クラブ、東急ホテル、石垣空港、名護町総合グラウンド、宮古空港、立法院議員に対する挨拶、那覇国際空港（離沖時）の九種類あった。挨拶文の原案は、総理府特別地域連絡局によって準備されていた。

全部の原稿に目をとおした楠田はある文言に注目した。例の「名言」部分である。実は、それは二番目の国映館で行われる佐藤の歓迎会のスピーチのなかにあった。楠田は「名言」を那覇到着の際のステートメントにさし替えることを橋本に提案した。

橋本が了承したため、楠田は原稿を書き直した。新聞記者出身の楠田の直感は当たり、那覇空港での佐藤のメッセージは「名言」として後日、大きく評価された。この文句は結局、当初予定していた国映館での歓迎式典でも使われた。

佐藤首相を迎える沖縄の表情はというと、「『歓迎』、『請願』、『抗議』、『阻止』とさまざまであるが、〝大勢は、歓迎した上で訴えるべきは訴えよう〟という空気である」と地元紙（八月一九日付『琉球新報』）は沖縄の表情を的確に伝えている。

佐藤は三日間にわたって沖縄を訪問した。来沖初日――夕方六時から復帰協主催による「首相に対する祖国復帰要求県民総決起大会」が那覇高校の校庭で開かれた。約五万人が参加した。

「サンフランシスコ条約第三条破棄」「安保条約破棄」など、演壇には六つのスローガンを書いた幕が掲げられていた。が、会場に日の丸は見当たらなかった。復帰運動のシンボルでもあった日の丸が日中、歓迎のために派手に使われたために、集会が歓迎と間違われないように大会では封印されたのだった。昼は生徒たちと日の丸の小旗を持って首相を迎えた教職員が、夜は抗議の県民大会に参加するという光景が見られた。

大会終了後、二万人は一号線（現在の国道五八号）をジグザグデモをしながら天久にある首相の宿舎の東急ホテル（現在はない。跡地におもとの杜・大浜第一病院が二〇〇九年にオープン）に向かった。ちなみに東急ホテルの前身は、高良一（元うるま新報那覇支局長、アーニー・パイル国際劇場設立者。後に那覇市議会議長）が一九五二（昭和二七）年に建てたホテル琉球である（一九六一年、東急ホテルに譲渡）。

首相一行はその夜、フォートバクナーの将校クラブでワトソン高等弁務官主催のレセプションと晩餐会に出席していた。一行は一一時頃にクラブを出てホテルに向かったが、一号線がデモ隊で通れないと知らされたのはその途中のことだった。そのため、ひとまず与儀の南方連絡事務所に立ち寄ることになった。

「まさか総理一行が宿舎に帰れなくなるような事態が起こるとは想像していなかった」

佐藤に同行していた総理府の山野幸吉には予想外の展開だった。山野は、朝からの訪問第一日目の「はなやかな感動的なプログラム」がまったく崩れ去るような絶望感に襲われたという。

「米軍司令部の迎賓館に泊まったらどうか」

米国側から丁重な申し出があった。しかし、空港に到着以来、米国の沖縄施政の力を目の当りにしていた山野らは、できることなら日本国の首相を米軍宿舎に泊めることは避けたかった（山野幸吉『沖縄返還ひとりごと』）。

こうしたなか、復帰協と政府訪沖団の間で会見の条件をめぐって交渉が続けられたが、結局物別れに終わった。

喜屋武真栄ら代表者六名はホテルに入り、首相代理の安井謙総務長官に復帰請願決議文を手交した。大会決議は次の六点だった。

①対日平和条約三条の撤廃②沖縄の原水爆基地撤去③自治権の拡大④基本的人権の保障⑤差別的植民地政策を撤廃すること⑥ベトナム問題。

決議文を渡し終えた復帰協は、参加者に対して解散宣言を行った。しかし、これで終わらなかった。首相との直接会見を要求するデモ隊は動こうとしなかった。結局、それらの人々の突き上げもあって、復帰協は当初の方針を変更し、首相に会うまで帰らないことを決めた。一号線は四〇〇メートルにわたってデモ隊によって占拠され、五時間、交通は完全にストップした。

午前一時半。結局、首相一行は米陸軍司令部内のゲストハウスに避難し、宿泊することになった。午前二時すぎ、首相が戻らないことが現場にも伝わった。それでも座り込みを主張する社青同、学生などの強硬派に対し、

「これ以上、責任は持てない」

「一応、解散して二一日に最大の行動を行う」

喜屋武や人民党などの意見が多数を占め、解散宣言が出された。

その直後だった。約千人の警官隊が警棒を振りかざして実力行使に出た。最後まで残っていた約二千人の学生や労働者のなかから多数の負傷者が出た。

ノンポリだった私は総決起大会も東急ホテルにも参加していないが、ずっと後になってホテルデモに参加した友人から当時の話を聞いた。級友二人はジグザグデモ、フランスデモに参加した後、ホテル前に座り込んだ。警官隊に襲われそうになったため、追われるままに逃げ帰ったという。

当時、私が編集人だった『那覇高文芸』という文芸誌の編集後記に、首相の来沖について「日の丸で迎えるのも赤旗で迎えるのも、それぞれに二一年間の感慨を胸に秘めているのだろう」と記している。主張も毒気もない文章である。

佐藤は沖縄において「沖縄返還」に取り組む決意を強く内外に印象づけたが、そのとき具体的な展望があったわけではない、ということを末次一郎（安全保障問題研究会代表）が明かしている。「率直にいって、そのころの佐藤首相には、まだ沖縄復帰を展望する筋書が読めていたというわけではない。基地の取扱いと施政権返還の在り方などについて、明確な見識があったというわけでもない」（末次一郎『「戦後」への挑戦』）
戦後、外地からの引揚者問題に関わってきた末次は、続いて「沖縄問題」に取り組んだ。きっかけは、一九五一（昭和二六）年一月のアメリカの講和特使ダレスが来日、「対日講和」によって小笠原と沖縄を米国の信託統治にしようとしていることを知ったことだった。

「沖縄、小笠原を還せ」――早くもその頃から街頭活動を行っている（一九五三年には沖縄に日の丸を送る運動を実施）。その後、「沖縄問題を話合う会」（一九六三年四月）、「沖縄問題解決促進協議会」（一九六四年七月）、などを作って沖縄問題に取り組む。これらが後年の「沖縄基地問題研究会」（久住忠男座長）、佐藤首相の諮問機関の「沖縄問題等懇談会」（大浜信泉座長）につながっていく。

末次は佐藤の沖縄訪問の八か月後（一九六六年四月）、吉田嗣延（南方同胞援護会）、田村幸策早大教授（当初は大浜信泉早大総長の予定だったが大学紛争の対応で交代）ら三人で訪米、アメリカの感触を探った。しかし、アメリカの沖縄事情に対する認識は甘く、復帰を検討しているという気配はまったくなかった。それよりもさらに驚いたのは、日本大使館の沖縄認識が驚くほど低く、ほとんど何もしていないということだったという。

三週間にわたって政治家、学者、ジャーナリストと会って出した三人の結論は、実現性のあるのは「基地を貸与して施政権を返還する」他ない、というものだった。

結局、一九六七（昭和四二）年八月の「沖縄問題等懇談会」がとりまとめた「中間報告」に沿ったものが、同年一一月の佐藤・ジョンソン大統領との共同声明（返還時期を両三年内にとりきめる合意を得る、他）に反映された。

また、一九六九（昭和四四）年三月、「沖縄基地問題研究会」は「核抜き、本土並み、七二年返還」という報告書をまとめた。佐藤は野党やマスコミから「政府の方針」を追求されるたびに、「まだ白紙」と言い続けていたが、最終的に「この報告の内容は、かねて私が考えてきたところと同じ」だと答弁。「こうして沖縄返還をめぐる政府の方針が固まることになった」（末次前掲書）のだという。

すべては周りがお膳立てしたものに忠実に乗っかったものだった。所詮、政治家の政策はそういうブレーン頼みがあって当然のことかもしれないが、「あなたは沖縄返還に政治生命をかけたとのことですが、おれがやったんだという思い違いはせぬことです」との私の投書は、あながち当てずっぽうではなかったのである。

「（沖縄問題に関する）かれの個人的な関心が決して深い信条や長期的見通しに基づいて生まれたものではなく、総裁選挙に際して選挙参謀たちが提案した選挙公約によって、いわば偶然的に触発されたものであることは、ほとんど疑う余地がない」

福井治弘（カリフォルニア大准教授）は、日本政府の沖縄返還交渉における決定過程についての論文で断じている（岩川隆『忍魁・佐藤栄作研究』）。

政治評論家の三宅久之は、

「……佐藤の言動を筆者の記憶からたどると、政権発足からの佐藤の強い意志によって実現したものではなく、佐藤の長期政権の間に、米国の極東軍事戦略が変わってきて、沖縄は日本に統治させ、軍事機能だけを維持した方が米国にとっても都合がよくなってきた、そういう状況が沖縄返還を実現させたといえる」

と書いている（『書けなかった特ダネ　昭和～平成政治、25の真実』）。

三度目の「出会い」

三度目の出会いは、東京世田谷である。

前述したように、一九六七（昭和四二）年三月、高校を卒業した私は就職のために上京した。まさか東京での私の住まいが、佐藤の私邸の近くになろうとは。不思議な因縁である。が、これは一年後のことだ。

私は東京で四か所、住まいを替えた。一か所目は東京に慣れるまでということで、江戸川区新小岩の親戚宅に半年ほど厄介になった。二か所目は中野区新中野のIさん宅に下宿。三か所目が世田谷区代沢のアパートで、ここが佐藤の私邸の近くだった。私が二〇歳の時だ。今ではあまり考えられないかもしれないが、三か所とも三畳一間で一畳千円が相場の頃だ。

余談だが、隣のアパートには森鷗外の長女で作家の森茉莉が一人で住んでいた。時折、みすぼらしい格好で近くの本屋で立ち読みする姿が見られた。

代沢の最寄り駅は井の頭線の下北沢駅（小田急線も乗り入れ）と池ノ上駅で、アパートは二つの駅を結んだ三角形の頂点辺りにあり、両方とも徒歩一五分の距離にあった。後に下北沢が「シモキタ」と呼ばれ若者の街として脚光を浴びるようになるが、当時はまだそれほど賑わいのある商店街ではなかった。アパートまでの道程の三分の一くらいが商店街で、それが切れると人通りが少なくなる住宅街が続く。池ノ上駅周辺には商店街はなく、アパートまでは戸建ての高級住宅やマンションなどが建ち並び、下北沢ルートとは対照的な雰囲気の町並みであった。私はその日の気分によって、両方の駅を利用していた。

佐藤の私邸は、アパートから池ノ上駅に行く途中にあり、広大な敷地の住宅だった。「宅地・千六百二十七平方メートル、木造瓦葺の二階建の床面積四百六十六平方メートル。むかし吉祥寺に所有していた持ち家と、日本信販副社長（当時）の鈴木豊太郎の持ち家とを相互に交換したもの」という（岩川前掲書）。

後に、この家は佐藤が首相を辞めてから竹下登に譲られて主が代わった。二人の総理大臣が住んだ家ということになる。

周りを深い緑の木々や高い塀に囲まれ、まったく中を窺い知ることはできなかった。私が代沢に住んでいた頃は首相在任中だったため、正面の門前に設置されたポリスボックスには複数の警官が常駐し、周辺にも警官が配置されて二四時間体制で目を光らせていた。

私邸のそばを通って通勤する私の恰好がラフな服装にバッグを持っていたせいか、いつも警らの中の警官の視線を集めていた。返還闘争が盛んで、過激派学生の動きも活発であった。核抜き返還を要求して労働団体は連日のように国会デモをかけていた。何とか「職質」を免れていたのは、それほど「闘争的でない」目つきと態度のせいだったのかもしれない（と自分なりに解釈している）。

本土復帰、そして退陣

代沢にいた期間は一九六八（昭和四三）年から一九七三（昭和四八）年までの五年間だった。沖縄の本土「復帰」もこの間である。

一九七二（昭和四七）年五月一五日、東京と沖縄で同時に行われた「沖縄復帰記念式典」はテレビ中継で見た。屋良朝苗知事（午前零時を期して主席から初代知事に）は沖縄の式典に出席し、東京会場には宮里松正副知事が出席した。

「沖縄県民のこれまでの要望と心情にてらして、復帰の内容をみますと、必ずしも私どもの切なる願望が入れられたとはいえないことも事実であります」

屋良の苦渋の表情をした挨拶と、東京会場で最後に「天皇陛下万歳！」と叫んだ佐藤の万歳三唱の声が最も印象に残っている。「何で天皇陛下万歳なんだ」と違和感を覚えたものだ。

同日、沖縄会場の隣の与儀公園では、復帰協主催の「沖縄処分抗議・佐藤内閣打倒5・15抗議県民総決起大会」が雨が降りしきるなか開かれた。約一万人が参加した。

今年（二〇一三年）四月二八日、沖縄の多数の反対の声を押し切って東京で行われた「主権回復・国際社会復帰を記念する式典」。仲井真弘多知事は欠席し、高良倉吉副知事が代理出席した。沖縄では「4・28政府式典に抗議する『屈辱の日』沖縄大会」が行われた（宜野湾海浜公園屋外劇場・主催者発表で参加者一万人超）。私は高校時代の友人と参加した。高校時代、佐藤来沖の際、傍観者でいたことに対する贖罪のような気持ちもあった。

東京会場で最後に参列者席から飛び出した「天皇陛下万歳！」の件（ハプニング説、あらかじめ仕組まれたものという説あり）は、翌日のワイドショーを見て知った。私は一連の流れを、まるで四一年前と同じような光景を見ているような錯覚に襲われた。

瀬長亀次郎の著書（『瀬長亀次郎回想録』）にこんなエピソードが出てくる。

「近づいたね、瀬長君」

一九七二年――復帰を数週間後にひかえたある日、衆議院決算委員会室の入口で、瀬長とバッタリ出会った佐藤首相が声をかけてきた。

近づいた、という意味を佐藤は返還日の「五月一五日」のつもりで言ったのだろうが、瀬長は「首相退陣の日」と考えた。これは瀬長の皮肉だろう。

結局、佐藤が退陣を表明したのは沖縄の復帰がなった約一か月後の六月一七日だった。

当日、記者会見のテレビ中継を職場で見ていた私は予想外の展開に驚き、食い入るように見入った。因みに、仕事柄、職場ではいつもテレビがついており、テレビを見るのも仕事のようなものだった。

「テレビはどこにあるんだ。私はテレビをとおして国民にご挨拶する。新聞記者会見はやらんと言ったはずだ」「ぼくは偏向的な新聞は大嫌いだ」

と佐藤は怒り出し、会見室を引き揚げてしまう。

後に、関係者の著書で知ったことだが、原因は、官邸と内閣記者会の事前の打ち合わせで、記者側は一切質問はしないという取り決めだったのを、会見室に居並ぶ記者団を見て佐藤が勘違いしたのだという。実は、その前に官邸の中庭で開かれたパーティーで、「新聞は偏向しているのではないか。一方的な記事が多すぎる」と佐藤が話したのを、記者会の幹事が「新聞に対する誹謗であり、許すことはできない」と抗議していたという前哨戦があったようだ。

佐藤は関係者の説得で一旦会見室に戻ったが、今度は記者会（幹事）が佐藤の発言に対して抗議した。「それなら出て行ってくれ」と佐藤は再び記者団を会場から追い出した。売り言葉に買い言葉である。佐藤は記者団が退場してがらんとなった会見室でテレビカメラに向かって話し始めた。独演会という異例の会見となった。

「裸の王様」を連想してしまう異様な映像であったことを今でも鮮明に覚えている。

〝驚天動地〟のノーベル平和賞

「椅子から転げ落ちる」というのは、ひどく驚いた時に使う表現だが、その一報を聞いたときは本当に椅子から転げ落ちそうになった。

佐藤に対してノーベル平和賞が授与されるとのニュースである。退陣から二年後の一九七四（昭和四九）年一〇月のことだった。「非核三原則やアジアの平和への貢献」「平和裏に沖縄返還を実現」などが理由だった。

しかし、平和賞決定の二日前、米議会原子力合同委員会が「日本に寄港する米海軍の艦艇がほとんどの場合、核兵器を積んだまま入港していた」という証言（ジーン・ラロック退役海軍少将）を公表していた。日本の「非核三原則」を真っ向から否定する内容だったので、佐藤のノーベル賞決定に「？」を感じる声が上がった。

そもそもノーベル（平和）賞はロビー活動も大きな要素だといわれる。佐藤の場合も、元国連大使だった加瀬俊一のロビー活動が功を奏したといわれ、佐藤自身も日記で謝意を記している。

浜田和幸（国際未来科学研究所代表。現参議院議員）の『ノーベル平和賞の虚構《フィクション》』は、裏工作の内幕を明かした当事者の証言なども紹介しながら実態に迫っている。

佐藤を候補者にと言い出したのは鹿島守之助（鹿島建設会長）で、鹿島平和研究所の理事だった加瀬が中心になって工作を展開したのだという。閣僚、国会議員、官僚、裁判官、大学教授などを総動員してあの手この手のロビー活動を展開した。相当な費用がかかったが、すべて鹿島平和財団が負担している。

「そのための財団だし、日本が平和国家として認められたわけで、めでたいと思っていますよ」と鹿島は証言している。

しかし、ノーベル平和賞委員会は二〇〇一（平成一三）年に刊行した『ノーベル賞　平和への100年』でこんなことを記している。文献を入手することができなかったので、ネット記事からの引用になることをお断りしたい。

複数の記事によると――佐藤はベトナム戦争で米政策を全面的に支持し、日本は米軍の補給基地として重要な役割を果たした。後に公開された米公文書によると、佐藤は日本の非核政策をナンセンスだと言っていた、とし受賞理由と実際の政治姿勢とのギャップを指摘した。そして、執筆者のひとりオイビン・ステネルセン（ノルウェーの歴史家）は会見で、「佐藤氏を選んだことはノーベル賞委員会が犯した最大の誤り」と述べて当時の選考を厳しく批判したというのである。このフレーズはいろいろなところで引用されて紹介されている。

〈「核抜き、本土並み」を条件に沖縄の祖国復帰を実現させノーベル平和賞を受けた佐藤栄作元首相は、公には非核三原則を表明したが、実は米国の核の傘を求め、「非核三原則は、ナンセンスだ」と米国政府に公電で発言した事が米公文書から明らかにされた。

さらに、沖縄への核持ち込みに関する合意文書が出てきたりと、佐藤元首相は、全世界の人を欺いた、とんだ茶番劇を演じていた訳だ。

ノーベル賞委員会に「佐藤氏を選んだのは、ノーベル賞委員会が犯した最大の誤り」と言わしめた〉（二〇一〇年五月四日付『琉球新報』〈鳥人の目　ノーベル平和賞〉）

また、前出の三宅久之も言う。

〈（ノーベル平和賞受賞は）核を「作らず、持たず、持ち込ませず」の非核三原則を評価されてのことだが、佐藤には忸怩たる思いはなかったか。……沖縄についても、緊急時、特に核の再配備を認めることは、佐藤自身の了解の下に行われたことは明白である。しかも、ノーベル平和賞については、元国連大使の加瀬俊一らにロビー活動させた事実は、証言している人が複数いる。どうも、胸を張っての受賞とはいえないようである〉（三宅前掲書）

佐藤の平和賞受賞には本当に驚いたものだが、さらに驚かされたのは二〇〇九（平成二一）年のオバマ米大統領に対するノーベル平和賞だ。授与の理由は「核兵器のない社会」の実現を掲げたことが「よりよい未来への希望を世界に与えた」ためとされたが、就任一年足らず、まだ何の成果も出ていない段階での決定だ。極端に言えば、同年四月にプラハで「米国が先頭に立ち、核兵器のない世界の平和と安全を追求する」と演説しただけで、先物買いのように評価されたに過ぎない。私は授与決定のニュースを聞いたときそう思った。

「本当に驚いた。寝耳に水とはこのことだ。望んだこともないし、自分が受賞に値するとは信じがたい」

と当の本人も驚いたというが、正直な気持ちだろう。

ノーベル平和賞の選考プロセスには、政治的判断があからさまに介在しているのではないか、と前出の浜田は疑問を呈する。ノーベル賞の選考は、物理学賞など学術系四部門がスウェーデンの学術機関で行われるのに対し、平和賞は隣国ノルウェー・ノーベル委員会（かつてスウェーデンとノルウェーは連合王国）が担っているという。詳細は本文の主旨ではないので省くが、浜田は、ノルウェーのような小国が生き延びるためには平和な国際環境とインテリジェンスが不可分だとし、

「ノーベル平和賞は、ノルウェーが『平和国家』を演出する最大のセレモニーであると同時に、選考過程を通じて自国の安全に影響を与える重要な情報を探り出し、ある特定の『平和トレンド』にお墨付きを与えることのできる、強力な安全保障手段に他ならない」（浜田前掲書）

と書いている。

過去にはヒトラーやスターリン、ムッソリーニ、カダフィ大佐らも候補にあがったというから、平和賞に政治的側面があるのも否定できないかもしれない。

一九七四（昭和四九）年一二月一〇日にノーベル平和賞を受賞した佐藤は、半年後の一九七五（昭和五〇）年六月、くも膜下出血で死去。享年七四。

当時、私は名古屋に転勤していた。訃報のニュースにはさすがに感慨深いものがあった。

やはり「密約」はあった

「あなたがやめたあとはあなたを思い出すこともないし、すっかり忘れてしまうでしょうから」と一九七二（昭和四七）年の投書に書いたが、沖縄の復帰がなってもなお基地問題や米兵による犯罪が後を絶たない現実のなかでは、佐藤栄作の名前を「すっかり」忘れることはなかった。しかし、これほど鮮やかに彼の名前が記憶のなかから呼び戻されるとは思いもしないことが起こった。

佐藤が亡くなって一九年後の一九九四（平成六）年五月——返還交渉で佐藤の密使を務めた若泉敬（元京都産業大学教授）の著書『他策ナカリシヲ信ゼムト欲ス』が刊行され、沖縄返還交渉に関わる「密約」が初めて当事者から明らかにされたのである。返還後の有事「核の再持ち込み」と「繊維の輸出規制」に関して「密約」を交わしていたという衝撃の告白であった。

若泉の著書では繊維交渉については詳しく書かれていないが（脱稿後、若泉は繊維交渉に関する膨大な資料をすべて焼却、彼にとって不名誉な事実が記されていたからではないかとの指摘もある）、「沖縄返還」と「繊維」をからめた日米交渉は「糸（繊維）と縄（沖縄）の取引」とも言われた。

しかし、歴代政権と外務省は、若泉の著書が出版されても、アメリカで関連の公文書の開示があっても、「密約はない」「文書もない」と否定し続けていた。

若泉が暴露した「密約」の証拠は、それからさらに一五年後に明らかにされる。

二〇〇九（平成二一）一二月二二日付『読売新聞』に「核密約文書　佐藤元首相邸に」「日米首脳『合意議事録』存在　初の確認」という見出しが躍った。

記事の内容は――沖縄返還交渉を巡り、佐藤首相とニクソン大統領の間で交わされたとされる有事の際の核持ち込みに関する「密約」文書を佐藤の遺族が保管していたことが二二日、明らかになった。発見されたのは、ワシントンで行われた日米首脳会談で極秘に交わされた「合意議事録」の実物だった。一九六九年一一月一九日付で、上下に「トップ・シークレット（極秘）」とあり、文末に佐藤、ニクソンの署名がされている。

文書では、米側が「日本を含む極東諸国防衛のため、重大な緊急事態が生じた際は、日本と事前協議を行ったうえで、核兵器を沖縄に再び持ち込むこと、及び沖縄を通過する権利が認められることを必要とする。米国政府は好意的回答を期待する」とし、有事の際の沖縄への核持ち込みを両首脳が合意したことが記録されている。日本側は事前協議があれば「遅滞なくその要求に応える」と、核の持ち込みを容認する姿勢を見せている。また文書には「米国政府は重大な緊急事態に備え、沖縄に現存する核兵器の貯蔵地、すなわち嘉手納、那覇、辺野古、及びナイキ・ハーキュリーズ基地（読谷村残波岬地域――筆者注）をいつでも使用できる状態に維持しておく必要がある」とも記されている。

文書は二通作成され、一通は日本の首相官邸、もう一通はホワイトハウスで保管するとしてある。首相退陣後、自宅の書斎に移して私蔵していたものを、佐藤が一九七五（昭和五〇）年に死去した際、代沢の自宅にあった遺品を整理していた遺族が書斎机の引き出しから発見した、と記事は伝えている。

読売はこのスクープ記事によって二〇一〇年度の新聞協会賞を受賞した。

これより前の一二月一日、外務省アメリカ局長として返還交渉に当たった吉野文六（九一）は、沖縄密約文書開示請求訴訟の法廷で密約があったことを政府関係者として初めて証言している。吉野が自らの関与を認めたのは、沖縄返還の際に米軍基地を撤去する費用の一部の四〇〇万ドル（当時のレートで約一三億円）を日本が肩代わりするという密約だった。

「（真実を証言することが）日本の将来のために有益なことだと信じるようになった」（法廷証言）

「過去のことを忘却したり、あるいは反対のことを主張したりするなどして、歴史を歪曲しようとすると、国民にマイナスになることが大きいと思います」（「ＮＨＫスペシャル」取材班『沖縄返還の代償　核と基地　密使・若泉敬の苦悩』）

吉野は証言した事由を語っている。

齢九〇を過ぎて恬淡とした身になったことからやっと真実を語ろうとするに至ったのだろうが、もっと早く口を開いてほしかったものだ。

同番組では、佐藤家に保管していた密約文書を次男の信二（元衆・参議員）がテレビカメラの前に広げて紹介する姿が写された。

「事実は事実として、きちんと国民に伝えることが重要だと……オヤジはどう思っているか分からないけど、歴史の事実だから」

と信二も吉野同様の証言をしている（前掲書）。

おそらくオヤジ（栄作）は、墓場まで持って行ったつもりの密約が明かされて草葉の陰で驚愕しているに違いない。

この年、私は還暦を過ぎていた。

やはり、密約はあったのである。

「返還交渉で密約問題など、とかくのウワサが絶えませんが、何年か後、もしそれが暴露されるようなことが起き、再びあなたがクローズアップされてはあなた自身も不名誉でしょうから」

私は、やっと四一年前の投書に決着がついたように思えた。


（二〇一三年・夏　第六号）

「昭和天皇」体験

最初の体験——海邦国体と昭和天皇

平成生まれが初めて成人式に出席した、という二〇〇九（平成二一）年の「成人の日」のニュースに接したとき、私には感慨深いものがあった。いまから四年前のことである。あのとき私は、「昭和」と「昭和天皇」を思い起こしていた。

私はある時期の三年間、昭和天皇に関わる仕事につき、また個人的に翻弄された体験がある。

「翻弄」というといささか語弊があるが、実態と心境としてはそれに近い。それは四度にわたった。

転勤族の私は定年までに九回六か所の異動を経験した。昭和天皇に関わる仕事をし翻弄されたのは福岡、長崎勤務時代（一九八七〜一九九〇年）である。正確に言えば、そのときは「昭和天皇」ではなく、「今上天皇」であった。そして、その間に亡くなり、時代は「平成」へと代わった。

最初の体験は、いまから二六年前の一九八七（昭和六二）年である。私が三九歳のときだ。

この年一〇月、天皇は沖縄で開催される第四二回国民体育大会秋季大会（海邦国体）に出席する予定になっていた。実現すれば天皇として戦後初めての沖縄訪問であった。

戦後、一九四六（昭和二一）年一月一日、いわゆる「人間宣言」を行った天皇は、翌二月から地方巡幸を始めた。五四年までに本州、四国、九州、北海道をまわり終え、残すは沖縄だけだった。しかし、沖縄はまだ米軍の軍政下にあった。

一九五三（昭和二八）年に奄美大島、一九六八（昭和四三）年に小笠原諸島が日本に返還され、沖縄の復帰運動も盛り上がりを見せていた。結局、沖縄は一九七二（昭和四七）年五月に本土に復帰するのであるが、天皇の沖縄訪問はまだ実現していなかった。

沖縄県が最初に国体の誘致に向けて動き出したのは一九七八（昭和五三）年にさかのぼる。まず沖縄県体育協会が声をあげ、県町村議長会、各市町村議会などで誘致要請決議が相次ぎ、平良幸市知事も県議会で誘致を表明。四月、県庁内に検討委員会が設置された。

しかし、七月に平良が脳血栓のために倒れ、一一月に辞任。沖縄国体が正式に決まったのは後任の西銘順治になってからだった。

一九八五（昭和六〇）年一〇月、地方事情説明のため皇居を訪れて「ご進講」した西銘は、最後に国体への出席を要請した。

「昭和六二年に沖縄で国体が開催されるに当たり、天皇陛下、皇太子殿下のご臨席の栄を賜りますようお願い申し上げます」

天皇は皇太子時代の一九二一（大正一〇）年、ヨーロッパ訪問に向かう途中、沖縄に立ち寄ったことがある。偶然にも西銘が生まれた年である。

三月六日、御召艦「香取」（艦長は沖縄出身の漢那憲和大佐）で午前九時過ぎ中城湾に到着、与那原駅から鉄道で那覇入り。那覇駅から人力車で県庁、首里城をまわり、夕方帰艦し沖縄を後にした。八時間余の沖縄滞在であった（惠隆之介『昭和天皇の艦長　沖縄出身提督　漢那憲和の生涯』）。ところで、久茂地川に架かる「御成《おなり》橋」は、そのとき昭和天皇が渡ったことに因んで命名されたものである。

「天皇の沖縄訪問によって、沖縄の戦後を終わらせたい」

との思いが西銘にはあった。

二年後（一九八七年）の七月、西銘は宮内庁を訪れ、第四二回国民体育大会秋季大会（以下、国体）に天皇を沖縄に招請する要望書を宮内庁長官に正式に提出した。

「去る大戦で戦没された多くの県民の御霊を慰めていただきたい。また戦後、苦難に耐えて県民あげて築いてきた沖縄の姿を見ていただきたい。これで日本と沖縄の戦後が終わるのだという気持ちでいっぱいだ」

要請後の記者会見で西銘は述べた（『戦後政治を生きて　西銘順治日記』）。

前回（『多島海』六号）の「佐藤栄作との45年」で、「沖縄の祖国復帰が実現しない限り、日本にとって戦後は終わっていない」との佐藤首相の「名言」を紹介したが、西銘にとっては復帰によってもなお沖縄の戦後は終わっていなかった。天皇の沖縄訪問によって初めて沖縄の戦後が終わるのであった。

西銘の要請から二年後の一九八七（昭和六二）年、天皇は誕生日の記者会見で「県の発展と県民の幸福のためにつとめるよう励ましたい」と国体への出席を公式に発表した。

当時、NHK福岡放送局のディレクターだった私は、国体の応援要員として沖縄に出張することになった。といっても、担当は本筋の競技ではなく「天皇班」だった。つまり、「国体」というスポーツイベントだが、業務は競技以外の天皇に関わる行事や「緊急報道」の対応要員である。緊急報道対応というのは、表向きにははっきり言えないが、天皇や皇室関係者に緊急事態が起こったときに遅滞なく取材、中継などに対応することである。天皇一行の動きを一挙手一投足、ウォッチングしていなければならない。ちゃんとやって当たり前、ミスは許されない。少しも息抜きができない神経を使う仕事である。

昭和天皇の密かな古傷――「天皇メッセージ」

河原敏明（皇室ジャーナリスト）の『昭和天皇とその時代』（二〇〇三年刊）に次のような記述がある。復帰の二年前（一九七〇年）、那須の御用邸で宮内庁記者団とのこんなやりとりが交わされたという。

「全国を巡幸され、沖縄だけが残されています。県民からも、ぜひ来ていただきたいとの声もありますが」

記者からの質問に対して天皇は、

「全国を視察したというが、まだ全国を廻ったわけではない。伊豆諸島の一部、対馬、五島列島、薩南諸島といった離島にはまだ行ってないので、ぜひ行きたいと思っている。沖縄の人から来てほしい、という話は聞いていない。だが沖縄のおかれている立場など難しい問題もあるので、いまは行くとか行かないとはいえない」

と消極的な答えに留まった。

本来なら沖縄戦で多くの犠牲を強いた沖縄に、しかも戦後まだ一度も足をのばしていない沖縄だからぜひ行ってみたいと希望しそうなものだが、「沖縄の人から来てほしい、という話は聞いていない」となぜか消極的である。あるいは、まだ米軍政下にあったことを考慮したのかもしれない。

天皇の消極的な気持ちについて河原は、「実は、秘かな古傷が、天皇の心を疼かせたということも、あるかも知れない」と書いている。河原のいう「秘かな古傷」というのは、「天皇メッセージ」のことだと思われる。

「天皇メッセージ」は、この九年後に公になる。筑波大学の進藤榮一助教授（当時）が米国の国立公文書館から発掘した資料を『世界』（一九七九年四月号）に発表して大きな反響を呼んだものである（二〇〇二年刊『分割された領土　もうひとつの戦後史』所収）。

私は当時三一歳、沖縄放送局に勤務していた。その報道に接して大きな衝撃を受けた。

「天皇メッセージ」については、沖縄戦後史や昭和史のなかでは度々出てくる有名なものだが、若い世代では知らない者も多くなっているだろうから、改めて記しておきたい。

その内容とは――戦後二年目の一九四七（昭和二二）年九月一九日、宮内庁御用掛の寺崎英成がGHQ外交局長シーボルトを訪問し、沖縄の将来についての天皇の考えを伝えた。

「天皇は、アメリカが沖縄を始め琉球の他の諸島を軍事占領し続けることを希望している。その占領はアメリカの利益にもなるし、日本を守ることにもなる」

として驚くような内容の提案をしているのである。

「アメリカによる沖縄の軍事占領は、日本に主権を残存《リテインド》させた形で、長期《ロング・ターム》の――二十五年から五十年ないしそれ以上の――貸与をするという擬制《フィクション》の上になされるべきである。天皇によればこの占領方式は、アメリカが琉球列島に恒久的意図を持たないことを日本国民に納得させることになるだろうし、それによって他の諸国、特にソヴェト・ロシアと中国が同様の権利を要求するのを差止めることになるだろう」

二〇日、シーボルトはメモにしてマッカーサーに伝え、二二日には本国のマーシャル国務長官に送付している。

進藤は「この文書の重要性は、それがアメリカの政策決定者の〝琉球処分〟に多大な影響を与えたことである」とし、「沖縄の恒久基地化を構想する総司令部」「ソ連共産主義に対処する拠点として沖縄の全面使用を構想し、ソ連抜きの片面講和をおし進めるべきだとする政策企画部」の立場を「現地から正当化するものであった」。それが〝象徴〟天皇のメッセージであったがゆえにいっそう重みを持つものであったという。信託統治方式によらず、潜在主権を残したままで沖縄を租借する方法として、アメリカにとってはまさに格好の代案となり、サンフランシスコ講和会議での「潜在主権を日本に残した形でアメリカが領有し、軍事基地を置き続けることが認められ、ソ連共産主義の脅威に対処するために、日米安保条約が結ばれた」とまとめている（進藤前掲書）。

当時、地元紙では、『琉球新報』が四月一一日付朝刊一面トップで〈天皇、沖縄の占領継続を希望／米側公開資料で明るみに〉と六段見出しで『世界』を引用する形で報じた。『沖縄タイムス』は一八日付朝刊の一面中央部に〈存在していた〝天皇メッセージ〟〉という五段見出しで、衆院内閣委で共産党議員が天皇メッセージの有無を質したのに対し、宮内庁と沖縄開発庁は「日本側に資料がない」として明確な答弁を避けたが、外務省は米側の外交文書をすでに入手、分析・検討していることを明らかにした、と報じている。『新報』も同日付朝刊一面トップで同内容の記事を掲載するとともに、二二日付朝刊一面では〈天皇メッセージ　本社が資料を入手〉と米側公開資料（写し）を入手したことを伝えている。

しかし、沖縄にとって大きな新事実であるにもかかわらず、『タイムス』が一三日付朝刊の文化欄で『天皇の戦後責任を問う／占領支配は天皇の意見／進藤論文の提起に注目』という新崎盛暉沖縄大学教授の寄稿と、『新報』が二四日付夕刊一面に「天皇メッセージと〝沖縄処分〟」という記者の署名入り原稿を掲載しているが、両紙とも社説では取り上げていない（筆者が確認できた範囲内で）。

河原は、「……新憲法により、政治権力を失った天皇が、このような提言をしたのが事実とすれば、不思議なことである」と比較的おだやかに述べているが、もっと厳しい見方も見られる。

「それにしても、二年数カ月前に壮絶な〝本土決戦〟を体験したばかりの沖縄の人達にとって、当時『沖縄の安全』に対する最大の軍事的脅威が米軍の占領そのものであったということは、天皇のおよそ考え及ばないところだったのだろうか」（豊下楢彦『昭和天皇・マッカーサー会見』）

豊下はそう疑問を呈し、さらに「重要なことは、天皇がその意思によってこのようなメッセージを出していた、という事実そのものである」と指摘している。つまり、憲法上、著しく疑義があるというのである。

また、川平成雄（琉球大学教授）は「天皇メッセージ」は昭和天皇による沖縄の切り捨てだとし、「みずからの保身と、日本という国の保身を最重要視する『考え』が根本にあり、将来にわたる『沖縄の苦闘』をまったく無視した『切り捨て』にほかならなかった」と断じている（川平『沖縄　空白の一年』）。

「天皇メッセージ」の「アメリカによる沖縄の軍事占領は、日本に主権を残存させた形で、長期の——二十五年から五十年ないしそれ以上の——貸与をするという擬制《フィクション》の上になされるべきである」の「擬制」とは法律用語で「立法政策上の見地から、実際の性質が異なったものを同一とみなし、同一の法律上の効果を与えること」（『広辞苑』）、もう少しわかりやすく言えば「実在しないものを、法律上、実在とみなすこと」（『新明解　国語辞典』）であるが、私には「沖縄の〝犠牲〟の上に」と読み取れるのである。

進藤論文から一一年後、別の天皇の言葉がまた波紋を呼ぶ。これにも寺崎英成が関わっていた。寺崎が記した「昭和天皇独白録」が一九九〇（平成二）年一二月号の『文藝春秋』に全文発表され、大きな話題を集めたのである。私は単行本として出版（一九九一年）されたときに読んだ。

「昭和天皇独白録」は一九四六（昭和二一）年三月から四月にかけて、松平慶民宮内大臣、木下道雄侍従次長、寺崎ら五人の側近が、昭和天皇から張作霖爆死事件から終戦に至るまでの経緯を四日間計五回にわたって直接聞いてまとめたものである。

そのなかの「沖縄決戦の敗因」で、天皇が沖縄戦についてどう考えていたかを知ることができる。

天皇は敗因について、「陸海作戦の不一致にある」とし、本当は三ヶ師団で守るべきであったが、兵力不足を感じて後で一ヶ師団を増援したいと思ったときにはすでに輸送ができない戦況だったとしている。また、特攻作戦については、「天候が悪く、弾薬はなく、飛行機も良いものはなく、たとへ天候が幸ひしても、駄目だったのではないかと」し、「特攻作戦といふものは、実に情に於て忍びないものがある、敢えて之をせざるを得ざる処に無理があった」と述べている。そして、「陸軍が決戦を延ばしてゐるのに、海軍では捨鉢の決戦に出動し、作戦不一致、全く馬鹿〻しい戦闘であった」と、沖縄戦で犠牲になった関係者には何とも言い難い表現で切り捨てている。

初めて「独白録」の存在を知り、沖縄戦に関する部分を読んだとき私は唖然とした。「天皇の戦争」といわれ、あれだけの犠牲者を出した沖縄戦について、「全く馬鹿〻しい戦闘であった」と総括するにはあまりにも情が感じられず、他人事のような気がするのである。

天皇、沖縄訪問断念

さて、初めて天皇を迎える沖縄では賛否の声があったが、実は天皇が沖縄を訪問する機会はその前にもあった。

本土復帰した一九七二（昭和四七）年一一月の復帰記念植樹祭、翌七三年五月の特別国体「若夏国体」のときである。植樹祭と国体には天皇が出席するのが恒例だった。当時の屋良朝苗知事は植樹祭出席について、「宮内庁に正式要請したい」と記者会見で明言したが、知事を支える革新陣営から強硬な反対論が出て、植樹祭も国体も天皇の訪問は実現しなかった。

屋良は復帰前（一九六九年）と復帰直後（七二年）の春の園遊会に招かれ、昭和天皇と直接顔を合わせたことがあったことから、日記には「（宇佐美宮内庁長官から）陛下の御気持もうかがって胸がいたむ」と書いている。

話を一九八七（昭和六二）年にもどす。

七月二三日、宮内庁からマスコミ各社に天皇の沖縄県行幸の日程がオフレコで通達された。それによると、一〇月二三日の午前九時一五分に皇居を出発し、沖縄に四泊して二七日の午後四時一一分に東京国際空港到着の便で帰京する日程になっていた。しかし、これは幻の計画に終わる。

この三か月前の四月二九日、八六歳の誕生日に天皇は皇居で催された祝宴の途中、食べたものをもどして退席した。以来、体調を崩していた天皇であったが、九月一九日付『朝日新聞』朝刊は〈天皇陛下、腸のご病気／手術の可能性も／沖縄ご訪問微妙〉とのスクープ記事を報じた。ちょうど当日は、海邦国体夏季大会に出席する浩宮が沖縄に出発する日であった。佐野眞一的見方をすれば「もし朝日のスクープがなければ、うるさい記者連中を浩宮に随行させて沖縄に追い払っているすきに天皇の手術を極秘裏に行い、あとは適当な発表をしてお茶をにごすという宮内庁のことなかれ主義の表れだったと見ることができる」（佐野『ドキュメント 昭和が終わった日』）

空港には浩宮に随行する皇室記者が集まっていたが、『朝日』の報道によって一五名くらいが沖縄行きをキャンセルしたという。

私はその日、「浩宮」対応で沖縄に出張していた。当時の新聞のラテ欄を見ると午後二時から二〇分間、「浩宮様摩文仁墓苑へ」という生中継番組になっている。生中継したのはＮＨＫだけで、担当ディレクターは私だった。浩宮の慰霊行事だけで生中継をするのか、と思われるかもしれないが、実は別の事情もあった。天皇来沖の際、今回と同じように摩文仁墓苑（国立沖縄戦没者墓苑）に慰霊・供花することから、いわば本番に向けたリハーサル（電波状況、カメラ位置、人の動きなどの確認）を兼ねていたのである。

天皇は九月二二日宮内庁病院で手術を受けた。「慢性膵炎の疑い」と発表された。医師団は「腺ガン」と診断していたが、最後まで伏せることにした（高木顕『昭和天皇最後の百十一日　前侍医長がいま明かす』）。同日、国事行為の臨時代行が皇太子に全面委任された。

そして、二八日には天皇の国体出席中止が宮内庁から正式に発表された。沖縄でも宮内庁の総務課長が来沖して、県庁で西銘とともに記者会見を行った。

「思いもかけず、病気のため、今回の沖縄訪問を断念しなければならなくなったことは、まことに残念です。健康が回復したら、できるだけ早い機会に訪問して、私の気持ちを伝えたいと思います」

との天皇の「お気持ち」が伝えられた。

国体には天皇の名代として皇太子夫妻が出席することになった。私の役割も「皇太子班」に代わり、私の最初の「昭和天皇体験」は未体験に終わった。

「思はざる　病となりぬ　沖縄を　たづねて果さむ　つとめありしを」

一九八八（昭和六三）年の正月に天皇が詠んだ歌である。沖縄訪問にまだ望みを託している。

天皇の沖縄訪問によって沖縄の戦後を終わらせたいとの意向だった西銘であったが、労働団体なども「天皇訪沖反対」を打ち出していたこともあって、地元紙の社説は「県民世論は必ずしも、これに（西銘の意向——筆者注）賛成するものばかりではなかった」（『琉球新報』）。「沖縄戦の傷跡は深く、天皇の来県で戦後が終わるほど簡単なものではない」（『沖縄タイムス』）と、沖縄の複雑な背景についてふれていた。

天皇の沖縄訪問をあきらめきれない西銘は、この年六月の「慰霊の日」の来県を宮内庁に打診した。

結局、歴代天皇として初めて沖縄を訪問したのは現在の天皇（現上皇）で、一九九三（平成五）年四月の植樹祭のときだった。

沖縄と昭和天皇

私が天皇を意識したのはいつからだろうかということを考えてみたが、〇歳の頃からとか、いつの時期からとかという意識、記憶がほとんどない。おそらく小学校か中学の社会や歴史の教科書で教わったに違いないが、その記憶さえもない。沖縄と天皇との関係は歴史的には希薄であった。ましてや戦後生まれの私にはその存在は縁遠かった。

安良城《あらき》盛昭（元沖縄大学教授、元大阪府立大学教授）によれば、「沖縄はもともと《天皇制》と無縁の地域であった」が、明治一二年の「琉球処分」以後にやっと「天皇制」にかかわったとする。日本では古墳時代以来、遅くとも律令制以来約九五〇年にわたって「天皇制」とかかわり続けてきたが、沖縄は「天皇とかかわりあいのなかった米軍占領下の二十七年を差し引けば、天皇とのかかわりは僅か八十年の歴史にすぎない」（安良城・一九八九年刊『天皇・天皇制・百姓・沖縄』）。

新崎盛暉（元沖縄大学教授・学長）も「沖縄が天皇制と直接かかわりをもったのは、明治期の琉球処分（一八七一年）から第二次世界大戦（沖縄戦）までのたかだか六、七〇年であって、米軍の支配下に置かれたため戦後の象徴天皇制からさえ直接的には疎外されていた」と同様のことを論じている（新崎・一九九六年刊『沖縄現代史』）。

安良城は前掲書で、〈明治三一年の沖縄小学生の「思想」調査〉という項をたてている。「昭和・平成史」というテーマからは逸脱するが、興味深い部分があるのでもう少し話を進めたい。

調査は具志川尋常小学校第四学年生三九名を対象にしたもので、「最も尊敬すべき者は如何」で「天皇陛下」が三三名のトップで、他はそれぞれ兵士、君師父、君父などが一名ずつで断トツの差である。

これについて安良城は、「（沖縄住民が天皇とかかわりあうようになった明治一二年の琉球処分）以来二〇年もたっていない明治三一年に、このような『思想』を、天皇を知らなかった沖縄住民の子供のうちに根付かせている」ことに、「教育のもつ力の恐ろしさに慄然とせざるをえない」「このような天皇崇拝を根付かせたのは、いうまでもなく、沖縄における当時の歴史教育＝皇民化教育であった。その歴史教育がどのようなものであったか、この『思想』調査は、疑問の余地なく推測させる」とまとめている。

沖縄での皇民化教育はさらに強力に押し進められ、「天皇陛下のために戦う」という沖縄戦の悲劇を生んでいくのである。

その後のウチナーンチュの天皇に対する意識については、NHKの「全国県民意識調査」が最も参考になろう。NHKが同調査で初めて沖縄での調査を加えたのは復帰直前の一九七〇（昭和四五）年である。昭和天皇について明らかに他府県と異なる結果が出ている。「天皇に親近感を持っているか」との問いに対して、全国平均が七〇％であるのに対し、沖縄はわずか四〇％である。

復帰後の一九七八（昭和五三）年の調査では、「天皇は尊敬すべき存在だと思うか」という設問で、「そう思う」が全国平均の五五・七％に対し、沖縄は全国で最も低い三五・七％である（最高は山口・熊本県の七〇・八％）。逆に、「そうは思わない」は全国平均二五・一％に対し沖縄は最も高い三七・一％（最低は鹿児島の一五％）と全国で唯一、天皇を尊敬しない人間が尊敬する人間を上まわっているのである。

さらに一〇年後の一九八七（昭和六二）年二月の調査では、「尊敬すべき存在だ」の「そう思う」の四四・五％に対し、「思わない」が二九・五％と初めて逆転している（NHK放送世論調査所編『日本人の県民性　NHK全国県民意識調査』）。

これはおそらく戦争体験者が亡くなって少なくなってきたのと、昭和天皇に対して好々爺のイメージしか持たない若い世代が増えてきたこと、復帰後一五年経って沖縄の本土化や保守化が進んだことなどがあげられよう。

二度目の体験――「天皇報道」に動員される

二度目の「天皇体験」は、「海邦国体」から一年後（一九八八年）の九月、ソウルオリンピックのときだった。アジアでは東京に次ぐ二番目の夏季オリンピックで、九月一七日から一〇月二日までの期間であった。

オリンピック期間中、テレビは競技の生中継を中心にした特別編成になるので、レギュラー番組やローカル放送も休止になるものが多い。そのため地方局のディレクターやアナウンサー、記者らも現地や東京に応援にかり出されてオリンピック放送に関わる。しかし、応援から外れた者は普段なかなか取れない連続休暇などで比較的ゆっくりすることができる。私は職場のディレクター、アナウンサーと三人で五輪ツアーを計画し、旅行会社への手続きも終えていた。開会式から何日か経った競技の二、三泊の観戦ツアーだったと思う。

しかし、五輪開会式の翌一八日、天皇は発熱のため予定されていた大相撲観戦を中止、翌一九日から吐血、下血を繰り返す状態に陥った。

いわゆる「Xデー」対応のスタンバイが俄然現実的になってきた。「Xデー」というのは、「起こることは確定的であるが、いつ起こるか予測できない重大事件が起きる日を指す俗称で、元々は作戦予定日を意味する軍事用語」（「wikipedia」）だが、マスコミで主に使われる用語だ。

当然のことながら私たちのソウル行きはキャンセルとなった。ツアー料金はすでに払い込んでいたため、二、三万円のキャンセル料を取られた。かくて私にとって初めての海外旅行体験もつぶれてしまったのである。

「よりによって、このタイミングとは……」

口に出すと昔なら不敬罪になるような言葉がつい出そうになったが、ここはぐっと我慢して、「報道番組のディレクターなら当然のことだ」とすぐさま責任感とあきらめから仕事モードにもどったのであった。

二〇日からNHKと民放は特別報道体制をとって終夜放送で「下血」などの症状を伝えるようになった。

前述した侍医長の高木は、逐一天皇の症状を発表するマスコミ報道に対して「そのうち天気予報とまったく同じような感覚で受け止められるようになってしまう」と懸念している（高木前掲書）。終夜放送の下血情報は、まさに台風時に新しい情報が入るまで延々と同じ情報を出し続けているフィラーのようなものだった。

外国メディア（パリの夕刊紙『ルモンド』）は日本のマスコミ報道についてこう批評している。「体温、脈拍、血圧などマスコミの連日の症状報道で天皇の存在が今ほど大衆化したのは、歴代天皇の中でヒロヒト天皇が初めてだろう」（一〇月六日付『東京新聞』）

終夜放送は天皇の症状を伝えるとともに、緊急事態に備えるという目的もあったが、放送局ならではの事情もあった。当時、放送は午前零時で終了し、まだ二四時間放送ではなかった。そのため放送が終わると放送機器の電源を落とすのだが、その後に緊急報道を要する事態が起きた場合、東京から全国の放送局に指示して再び電源を入れて放送ができる体制、状態になるまで五分～一〇分くらいかかる。もし、その間に変事が起きた場合、ニュース速報として伝えられないことになる。「なぜ、終夜放送までして天皇の下血情報を流すのか」など世間からの批判を浴びつつも、ずっと終夜放送をしていたのにはそういう裏事情もあったのである。

そういう状況のなかで、テレビ放送は各局とも自粛ムードが蔓延するようになった。井上陽水が独特の声で「お元気ですか」と呼びかけた自動車のCMが中止されたり、「生きる歓び」というコピーの広告が取りやめになったり、ドキュメンタリー番組「ガンを告げる瞬間」「お葬式人情物語」が別番組に差し替えられたり、テレビ局の編成はてんやわんやだったろう。

時期は覚えていないが、福岡局では「Xデー」に備えて、「天皇と九州」という番組の制作を準備することになり、私が担当になった。

天皇は、全国巡幸で九州は一九四九（昭和二四）年五月一九日から六月一〇日まで七県すべてをまわった。私が一歳になる一、二か月前のことだ。

私は九州巡幸でまわった所と、関わりを持った人物とのエピソードを中心に構成しようと考えた。

原爆で被爆した永井隆博士を見舞った長崎大学（当時は長崎医科大学）、熊本県の有明海沿岸に建つ天皇の歌碑にまつわるエピソード、一九八七（昭和六二）年五月に行われた佐賀県の植樹祭で「お手植え」の介添えを務めた祖父と孫娘などを取材することにした。

天皇が行幸の時に宿泊した福岡の二日市温泉の旅館では、女将がにこやかに天皇が宿泊した「天皇の部屋」を案内してくれた。まさか「崩御」の際に放送する番組とは言えないので、「天皇が九州に残された足跡」の取材と説明した。相手がそのことをどの程度意識していたかわからないが、特に詮索されることもなく取材を終えたのだった。

特別報道体制が長引くにつれて、東京の要員体制も払底し、地方からの応援が増えるようになった。やがて私にも順番が回ってきて、年末年始の二週間、東京出張を命じられた。正直なところを言えば、最も避けたい時期の応援である。ついてないが、誰かが損な役回りをしないといけないので受けるしかない。

前半の一週間は、渋谷の放送センターの報道局で、地方から応援にきているディレクターたちの勤務の割り振りや、数か所に出ている中継スタッフの把握、現場の声を聞いたりするデスクワークが仕事だった。そして、後半の一週間は皇居、宮内庁の中継担当だった。

宮内庁では記者クラブ加盟の二六社が取材のため詰めていた。午前九時と午後二時、七時の三回、天皇の体温と脈拍、血圧、呼吸数が発表される（後に高木侍医長の意見により二回になる）。直接取材に当たるのは記者で、ディレクターは「その時」以外は中継映像を放送センターに送るのが主な業務だった。映像は常時、生放送するというものではなく、情報としてセンターにあげるのも目的だった。

皇居、宮内庁の担当者は宿泊勤務の場合、記者会見場の椅子や中継車の車内などで睡眠をとるしかなかった。椅子は建物内だったからまだしも、車の助手席で寝るのはきつかった。しかも季節は真冬である。寒さにふるえながら耐えた。地方からの応援者も多く宿泊数も長いことから、正規の出張旅費では経費が嵩むため、宿泊費は実費払いだった。私は五反田のウィークリーマンションを宿にした。世の中がクリスマスや年末年始の慌ただしいなかにあったときに、過酷で何とも侘びしい東京の日々であった。

幸い私の応援期間中の二週間に「Xデー」はなく、晴れて正月三が日過ぎに福岡の自宅に戻ることになった。

「三度目」の体験

三度目の「体験」は一九八九年、わずか一週間で終わることになる「昭和六四年」だった。

年末年始を妻子に不義理した私は、六日から福岡郊外の津屋崎方面に一泊の家族旅行に出かけた。九州で唯一、屋外スケート場が目玉の観光施設があった。六歳の長男、四歳の次男はそれまでの不満も忘れてアイススケートに興じた。子どもたちにとって初めてのアイススケート体験だったので、たいそう喜んでくれた。そして、次の日もスケートに行く約束をして宿に帰った。

翌朝八時過ぎ、朝食をとろうとレストランに行くと、係の人が鏡餅を片づけているところに出くわした。

「まだ松の内だというのに、ずいぶん片づけるのが早いですね」

と話しかけると、

「天皇陛下が亡くなられたので……」

との返事。

「えっ」

と瞬間は驚いたが、すぐ冷静になる。

天皇報道に携わったので、いずれはとの思いはあったが、いざ逝去の報に接すると、ついに来るべき時がきたかとある種の感慨を覚えた。

後で聞いたところ七時五五分から中継が始まり、宮内庁の藤森長官から「午前六時三三分崩御」「十二指腸乳頭周囲腫瘍腺ガンにより」との発表があったようだ。八七歳八か月、在位期間六二年一四日（元年と六四年が七日のため）、歴代天皇の最長記録であった。

ひとつの時代の終焉に立ち合うのは初めての体験だった。慌てて職場に電話すると、当然のように「すぐ出勤するように」とのこと。まだ事情も把握できない不満顔の子どもたちに平謝りして、急遽帰り支度をした。報道番組ディレクターの宿命、妻子に対する贖罪など、さまざまな思いが交錯するなか、福岡市内に向けて車を走らせていたのだった。


天皇が亡くなった七日と八日の二日間、テレビ各局の番組は「天皇報道」一色に塗りつぶされ、民放からはCMが消えた。

天皇の死去を伝える報道では、「崩御」という表現が圧倒的に多かった。突然、「崩御」という言葉が現代に息を吹き返したかのように目の前に現れた印象だった。元々の語源は中国で、天子がこの世を去るという意味で使われたものだ。

『天皇とマスコミ報道』（天皇報道研究会編著・一九八九年刊）に、新聞社間で天皇が亡くなったとき「崩御」という言葉を使うことが合意されたということが紹介されている。マスコミ労働者でつくる「ぐるーぷマスコミX」が発表した内容を紹介する形で、在京七紙（朝日・毎日・読売・日経・

産経・東京・東京タイムズ）と共同、時事の二通信社の編集局長会議で、Xデー当日、一面で「崩御」という言葉を使用する〝申し合わせ〟がなされたのだとしている。

新聞労連の調べによると、結局、新聞協会の加盟紙で「崩御」を使わなかったのは『沖縄タイムス』『琉球新報』『長崎新聞』『日本海新聞』『苫小牧民報』の五紙だけだった。『デーリー東北』と『南海日日新聞』（奄美大島）は号外では「崩御」を使い、その後の本紙では「ご逝去」に替えたという。

私は沖縄の二紙があえて「崩御」を使わなかった決断を、それこそ沖縄の新聞の見識だと思った。

「崩御」を使用した新聞でも、『朝日』『毎日』は、見出し以外はリードに一か所あるだけで、記事のなかでは「ご逝去」「ご死去」を使った（天皇報道研究会前掲書）。

NHKやテレビ朝日は「崩御」は字幕だけで、アナウンサーは「お亡くなりになりました」という表現だった（岩波新書編集部編『昭和の終焉』所収・青木貞伸「黒枠の中のブラウン管」）。

二日間の「天皇報道」一色にうんざりした人々も多かったようで、街のレンタルビデオ店は普段の二、三倍のお客さんが押しかけたというニュースを複数のテレビ局が放送していた。

ところで、私が担当して事前に準備した番組「天皇と九州」は結局ボツ（取りやめ）になった。出演者が笑顔でインタビューに応じていることが喪中にふさわしくないとの理由だった。上層部はそうあっさり判断したが、「ちょっと待ってよ」という気持ちだった。亡くなってからの取材であれば、悲しみに打ちひしがれた表情のインタビューはとれるのだろうが、事前の取材ではそんなことは最初から予想できたことだ。そんな想定もできずに企画を立てて取材をさせたのか。何て無駄遣いなんだ、と私は内心腹立たしかった。取材に協力してくれた人々に申し訳ないという気持ちだった。もちろん取材に応じてくれた人々に何の罪もない。それぞれ天皇に対して幸せな思い出を持っていたのである。

七日午後、小渕官房長官が「平成」と書かれた額を掲げて新しい年号を発表、一月八日から改元された。「平成」「修文」「正化」の三つの案からの採用だった。「平成」の出典は、『史記』の「内平かに外成る」（家庭と社会の平和を願い）、『書経』の「地平かに天成る」（経済の発展と教育の大切さを説いている）という。

長崎での四度目の「体験」

「昭和天皇報道」フィーバーも一段落した半年後の七月、私は長崎に転勤した。まさか転勤先で故人となった昭和天皇に翻弄されようとは思いもしなかった。四度目の「体験」が待ち受けていたのだった。本島等長崎市長が右翼団体の男に銃撃されるという事件が発生したのである。

発端になったのは、天皇が闘病中だった一九八八（昭和六三）年の本島の「天皇の戦争責任」発言だった（私がまだ福岡勤務中のことだが）。前述したように、九月に天皇が大量出血して以降、全国で祭りやイベントの中止や自粛が相次いだが、長崎でも三五〇年余（当時）の伝統を持つ「長崎くんち」が戦後初めて中止になった。

そんな自粛ムードのなか、一二月七日の長崎市議会で、共産党議員が一般質問で「Xデーに対する市の姿勢について」を取り上げた。死者二九九人が出た長崎大水害（一九八二年）の年でさえ「くんち」が中止されなかった点を指摘、「国や行政が病状改善の祈願を国民に強制する行為は、憲法の主権在民の立場からも間違いだ」とし、「四五年二月、近衛文麿元首相が戦争中止を進言した際に、天皇が受け入れなかったことが広島、長崎への原爆投下を招いた。被爆都市の市長としてどう思うか」と本島の認識をただした。

それに対して、本島は真正面から答えたのだった。

「戦後四三年たって、あの戦争が何であったかという反省は十分できたというふうに思います。外国のいろいろな記述を見ましても、私が実際に軍隊生活を行い、特に軍隊の教育に関係をいたしておりましたが、そういう面から、天皇の戦争責任はあると私は思います」

天皇の「戦争責任」をずばり言い切ったのである。現役の首長が天皇の戦争責任をはっきり述べたのは、おそらく全国的にも初めてのことだったのではないだろうか。

そして、議会後に行われた記者会見でも、「天皇が重臣らの上奏に応じて終戦をもっと早く決断していれば、沖縄戦も広島、長崎の原爆投下もなかったのは、歴史の記述から見ても明らか」と重ねて発言した。

「重臣らの上奏」というのは、一九四五（昭和二〇）年二月七日から二六日にわたって重臣や首相経験者が天皇に会見し、時局について意見具申を行ったことを指しているのだろう。なかでもよく知られているのが近衛文麿元首相の上奏だ。

「勝利の見込みなき戦争を之以上継続することは全く共産党の手に乗るものと云ふべく、従って国体護持の立場よりすれば、一日も速に戦争終結の方途を講ずべきものなりと確信す」

近衛の進言に対して天皇は、

「もう一度戦果を挙げてからでないと中々話は難しいと思ふ」

として受け入れなかった（木戸日記研究会編『木戸幸一関係文書』。原文は漢字カタカナ文）。

このとき天皇が近衛の上奏を受けて戦争を終結していれば、沖縄戦の悲劇や、広島・長崎への原爆投下はなかった――歴史に「ｉｆ」はないが、多くの戦史、昭和史のなかで指摘されていることである。

「戦争、軍隊生活を経験した者として意に反する回答はしたくなかった。キリスト教信者の信条としても避けて通れなかった。『汝、嘘をつくなかれ』さ。ここでノラリクラリした答弁をすれば、他を含めて僕自身がだらだらした者と見られ、立場が危うくなると思い、素直に自分の考えを言うことにした」

本島は後に当時の心情を語っている（横田信行・二〇〇八年刊『赦し　長崎市長 本島等伝』）。

本島の生家は隠れキリシタンの末裔で、彼も生まれたときから洗礼を受けていた。旧制佐賀高校在学中の一九四四（昭和一九）年四月、久留米市の砲兵隊に現役入隊。

「カトリックは敵性宗教とされ、天皇制軍国主義の日本にとって迷惑な存在。『キリストと天皇のどちらが偉いか』と因縁をつけられ、つらい思いをした」

本島は負けず「どちらも偉い」と答えたという。

その後、熊本の西部軍管区教育隊に入り、幹部候補生を教える立場になった。自らは戦地に行かず人を殺さなかったが、教え子は戦地で人の命を奪い、命を落とした。軍隊経験が後の本島の思想・言動に大きな影響を及ぼした（横田前掲書）。

本島の発言は、天皇の病状が悪化していたなかでのことだっただけに物議をかもした。本島は自民党長崎県連幹事長まで務めた保守政治家である。当時は顧問だった。県連などは発言の撤回を要求したが、本島は自分の良心を裏切ることはできないとして拒否。これに対し、県連党紀委員会は「天皇陛下の病状がこのような時期に公人の市長が公の場で発言すべきことではない」として、本島の県連顧問を解任した。

本島発言に対して、地元はじめ全国から右翼が長崎に押しかけ、市内は騒然とした状態が続いた。

ことは天皇の戦争責任に関わるだけに、全国の革新首長も沈黙したようだ。そういうなか、「真っ先に支持を表明した」のは読谷村長の山内徳信だったという（ノーマ・フィールド『天皇の逝く国で』）。横田も前掲書で、支持を表明したのは非核都市宣言をした葉山峻・神奈川県藤沢市長と、「戦前の憲法は天皇を最高の権力者と位置づけており、天皇は戦争の最高責任者」と議会答弁した山内など、ごくわずかだったと書いている。

当時、私が所属していた福岡放送局では同僚のディレクターが「ＮＨＫスペシャル・拝啓　長崎市長殿～７、３００通につづられた〝昭和〟～」という番組を制作した（一九八九年四月九日放送）。これは一連の動きに対して、賛否両論あわせて本島市長あてに届いた手紙を東京の出版社が『長崎市長への七三〇〇通の手紙』（一九八九年五月刊）としてまとめたものを元にしたものだった。私はテーマの重さと、福岡と長崎を何度も行き来して取材する同僚の姿を傍らに見ながら激励するしかなかった。その数か月後、まさか自分が長崎に転勤してその渦中に入るとは想像もしなかった。

私が長崎に異動したのはまだ「本島発言」が尾を引いている時期（一九八九年七月）だった。ディレクターとしてこれまでの一六年間はいわば「一兵卒」だったが、制作デスクとしての赴任となった。「デスク」というのは、副部長（チーフ・プロデューサー）に次ぐNo.2で、ディレクター集団のまとめ役である。番組の提案採択から完成までを現場で仕切るとともに、新人を含む若いディレクターの人材育成も担わなければならない責任ある立場である。

前号「佐藤栄作との45年」で、東京の私のアパートと佐藤首相の私邸が近くにあったということを書いたが、長崎では私の住まいと職場までの途中に市長公舎があった。通常は電車通勤だが、気が向いたときは二五分かけて歩いて出勤した。市長公舎前には佐藤の私邸同様、常時警察官が歩哨に立っていた。市長発言以来、警備はさらに厳重になっていた。

私の住まいの近くには坂本龍馬が作った「亀山社中」やシーボルトが開いた鳴滝塾跡（隣地にシーボルト記念館）があり、しばし幕末の歴史に浸れるかと長崎勤務に期待を持った。

ところが、半年後には否応なく現実の世界に引きもどされることになったのである。

銃撃事件が起きる前から不穏な兆候は続いていた。一九八九（平成元）年一月には刃物を持って市長に面会を求めた右翼が逮捕され、三月には市役所の収入役室に銃弾が撃ち込まれた。本島にも三回、銃弾入りの脅迫状が届いていた。

本島発言や昭和天皇の逝去から一年以上が経過し、右翼団体による抗議活動も終息したかのように、しばらく静かな日常が続いた。一九八九（平成元）年一二月、長崎県警は発言直後から一年近く続けた市長公舎の警備や身辺警護を解除した。

あたかもそれを待っていたかのようなタイミングだった。翌一九九〇年一月一八日午後三時頃、本島が市役所玄関前で公用車に乗り込もうとしたときである。右翼団体の男が背後一メートルの至近距離から市長を銃撃した。

第一報が入ってきたとき、私は局内にいた。「エーッ！」と局内にどよめきが起こった。すぐに中継の手配をした。空いているディレクターを二、三名集め、技術とも連絡を取り合い、直ちに中継車で市役所に向かわせた。

市長を撃った弾丸は背中の肩甲骨の下と脊椎の間から下向きの角度で入り、肋骨をかすめ跳ね返って弾道が変わったため、心臓や大動脈などを外れて貫通。全治一か月の重傷を負ったものの、一命はとりとめた。

それからしばらくの間、一連の取材、関連番組の制作に忙殺されることになった。

直接、昭和天皇と関係ないといえばそうも言えたが、動機のきっかけに本島の「昭和天皇の戦争責任」発言があったことを考えると根っこのところではつながっていたのである。

なお、私が長崎を離れて一三年後の二〇〇七（平成一九）年四月一七日、本島の五選を阻んで後任の市長に就任していた伊藤一長市長は、四選を目指した市長選の最中に暴力団の男に銃撃され亡くなっている。

被爆地、「平和都市」という象徴的な長崎で二代続けて起きた市長襲撃に、私はまた衝撃を受けた。

昭和も遠くなりにけり

「明治」「大正」が私にとって歴史上のことだったように、平成生まれの若者たちにとっては「昭和」ももはや「歴史」にすぎないに違いない。

昭和の頃、「明治は遠くなりにけり」（起源は中村草田男の俳句「降る雪や明治は遠くなりにけり」）という表現をよく聞いたが、平成も二〇年を過ぎると、「昭和も遠くなりにけり」ということが実感される。

各種世論調査を見ると、沖縄の若者たちのなかでも、「6・23」「4・28」「5・15」がどういう日であるか知らないという人が増えているのが実情だ。自らのよって立つアイデンティティーを確認していく上でも足元の歴史を知ることは重要だ。沖縄戦、米軍占領下の沖縄、復帰運動、本土復帰のことなどをどう伝え、継承していくかは大切な課題である。

――平成生まれが初めて成人式に出席した「成人の日」のニュースを見ながら、私は「昭和天皇」体験の日々に思いを馳せていた。


（二〇一三年・秋　第七号）

作家たちとの出会いとその死

プロローグ

江藤淳、井上光晴、吉村昭、笹沢左保——私は放送局での二六年間のディレクター、プロデューサー生活のなかで、冒頭にあげた四人の作家たちと濃密というほどの回数や期間ではないが、私にとっては濃密な「忘れがたい経験」をさせてもらったことがある。それぞれ個性的な作家であり、またそれぞれが特異な死に方で最後を迎えている。

仕事上で出会ったのは冒頭にあげた順だが、最初に名前を知ったのは吉村昭だった。一九六六（昭和四一）年、私が高校三年のときで、『星への旅』で第二回太宰治賞（第一回は受賞作なしだったので実質的には最初の受賞）を受賞したという報道によってであった。当時、青春期にかかるといわれる太宰治好きのハシカにやはり私もかかっていて、太宰の名前を冠した賞に敏感に反応したのである。

吉村は初めて聞く名前であり、まだなじみの薄い作家だった。吉村三九歳、自らも言うように遅咲きの作家であった。その後、芥川賞の候補に四度あがったが、受賞できないまま終わった。二七年後、その吉村と一緒に仕事をするようになろうとは、そのときはもちろん予想だにしなかったことである。

続いて、六年後の一九七二（昭和四七）年、笹沢左保の名前を頻繁に目にするようになった。沖縄が本土に復帰した年だ。私は日本放送協会に就職するために上京して五年目、勤労学生として世田谷区のアパートで一人暮らしをしていた。

この年一月から始まったテレビ時代劇が笹沢原作の「木枯らし紋次郎」（フジテレビ）だった。推理作家・笹沢左保の名前は知っていたが、はっきり笹沢の名前を意識したのは紋次郎によってであった。当時としては珍しい股旅物で、毎週欠かさず見た。市川崑監督の作品だけあって異色の時代劇だった（全三八話）。従来の時代劇のようなスーパーマン的主人公がバッタバッタ悪者を切り倒していくというものではなく、紋次郎は斬り合いのなかで逃げたり、息が上がったりして疲れも見せる。普通の人間なら何十人も相手に戦えば自然とそうなる。スローモーションなどを多用した斬新な演出で、殺陣にリアリティがあった。中村敦夫の紋次郎もはまり役で、爪楊枝をくわえるのが流行ったり、決め台詞の「あっしには関わりのねぇこって……」は流行語となった。主題歌「だれかが風の中で」（和田夏十・作詞、小室等・作曲）は上條恒彦のダイナミックな歌い方と相まってヒットした（因みに、上條は三年後に開催された沖縄海洋博のテーマソング「珊瑚礁に何を見た」も歌っている）。

笹沢本人と出会うのは、この二七年後である。

ＮＨＫ解説委員・江藤 淳

翌年（一九七三年）七月、夜学を卒業した私は報道局のディレクターになった。二六歳のときだ。私も同級生から二年「遅咲き」のスタートは吉村に似ている。最初に担当したのが「ニュース解説」などの解説番組だった。そこで出会ったのが外部の委嘱解説委員だった江藤淳である。江藤は私より一四歳上の四〇歳だった。彼の年譜をみると、同年の項に「六月、NHK解説委員となる」とあるので、私が解説番組班に配属される一か月前ということになる。いわばどちらも解説委員、解説番組ディレクターとして新人同士であった。といっても、彼は「夏目漱石論」から、「小林秀雄論」などですでに評論家、作家として文壇に確固たる地位を築いていた著名人だった。「新人同士」というのは畏れ多いことである。前年には、日本文藝協会常務理事に就き、解説委員になる四か月前には東京工業大学教授に就任していた。代表作のひとつ『一族再会』第一部も五月に刊行されたばかりだった。

私が得ていた江藤についての知識は、かつて大江健三郎らと「若い日本の会」を組織し政治活動にも携わっていたが、やがて袂を分かって、当時は保守の論客として活躍していたことだった。

「若い日本の会」は、一九五八（昭和三三）年に自民党が改正しようとしていた警察官職務法に対する反対運動や、六〇（昭和三五）年の日米安保条約改定の議論のなかで、自民党が単独での採決を強行したことへの抗議から生まれた若手文化人による組織で、他に石原慎太郎や谷川俊太郎、寺山修司、永六輔らがいた。しかし、会が安保条約の改定に反対を表明したことから、会の目的が変質したとして江藤や石原、黛敏郎、曽野綾子らが脱会した。江藤は「だいたい単独採決反対がいつの間にかアンポ・ハンタイになっちまった」と激していたという（石原『文藝春秋』一九九九年九月号「さらば、友よ、江藤よ！」）。

解説番組班のディレクターは（正確な人数は覚えていないが）一〇名くらいで、テレビは午後の「ニュースの窓」、夜のテレビとラジオの「ニュース解説」、ラジオ「新聞を読んで」を交代で担当した。テレビの「ニュース解説」は一五分の生放送で、メインディレクターとフロアディレクターの二名が一組になって担当した。

メインディレクターは当日出演する解説委員との事前の打ち合わせ、技術を含めたスタッフ用の構成シートの作成、解説を補足するためデザイナーに図表や写真、字幕を発注し、本番では副調整室で全体の指揮を執り、三台のカメラで撮った映像を選択して放送を行う。フロアディレクターは補助のような立場だ。本番前は出演者に対して「〇分前」「〇秒前」などのカウントダウンを行い、番組のテーマ音楽が終わった後、話し始めのキュー出し（合図）をする。放送中は、解説の補足用に使う図表などを書いた板紙（NHKはパターン、民放はフリップというのが多い）を紙芝居よろしく替えていく作業を行う。そして終了時間が迫ってくると、「〇分前」「〇秒前」「終」などと書いた紙を出して合図する。本番中のスタジオ内のことは全面的に責任を持つ役目だ。

メインディレクターとして江藤を担当したのは三、四回だった。どんなテーマで話したか覚えていないが、彼はほとんど原稿は用意せず、メモ程度のもので終始カメラに向いて静かな語り口で話していたように思う。

当時は手元の原稿がそのままテレビカメラのなかに表示される「プロンプター」という秘密兵

器（テレビ界では一九八〇年代初頭にＮＨＫが初めて導入したとされる）がなかったため、手元の原稿に時折視線を落としながら話す人、カメラの脇にカンニング・ペーパーを置いて話す人、いっさい原稿を用意せずに滔々と話す人など、さまざまなタイプがいた。

江藤は物静かな人で、スタッフに愛想や感情を見せることもなく、打ち合わせや本番も実に淡々としていて、ちょっと親しみづらい雰囲気があった。

江藤とのことでいまでも記憶に残っていることがある。担当部署では番組を放送後の内容確認のために家庭用ビデオ機で収録していたが、一定期間保存した後は消却していた。また、当時はまだ家庭にはビデオ機が普及していなかったため、生放送は放送されればそれっきりで、番組が録画されて残されることはあまりなかった。私は評論家・江藤淳の話が記録として残らないことを惜しいと思い、録音を取って文字起こしをして記録に残すことを本人に提案した。しかし、あっさりと断られた。理由は聞かなかったが、逆に記録として文字化されることを嫌ったのかもしれない。当時は生放送の内容が記録されて保存されることはなかったが、その後情報公開法などの成立によって放送内容は記録、公開されるようになった。現在はホームページでも閲覧できるようになっている。

私は一年後の一九七四（昭和四九）年七月に名古屋に転勤したので、江藤と一緒に仕事をしたのは一年という短い期間だった。

江藤の衝撃的な死を知るのは、この二五年後のことである。

〝虚構〟の作家・井上光晴

四名のなかで一番の年長者は井上光晴である。井上は一九二六（大正一五）年五月、福岡県久留米市（自作年譜では満州。理由については後述）に生まれた。

一年後の一九二七（昭和二）年五月に吉村昭、さらに三年後（一九三〇年）の一一月に笹沢左保（本名・勝）、その二年後（一九三二年）の一二月に江藤淳（本名・江頭淳夫）が誕生している。井上以外は東京出身である。

井上との出会いは一九九〇（平成二）年五月、長崎放送局に転勤して二年目のことだった。制作デスクを務めていた私はディレクター集団のまとめ役で、直接番組を制作する要員ではなかったが、あるとき井上が取り組んでいる文学伝習所が近々、長崎市内で実施されるという情報をつかんだことから番組化を思い立った。企画会議に番組の提案を行い自ら担当することにした（私はそれまで井上作品は『地の群れ』『虚構のクレーン』しか読んでなかった）。

東京の井上に連絡をとって番組化の了解をもとめたところ、すぐにOKの返事がもらえた。あまり事前に準備する時間もなかったことから、番組の構成をシンプルなものにしようと考えた。文学伝習所で井上が話す講義を収録し、それを縦軸にして、補足のため随所に文学伝習所の歩み、井上のインタビューなどを挿入して構成することにした。

文学伝習所は、井上が一九七七（昭和五二）年に幼い頃住んでいた佐世保で始めた私設の文学学校で、以後全国一四か所に拡がった。それぞれ〇〇文学伝習所と地名が入っている。呼称は勝海舟の「長崎海軍伝習所」に由来する。

井上は伝習所について次のように述べている。
「この学校は、小説の技術を教えるものじゃなくて、人間の根拠地みたいなもののつもりなんです。人間がそこに集まって、人間の生き方をもう一度考え直す。そこから文学は出発するはずでしょう。いまは、文学だけ先行して、人間の生き方がないという状況でねえ。だからダメなんだね、いまの文学は」（一九七八年三月一七日付『朝日新聞』）
井上との事前の打ち合わせ、収録後の打ち上げを行ったのは市内の思案橋にある「U亭」という餃子屋であった。井上が「美味しい餃子屋がある」と自ら店を決めて私を連れて行ってくれたのが、偶然にも私が普段から行っている店だった。名物は一口サイズの焼き餃子で、カリッとした皮が特徴だ。ひとり二〇個は軽くいける。井上もご贔屓の店だった。一階は一〇席くらいのカウンター席、二階は五席の座敷テーブルに二〇人くらいが座れた。私たちは二階の座敷席にした。一対一での対面である。
井上は「文壇三大音声《じょう》」（井上、開高健、丸谷才一との説あり）といわれるくらい声が大きい。他のお客さんの存在、迷惑など気にせずに部屋中に聞こえるような声でしゃべりまくる。密談はできない人である。「天性のアジテーター」ともいわれる。その上サービス精神旺盛だ。おかげで大作家を前に緊張してどう誘導しようか心配していた私など、聞き役に徹していればいいわけだから楽である（ただし延々と続くと聞き疲れするが）。それでも宴席の目的は番組の打ち合わせなので、話の切れ目を瞬時にとらえてこちらの話に持っていかなければならない。しかし、井上にとってはテレビの打ち合わせなど大した意味を持たないのだろう。話はまたすぐに彼のペースにもどってしまう。もっとも今回の番組はそれほど複雑なものではないので、それほど綿密な打ち合わせは必要ない。一応、顔合わせができればいい。あとは作家・井上光晴の独演を身近に一人で独占して聞けるという贅沢な時間を満喫するのみだ。

井上はめっぽう酒が強く、「水のように飲む」（長女の作家・井上荒野の表現）。どこの伝習所でも講義の後は伝習生と一緒に飲みに行き、そこでもまた大声で議論することを常としていた。

番組は「ローカル特集・井上光晴からのメッセージ」として六月三日に放送された。四三分番組だったか、五八分（NHKの番組は残りの二分に番組告知などが付くことが多い）だったか覚えていない（長崎局には保存されているはずである）。いまでは貴重な映像資料だろうから、自分でもビデオで録画保存しておけばよかったと後悔している。

この取材がきっかけとなり、その後、九州・沖縄地域で放送していた「ぴいぷる九州」という番組で〈作家・井上光晴〉を提案し、若手ディレクターに担当させた。幼い頃に住んでいた長崎の崎戸炭鉱、東京の自宅などを中心に取材したが、その頃井上はがんと闘っていた。前年（一九八九年）八月にはS字結腸がんの手術をしていた。

番組が好評だったため、九州・沖縄に続き七月一三日に全国放送された。肝臓にがんが転移し、手術のため三日前に入院したばかりの井上は病室で番組を見たという。

当時たまたま、がんが判明する前から映画監督の原一男が井上を追った映画を撮っていた。原はドキュメンタリー手法による撮り方で「ゆきゆきて、神軍」などの意欲作で知られる監督である。その原から私が収録した文学伝習所の講義の一部を映画に使用させてほしいという連絡があった。

肝臓へのがんの転移は、原たちの撮影が進むなかでの出来事であった。そして、さらに肺にも転移した。手術の様子をすべて撮影したいという原の申し出を井上は承諾した。郁子夫人と娘たちは反対だった。

「肝臓の四分の三を摘出する大手術を、記録映画のカメラの前にさらした小説家はいなかった。またこれからもいないだろう」（山川暁『生き尽くす人　全身小説家・井上光晴のガン一〇〇〇日』）

長崎県島原半島にそびえる雲仙普賢岳が一九八年ぶりに噴火するのは、この年（一九九〇年）一一月一七日である。そして、翌年六月三日に大火砕流が発生、警戒に当たっていた地元消防団員やＮＨＫ、民放、新聞社を含むマスコミ関係者ら四三名が犠牲になった（当日、私はこの日から放送を始めた地域限定の島原放送局の立ち上げのために島原市内にいた）。それから転勤するまでの二年間、私はその関連の取材、番組制作に忙殺されることになった。

そうした最中の一九九二（平成四）年五月三〇日、井上が大腸がんのため亡くなった。享年六六。

井上は原が制作した映画を見ることはかなわなかった。映画「全身小説家」が完成して公開されたのは、井上が亡くなって二年後の一九九四（平成六）年九月だった。私は沖縄に転勤していたが、確か沖縄での上映はなかったように思う。後にビデオで見た。映画には私が収録した長崎文学伝習所での講義の一部が使用されていた。エンディングロールの「協力・NHK長崎放送局」のクレジットを見つけた私は、井上映画に役立てたことを素直に喜んだ。

映画はメインタイトルの後、埼玉・奥秩父での文学伝習所の合評会のシーンになり、沖縄の伝習生の作品に対して井上が手厳しい批評をしているシーンから始まる。

この映画で暴露されたことがある。井上の〝嘘〟である。これまで自作年譜などで「満州生まれ」（映画でも「ぼくは中国の旅順で生まれました」と証言している）となっていた生地が実際は福岡県久留米市だったこと、初恋の美少女が「朝鮮人専門の遊郭の女郎さんだった」という話が嘘だったことなどである。それらは実妹によって明らかにされた。おそらく私が制作した番組でも結果的に経歴を「満州生まれ」と間違って紹介したのだろう。井上本人は「嘘」について、

「嘘をつくと人から嫌われます。それは何故か。自己の利益のために嘘をつくからです。僕は人に喜ばれる嘘しかつきません」

「はっきりいうと、自分の利益にならない嘘は、いくら吐いてもかまわないと、ぼくは考えます。相手を騙したり、傷つけたりする嘘は生き方として最も下劣ですが、自らを犠牲にしながら、他人を救う嘘は、それはもう嘘ではない。人生における虚構の方法といっていいでしょう」

と言っている（井上『小説の書き方』）。

娘の荒野も井上が子供の頃、「嘘つきみっちゃん」と呼ばれていたことを紹介し、「自分の口から出ることは何事もドラマチックに仕立てなければ気が済まないという性分は、結局生涯徹底していたのだ」と書いている（井上荒野『ひどい感じ　父・井上光晴』）。

それを知れば伝習所での講義や、私との打ち合わせで見せる大声や大気炎は得心がいく。郁子夫人もうすうすは感じていたが、それらを含めて許容していたのだという。盟友ともいうべき瀬戸内寂聴（作家・尼僧）も「井上の嘘は罪のない嘘だった」と大様である。

映画は同年のキネマ旬報ベストテン一位・日本映画監督賞、毎日映画コンクール日本映画大賞などを受賞した。

「全身小説家」と表現したのは井上のよき理解者だった作家の埴谷雄高だが、まさに井上は〝全身小説家〟であった。

一九九八（平成一〇）年八月には、井上の『明日　一九四五年八月八日・長崎』（一九八二年刊）を原作にした映画「ＴＯＭＯＲＲＯＷ　明日」（黒木和雄監督）が公開された。

名ガイド・吉村 昭

テレビの衛星放送はいまでこそ当たり前のメディアになっているが、その歴史は平成とともに歩んできた。そして、衛星放送というと、私には吉村昭のことが思い出される。

一九八四（昭和五九）年五月に始まったＮＨＫの衛星放送の試験放送は、五年後の一九八九（平成元）年六月三日から衛星第一、第二の本格的な二四時間放送を開始した。しかし、放送現場で働く人間にとっては大変な負担であった。要員は増えないまま、これまでの総合、教育、ラジオに加えて新たに四八時間の放送枠が増えるのである。ソフト不足は目に見えていた。

そのため、初期の編成は大胆なものであった。従来、一五時台からだった大相撲中継を一三時台（試験放送中は午前九時台から）の下位力士の取り組みから延々放送したり、囲碁・将棋の四大タイトル戦を完全生中継したり、大リーグ、NBAなどアメリカ四大メジャースポーツを一日一ゲーム放送するなど、とにかく編成枠を埋めるのに何にでも挑戦しようという姿勢であった。

そのひとつが翌一九九〇（平成二）年四月から始まった「テレビ生紀行」という番組だった。平日の朝六時台に生中継で全国各地の朝を伝える番組だが、「早朝の五日間連続の生中継。プロのアナウンサーはつかず著名人が一人語りで案内する。基本的に一台のカメラで三五分間を演出する」というコンセプトで、これまで私の二〇年間のディレクター生活のなかで初めて経験する「とんでもない番組」だった。

番組開始から三年目（一九九三年）、ついに私がいた長崎放送局にも担当がまわってきた。当時、雲仙普賢岳災害から二年近くたって局内もだいぶ落ち着いていた頃とはいえ、九名という少人数のディレクター班だったので新たに負担の重い番組を割り当てることは困難だった。そのため、管理職（前年に副部長就任）の私が担当することになった。

決まってしまえばがむしゃらに進むしかない。私は迷うことなく出演者に作家の吉村昭を選んだ。しかし、彼の講演会や、テレビなどで話しているのを聞いたことがなかったので果たして一人語りができるかどうかは未知数であったが、『戦艦武蔵』や『ふぉん・しいほるとの娘』など長崎を舞台にした小説を書いていること、一九六六（昭和四一）年に取材で長崎を訪れて以来、何度も通っている「長崎通」（七年前にはエッセイ集『七十五度目の長崎行き』出版）として知られること、などから適任者だと思った（一〇〇回目は県から「長崎奉行」任命の証を受け顕彰された。最終的には一〇七回）。長崎出身の芸能人は大勢いて、おそらくそういう人だったら無難にこなすだろうが、毎度おなじみの出演者では新鮮さに欠ける。吉村だったら新鮮な人選だろうと確信した。東京に提案をあげたら何の問題もなく通った。三年前につきあった井上光晴に次ぐ大物作家との仕事になった。

吉村との打ち合わせはもっぱら電話とＦＡＸであった（当時はまだインターネットやメールはなかった）。そして、月曜からの放送だったので、前日の日曜日には長崎に入ってもらった。通常なら空港まで迎えに行くところだが、長崎空港は市内から一時間もかかること、前述したように何度も来ていて勝手知ったる所であり、本人からも「出迎え不要」の通知をもらっていたことからホテルで落ち合うことになった。

妻で作家の津村節子が「癇性で難しい」性格と書いていたので戦々恐々としていた。彼自身もエッセイで、初めて入る居酒屋ではたいてい刑事、警察関係者に間違われると書いていたので、強面かもしれない（本人は、目つきのせいと書いている）。なぜか私も初めての飲み屋では警察関係か教員ですかと問われることが多い。共通点を見つけてやや安堵した。

五泊六日の吉村とは長崎入りした初日の夜から毎晩（一日くらいは彼のフリータイムにしたかもしれない）のように、翌日の打ち合わせや放送の慰労を兼ねた反省会で酒席を共にした。井上のときと同様、著名作家と一対一で飲みながら話が聞けるという恵まれた仕事であった。初日の店は、吉村が行きつけのおでん屋だった。

吉村は取材で旅に出るときはたいていひとり旅で、最大の楽しみは仕事が終わった後、うまい食物を肴にうまい酒を飲むことだという。夜、小料理屋を物色して飛び込みで入るが、長年の勘で店の外観を見ただけで好ましい店かどうかはずれることは絶対にないという。また、中年以上のおだやかな表情をした男性の客が飲んでいる店ならまず間違いないらしい。そのおでん屋もそうして入って馴染みになった店だった。三年前に井上と打ち合わせした餃子屋も吉村がよく行っている店だった。長崎の同じ餃子屋で、ときを隔てて二人の著名作家と酒席を共にするというのも不思議な巡り合わせといえる。

私は沖縄出身であること、二年前（一九九一年）に文庫版が出た『殉国　陸軍二等兵比嘉真一』（一九八二年刊『陸軍二等兵比嘉真一』改題）を読んだことは告げたが、さすがに著者を前にそれ以上の感想は話せなかった。

吉村は相当な酒好きだ。かつて「文壇酒徒番付」で、東の横綱（西は藤本義一）に推挙されたこともある。本人は毎晩、数種類の酒を飲むからではないかというが、その飲み方は中途半端ではない。飲むときは「ビールの小瓶一本、冷酒二合、五対五の氷水で割ったそば焼酎二、三杯、仕上げにウィスキーの薄めの水割り三、四杯。稀にワイン、紹興酒が加わり、夕方六時から五時間ほどかけて」飲むというのだ。二十代の頃には、焼酎をコップ一七杯飲んだり、小料理屋でお銚子を二七本並べたこともあるという。

畏るべし吉村昭だが、当時私はそういう情報は知らなかった。さすがに連日、早朝からの生中継出演なので吉村も控え気味だったのか、そんな酒豪ぶりは見せず普通の飲み方をしていたように思う。

六時二五分からの生中継の場合、技術（中継車、カメラ、音声、照明）準備、打ち合わせ、簡単なリハーサル、修正作業のために午前四時頃には現場に出勤しなければならない。従って、あまり遅くまで飲むことはできなかった。それが幸いだったのかもしれない。

吉村はいい酒の飲み方をする。酒席で議論をたたかわす人がいるとうんざりするという。「私は白けた気分になり、早くこの場からはなれて帰宅したいと思う。……酒の席は、すべてなごやかでほのぼのとしたものでなければならない、と思っている。旅や食べ物のことなど、他愛ないことのみを話し、難しい話は御免である。それによって酒はことのほかうまく、同席する人への親しみも増し、幸せな気分になる。これが酒の大きな魅力である」（吉村『縁起のいい客』）井上の酒席とはだいぶ違う。その点、私は「吉村派」である。

放送は四月一九日から五日間で、以下の場所／テーマだったと記憶している。（月）グラバー邸／グラバーと龍馬など幕末の志士について（火）西洋館・オランダ坂／鎖国時代の長崎について（水）長崎港内を航行する船上で／長崎港が果たしてきた役割や長崎造船所（戦艦武蔵）などについて／（木）浦上天主堂／キリスタン、原爆と天主堂について（金）シーボルト記念館／シーボルトと鳴滝塾、娘のおイネについて——三五分は優に語れるテーマであった。

番組はある場所を起点にガイド兼語り手の吉村がカメラに向かって話しながら移動し、三五分を一人語りで見せていくというものだ。他の出演者はいないし、吉村が他の人をつかまえてインタビューすることもない。講演会で話し慣れているとはいえ、テレビの長時間の生中継である。

プロのアナウンサーでもベテランクラスでないと難しい難易度の高い番組である。それを作家の吉村が難なくやりとげた。台本（要点と動きしか書いてなかったが）も見ず、よどみなく話し、スムーズに移動し、話にまつわる場所や物なども的確に説明しながら、時間を残して終わることもなく、オーバーして時間切れになることもなかった。テレビリポーターとしての才能に脱帽した。かくて、「とんでもない番組」は五日間を無事放送し終えた。私にとっては放送の成功もさることながら、仕事の後の吉村との対話も貴重で楽しい時間だった。

当時はアーカイブの概念がそれほど成熟していなかったので、放送局で生中継を録画して保存するという習慣はあまりなかった。全部録画して保存されていれば貴重な記録になっていたことを思えば、実に惜しいことをしたと思う。

江藤の訃報・笹沢との出会い

一九九九（平成一一）年七月初旬、報道局「おはよう日本」部のチーフ・プロデューサーだった私は、放送部長として佐賀に転勤することになった。

二六年間、ディレクター、プロデューサーとして番組制作、ニュース番組に携わってきたが、これまでは自分の専門分野だけに特化しておればよかった。しかし、放送部長はディレクター集団だけではなく、記者やカメラマン、アナウンサー、編成、事業など文字どおり「放送」に関わるすべてのセクションを統括しなければならない。その局の放送全体の直接の責任者である。

同じ頃（七月七日）、文藝春秋から江藤の『妻と私』が刊行された。前年一一月に四〇年余連れ添った最愛の妻を末期がんで失い、この六月には自らが脳梗塞で入院するなど心身ともに疲弊していたなかで、江藤自身が「このままでいると気が狂うに違いない」という思いから「とにかく書かなければ」と書き上げたものだった（『妻と私』あとがき）。

出版の翌日、江藤は日本文藝協会理事長を辞任。脳梗塞のせいということもあったが、後から考えると律儀な彼らしくきれいに身辺整理をしたのであろうか。

出版から二週間後の二一日、東京から衝撃的なニュースが伝えられた。江藤淳が自殺したというのだ。

何という偶然だろうか。私はその日、佐賀市内で行われたカメラマンのO氏（NHK番組「シルクロード」同行取材。沖縄の伝統工芸の職人、シーサーの取材歴あり）の出版祝賀会に出席し、そこで地元女子短大のY教授と知り合いになった。彼女は、江藤とも面識のある日本文学の研究者だった。しばし、その日に伝えられた衝撃的な悲報や江藤のことが話題になった。彼女は自分が知る江藤のことを語り、私は解説番組時代の江藤との関係について話した。

さらに偶然だったのは、この席で初めて顔を合わせたのが笹沢左保だったのである。笹沢はこの一一年前の一九八八年（昭和六三）年佐賀県内に転居していた。笹沢とのことは後述する。

話を江藤に戻す。

後日、江藤の遺書が公表された。

〈心身の不自由は進み、病苦は堪え難し。去る六月十日、脳梗塞の発作に遭いし以来の江藤淳は形骸に過ぎず。自ら処決して形骸を断ずる所以なり。乞う、諸君よ、これを諒とせられよ。

平成十一年七月二十一日　江藤　淳〉

論敵だった吉本隆明は追悼文（「文学界」九月号）で、江藤のいう病苦を「夫人の死による孤独感」「前立腺炎の不快な苦しさ」「急迫するように加わった脳梗塞」と考え、その三重苦が生への姿勢を断念させたとして、なかでも決定的だったのは「脳梗塞の発作のあとで自分が形骸にすぎなくなった」という気持ちが自害を決意させたのだ推測している。

そして、「わたしは現在の自分が心身の状態から類して、おれなら自殺などしないなと確信することはできない」と本音を語りながらも、「だが必ず江藤淳とおなじように自殺して消えてなくなるだろうとも言えない気がする」と、吉本ほどの人物であっても、微妙にゆれる心情を吐露している。

年来の知友だった石原慎太郎は追悼文で、江藤に子供がいなかったことから、「幼くして（江藤四歳——筆者注）死に別れた母親への思慕を代行していたのが慶子夫人だった」、夫人の死は「文士としての江藤の人生を決定的に支えていたものの喪失だった」とし、妻を喪うことの意味は江藤にとって「恐ろしい」ことだったと書いている（石原前掲書）。

江藤にとっては妻のいない家庭、人生は生きる意味のない世界であったろう。それに脳梗塞が加わって、いっそう死への決意が加速されたのである。実際、妻亡き後は「自分が意味もなく只存在している」（江藤前掲書）との思いだったようだ。

『妻と私』は、妻をひとすじに愛し、ひたすら病床の妻の看病を続け、妻が亡くなると「後追い」的に自死した江藤に初老の男の純愛を見たのだろうか、多くの人々の共感を呼びベストセラーになった。

確か『妻と私』の影響だったと思うが、この年からある信託銀行が「長年連れ添った夫婦が口に出しては言えない互いへの感謝の言葉を一枚のハガキにつづる」という企画「60歳のラブレター」を募集したところ、全国からたくさんの夫婦のラブレターが寄せられた。応募作品は本になり、映画・テレビ化され、舞台でも上演された。

江藤、井上ともに享年六六、現在の私と一つ違いだ。

几帳面男・笹沢左保

前述したように、笹沢左保をはっきり意識したのは一九七二（昭和四七）年のテレビドラマ「木枯らし紋次郎」の原作によってであったが、二七年後の一九九九（平成一一）年七月二一日、江藤淳が亡くなった日に、佐賀市内で行われた佐賀在住のカメラマンの出版祝賀会で笹沢に遭遇したのだった。

その前に、「予兆」があった。私が佐賀放送局に赴任して間もなく、偶然にも制作班のMディレクターが担当した笹沢のドキュメンタリーが放送された。さっそくテレビをとおして対面したのである。

笹沢が佐賀に居住するようになったのはふとしたきっかけからだった。一九八二（昭和五七）

年頃、隣の福岡県久留米市で講演をした際、居酒屋で佐賀県三日月町に住むE医師と言葉を交わしたことだった。木枯らし紋次郎は上州新田郡三日月村生まれという設定だが、同じ「三日月」という地名が九州にあることに笹沢は感激した。

翌年、九州での講演の途中、肝臓を悪くしてE医師の病院に五か月間入院。さらに八七年（昭和六二）年に、隣の富士町で開催されている「古湯映画祭」（八四年から始まり現在も続く。新藤兼人、山田洋次、仲代達矢など錚々たる顔ぶれがゲスト。私も三度参加）にゲストで呼ばれたときに自然豊かな町にすっかり魅せられ、翌年（一九八八年）町内に家を建てて移住したのだった。

そういった経緯もあったが、五〇歳を過ぎた頃から執筆量が落ち、東京での生活に苦痛を感じていたことから仕事の転機をつかみたいという気持ちもあった。

笹沢の日常は外での用事がない限り三六五日変わらない。午前五時起床、七時に仕事部屋に行き原稿執筆。正午昼食。一時間の休憩後、一時に再開し六時半で切り上げる。まるでサラリーマンのようだ。几帳面なのである。それが如実に表れているのが原稿である。

面白いのは、うつぶせの恰好で原稿を書く執筆のときの姿勢だ。交通事故で入院していて最初の作品を書いたときの姿勢がそのまま習慣になったのだという。机で書くときも腹ばいのような姿勢になるように高く調整されている。月産千枚以上という多筆だったため、眠らないように立ったまま原稿を書いた、という伝説も生まれた。手書き原稿はほとんど直しのない活字のような字である。五〇枚と指定されれば、五〇枚目の最後の行の最後の一マスでピタッと収まらないと気がすまなかった。私が見た番組でも、最後のマス目に「終」という文字を入れて脱稿する様子が写されていた。

その何日か後に本人に会うことになったのも何かの縁だと思った。

白いスーツにグラデーションのついた大きなサングラスが笹沢のトレードマークである。その日もやはり同じだった。祝賀会は夜だったが、夜間でも変わらないスタイルだった。見た目は少々強面で、その筋の人にも見える。しかし、近寄りがたいという雰囲気ではない。

私は今月転勤してきたばかりだということ、先日はMディレクターがお世話になりました、私もさっそく番組を拝見しました、というようなことを言って挨拶した。主賓以上に大物の彼のまわりには挨拶を交わそうという人が列をなしているので、短めに切り上げる。というわけで初対面は一分くらいで慌ただしく終わった。

因みに、笹沢と沖縄との関わりでは、一九六五（昭和四〇）年に復帰前の沖縄を舞台にした推理小説『沖縄海賊』を書いている。


笹沢との初対面から次に顔を合わせたのは五か月後だった。第一線の推理作家らを対象にした「第三回日本ミステリー大賞」を笹沢が受賞、一二月に佐賀市内で行われた祝賀会に私も末席を汚したのである。

さらに五か月後、ある事件によって笹沢に連絡を取ることになる。

翌二〇〇〇（平成一二）年五月、あまり事件らしい事件のない静かな佐賀で、世の中を震撼させる事件が起きた。一七歳の少年による西鉄バスジャック事件である。正確には舞台は佐賀ではなく、「佐賀の少年が福岡を走行中のバスで事件を起こし、広島で収束した」事件だった。

ゴールデンウィーク中の五月三日、佐賀市内を出発した福岡天神行きの西鉄高速バスが九州自動車道太宰府インターチェンジ付近で刃物を持った少年に乗っ取られた。少年はバスを山口方面に向かわせ、途中乗客に切りつけて二人が負傷、一人が死亡した。日本のバスジャック事件で人質が死亡した初めての事件となった。

中国自動車道に入った頃から事件は警察の知るところとなり、バスの追尾が始まった。また、マスコミも報道を始め、山口県の山陽自動車道に入った頃からヘリによる生中継を行うようになった。

実は、単身赴任だった私は入局三三年目にして初めてゴールデンウィークの連休が取れ、この日の夕方、那覇に帰省したばかりだった。事件は、空港についてすぐに機内のテレビに映し出された生中継で知った。結局、寝に帰ったようなもので翌日の朝一番の福岡行きでUターンした。

乗客の一部が解放された後、しばらく膠着状態が続いたが、事件発生から一五時間半後の四日午前五時過ぎ、小谷サービスエリア（東広島市）で停車中、一五名の機動隊員がバスに突入して少年を逮捕した。その瞬間もテレビで生中継された。私が帰局した頃には事件は解決していた。

事件の現場は走行中のバスや広島放送局管内だったため、佐賀放送局では少年や乗客の関係者の取材を中心に進めた。この事件で少年が犯行前に書き込みを行っていたインターネット掲示板「2ちゃんねる」が一躍脚光を浴びたが、私もこのとき初めてその存在を知った。

事件後、ニュース企画のなかで識者のコメントとして笹沢にも取材することになった。しかし、笹沢の番組制作直後にMディレクターが東京に転勤したため、放送部内では笹沢と直接面識のある人間はいなかった。結局、わずかにつながりのあった私が彼に連絡を取ることになった。

最初に挨拶したのは他人の祝賀会だったので、正式な挨拶も兼ねて自宅を訪ねた。一二年前、最初に住んだ富士町から佐賀市内に居を移していた。健康状態が悪くなったことから治療に通いやすい市内に移転したというのが公式の理由だったが、自然が豊かだった富士町にも開発の波が押し寄せ自宅周辺でも工事が進んだことも転居の理由のようだった。

笹沢は佐賀県に移住して四年後に二年間で五回の手術（大腸ポリープ、胃の前がん症状、舌のつけ根の白斑、のどにできた腫瘍）をしている。


笹沢は運命論者である。

一歳のとき、浄水場の斜面を転げ落ち、あわやというときに守衛にキャッチされて助けられたことに始まる。「守衛がそこにいなかったら終わりだった」「いても二、三歩遅れていたら「キャッチするのに失敗していたら」。

郵政省職員だった二八歳のとき全治八か月の交通事故にあい、病院と自宅療養でほとんど寝たきりの生活になった。退屈しのぎに書いた小説『招かれざる客』が江戸川乱歩賞の次席に入選したことから、作家の道に進んだ。

「交通事故にあわなければ小説など書かなかった」

「久留米市の講演会で具合を悪くしなければE医師に巡り会うこともなく、佐賀に移り住むこともなかった」

長い人生のなかで笹沢にはそういう経験が多いことから運命を感じるようになったという（笹沢『ガンも自分　いのちを生ききる』）。

笹沢の運命論に乗っかっていえば、私が佐賀に転勤しなければ笹沢と知りあうこともなかったのである。

笹沢と吉村の死

二〇〇一（平成一三）年六月上旬、私は放送部長から副局長職についていた。

「佐賀の自然環境、特に蒼い空を大事にしてほしい。佐賀が都市化したらなんの魅力もなくなる」

という言葉を残して、笹沢が東京に向かったのは同月二六日のことだった。翌日、「さよなら左保さん／病気療養で東京へ転居／知人ら名残惜しむ」という地元紙の記事を見て初めて知った。そういう動きを入手できなかった局内の情報、取材網の弱さと、自分自身が腹立たしかった。

一三年間佐賀で暮らした笹沢だったが、この一、二年健康状態が優れず創作意欲も萎えてきたことが東京転居の理由だった。地元紙のインタビューでは、「プライベートな問題で心身ともに疲れてしまった」とも語っているが、詳細については述べていない。

自らの死期を悟って家族のいる元に戻ろうと思ったのだろうが、翌年（二〇〇二年）東京から訃報が飛び込んできた。

一〇月二一日、笹沢が肝細胞がんのため狛江市の病院で亡くなった。本人の意志により親族のみで密葬を済ませた。享年七一――というニュースがテレビや新聞で報じられた。佐賀を離れて一年四か月後のことである。他の三人と違って、笹沢の闘病の様子はほとんど伝えられていない。

笹沢は亡くなる直前もベッドの上で、「運命、運命」とつぶやいていたという。

しかし、「運命は変えられる」とも言っているのだ。

「運命とは育てるものである。自分で開拓するものである。継続こそその力である」（笹沢前掲書）

「生きることに無頼であっても、書くことには誠実であり続けること」が笹沢の作家としての姿勢だったという。

「著作の数は職人としての一つの成果」と言っていた笹沢は生涯に三七九冊の単行本を出版したが、目標だった四〇〇冊に達しなかったことを残念がっていたという。

「ドンチャン騒ぎのなかで死ぬことが理想」だと笹沢は普段から公言していた。余命半年とわかったら、好きな酒をガンガン飲んで、仲間とドンチャン騒ぎをして楽しみながら死んでいこうと考えていた。そのための費用は自分の退職金として準備し、一日三〇万という試算もしていた（余命半年が延びると予算がなくなるので困るとも）。豪快である。

笹沢亡き後、それを実践したかどうかは確認できていない。

一一月二九日、佐賀市内のホテルで佐保子夫人（ペンネーム「左保」は夫人の名前に由来する）も出席して、笹沢をしのぶ「お別れの会」が開かれた。私も出席して感謝と哀悼の気持ちを捧げた。

笹沢の死から三年――二〇〇五（平成一七）年一月、吉村の身体に異変が見つかった。舌がんだった（翌年、膵臓がんを告知される）。

七月、私は三八年間務めた日本放送協会を五七歳で定年退職し、福岡にある関連会社に転籍した。

その一年後のことである。私が五八歳を迎えた八日後の七月三一日、吉村昭が膵臓がんで亡くなったという報道に接した。享年七九。

額面どおり受け取っていた私は通常の哀悼の気持ちを抱いていたが、約一か月後、衝撃の真相を報道で知ることになる。八月二四日に開かれた「お別れの会」（六〇〇人参列）で、妻の津村節子が明かした話として各紙が報じている。

二月に膵臓がんの手術を受けた吉村は、自宅療養を望んだため帰宅し家族が介護していた。五か月後の七月三〇日夜、突然点滴の管を自ら抜き、首の静脈に埋め込まれたカテーテルポートもむしり取り、看病していた長女に「死ぬよ」と告げたという。

遺言状にも延命治療は望まないと書かれていたため、家族も本人の意志を尊重して治療を継続せず、吉村は数時間後に亡くなったという。吉村の死に方については、「尊厳死」かどうか賛否両論あった。

「彼が自分の死を自分で決めることができたのは、彼にとってよかったのではないかと思う」

「私は目の前で『自決』するのを見てしまったので……本当に身勝手な人です」
津村は複雑な心境を述べている（二〇〇六年八月二五付『朝日』『読売』）。
吉村が亡くなって二か月後の九月発売された『新潮』一〇月号掲載の「死顔」が彼の遺作となった（二一月単行本刊行）。

その後、私は努めて吉村作品に接したが、放送人として、あるいはノンフィクションを書く上での取材法、姿勢について多くを学んだ。現場に行く、当事者に会って証言を得る、できれば複数の人間に確認する、裏をとる、多くの資料に当たる――これらは取材の鉄則だが、改めて肝に銘じた。

なかでも目から鱗が落ちたのは、わずか二行を書くために東京から鹿児島に飛んだというエピソードだ。「史実に忠実に」をモットーとする吉村は、『生麦事件』の執筆中に、アラブ系の馬に乗っていた英国人リチャードソンの肩を薩摩藩士が斬り下げられるのか、ふと明け方に疑問が湧くと眠れなくなり、その日の午後に鹿児島に飛んだ。そして、剣術の専門家を訪ねあてて実演してもらい納得したという（岩橋邦枝／二〇〇九年三月一〇日付『西日本新聞』〈あの人この友〉）。ただ正確には「わずか二行を書くために」ではなく、結果的に「書いたのはわずか二行だった」といった方がいいのかもしれない。

また、歴史小説を書くとき、専門家の書いたものを参考資料（それ以上調べても「手も足も出ぬ」くらいの資料だが）にするが、その史実をそのまま利用して小説を書くことはしないという。なぜなら、例えば伝記など専門の研究家が執筆したものは「陽」の部分のみに眼が向けられ、「陰」の部分にふれることを避け、その人物を美化する傾向が強いからだという。「物事に陽と陰の両面があるように、人間にも長所と短所があって、その両者が兼ねそなわっていることで、一人の人物が成立している」（吉村『私の引出し』）。人間臭さが感じられない陰の部分が書かれていない人物に、吉村は独自の取材を重ねて人物像を深めていくのである。

エピローグ

江藤を除く三人はがんを患い、がんと闘って亡くなったが、がんに対するとらえ方と取り組み方も三者三様であった。

楽観主義者を自認する井上光晴は、さすがにがんを告知されたときはショックを受けたものの残された時間を果敢に生きようと決めたという。

「塞ぎ込んだりせず、最後まで生きる志を失わない患者でいたいですね。つまり、いままでのガン患者とは違った、新しいタイプの患者のあり方を創造しようかと思っているんですよ」

「いままでの小説を全部パーにしてもいい。僕は、全部ゼロにしてもいいから、あと十年の時間が欲しい。そうすれば凄いものが書けるのになあ、なんてことばかり考えています」

井上は闘病中も精力的に小説を書き続けている。

「ベッドでノートを開き、そこに原稿を書くことは、井上光晴にとって仕事でもあり、治療行為でもあった」（山川前掲書）のである。

死を意識するようになって変わったのは、小説の主人公に対して優しくなったことだという。

「書く人間が死ぬかもわからないっていうところを通過してきますとね、やっぱり少し優しくなるんじゃないでしょうかね、相手に」（映画「全身小説家」）

「生きたがりやだった。死ぬことは絶対嫌な方でした」と言うのは瀬戸内寂聴だ。

「とにかくもう一度小説が書きたい。七十五ならね、そんなに思わないけど、まだ六十六ということがあまりに無念だ」

瀬戸内はまた井上の無念さを代弁している（原一男『全身小説家――もうひとつの井上光晴像――』）。

今年六五歳になった私にもその無念さがひしひしと伝わってくる。

笹沢左保は達観している。

「がんを恐れてはいない。がんも自分の一部だから早期発見すれば何ら恐れるに足りない、病気は医者ではなく自分が発見するのだ」と言っている（笹沢前掲書）。

がんも運命と積極的に受け入れ、生ききったのである。

吉村昭の生への執着はそれほど強くない。

妻の津村は吉村が亡くなって五年後に『紅梅』という小説を発表、「夫」の一年半の闘病を、五〇年余にわたる作家同士としての夫婦の暮らしを背景に妻の心情をベースに描いたものだ。登場人物は「夫」と「育子」だが、事実関係からみて吉村と津村であることは明白である。

タイトルの「紅梅」は、吉村の書斎の窓から見える彼が好きな木である。死に至るまでの吉村の思いと決断が伝わってくる小説である。

「私は二十一歳で一度死んだ身ですから、ここまで生きられたのは大幸運です」癌の告知を受ける前までは、本当に幸せだと思っていた（津村『紅梅』）。

「一度死んだ身」というのは中学校、旧制高校時代に肺結核を患い、胸の肋骨五本を切除するなど病気の連続で、自分でも「生きているのが不思議なくらいだった」とよく述懐していることをいっている。

「夫」は闘病のなかで「いい死に方はないかな」「もし転移で、手術と言われたらもうしたくない。もうやめだ」と妻につぶやいたり、日記には「死はこんなにあっさり訪れてくるものなのか。急速に死が近づいてくるのがよくわかる。ありがたいことだ」「文字を忘れ、記憶がぼやけてきている。このまま意識が薄れてしまえばいいのだが……。幕末の蘭方医師佐藤泰然（順天堂塾創設者）死期をさとり高価な薬品滋養のある食物を断ち、死す。理想的な死」と書いて、死への決断を徐々に強めている。遺作となった『死顔』にも佐藤泰然の例を引いている。決意の死だったのである。

四人の闘病と最後の様子は、私が会ったときに体感したそれぞれの人柄そのままの印象だ。

私はいま、四人の高名な作家たちとの出会いと「忘れがたい経験」を綴りながら、当時の光景が記憶の淵から鮮やかに甦るのを感じて、幸せな気持ちに浸っている。

（二〇一三年・冬　第八号）

追記：第八号発行の後に知ったことだが、かつて新潮社で笹沢の担当だった校條剛著『ザ・流行作家』（二〇一三年一月刊）によれば、笹沢の死も実は最期は「自死」だったという。

笹沢は佐賀に一三年間暮らしたが、最期の二年はほとんど仕事をせず、特に帰京する前の一年間は酒浸りの生活だったという。ちょうど私がいた期間だ。帰京して一か月後の七月三一日に体調を崩して緊急入院。この入院を境に、症状は階段を駆け下るように悪化していく。しかし、かねてより持論だった延命治療を拒否。一〇月二一日未明、自死を決行する。小康状態に安心して家族が引き上げた隙に、ベッドの囲いを乗り越えて、壁に寄り掛かって死んでいたという。医師が駆けつけたときには、心臓は停止していた。

「やはり笹沢は、最期に意地を見せたかったのだろう。これ以上恥をさらしたくなかったのではないだろうか」と校條は書いている。

「昭和」との再会

デジャヴ（既視感）というのは、実際には体験していないことを、以前あたかも体験したかのように錯覚して意識することをいうが、今回の場合は以前「体験」したことが半世紀以上を経て、ある場所において次々と「再会」することによって、かつての体験が鮮やかによみがえってきたことをいう。厳密には「デジャヴ」といえないが、私にとってはデジャヴと同じような感覚であった。

それは、私が転勤によって一九九九（平成一一）年に佐賀に赴任してからのことだった。そして、以前の体験というのは一九五〇〜六〇（昭和三〇）年代に集中し、映画や本にまつわるものが多かった。何しろ、ほとんどが半世紀以上前のことなので「体験」していたことも忘れていたくらいで、確かどこかで体験したことがあったような気がするという漠然とした思いが私をデジャヴ意識にしたのであった。

そして、当時はその舞台が「佐賀」だという意識もほとんどなく、また本土復帰前の沖縄、しかも先島の少年にとって佐賀県（に限らずほとんどの県）そのものがどこにあり、どんな地域であるかの知識もまったくなかったのである。

『次郎物語』

年代順にたどっていけば、最初の体験は『次郎物語』だった。同書は下村湖人（佐賀県千歳村生まれ）が一九三六（昭和一一）年に雑誌に発表した連載を、四一（昭和一六）年から五四（昭和二九）年にかけて刊行した全五部作の長編小説である。

幼少期に里子に出された主人公本田次郎の心のゆれ動きと成長を、少年期、青年期にかけて描いている。小説では佐賀という地名は出てこないが、里子体験を持つ湖人自身の自伝的小説だといわれている。

誰だったか、かつて男子のバイブルは『次郎物語』で、女子は『赤毛のアン』といわれた、と書いていたのを読んだことがある。「アン」は私が中学時代、国語の教科書に載っていたが、女子ならずとも面白くひき込まれる小説であった（因みに、NHKの二〇一四年度前期の朝ドラは『赤毛のアン』の翻訳者の村岡花子を主人公にした「花子とアン」）。

『次郎物語』は私が生まれる前から書き始められ、六歳のときに第五部が終わっている。したがって、もちろんその当時読んだものではない。さらに、最初の出会いは小説ではなく映画であった。

『次郎物語』はこれまでに四度映画化されている。最初は一九四一（昭和一六）年で、原作が発表された年にすぐ映画が製作された（島耕二監督、杉村春子・轟夕起子ら出演）。同年の「第一八回キネマ旬報ベストテン」六位にランクインしている。

二度目は一九五五（昭和三〇）年（清水宏監督、木暮美千代・望月優子・池内淳子ら出演）、三度目は

六〇（昭和三五）年（清水宏監督、桜むつ子・十朱幸代・笠智衆ら出演）、四度目は八七（昭和六二）年（森川時久監督、加藤剛・高橋恵子・泉ピン子ら出演）。

五六（昭和三一）年には日本テレビで四か月間連続ドラマとして放送（宇野重吉・早川雪洲ら出演）、六四（昭和三九）年にはＮＨＫで一年間にわたってテレビ放送されている（池田秀一・久米明・加藤道子ら出演）。

私がリアルタイムで見たのは二度目か三度目の映画だったように思う。乳母のお浜役は望月優子だったような記憶があるが、それだと小学一年のときである。一年生でそこまで記憶が残っているか自信はないが、復帰前だったから必ずしも本土と同じ製作年の封切りではなかったこともあるのだろうか。『アンヤタサ　沖縄・戦後の映画１９４５〜１９５５』（山里将人）によれば、一九五〇（昭和二五）年に沖縄〜本土間の民間ルートによる正規フィルム（それまで闇フィルムが横行していた）の輸入が自由化され、沖縄映画興行（株）（宮城嗣吉社長）では、五社（松竹・大映・東宝・新東宝・東横）との契約で「毎月合計一八本輸入、沖縄公開は東京での封切りの三か月後」という内容だったという。

私が石垣で過ごしたのは一九五八（昭和三三）年までだが、娯楽といえば映画と有線ラジオしかなかった時代である。当時、映画館は八重山では石垣にしかなく、国際館、丸映館、万世館、八重山オリオンの四館あった。

因みに、五八年の正月にどんな映画が上映されていたか、県立図書館で『八重山毎日新聞』（一月一日付）をめくってみた。

国際館「青い海原」（美空ひばり・高倉健）「少年探偵団　第一部・二十面相の復しゅう／第二部・夜光の魔人」（出演者名なし）。丸映館「最後の脱走」（鶴田浩二・原節子）「幽霊沼の黄金」（若山富三郎）。万世館「まだら蛇」（長谷川一夫・山本富士子・美空ひばり）「おもかげは遥かなり」（川喜多雄二・岡田まり子）。八重山オリオン「透明人間と蝿男」（北原義郎・叶順子）「赤胴鈴之助・月夜の怪人」（梅若正二・中村玉緒）。

すべて邦画で洋画は一本もない。五日付（四日まで休刊か保存されてないのか綴じられていない）では、丸映館と万世館に洋画が登場している。赤胴鈴之助シリーズ（梅若編全七話）は好きだったのでほとんど見た。『日本映画作品全集』（キネマ旬報社）によれば、本土での公開は前年六月なので七か月遅れである。

赤胴シリーズはモノクロだったが、広告では「総天然色」を前面に打ち出している映画も見られる。日本初の総天然色映画は一九五一（昭和二六）年の「カルメン故郷に帰る」（木下恵介監督、高峰秀子主演）だが（ポスターに日本最初の「總天然色映画」と銘打っている）、この頃にはだいぶ増えていた。「総天然色」表記は一九六六（昭和四一）年あたりから「カラー作品」に変わっていき、翌年には消滅したようだ。

正月はどの館も「連続上映」が売り物だった。普段は昼と夜の二回だけの上映で入れ替え制だったが、正月は一度入場したら何度見てもよかった。それが「連続上映」である。広告によると、国際館は午前一〇時、午後一時、四時、七時の四回の連続上映になっている。

正月興行はそれが嬉しくて、私は二、三回繰り返し同じ映画を見たものである。また、当時は封切り映画が三、四日の上映で次回作に替わった。製作本数の多さに対して映画館が少なかったせいだろうか。

石垣の映画館はその後、各地の地方都市と同じように次々と姿を消し、現在は一館も残っていない。


さて、『次郎物語』との佐賀での再会について戻す。

NHKの夜（夕方）のローカルニュースは、以前は七時の全国ニュース（二五分だったか）の後の五分間という編成が長らく続いていた。私が東京から名古屋に転勤していた一九七五（昭和五〇）年頃に、六時四五分から七時までの一五分（そのうち三分は全国天気）になり、さらに地域重視の声が高まるにつれ、四〇分開始、三〇分開始と前倒しされ、現在は六時一〇分開始と長時間になっている。

通常はスタジオからの放送だが、放送局によっては年一、二回、市町村に出かけて特集番組として現場から放送することがある。地域の人々に身近に「放送」にふれてもらおうという地域サービスでもあった。

ある年、佐賀市に隣接する千代田町（湖人が生まれた頃は千歳村）で実施することになり、臨時のスタジオを湖人の生家に設けることになった。当時、放送部長だった私は直接、制作現場にタッチする立場ではなかったが、個人的関心もあって下見に同行した。現場の責任者はプロデューサーなので、私は町役場や関係者への挨拶、湖人の生家や周辺を見学してまわった。

「あの『次郎物語』の舞台はここだったのか」
半世紀以上前の出会いを思い浮かべて感慨深いものがあった。
下村湖人（本名・内田虎六郎。一八八四〜一九五五）は千代田町（二〇〇六年三月合併して神埼市に）の
この家に生まれ、幼少時代を過ごした。その後所有者が変わったが、一九七〇（昭和四五）年に
生家保存のため「下村湖人生家保存会」が買収、修復されて町の重要文化財に指定された。映画
でも生家が撮影に使われている。
生家は木造二階建ての広大な住宅である。建坪は延三三〇㎡、宅地八八〇㎡で、部屋は一、二
階合わせて一〇室あり、畳は全部で七三枚という広さだ。
番組では庭先に臨時のスタジオをつくり、生家や湖人、『次郎物語』に関わる話題の紹介と関
係者へのインタビューなど、四〇分くらいの特集として放送した。
六人兄姉の末っ子の私は小学五年のときに父親が病死し、家計の関係で中学三年から二年間、
伯父の家に預けられた経験がある。生まれてすぐに里子に出され（四年後戻る）、一〇歳で母親を
亡くした湖人の苦労には比ぶべくもないが、そういう体験を経ていっそう『次郎物語』にシンパ
シーを感じるようになったのかもしれない。
テレビ番組に出てもらったことのある福岡在住の漫画家・長谷川法世は、中学から高校にかけ
て読んだ本として『トム・ソーヤーの冒険』『ハックルベリー・フィンの冒険』『赤毛のアン』
『次郎物語』の四冊をあげ、特に『次郎物語』について「これは僕だ」と感じ、「自分の次郎物語
を描いてみたい」と思って描いたのがベストセラーにもなった『博多っ子純情』だったという

（二〇〇一年七月二五日付『Mainichi INTERACTVE』）。

私が小学生時代の一九五〇、六〇年代は、いわゆる「母もの」映画が流行った。私が生まれた一九四八（昭和二三）年に公開された「山猫令嬢」（森一生監督、三益愛子主演）を皮切りに、一〇年間に大映だけで三二本（そのうち三益主演が二九本）製作されたという。他社を含めると、六六（昭和四二）年までの間に一二二本という多さだ（キネマ旬報社『日本映画作品全集』）。

当時は四六（昭和二一）年に新憲法が制定されて、日本は民主主義社会へと歩み出した頃である。しかし、一般大衆はまだ精神的にも物質的にも新生活になじむだけの余裕はなかった。「前近代的な精神構造においては運命とはただ享受するのみのものであって、あきらめと忍耐こそが生きるための最良の姿勢であり、他人の不幸に対して涙をそそぐことが最大のカタルシスでもあった」そんな時代の産物が「母もの」映画なのだという（同書）。

私が記憶している母役女優は三益愛子、望月優子、田中絹代らが代表的だ。娘役を演じた女優のなかには後にスターになる若尾文子、南田洋子らがいる。

その後、古い家族制度の崩壊、核家族化、人々の映画を見る眼が肥えていくなかで、「母もの」映画は流行らなくなっていった。

『張込み』

松本清張原作の『張込み』（野村芳太郎監督）が映画化されたのは一九五八（昭和三三）年、私が小学四年のときなので、映画を見たのは後年になってからだと思うが、いつだったか記憶はない。

小説は五五（昭和三〇）年に『小説新潮』一二月号に発表されたもので、翌年一〇月に出版された単行本『顔』に収録された。その後、収録された文庫本でわずか二八ページにすぎない短編だが、脚本の橋本忍が見応えのある映画に仕上げた（『キネマ旬報』ベストテン一九五八年度脚本賞）。

東京の質屋に強盗が押し入り主人が殺される。犯人の石井（田村高広）が「昔の女の所に会いに行くかもしれない」という相棒の情報で、柚木刑事（大木実）は九州に向かう。女はさだ子（高峰秀子）といい、地元の銀行家の後妻におさまっていた。柚木はさだ子の家の前にある旅館で張り込みを続ける。

原作では「電車もない田舎の静かな小都市である。濠がいくつも町を流れている。S市△△町△番地――」とS市とかS警察署という表現でしかないが、映画の舞台は佐賀になっている。確かに、佐賀市は市内のいたる所に掘割があり、きれいな水が流れる静かな街である。

「清張ははっきりと『佐賀市がモデルだ』と公言している」と佐賀在住の映画評論家の西村雄一郎が明かしている（二〇一三年一〇月二五日付『佐賀新聞』シネマトーク・ドキュメント「張込み」）。清張の妻の実家が佐賀市の隣町の神埼町（吉野ヶ里遺跡がある。二〇〇六年合併して神埼市に）だったということもあったという。

実家といえば、西村の実家は佐賀市内の「旅庵　松川屋」という江戸末期から続く老舗の旅館であり、有明料理の店でもあった。明治の文豪・森鴎外も宿泊している。私も佐賀に着任早々、そこで有明料理を食したことがある。話に聞いていたムツゴロウやイソギンチャク、わらすぼ、めかじゃ、など出るものすべてが初めて食べるものだった。おそらく、本土から沖縄に来た人が初めてヒージャー（山羊）やイラブー（エラブウミヘビ）などの沖縄料理を口にするのと同じ心境であったろう。有明モノが苦手な人は「ゲテモノ」と敬遠するが、私にはなじめないものはひとつもなかった。

松川屋は私の住まいから徒歩二、三分という近い所にあった。西村とは放送に出演してもらったときに挨拶したのと、その後何回か顔をあわせたことがある。映画の勉強を志して早稲田大学に入学した西村は一年のときに黒澤明の自殺未遂事件が起き、そのとき黒澤についての卒業論文を書くことを決めたという。卒論「黒澤明 その音と映像」は一六年後に出版化（『黒澤明 音と映像』）されている。卒業後はキネマ旬報社に入社、後に独立して映画評論家になった。

「張込み」のロケ隊は一九五七（昭和三二）年八月、松川屋に一か月間宿泊した。相方の刑事役の宮口精二（「七人の侍」で名演技を見せている）やカメラマン、美術のスタッフなどが宿泊。西村は当時五歳だったが、宮口らに可愛がられたことを覚えているという。野村監督や主演の大木実、高峰秀子らは宝山荘（私がいた頃にはなかった）という旅館に分宿した。スターたちを見ようと宝山荘前に大勢の人々が押し寄せたため、高峰は撮影時以外は外出できなかったという。

ロケ初日の佐賀警察署前での撮影のときは、、佐賀県で映画の撮影が行われるのは映画史上初めてのことだったので、近隣市町村から貸し切りバスを仕立てて来た集団をあわせて一万人以上の見物人が集まった。対して交通整理に動員された警察官は一〇〇名。当時の状況が目に浮かぶようだ。

原作では柚木刑事が一人で九州まで行っているが、脚本の橋本が清張に「警視庁の刑事が一人で行動することはありえないのでは」と疑問を呈し、映画では宮口扮する下岡刑事と二人での行動になっている。

二人の刑事が張り込みをした旅館は撮影所内に作ったセットだった。

監督の野村についた助監督のフォース（四番目で駆け出しのペイペイの位置らしい）だったのが、いまや名匠といわれる山田洋次である。山田は野村の秘蔵っ子だったが、助監督よりシナリオの才能を感じた野村は、「いい師匠がいる」と橋本を紹介。橋本からシナリオを学んだ山田は、「張込み」以後、野村作品「ゼロの焦点」「砂の器」（いずれも清張原作）などで脚本担当として野村と名前を連ねていく。山田にとって「張込み」はシナリオを本格的に書くきっかけをつくった記念碑的作品であった（西村〈シネマトーク・ドキュメント「張込み」〉）。

なお、清張の名作『点と線』の舞台になったのは福岡市の香椎だが、そこには私の大学時代の友人の実家があり、一度訪ねたことがある。清張の代表作二作の舞台とのちょっとした縁である。

『点と線』も『張込み』と同じ年（一九五八年）に映画化（小林恒夫監督、高峰三枝子・南広ら出演）されたが、小説の評判と違って映画は「張込み」の方が評価は高かった（キネマ旬報ベストテン第八位。「点と線」は圏外）。

『にあんちゃん』

『にあんちゃん　十歳の少女の日記』(光文社)が出版されたのは私が小学四年生だった一九五八(昭和三三)年で、著者の安本末子は私より五歳上である。

「きょうがお父さんのなくなった日から、四十九日目です」――日記の書き出しは五年前(一九五三年)の彼女が三年生のときに始まる。私は出版当時は読んでいないが、後に本に接したとき、とても同年代の小学生が書いたとは思えない文章とたくましさに衝撃と感動を覚えた。

母親も五年前にすでに他界。二〇歳の長兄、一六歳の姉、二番目の兄という意味の〝にあんちゃん〟こと一二歳の次兄の四人兄妹は、佐賀県入野村(後に肥前町～二〇〇五年合併して唐津市)に暮らし、生活は杵島炭鉱大鶴鉱業所で働く長兄のわずかな収入が頼りだった。時代は石炭から石油へのエネルギー転換期で、各地で炭鉱の閉山が相次いでいた。長兄は在日朝鮮人(本籍は韓国全羅南道宝城郡。両親は戦前、仕事を求めて渡日)のため、臨時雇用のままで組合にも入れず解雇の対象になる。兄妹は離別を余儀なくされるが、どん底の貧しさのなかでも助け合って力強く生きていく。結局、末子が中学一年のとき、一家は故郷を離れ神戸へ行くのである。

『にあんちゃん』は、過労で倒れて病床にあった長兄が何気なく妹の日記を読んで、「これは単なる日記ではない。それでなければ、こうも人を惹きつけるものではない」「できるだけ多くの人に読んでもらわねばならないものだ」と思い、末子の反対を押し切って全一七冊の日記帳を出版社に送ったことから世に出たものである。兄妹が故郷を離れた後だ。出版の三年前には炭鉱も閉山、末子が通っていた分校も閉鎖されていた。

本はベストセラーになり、『アンネの日記』の日本版とも評された。著者のもとには全国から六千通を超える共感の手紙やファンレターが届いたという。出版された年にNHKラジオの連続ドラマになり、翌五九（昭和三四）年には今村昌平によって映画化された（長門裕之・小沢昭一・松尾嘉代ら出演。キネマ旬報ベストテン三位）。私も小学五年のときに見た。

その「にあんちゃん」をめぐる動きが、偶然にも私が佐賀にいた四年間（一九九九〜二〇〇三年）に展開されたのである。

まず、赴任一か月後の一九九九（平成一一）年八月一五日、佐賀市内で映画「にあんちゃん」の上映会が開かれた。韓国で「光復節」と呼ばれる「終戦の日」にあわせて、在日大韓民国佐賀県本部が主催したものだ。おかげで私も四〇年ぶりに鑑賞することができた。

続いて、二年後の二〇〇一（平成一三）年には、末子が通っていた分校跡に同級生らが中心になって「にあんちゃんの里」の記念碑が建てられた。序幕式には同級生や、体調を崩して欠席の末子（茨城在住）の代理で長男が出席した。碑は、末子とにあんちゃんをイメージしたブロンズ像を左右に配し、日記の一部と鉱業所の歴史を刻んでいる。

極めつきは、さらに二年後（二〇〇三年）には安本（結婚して三村姓）末子自身が帰郷したのである。高校生のときに一度帰郷して以来、実に四二年ぶりだった。今回は還暦記念の同窓会に出席するためであった。

末子の帰郷をきっかけに同級生らは、一九八九（平成元）年を最後に絶版になっていた『にあんちゃん』を一四年ぶりに復刊する計画を発表。「貧しくとも心豊かだった時代をきちんと伝えたい」との思いは原作者をいたく感激させた（二〇〇三年四月一〇日付『西日本新聞』）。本は主旨に賛同した西日本新聞社が出版を申し出て、六月に出版された。

私は仕事で一度、肥前町に行く機会があったが、時間がとれずに炭鉱跡や記念碑を見学できなかったのがいまでも心残りに思っている。

末子たちが生きた時代の悲惨さは、若者の非正規雇用や中高年のリストラ、格差の拡大など、今日にも通じる問題を孕んでいる。しかし、一方で「飽食の時代」といわれる現代。衣食住のいずれもが豊かになり、欲しいものがすぐにでも手が届くような現在の子どもや若者たちが、『にあんちゃん』をどのように読み（関心を持って手にしてくれるかがまず問題だが）、感じるのか大変、興味深いことである。

『人間の壁』と教公二法

「僕たちの失敗」（須川栄三監督）という印象的なタイトルの映画の看板を大宝館（現在の沖縄三越の所にあった）で見かけたのは中学二年の頃（一九六二年）である。

歌舞伎界の市川染五郎（九代目松本幸四郎〜二代目松本白鸚）と松竹の看板女優だった桑野みゆきの異色の共演ということで評判だったが、見逃してしまった。そのとき原作が石川達三ということを知ったが、石川の名前は芥川賞を語るときに第一回の受賞者（『蒼氓』）ということで必ず出てくるので知識はあった。

『僕たちの失敗』を含めて石川の小説を貪るように読んだのは、高校を卒業して就職のために上京した一九六七（昭和四二）年である。当時、下宿していた江戸川区の最寄り駅だった新小岩駅前の商店街に貸本屋があり、通勤の行き帰りによく利用していた。当時はまだ都内にも貸本屋が数多くあった。娯楽といえば映画とボウリングぐらいしかない頃だ。

『生きてゐる兵隊』『結婚の生態』『四十八歳の抵抗』『人間の壁』『骨肉の倫理』『傷だらけの山河』『稚くて愛を知らず』『洒落た関係』『金環蝕』『青春の蹉跌』等々、通俗ものから社会派小説まで石川の作品は幅広い。小説のなかのアフォリズムに満ちた文章はなぜか二十代の私を惹きつけた。気に入った文章を盛んにノートに書き写したものである。

前記小説のなかでは『人間の壁』が佐賀を舞台にしたものだ（『青春の蹉跌』も佐賀で起きた殺人事件をモデルに書かれたといわれる）。同作は一九五七（昭和三二）年八月から二年八か月にわたって『朝日新聞』に連載され、新潮社から単行本が刊行された。

長い間、絶版になっていたが、私が佐賀にいた二〇〇一（平成一三）年九月、岩波現代文庫として復刊された。何だか佐賀で働く私に、もう一度読み直しなさいと勧めているような気がしたので、上中下三巻を購入して三〇余年ぶりに読んだ。

『張込み』同様、小説ではS県とかS市という表記になっているが、小説でテーマとして扱っているのは、一九五七（昭和三二）年に佐賀県で起きた「佐教組事件」である。財政難を理由に県が打ち出した教職員の大幅削減、定期昇給の一〇年間凍結などの合理化案に対し、佐賀県教職員組合は一斉休暇闘争で対決した。保守的な土地柄で、佐教組は全国でも一番弱い教組といわれていたが、その組合が強い行動に出たのである。しかし、闘争のなかで逮捕者や大量処分者を出し、その後三〇年以上にわたって裁判闘争が続く。

小説の主人公は小学校に勤める女性教員の尾崎ふみ子。組合活動に無関心だったが、退職勧告をうけたのを機に組合運動に目覚めていく。一方で出世主義の夫は同じ教員だが第二組合に走り、妻との間に亀裂が生じてくる。ふみ子は貧困に苦しむ子や事故で死んでいった子を思い、教室に生きようと決意する。

石川は何度も佐賀に足を運んで取材し、日教組の教研集会の五千冊近いリポートにも目をとおして書いたという。

佐藤忠男（評論家）は岩波版の解説で、石川が「批判はするが、自分の立場は明示しない」いわゆる良識派の立場で文部省（現文部科学省）と日教組両者を斬るのではないかと予断を持って読み始めたが、「――驚いたのは作者の石川達三がほぼ全面的に日教組側を支持し支援する立場でこれを書いていたことである」と文字どおり驚きを表している。

遠く過去の出来事かと思っていたが、私が佐賀に転勤する一年前の一九九八（平成一〇）年三月、佐教組事件の当事者が相次いで亡くなっていた。事件当時の書記長で作中人物のモデルにもなったKさん（組合員をあおって争議行為をさせたとして逮捕、起訴。刑事事件は最高裁で無罪確定）。その葬儀のあった同じ日に、後を追うように婦人部長で主人公ふみ子のモデルとされるYさん（停職処分を受けた組合幹部一〇人中、唯一の女性）が亡くなった（一九九八年三月一四日付『佐賀新聞』）。

佐藤は前述の解説で、「ここに描かれたような貧困の問題も、また文部省対日教組の直接対決も過去のものとなった今日にも、貴重な証言として読み継がれるべき内容があると思う。それは当時、多くのまじめな教師たちが熱心に考えて取り組んだ民主主義的な教育という問題である」と、時を経てもなお現代においても『人間の壁』が読まれるべき小説であると推奨する。

そういう意味では、竹富町の教科書採択問題や「集団自決」をめぐる教科書検定問題などで文科省と対峙することの多い沖縄では、もっと読まれていい小説かもしれない。

映画「人間の壁」（山本薩夫監督、香川京子・宇野重吉・宇津井健ら出演）は本土では一九五九（昭和三四）年一〇月に公開された。キネマ旬報ベストテン第六位に入っている（同年製作の「にあんちゃん」は三位）。私が小学五年のときだ。私はずっと後になってテレビの衛星劇場で見た。

『人間の壁』の闘争は、私に沖縄の教公二法阻止闘争のことを思い出させる。

一九六七（昭和四二）年二月が最大の山場であった。私が高校を卒業するひと月前のことである。

教公二法（「地方教育区公務員法」「教育公務員特例法」）はもともと年金制度、産前産後の休暇など教職員の身分を保障しようというものだったが、本土の教育公務員特例法のように勤務評定、政治行為の制限、争議行為の禁止などがあったため沖縄教職員会（後に沖縄教職員組合）が当初から一貫して反対していた。

当時、高校三年生でノンポリだった私は詳しいことはわからなかったが、先生たちが反対運動に参加していること、休暇の取得で学校が休校になったりしたことから、緊迫した状況を体感していたように思う。

採決予定日の二月二四日、教公二法阻止共闘会議（教職員会、野党三党など二一団体）は二万人の緊急動員をかけていた。教職員会は、立法院定例議会初日の一日に続く二度目の十割年休行使の指令を出していた。全琉（復帰前の表現。全琉球、全県のこと）小・中・高校の児童・生徒はいったん出校したものの、ホーム・ルームや校内の清掃などをして午前中に帰宅した。一日に次ぐ二度目の休校となった。

一方の警官隊は九〇〇人が出動態勢を整えていた。午前五時半、警察は共闘会議（『琉球新報』は誓願隊、『沖縄タイムス』は阻止団と表記）に退去命令を出し、実力行使に出る。警官隊はいったん排除することに成功し、与党の民主党議員団や長嶺議長を登院させた。しかし、その後も共闘会議と警官隊のもみ合いが続き、数に勝る共闘会議が逆に警官隊をごぼう抜き。警備体制は崩れ、立法院は共闘会議に完全包囲された。双方あわせて約千人の負傷者が出た。

午前一一時一〇分、議長はついに本会議中止を決定。午後六時、与野党が「現在の案は五月三一日まで棚上げ」「六月から与野党が調整して新たな案の作成に努力する」「調整案ができない場合は廃案にする」旨の協定書を与野党が取り交わして、実質的に廃案にすることで決着した（一九六七年二月二五日付『沖縄タイムス』『琉球新報』、沖縄タイムス社『沖縄の証言 激動の25年誌』）。

当時、私が通っていた那覇高校の周辺にはまだ高い建物がなかったため、学校の屋上から立法院（現在の県庁付近）が望めた。

「KとTは、阻止闘争の最大の山場を校舎の屋上から目の当たりにした。二万人の阻止行動団に取り囲まれた立法院は、大波に飲み込まれひとたまりもなく海中の藻屑と消える小舟のようであった。KとTは、居ても立ってもいられずその中へ飛び込んだ」（『宮原康一郎作品・追悼文集』）

そのときの様子を、高校時代の友人は去年、私が編集人を務めた級友の追悼文集に記している。

翌月、高校を卒業した私は、就職で上京するために那覇港を船で発った。

切腹・上意討ち

「切腹」（仲代達矢主演）を那覇の映画館で見たのは一九六二（昭和三七）年、中学二年生のときで、「上意討ち　拝領妻始末」（三船敏郎主演）は六七（昭和四二）年五月、上京して二か月後のことだった。

両作品とも監督・小林正樹、脚本・橋本忍、原作・滝口康彦、音楽・武満徹という布陣による重厚かつ正統派の時代劇だった。前者は『異聞浪人記』（一九五八年刊）、後者は『拝領妻始末』（一九六七年刊）が原作になっている。

紙幅の都合で二作品のあらすじを詳しく紹介することはできないが、武家社会の掟にしばられる下級武士の悲劇や、武士道の残酷さや無情を描いたものだ。キネマ旬報ベストテンでは「切腹」は三位、「上意討ち――」は一位に輝いている。

原作者の滝口が佐賀県多久市に住んでいると知ったのは佐賀に転勤してからのことである。

九州在住の時代小説家として白石一郎（福岡市）、古川薫（北九州市）とともに「西国（九州）三人衆」と呼ばれた。三人に共通しているのは何度も直木賞候補にのぼったことである。結局、白石は八度目、古川は一一度目（最多記録）で受賞しているが、滝口は六度候補になったものの、ついに受賞できなかった。サンデー毎日大衆文芸賞などは受賞したが、なぜ直木賞を受賞できなかったのか不思議でならない。

短編の名手といわれた。作品に貫かれた弱者への思いやりと人間愛。封建社会の不条理や権力にも屈しない下級武士らの生きざま——私は一連の滝口作品は、当代の人気作家、藤沢周平の作品に通じるものがあるように思える。

本人もまた小説の主人公と同じような高潔さがあった。『拝領妻始末』が映画化された頃は貧乏のどん底だったが、主人公の名が台本で勝手に変えられたことを知り、「人物の名を変えてまで映画化を望まず」と電報を打ち、監督の小林を慌てさせたという（二〇〇四年七月一八日付『読売新聞』〈追悼抄〉）。

二〇〇一（平成一三）年、開局六〇年の佐賀放送局では「六〇年史」を出すことになり、私も編集委員に加わった。私は、NHKとゆかりの深い関係者に佐賀局との「思い出」を寄稿してもらう計画を立て、陶芸家の一四代酒井田柿右衛門や画家の中島潔らとともに滝口にも依頼することにした。

というのも彼の経歴のなかに「NHK契約ライター」という肩書きがあったからである。契約ライターというのは、いまでいう放送作家のようなものだろう。作家としてまだ芽が出ない時期に、ラジオの台本などを書いて作家修業をしていたのであろうか。その時期については資料が残っていなかったので詳しいことはわからない。そのこともふくめて、まずは連絡を取ってみるしかない。

しかし、電話口に出た夫人の返事は、長らく病床にあるため電話に出ることができない、原稿も無理だということだった。一九二四（大正一三）年生まれの滝口は当時七七歳でそう高齢というわけでもなかったが、そういう状態であれば残念ながらあきらめるより仕方なかった。お見舞いを伝えて電話を切った。

三年後（二〇〇四年）、滝口は急性循環不全のため亡くなった。享年八〇。私が転勤で佐賀を出て一年後のことだった。告別式には「切腹」「上意討ち――」に出演した仲代達矢からも供花が届いたという。

「切腹」は二〇一一（平成二三）年に三池崇史監督、市川海老蔵主演で「一命」という題名でリメイクされた。

黒澤明と伊万里

佐賀出身の映画評論家・西村雄一郎が黒澤明の自殺未遂事件をきっかけに大学の卒論を書き評論家の道に進んだことは前述したが、その黒澤と佐賀が意外なところで接点を持った。

私は若い頃から黒澤映画が好きで、ほとんどの作品は見ている。世に黒澤ファンや研究者は多いので評論は譲るが、「野良犬」「羅生門」「生きる」「赤ひげ」などの名作もさることながら、「七人の侍」「用心棒」「椿三十郎」「天国と地獄」などは娯楽作としても優れており、映画の醍醐味を堪能させてくれる日本映画史上の傑作だと評価している。

私が佐賀に赴任して約一か月後の一九九九（平成一一）年七月二日、伊万里市の商店街の一角に「黒澤明記念館サテライトスタジオ」という施設がオープンした。

私もオープンして間もなく見学に出かけた。三階にまたがる部屋には、黒澤の愛用していた帽子、サングラスなどプライベートに関するものや、映画祭受賞トロフィー、監督本人が使用した台本、絵コンテなど一五〇点の品々が展示されている。

ところで、佐賀の伊万里と黒澤はどういう関係があるのだろう。前年九月六日、黒澤が亡くなったその日に、新聞紙上（地元紙か）に「伊万里に黒澤明記念館建設」の活字が出たらしい。黒澤ファンをはじめ映画関係者、伊万里市民をびっくりさせ、そのときも「なぜ伊万里なの？」と話題を呼んだくらいだから、私の疑問も不思議ではないだろう。

スタジオの資料によると、「乱」（一九八五年製作）のロケを伊万里の近くにある名護屋城跡で行ったとき、黒澤は撮影の合間に訪れた伊万里の豊かな自然や湾に沈む夕日が気に入り、記念館の場所について「都会の雑踏のなかは嫌だよ。伊万里のような所がいいね」と言っていたことから、湾が眺望できる丘陵地に決まったのだという。中心街から北へ九キロの所だ。

私も仕事で伊万里に行ったついでに寄ってみたが、自然がそのままに残っており、伊万里湾が一望できる絶好の場所であった。記念館の完成予想図を見ると、丘陵地の地形を活かした『乱』の城をイメージしたデザインだった。サテライトスタジオは、本格的な記念館が建設されるまでのつなぎの場所という位置づけであった。

スタジオオープンに先立つ三月、中核となる「(財) 黒澤明文化振興財団」(黒澤久雄理事長) が設立され、建設費一五億円を目指して官民一体となった取り組みがスタートしていた。財団の理事には黒澤を慕うスティーブン・スピルバーグやジョージ・ルーカスらも名前を連ねた。

翌年 (二〇〇〇年) から地元青年会議所や市が共催で「伊万里・黒澤映画祭」を始めた。私の当時のメモを見ると、第四回の映画祭に参加している。ゲストは俳優の田中邦衛、吉岡秀隆、野上照代 (映画スプリクター)、上田正治 (撮影監督)。この日は、「八月の狂詩曲」(一九九一年製作) で初めて黒澤映画に出演した吉岡がゲストだったため、黒澤とは縁のなさそうな若い女性たちが押しかけ館内に入りきれない状態だった。

「吉岡目当てのミーハーが多く、外で待っている若い女性たちはおしゃべりばかりで、野上・上田対談は殆ど聞こえない」とメモに書いている。

収穫だったのは、対談のなかで『天国と地獄』で新幹線のシーンを撮影したとき、九台のカメラで撮るつもりだったが、一台はアクシデントでまわらなかった」という新事実のエピソードが聞けたことだ (確かに、このシーンを書いた文章などには八台のカメラとの記述が多い)。走る新幹線の洗面所の窓から外で待機している犯人に身代金を投げ落とすという一発勝負の撮影だっただけに、さすがの完璧主義者・黒澤もOKを出さざるを得なかったのだろう、とひとり合点したのだった。

当初、記念館は二〇〇〇 (平成一二) 年の完成予定だったが、寄付金が三億八千万円しか集まらず、計画は停滞。さらに寄付金をめぐるゴタゴタ (寄付金がサテライトの修繕、運営などに使われ残額がないことが発覚）などがあり、建設の権利金一億五千万円を拠出していた伊万里市はついに二〇一〇（平成二二）年に建設断念を発表した。

「伊万里・黒澤映画祭」も資金難のため第一〇回で打ち切りになり、私が佐賀を離れて八年後の二〇一一（平成二三）年三月、サテライトスタジオも閉館となった。オープンして一二年目のことである。

黒澤の作品に「夢」（一九九〇年製作）というタイトルの映画があったが、こうして地元や映画関係者の計画も「夢」に終わってしまったのである。

この年（二〇一一年）七月、私は関連会社を定年退職し、四四年間の「ＮＨＫ」生活を終えた。

ジャック・マイヨールとミーカガン

前号で佐賀時代に江藤淳（作家）の自殺の報（一九九九年）を聞いて衝撃を受けたことを書いたが、その二年後にもうひとりの自殺の報道に接することになる。

素潜りで知られるジャック・マイヨール（以下Ｊ・Ｍ）である。二〇〇一（平成一三）年一二月二二日のことだ。Ｊ・Ｍと私は直接の面識はないが、妙な縁があった。

Ｊ・Ｍは一九二七年上海に生まれた。一〇歳のとき（昭和一二年）、母親から佐賀県唐津市の海で泳ぎを教わり、地元の子供たちから水中めがねを借りて素潜りをして遊んだ。そのときに水中でイルカと遭遇したことが潜りへの関心を高めていったという。このエピソードはＪ・Ｍ自身の著書や、彼を紹介した経歴にはたいてい出てくる。建築士だった父が夏休みを過ごすために毎年のように唐津を訪れていたからだが、父がどういうきっかけで唐津を知り、玄界灘の海を気に入ったかについて書かれたものはあまりない。

Ｊ・Ｍは、一九七六（昭和五一）年にスキンダイビングで世界で初めて水深一〇〇メートルを超える記録を達成（生涯記録は八三年にうち立てた一〇五メートル）して注目され、彼をモデルにしたリュック・ベッソン監督の映画「グラン・ブルー」（八八年）が世界的な大ヒットをしたことから一躍有名になった。

Ｊ・Ｍと私との縁はこうだ。沖縄勤務時代の同僚ディレクターだったＫが東京に転勤後、プロデューサーとしてＪ・Ｍのドキュメンタリーを手がけていたときのことである。Ｋから沖縄局のプロデューサーをしていた私（二度目の地元勤務）に電話があり、「Ｊ・Ｍが沖縄のミーカガンを欲しがっているので入手して送ってくれないか」という依頼だった。お安いご用であった。

「ミーカガン」は海人が潜水漁をするときに使う水中メガネのことである。一八八四（明治一七）年、糸満の海人・玉城保太郎によって開発された。潜水漁法の場合、水中メガネがないと眼がただれたり、年齢を重ねると目がかすんだりすることから思いつき、四年かけて完成させた。材料にはモンパノキが使用されている。沖縄の方言でハマスーキ（浜潮木）と呼ぶが、メガネに使われたからかガンチョーギー（眼鏡木）ともいうらしい。糸満の漁業にとって大きな影響を与えた発明であった。

玉城は一九二八（昭和三）年、水産業の功労者として賞勲局から大禮記念章なるものを授与されている（『沖縄大百科事典』「糸満海人工房・資料館」）。

たまたま当時、ＮＨＫの全国四七局が競作していた教育テレビの「ふるさとの伝承」（各県の一地域の習慣や伝統、民俗を一年間にわたって記録。二本制作）で、沖縄局は糸満の「追い込み漁」と「門中墓」を取材制作していた。前者では当然ながらミーカガンも取り上げていた。担当したＹディレクターに糸満に行ってミーカガンを入手してもらい、私が郵送した。

Ｊ・Ｍは、私が沖縄に勤務していた一九九五（平成七）年頃からたびたび来沖していたようだ。そして、私が東京に転勤した年の九七（平成九）年一一月、与那国で海底遺跡を最初に発見（一九八六年）した地元のダイバー新嵩喜八郎らとともに遺跡の調査に参加している。Ｊ・Ｍは『海の記憶を求めて』（兄ピエール・マイヨールとの共著）で与那国の海底遺跡について、「それは『想像を絶するもの』だったが、たしかに私の目の前にあり、私は人間の手が築きあげたその三次元の宇宙のなかにいた。それにしても、どんな人間がこんな途方もないものを築きあげたのだろう」

海底に眠る巨大な段丘や岩板を、まるでスタンリー・キューブリックの「二〇〇一年宇宙の旅」から抜けだしてきたようだと驚きを表している。そして、与那国の一帯は世界でも最も謎に満ちた場所のひとつであるとし、「いずれはそうした記録をきちんとドキュメント映画にまとめて、お目にかけたいと考えている。与那国は、それまで私の夢のなかを徘徊しつづけるに違いない」と結んでいる。しかし、彼の死によって与那国のドキュメント映画は実現しないままに終わった。

Ｊ・Ｍは前述したように、二〇〇一（平成一三）年一二月二二日、イタリア領エルバ島（ナポレオンが最初に追放された島）の自宅で自らの命を絶った。享年七四。原因は未だに不明だそうだ。佐賀で訃報を聞いたとき、私はすぐに糸満で入手して送ったミーカガンのことが思い浮かんだ。

いまでもミーカガンは作られているのだろうか。今回、原稿を書くにあたって、糸満にある「糸満海人工房・資料館」（NPO法人ハマスーキ運営）を訪ねた。

同館がオープンしたのは二〇〇九（平成二一）年。ミーカガンや伝統漁具、サバニ、糸満漁業に関する歴史資料などを展示している。ミーカガンのコーナーには、一ページ全部を使ってJ・Mを紹介したカラーの新聞記事（一九九六年九月七日付『沖縄タイムス』〈海と生きる〉）がラミネート加工され展示されていた。共同配信の記事のようで、唐津港で「糸満の水中眼鏡」と鼻栓をつけたJ・Mのアップの顔写真に〈唐津今昔「私のすべての出発点」〉との見出しがついている

法人理事長兼館長の上原謙が丁寧に説明してくれた。舟大工の三男として生まれ、海人の手仕事を間近に見て育った上原だが、家業は継がずにタクシー運転手になった。あるとき、乗客の小学校教師に「糸満は海人の町なのに、子どもたちが実際に見たりふれたり体験できる所がない」と相談されたのをきっかけに、こつこつと資料を収集し自宅に私設資料館を作ったのが始まりだった。

いまミーカガン作りは、最後のミーカガン職人といわれた金城勇吉（二〇〇一年没）から手ほどきを受けた上原が技術を受け継いで忠実に再現している。

ミーカガンは工房では直接販売しておらず、もっぱらネットで注文（五千余円）を受けている。上原の話では、現在はゴーグルやダイビング用マスクなどが発達しているので、実用性というよりもの珍しさからアクセサリーとして購入する人もいるという。

千葉県館山市にJ・Mの日本での住居が残っている。生前、彼が最も信頼し心を許していたという成田均（ダイビングショップ経営。与那国調査にも同行）がJ・Mのために借金して買い取った民家だ。J・Mは一年の半分を「ジャックス・プレイス」と名付けられたその家で過ごした。彼亡き後はJ・Mの資料館として見学者に開放されている。そこを訪れた人のブログに「彼が実際に使用したマスクや沖縄のミーカガンもそのままおいてあります」という紹介があった。

「もしかして私が郵送したミーカガンなのだろうか」

J・Mのためにミーカガンを送った日のことを思い出すとともに、それをつけて世界中の海を潜ったに違いないジャック・マイヨールの勇姿を思い浮かべた。

一九五〇～六〇（昭和三〇）年代と、沖縄、佐賀を結ぶ歳月をふり返ると、それぞれの体験と記憶は私から徐々に「デジャブ」意識を解いてくれたような気がする。

【参考文献】
『次郎物語』（下村湖人／旺文社文庫・一九六五年）

『次郎の里』（下村湖人生家保存会編・刊／一九八七年）
『張込み』（松本清張／新潮文庫・一九六五年）
『にあんちゃん―十歳の少女の日記―』（安本末子／講談社文庫・一九七八年）
『人間の壁』（石川達三／岩波現代文庫・二〇〇一年）
『異聞浪人記』『拝領妻始末』（滝口康彦／光風社書店・一九六九年）
『日本映画作品全集』（キネマ旬報社編刊・一九七三年）
『日本映画を歩く　ロケ地を訪ねて』（川本三郎／中公文庫・二〇〇六年）
『アンヤタサ　沖縄・戦後の映画１９４５〜１９５５』（山里将人／ニライ社・二〇〇一年）
『イルカと、海へ還る日』（ジャック・マイヨール　関邦博編・訳／講談社・一九九三年）
『海の記憶を求めて』（ジャック・マイヨール／ピエール・マイヨール　北澤真木訳／翔泳社・一九九八年）
『沖縄の証言　激動の25年誌』（沖縄タイムス社／一九七三年）
『沖縄大百科事典』（沖縄タイムス社／一九八三年）
〈西村雄一郎　シネマトーク・ドキュメント「張込み」〉／『佐賀新聞』連載・二〇一三年〉
〈千年書房　九州の一〇〇冊』（『西日本新聞』連載・二〇〇七年〉
〈糸満海人工房・資料館ホームページ〉〈ＪＭＳホームページ〉
〈与那国海底遺跡博物館ホームページ〉

（二〇一四年・春　第九号）

追記：上原謙氏は二〇二一（令和三）年五月一八日、病気のため逝去。享年七八。

太宰治との49年

プロローグ

私の手元に、「著作物使用申込書」という三枚綴りのうちの一枚がある。

日付は一九八六（昭和六一）年四月二四日で、宛先は日本文芸著作権保護同盟になっている。

放送番組名は「関東甲信越小さな旅・信玄公が生きている町～甲府市～」、「著作物題名」は『新樹の言葉』、「使用形式」は朗読、放送時間は五分、「使用料金額」は「五、七〇〇×二＝一一、四〇〇円」。著作権者名は「津島美知子」、つまり太宰治夫人である。

当時、私は二度目の東京勤務で「関東甲信越小さな旅」という番組のディレクターをしていた。そのときは甲府を扱うことになり、太宰が『新樹の言葉』で書いた甲府の情景を番組のなかで引用するための手続きであった。

同盟に申込書を提出する前に、著作権者の了解を得るために電話を入れた。年配の女性が電話口に出た。

「失礼ですが、どちら様ですか？」

電話の声を確認するために尋ねた。

「家内です」だったか、「妻です」だったか、あるいは名前を名乗ったのか、いまでは記憶にないが、何と太宰治夫人であった。目的を説明すると、何の質問も条件も示さずすぐにＯＫの返事をもらった。

太宰作品の著作権者が妻の美知子夫人だというのは著作権関係の本を調べて知っていたし、「申込書」にもそう書いたので認識はしていたが、まさか本人が電話に出るとは思いもしなかった。なんだか不思議な気持ちだった。太宰治は私にとっては歴史上の「雲の上の存在」のような伝説の人物である。従って、その夫人が現在も健在であることが現実として想像できなかったのだ。といっても当時は太宰が三九歳で亡くなって三八年しか経っていなかったから、夫人が健在（当時七四歳）であることは不思議でもなかったのだが、「歴史上の人物」の夫人という先入観がそう思わせていたのかもしれない。

「小さな旅」で引用した『新樹の言葉』については後述する。


私が太宰夫人と電話で話してから一一年後の一九九七（平成九）年、二月二日の朝刊に小さな扱いの死亡記事が掲載された（私のスクラップにいまも残っている）。

「津島美知子さん（つしま・みちこ＝作家・太宰治氏の妻、作家津島佑子氏の母）一日死去、八五歳。甲府市出身」。

その後に自宅住所、葬儀・告別式は五日正午から三鷹市下連雀の禅林寺、喪主は長女園子さんという記述が続く。禅林寺は太宰治の墓がある寺である。

「メロス」にビビビッ！

太宰治は「青春のハシカ」だとよくいわれる。多感な青春期に太宰の文学にふれると、たちまちのうちに虜になる、ことを指す。ご多分にもれず私もあっさりとハシカにかかった。中学二年のとき、きっかけは国語の教科書に載った『走れメロス』だった。太宰作品のなかでも最もポピュラーな入門書で、ハシカにかかるにはおあつらえ向きの作品である。これが『人間失格』や『斜陽』だとそうはいかない。もっとも、やや重い症状に入るそれらの作品はまだ中学校の教科書には採用されないだろう。

メロスが私の進路を決定づけた、といっても過言ではない。二年時の夏休みの宿題に自由課題が出されたときのことだ。これといって得意分野のない私は、メロスをラジオドラマにしようと思った。授業で小説を読んだとき、なぜか直感的に「これはラジオドラマになる」と感じていたからである。これは私の幼い頃の体験が基になっている。

私が小学五年生だった一九五九（昭和三四）年一一月一日、沖縄テレビが開局（一日平均五時間）して沖縄でもテレビ時代の幕が開いたが、それまで娯楽といえば映画とラジオしかなかった。石垣島にいた小学校時代、私はラジオドラマが好きで、夢中になって親子ラジオに聞き入っていた。

親子ラジオというのは私が四歳の頃、一九五二（昭和二七）年頃から普及したラジオ放送共同聴取施設だ。米軍政府がガリオア援助資金で各市町村に設置し、そこから各家庭に有線で流された。最盛期には沖縄全島で一二万台を超える普及ぶりだったという。その後、トランジスタラジオの普及に伴い衰退したが、八重山や宮古島などの一部難視聴地域ではしばらく有力なマスメディアとして利用され続けた（沖縄タイムス社『沖縄大百科事典』）。

うろ覚えだが、「赤胴鈴之助」（一九五七年一月〜一九五九年二月。ラジオ東京・現TBSラジオ）や、「新諸国物語」の「笛吹童子」（一九五三年一月〜一二月。NHK）、「紅孔雀」（一九五四年一月〜一二月。NHK）、「高丸菊丸」（一九五八・五九年頃。文化放送）などの番組を聞いていたような記憶がある。ずっと後になって知ったことだが、「赤胴鈴之助」には後年大スターになる吉永小百合や藤田弓子（いずれも当時小学生）が出演していた。

『走れメロス』をラジオドラマにしたいと思ったものの、ラジオドラマが好きだったというだけで、ドラマの脚本など見たこともなければ、もちろん決まり事もまったく知らなかった。にもかかわらず、一気に書いてしまったのである。現物が残っていないのでいまとなってはどんな出来だったか想像もつかないが、おそらくセリフは小説のそれをそっくり引用しただけ、筋書きも小説のまま展開させただけで、脚色者のオリジナリティやふくらませた部分などなかったのだろう。それでよくラジオドラマの脚本といえたと思うが、宿題として提出したその作品が二年生の部で銀賞（二位に相当）に入賞したのである。たぶん作品の出来不出来とは別に、国語担当のA先生の配慮で中学生がラジオドラマを書いたということだけで努力賞として銀賞にしてくれたものだと思っている。

そのことがきっかけになって小説や詩に関心を持つようになり、友人を募って同人誌を始めるまでになった。高校に進学してからは勉学はそっちのけで文芸部、演劇部、放送部の三つをかけ持ちしながら三年間を過ごした。民放連主催の全国高校ラジオ作品コンクールでは、三年間脚本を担当し、沖縄では一位（二度）、二位の成績を収めた。放送に対する関心が高まるなかでＮＨＫの職員採用試験に巡りあい、幸いに合格したのだった。結局、四四年間ＮＨＫ一筋の生活を送った。従って、前述したように、『走れメロス』は私の人生を決定づけたといっても過言ではないのである。

太宰文学は「青春文学」と称される。「大人が読んでは恥ずかしい」というような意味が込められているようだ。

途中の人——と太宰のことを表現したのは作家の角田光代だ。その「途中感」は若くして亡くなったことによる。しかし、三一歳で夭折した梶井基次郎や、三五歳で自死した芥川龍之介は太宰よりも若いが、「途中」という言葉は当てはまらない。若くして亡くなった作家のなかにも文豪感の漂う人はいるが、太宰に文豪という言葉は似合わない。太宰は自分たちにもっと近い。「途中」にいる、あるいはかつて「途中」にいた若い人に太宰は近い。その途中感にこそ、思春期の若者は惹かれるのだという。

その角田も二十代後半に太宰にのめり込んでいたことが急に恥ずかしくなり、好きな作家を聞かれても太宰の名は絶対口にしなかったという。しかし、三十代半ばになってもう一度読み直して、思春期には気づかなかった別の魅力と、距離を置いて初めて感じる文学的凄さを感じたのだと告白している（二〇〇九年一〇月七日放送・ＮＨＫ「知る楽・こだわり人物伝／太宰治　女《わたし》が愛した作家」）。

今回のテーマは、太宰文学を論じたり、太宰そのものについて探究したりするものではない。世に太宰治の研究者や熱狂的なファンは多い。研究書、評伝は数知れないくらい出ている。もとより私に文学、作家を論じたりする能力もなく、太宰作品をすべて読んでいるわけでもないので、専門的なことはそれらに譲りたい。ここでは、私と太宰のちょっとした縁（多少こじつけもあるが）について書いてみたい。

上京早々、「太宰」に出会う

一九六七（昭和四二）年。私は就職のため三月下旬に上京し、四月一日に入局した。

そんな私の目に飛び込んできたのは、二九日から有楽町にある芸術座で「太宰治の生涯——同氏作品集より——」という公演が幕を開けるとの広告だった。まるで私の上京を待っていたかのようなタイミングであった。何という巡り合わせであろう。これはぜひとも観なければならない。私は月が替わるとすぐに観に行った。生まれて初めての本格的演劇公演の鑑賞であった。

当時、ＮＨＫは千代田区内幸町にあり、有楽町の芸術座は歩いて一〇分くらいの所にあった。東宝本社ビルの一階に日比谷映画、地下一階にみゆき座という映画館があり、芸術座は四階にあった。正面向かいは帝国ホテルで、横並びの向かいには東京宝塚劇場（当時、ＮＨＫ紅白歌合戦の会場になっていた）があった。芸術座は二〇〇五（平成一七）年三月、森光子の「放浪記」最終公演をもって四八年の歴史に幕を閉じた。

観劇のときに奮発して買ったプログラムをいまも保存している。表紙には左手で頬杖をついた有名な太宰本人の顔のアップ写真が使われている。制作・演出は菊田一夫、脚本・椎名龍治、音楽・古関裕而という重厚な布陣だ。

出演者は私（太宰）に中村吉右衛門、かず子（『斜陽』のモデル・太田静子）に白川由美、美知子夫人に小林千登勢、最初の妻・千代に中山千夏、幸栄（最後の愛人・山崎富栄）に山岡久乃、太宰の少年時代の乳母たけに三益愛子、共産党員の友人に井上孝雄という豪華な顔ぶれであった。

吉右衛門は太宰が入水した一九四八（昭和二三）年（私が生まれた年でもある）、四歳のとき中村萬之助の名で初舞台を踏み、今回の公演の前年（一九六六年）に二代目中村吉右衛門を襲名。襲名以来、初の現代劇出演ということから大きな注目を集めていた。いまでは歌舞伎界を代表する役者の一人であり、テレビの「鬼平犯科帳」でも貫禄を見せているが、当時は二三歳の若者であった。

プログラムの出演者紹介で、表紙と同じように左手をあごに当てた太宰お得意のポーズをとった吉右衛門の写真が使われているが、それを見た美知子夫人が「目尻が下がっていないほかは、なにからなにまでそっくり」と激賞したという（プログラムから）。

また、プログラムには当時まだ健在だった友人の作家・檀一雄（一九一二―一九七六）の寄稿文「友人としての太宰治」が掲載されている。

「太宰治は、大学の制服制帽を大変に愛好いたしました」という書き出しで始まり、

「東大生としてのひそかな自負があったかも知れませんが、それよりも、太宰はその見せかけの服飾を、身を以て愚弄すると云ったふうな、バカバカしい可笑しさを存分に感じたいとのだと云

うふうに、振舞っていたものです」と身近にいた友人ならではの分析をしている。

そして、太宰と外出したときの話に言及、

「さて、私達は省線に乗り、東大を正門から入るには入りますが、三四郎池の脇で、一二本煙草をくゆらせるのが、関の山で、あとは脱兎の如く、浅草のノレンになり、玉ノ井の居酒屋になり、娼婦の店と言うことになるのが、きまりでした。……私達の制服は、このようにして、むしろ娼婦の店に通う制服のようなものでありました」

と暴露話を披露している。しかし、太宰と檀のことだから、あまり侮蔑もされず、さもありなんと読み飛ばす人の方が多かったかもしれない。


余談ながら、プログラムにまつわるもうひとつのエピソードがある。

この一五年後（一九八二年）、ラジオのドキュメンタリー番組でインタビュアー兼ナレーターを美知子夫人を演じた小林千登勢に依頼することになる。

番組は、民放のオーディション番組で認められて日本で歌手デビューするボートピープルだったベトナムの難民少女と家族を描く内容だった。小林に決めたのは、朝鮮京畿道京城府（現在の韓国）で生まれ、戦後平壌から大変な苦労をして帰国した自分と家族の体験を基に書いた著書（『お星さまのレール』）を読み、少女との共通点を感じたからだった。

小林は文学座の研究生から一九五八（昭和三三）年、現在では珍しいＮＨＫと専属契約を結び、馬淵晴子、冨士眞奈美とともに「ＮＨＫ三人娘」としてテレビの草創期のスターとして活躍した。現在でいうアイドルだった。NHKの大先輩ともいうべき女優に対する緊張感を解いてくれたのが芸術座公演のプログラムだった。

取材の移動時間の雑談のなかで、一五年前の芸術座公演「太宰治の生涯」を観ました、プログラムも持っていますよ、というような話をして実際にプログラムを持参して見せた。彼女は芝居を観てくれていたことを嬉しがり、そのときのプログラムをまだ大切に保存していたことに驚いたようだった。おかげでそれによって親近感が増し、有名女優に対して自然体で接することができるようになった。

その折、彼女は母親から聞いた話として「祖母が太宰の心中相手だった山崎富栄と友人だった」ということを教えてくれた。意外で身近な関係に今度は私が驚いた。公演のキャスティングが美知子夫人だったことにホッとしたらしい。

小林とはそれが縁で一二年後の沖縄局勤務のとき、今度はプロデューサーとしてテレビ番組(「新日本探訪」)で再びナレーターを依頼したのだった。

小林は二〇〇三(平成一五)年一一月、多発性骨髄腫のため亡くなった。享年六六。

余談ついでに、前回「次郎物語」の最初の映画化(一九四一年製作。島耕二監督、杉村春子ら出演)について書いたが、今回、参考文献として太田治子の『母の万年筆』を読んでいたら、偶然にも太宰が『斜陽』の太田静子と知りあった頃、まさにその「次郎物語」を一緒に見て「ふたりしておいおいと声を上げて泣いたり……」という一文を見つけた。

治子は太宰と静子の間にできた子で、私より一歳上の一九四七（昭和二二）年一一月生まれ。太宰と同じ作家の道を歩んだ。一九七六（昭和五一）年から三年間、ＮＨＫ「日曜美術館」の司会を務めている。

治子の「治」の字は太宰の本名・津島修治の「治」をとったものだが、おかげでその頃つきあっていた山崎富栄に「治子っていう名前が気に入らない、あなたの大事な名前をあげたのが口惜しい」と一晩中泣きつかれた。太宰は「だから、お前にはまだ修の字が残っているじゃないか」ととりなす。しかし、機嫌を直した富栄の「私はどうしてもあなたの子どもを生む」との言葉に太宰は、「ぎょっとしたね。このうえ、できたら、首括りだ」と親しかった編集者に話している（野原一夫『回想　太宰治』）。

正妻と二人の愛人の間で太宰は精神的に追いつめられていたのである。

自分の名前からとって「治子」と名づけたものの、太宰はついに自らの腕に治子を抱くことはなかったという。そして、母子の住む小田原にも二度と行かなかった。

「……富栄さんをはばかったからだけではなかったろう。静子さんに再会し、治子ちゃんを腕に抱けば、愛情の糸にがんじがらめになってもがき苦しまなければならない、それがこわかったのではなかろうか」

と野原は推し量っている。

静子は弟の同僚だった会社員の熱烈な求婚に負けて一九三九（昭和一四）年に結婚するが、夫を愛せないという悩みを抱いたまま、翌年生まれた長女を病気で亡くしたことも重なり、二年後に離婚する。静子は、長女が死んだのは自分が夫を愛していなかったからだという罪の意識を、告白の小説として書こうと決意する。そんなとき読んだのが太宰の『虚構の彷徨』だった。

「世の中に、こんなにも正直な人がいたのか」

太宰も人を死なせた（最初の心中で女だけが死に太宰は生き残っている）という罪の意識を持っている。

「この作家を師に仰ぎたい」

静子は太宰に手紙を書く。それに太宰が応じたのが二人の出会いであった（太田前掲書）。

太宰は妻の美知子との間には一男二女をもうけているが、次女の里子が作家の津島佑子で、治子と同じ一九四七（昭和二二）年生まれ（八か月早い三月）である。

ミーハー的好奇心で「桜桃忌」に参列

芸術座公演を観た翌月には二度目の「太宰」との出会いがあった。六月一九日、太宰の墓のある三鷹の禅林寺で太宰を偲ぶ「桜桃忌」が開かれた。

上京してまだ三か月足らずで東京の交通には不慣れだったが、私が住んでいた新小岩駅から三鷹駅までは幸い総武線一本で行ける。私は桜桃忌を見てみたいというミーハー的な好奇心もあって参加することにした。

桜桃忌は太宰が亡くなった翌年一九四九（昭和二四）年の六月一九日（遺体が発見された日が命日になっている）、同人誌仲間だった今官一の提唱で始まった。作品に因んで「桜桃忌」と名づけて太宰を偲ぶ会が持たれるようになり、以後毎年行われ、没後六六年経った現在も続けられている。太宰の通夜にも葬式にも行かなかった檀一雄だが、桜桃忌には熱心に出席したという。

私が初めて参加したこの年は没後一九年目だった。そう考えると、亡くなってまだそれほど歳月が過ぎていたというほどではなかった。

桜桃忌はいつも太宰ファンの若い人を中心に大勢の人々でにぎわう。没後六〇年（二〇〇八年）の年には約五〇〇人が訪れたという。太宰の墓の向かいは森鷗外の墓だが、命日の盛況ぶりに限っていえば大文豪も顔なしである。

「やがて、そう遠くない将来、直接に太宰を知るものは、一人もいなくなるだろう。……一人の作家をめぐって、その死後も読者が参加するというかたちでこうした行事が次つぎと受け継がれていくというのは、世界でも珍しい希有の例といえるのではないか」

孫引きだが、太宰門下の桂英澄が『桜桃忌の三十三年』で書いている（都市出版『東京人　三鷹に生きた太宰治』）。

なお、桜桃忌に先立つ六月一三日（太宰と富栄が入水した日）には、太宰と彼を愛し慰めた女性たち、田部あつみ（最初の心中相手）、小山初代（最初の妻）、太田静子、山崎富栄の供養と故人を偲ぶ集い「白百合忌」という会が開かれている。参加者がそれぞれ一本の白百合を持ち寄り、故人たちに捧げるのだという（井上ひさし＋こまつ座『太宰治に聞く』）。

さて、冒頭の「関東甲信越小さな旅」と『新樹の言葉』についてふれたい。

同番組は「いっと6けん小さな旅」として一九八三（昭和五八）年四月に始まり、その後、放送範囲の拡大で「関東甲信越小さな旅」に改題、現在では「小さな旅」として全国向けにも放送されている。当時はゴールデンタイムの木曜夜七時半（現在は日曜午前八時。一部地域は別番組）からの放送で、二〇％台の視聴率を記録したこともある人気の長寿番組である。

その回は「信玄公が生きている町～甲府市～」というタイトルで旅先は甲府であった。

いまでは引用した部分を正確には覚えていないが、

〈甲府は盆地である。四辺、皆、山である。（中略）よく人は、甲府を、「擂鉢の底」と評しているが、当たっていない。甲府は、もっとハイカラである。シルクハットを倒さまにして、その帽子の底に、小さい小さい旗を立てた、それが甲府だと思えば、間違いない。きれいに文化の、しみとおっているまちである〉

という『新樹の言葉』の冒頭の一部だったと思う。

甲府という土地を的確に表現した見事な文章だと感じ、躊躇なく採り入れた。以前に読んでいて印象に残っていたのが役に立った。それを旅人のアナウンサーが朗読した。

「中略」したのは、時間の関係でその一節すべてを読むわけにはいかないので、放送では便宜的にそういう措置をとることがある。申込書の「五分」というのは最も短い使用時間の単位で、それでもまるまる使うことはまずない。引用する朗読は、だいたい三〇～四〇秒か一分以内がいいところである。字幕を伴う場合は、（中略）の部分を「……」などで表すが、音声だけの場合は無粋を避けるため、あえて断りを入れずに（中略）の部分を飛ばして読む。文学作品に対する冒涜のような気もするが、時間の制約上やむを得ないのである。

『新樹の言葉』は、太宰が麻薬中毒と自殺未遂の地獄の日々から立ち直ろうと懸命の努力を重ねていた時期の作品である。

一九三八（昭和一三）年秋、自らの生活の再生を図ろうと、師の井伏鱒二の紹介で甲州の御坂峠の天下茶屋～甲府と住まいを移す。そして、翌年には井伏夫婦の媒酌で甲府在の美知子と結婚、平凡な小市民として生きようと懸命に努める。

『新樹の言葉』の冒頭部分は、家庭を持った太宰が久しぶりの穏やかな生活のなかで書いた素直な表現だったのであろう。後で知ったことだが、私が引用した文章のうち、「シルクハットを倒さまにして、その帽子の底に、小さい小さい旗を立てた、それが甲府だと思えば、間違いない」という部分について、一九八二（昭和五七）年に出た新潮文庫版の解説で奥野健男（文芸評論家）が「（シルクハットを……間違いない）などという表現はまことに卓抜で、文章の魔術師の名にはじない」と書いてあるのを見つけて我が意を得たりと思ったものである。

太宰と同じ三鷹に住む

太宰は一九三九（昭和一四）年九月、結婚して住んでいた甲府を引き払い、当時の東京府北多摩郡三鷹村（現・三鷹市）下連雀に移転した。

「六畳四畳半三畳の三部屋に、玄関、縁側、風呂場がついた十二坪半ほどの小さな借家ではあるが、新築なのと、日当りのよいことが取柄であった。太宰は菓子折の蓋を利用して、戸籍名と筆名とを毛筆で並べて書いて標札にして玄関の左の柱にうちつけた。門中ぎわの百日紅が枝さきにクレープペーパーで造ったような花をつけていた」(津島美知子『回想の太宰治』)

借家の百日紅《さるすべり》は元々あったものかもしれないが、百日紅には私も相当思い入れがある。石垣島の我が家には、石垣の門とヒンプンの間に百日紅があり、毎年ピンクの可憐な花を咲かせていた。幼い頃から見て育ったせいか私は花のなかでも百日紅の花が好きで、三年前に現在地に引っ越してきた際、真っ先に庭に植えたのが百日紅だった。翌年から早くも花をつけて私を和ませてくれている。

太宰家にあった百日紅はいまも健在のようだ。ただ、現在は旧居に近い文化施設の道路沿いの生け垣に移植されている。高さ四メートル。いまでは旧居唯一の「生き証人」だという(都市出版前掲書)。余談だが、旧居跡と文化施設の間の通り名は「平和通り」である。

三鷹での生活が安定したのか、ごく普通の生活のなかから『走れメロス』『津軽』『斜陽』『ヴィヨンの妻』『人間失格』などの代表作が次々に生まれていくのである。

その三鷹市下連雀に二度目の東京勤務になった私が住むようになったのは一九八一(昭和五六)年七月のことだった(太宰が住んでいた三三年後)。転勤者住宅は共済会の指定なのでまったくの偶然である。この年三月に結婚した私がまだ新婚の頃だ。太宰が三鷹に移ってきたのも新婚八か月くらいの頃であった。

私が住むことになったマンション(下連雀八丁目)から太宰の旧居(現・下連雀二―一四―七)までは直線距離にして約一・四キロ、墓のある禅林寺(同四―一八―二〇)までは約一・一キロの距離にあった。

最寄り駅は中央線の吉祥寺駅（太宰の旧居は三鷹駅）で、下連雀の自宅まではバスで一〇分くらいだった。通勤の行き帰りや休日の買い物などで吉祥寺に出る際、バスは玉川上水を渡る。自宅からいちばん近い玉川上水は直線距離で約一・三キロだ。

「太宰が入水した玉川上水」――バスの車窓から私はいつもそんなことを思いながら玉川上水を見ていた。その頃は川の水もそれほど深くなく流れも静かで、こんなところで入水して人が死ぬものかと思うほどの川であった。しかし、太宰が住んでいた頃は「人喰川」といわれるくらい水量が多く、流れの速い川だった。

太宰も玉川上水について、「入ったらさいご、もう死体は絶対に揚がらないんだ」「川のなかが、両側に大きくえぐれていてね、死体はそのなかに引き込まれてしまう、おまけに水底には大木の切り株なんかがごろごろしていてそれに引っかかる、もう絶対に揚がってこないんだ、この川の水底は、白骨でいっぱいさ」と語っている（野原前掲書）。

また、『家庭の幸福』『乞食学生』という作品には、登場人物が玉川上水に入水したり、それらしいことを匂わせる表現があり、後年の本人の入水を予言しているかのようである。

一九四八（昭和二三）六月一三日、太宰は山崎富栄と玉川上水に入水。二人が行方不明になったことから周辺は大騒ぎになり、大がかりな捜索活動が行われる。そして、一九日になって下流で二人の遺体が発見される。奇しくも太宰三九歳の誕生日であった。

「その死顔は、じつにおだやかだった。おどろくほど、おだやかだった。深い静かな眠りに入っているように瞼をとじ、口をこころもちあけ、その口もとには、そう、たしかに、ほのかな微笑がうかんでいた。……生前にも、こんなおだやかな、安心しきったような太宰さんの顔を、私は見たことがなかった」（野原前掲書）

妻の美知子は現場にも、最初に遺体が運び込まれた太宰の仕事場を兼ねた小料理屋にも顔を出さなかった。

二一日に葬儀が行われ、翌月一八日に三鷹の禅林寺に葬られる。法名は文綵院大猷治通居士。私はその五日後に石垣島で生まれた。

東京の新聞では一面トップで扱われた太宰の心中事件だが、沖縄の新聞にはどう扱われたのだろうか。県立図書館に足を運んだ。

戦後三年経った当時、沖縄本島で発行されていたのは『うるま新報』（石川市／発行人・糸洲安剛）である（石垣では『南西新報』、宮古では『宮古タイムス』『宮古大衆新報』『みやこ新報』が発行されていた）。同紙は終戦の一九四五（昭和二〇）年七月二六日、沖縄で戦後初めて発刊された新聞で、わら半紙のA四サイズ、ガリ版刷り二頁、週刊（毎週水曜日）五千部発行、六号から活字印刷になった。創刊号には新聞名がなく、二号から『ウルマ新報』となり、その後『うるま新報』（四六年五月）『琉球新報』（五一年九月）と改題、現在に至っている。

四八年当時は週一回（金曜日）の発行だったため、発行されているのは太宰入水前の一一日、捜索活動が行われていた一八日、遺体が発見され葬儀が終わった後の二五日のものだが、太宰の心中事件は一切見当たらない。新聞はB四サイズの二頁、もっぱら沖縄や世界情勢の記事が中心で、本土関係は政治絡みの記事が多少載っているくらいだ。

沖縄の世相で注目されるのは、二五日付の〈一哩以内は新築を禁止〉というベタ記事で、米軍ライカム司令部が六月一七日付で「米軍部隊若しくは米軍家族部□から一マイル以内に住民の村落若しくは家屋をこれ以上造ってはならぬ」との通告を出したという内容である。当時、那覇は米軍に占領されていたため、自分の土地に戻れず住居に困っていた人々が勝手に建物を造ったりした。これに米軍が業を煮やしたものだ。

『沖縄タイムス』は、同年五月一五日に米軍から新聞発行の認可を受け七月一日創刊を目指して準備中であったが、米軍が通貨切り替えを発表したことから、急遽六月二九日、三〇日に「號外」として創刊号に先んじて発行している（B四サイズ、一頁、ガリ版刷り）。

〈通貨切換断行さる／交換期間7月15日—20日まで〉〈經済生活安定へ／悪性インフレに終止符〉という見出しで、住民生活の破局を想わせるインフレの上昇を調整するために、現在使っている日本円とB軍票を新貨幣に交換するとの米軍布告が公布された。交換に応じないのは処罰、隠匿摘発者には報償が出るとして、布告全文を載せている。沖縄では戦後三回目の通貨交換であった。

さて、玉川上水だが、私はいつか「関東甲信越　小さな旅」で玉川上水を取り上げたいと思い、ひそかに機会をうかがっていた。時は前後するが、企画が通って放送したのは甲府編より前の一九八五年（昭和六〇）年一二月である。

玉川上水はそのときから数えて三三〇年前、江戸幕府の命によって玉川兄弟が一年余の突貫工事で完成させた。多摩川の上流、西多摩郡羽村町から都心の新宿までの約四三キロである。昔は江戸府民、現代は都民の命の水として、また武蔵野の新田開発にも大きな役目を果たしてきた。しかし、一九六五（昭和四〇）年に新宿にあった淀橋浄水場が東村山に移ってから水の流れは途中で止まってしまい、杉並区高井戸から下流八・五キロは暗渠になり公園や道路に変わってしまった。番組は、「水の道」と呼ばれる玉川上水を羽村から新宿まで歩きながら、上水に限りなく愛着を寄せる人々を訪ねる旅にした。

三鷹市の井の頭線三鷹台駅に近い所で、早朝の上水散歩が日課だという八〇歳のお年寄りが太宰のことを語ってくれた。

「かつては〝人喰い川〟と言われたくらい水は深く流れも速かった。太宰治が入水したのはこの先で、見つかったのはこの辺りだった」

地元ではまだ太宰が身近にいるようであった。

太宰が三鷹に住んだのは七年二か月ほどだった。因みに私の三鷹暮らしは五年で、この間に長男と次男が生まれた。

太宰の生家へ

二〇一一（平成二三）年七月、私はＮＨＫの関連会社を定年退職し、四四年間の「ＮＨＫ」生活に区切りを終えた。退職したら太宰の故郷を訪ねたい、ということをかねてから考えていた。沖縄に帰郷したらなかなか行く機会はないだろうと思い、高校時代の友人と二人で東北の旅に出かけた。東日本大震災が発生して四か月後の頃だったので、被災地もこの目で見ておきたいとコースに入れた。時間の関係で釜石と仙台しか行けなかったが、テレビで見るのと実際に現場に立って見るのとではやはり実感が違った。

青森の旅は、恐山や大間、津軽半島、白神山地などをまわり、いよいよ私にとってメインの太宰の生家を訪ねることになった。

青森・斜陽館　太宰が生まれた部屋で（2011 年 7 月）

生家は現在、「斜陽館」として太宰治記念館になっている。太宰が生まれる二年前の一九〇七（明治四〇）年に建てられた入母屋造りの建物で、国の重要文化財建造物に指定（二〇〇四年）されている。当時、津島家を取り囲むようにまわりには役場や郵便局、銀行、病院、警察署ができていったという。つまり、津島家を中心にして町ができたようなものである。

前回、佐賀の下村湖人生家の豪華さを書いたが、その比ではない。建物は老舗の旅籠風で、家の周囲は高さ四メートルの煉瓦米塀で囲まれていて人を寄せつけない。一階は一一室二七八坪、二階は八室一一六坪、附属の建物や庭園なども合わせて約六八〇坪の豪邸である。戦後、一九四八（昭和二三）

年の農地改革によって津島家の手を離れた。五〇（昭和二五）年から四六年間、旅館として活用され、その後、旧金木町（二〇〇五年の合併で五所川原市）が買い取り、一九九八（平成一〇）年から現在の太宰治記念館になっている（記念館ガイドブックより）。

部屋をまわる度に、豪邸のすごさを見せつけられたが、私が最も感激したのは、太宰が生まれた部屋に現に私自身がいるという現実に対してだった。他の見学者がガイドの案内で次の部屋に移動していくなか、私はしばし畳に座り込んで太宰（津島修治）が生まれたときの感触に浸った。そして、この家で育った幼少時代の太宰に想いを馳せたのだった。

「太宰さん、来ましたよ。あなたのせい（おかげ）で私はこんな人生を歩みました」

私は心のなかでつぶやいていたのかもしれない。

太宰と沖縄の接点

太宰の生家訪問をもって私の「太宰治の旅」は終わったと思った。中学二年のときに『走れメロス』に出会って四九年目のことである。タイトルの「太宰治との四九年」はこのことを指している。

しかし、最近になって太宰に沖縄（琉球）を書いた作品があることを高校時代の友人から聞かされて驚いた。しかも、私のふるさと石垣島を題材にした小説だというのである。さらに中学時代に書いた作品であることに驚かされた。またしても太宰との新たな結びつきができたのである。

と書くと、太宰ファンからは「今頃になって」と白い眼で見られそうだが、はじめに断ったように太宰作品をすべて読破したわけではないし、ましてや中学時代の初期作品にはほとんどふれてなくて、それで太宰のことを書く資格があるのかとまたまた怒られそうだが甘んじて享受しなければなるまい。

太宰、いや中学時代の津島少年が書いた小説は『地図』という文庫本にして一一ページの短編である。

――一六〇四（慶長九）年の琉球。謝源という首里の名主が五年の歳月を費やして石垣島征服に成功。首里に凱旋し祝宴を開いていたところに、二人の蘭人が戦勝の祝いを持って訪れる。謝源も初めて見る「世界地図」だった。しかし、地図にある大きい国の名前は聞いたこともないようなものばかりだった。

「して、わしの領土は一体どこじゃ」

「この地図は大きい国ばかりを書いたものですから、あまり名も知れてない、こまかい国は記入してないかも知れません」

「何ッ!!」

自分の領土が小さすぎて地図に載っていないと知った謝源は逆上し、泡盛を飲んで憂さを晴らす。蘭人にも泡盛を勧めるが、日本の酒は飲めないと断られる。

「わしのような小国の王の杯は受けぬと言うのか」

カッとなった謝源は二人の首をはねてしまう。それ以来、謝源は自暴自棄になって乱行を繰り返し、ついには石垣島の元の兵に襲われ、首里から逃れてしまう。

「ただ数ヶ月の後、石垣島の王のやしきの隅にその頃の日本では、なかなか得ることの出来なかった世界の地図が落ちてあるのを家来の一人が発見した。誰がどんな理由で持って来てここのやしきの中に投げこんで行ったかのか無論わからなかった。そしてその地図の所々に薄い血痕のようなものが附いて居た。石垣島の王はそれを、たいへん珍しがって保存して置いたことであろう」

――というようなストーリーだ。

一六〇四年に首里の名主が石垣島を征服するという時代考証（首里王府が八重山の支配強化するのは一五〇〇年代）や、石垣島に王がいたかどうかは別にして、引用した終わりの段落が実に秀逸である。謝源はどういうわけか自分が征服した石垣島に地図を持って渡ってきたが、おそらく石垣島の兵に見つかって殺されたのだろう。地図についた血痕が見事にそのことを表現している。それにしてもなぜ遥かに遠い琉球や石垣島を舞台にしたのであろうか。繰り返しになるが、中学時代の作である。泡盛まで登場するのである。

『地図』は、一九二五（大正一四）年一二月発行の同人誌『蜃気楼』（一一・一二月合併号）に本名の津島修治名で発表された。太宰は中学時代から小説や戯曲を書き始め、豊臣秀吉の臨終を描いた最初の作品『最後の太閤』は一五歳のときに書いている。

太宰は少年の頃から芥川龍之介や菊池寛の作品に親しみ、影響を受けた。『地図』は菊池の『忠直卿行状記』の影響を受けていると指摘される。

「征服の満悦感に浸る権力者が世界地図に自分の領土が載っていないことを知って致命的な侮辱を受けて乱行に及ぶという『地図』は、支配者がある事件によって衝撃を受け、どうしようもない淋しさを感じて乱行を重ねるという大筋において、たしかに『忠直卿』に似ている」と曾根博義（日本大学教授）は『地図―初期作品集―』の解説で書いている。それでも複数の研究者が口を揃えて「中学時代の作品ではいちばん出来のいい作品」とほめている。

中学生の津島少年が題材に求めた沖縄はその頃、どんな時代状況だったのだろうか。県立図書館で当時の新聞で調べてみた。当時、『琉球新報』『沖縄朝日新聞』『沖縄タイムス』『沖縄毎日新報』『沖縄日報』『沖縄毎夕新聞』『先嶋新聞』『宮古時報』『宮古新聞』『宮古民友新聞』『八重山新報』『沖縄昭和新聞』など数多い新聞が発行（一部廃刊年が不明のため廃刊されているものも含まれているかもしれない）されているが、肝心の一九二五（大正一四）年分の保存は少なく、それらしい記事も見当たらなかった。

『琉球歴史・文化史総合年表』（又吉眞三編著）によると、同年（一九二五年）には日本建築史学の祖といわれる伊東忠太が首里城や民家などを調査するために来県、琉球建築のすばらしさについて評価している。四月に首里城正殿が国宝に指定されたが、伊東らの尽力によるといわれる。その伊東の「琉球紀行」が三月の『沖縄朝日新聞』に四日以上（欠落日があるのと、連載回数がないので正確には不明）にわたって連載されている。

「首里城正殿の国宝指定」のニュースに接して、津島少年は遠い沖縄（琉球）の歴史に興味を持ったのだろうか。

他に同年の出来事として、伊波普猷の『校訂おもろさうし』出版、漢那憲和海軍少将となり退役、第五一回帝国議会で沖縄救済産業助成費二六二万円可決（翌大正一五年より五か年間補助交付）などがみられる。

太宰と並列的に書くのはおこがましいが、お互い中学時代に太宰は琉球（石垣島）のことを小説に書き、私は彼の『走れメロス』のラジオドラマ脚本を書いたというのも不思議な縁である。太宰が一六歳で級友と始めた同人誌『星座』は一号で廃刊になったが、すぐに『蜃気楼』を創刊（『地図』を発表）、一二号まで続いた。

私も中学三年のとき、級友三人で同人誌『絆』を立ち上げた。詩歌が中心で、当時の中学生ではガリ版も入手できなかったので、私が手書きで三人分をそっくり同じように書いた。そのため、せいぜい一〇頁くらいの薄っぺらなものだった。その後、二人が加わったが、高校入学後に自然消滅する形で一〇号で終わった。

エピローグ

最近、週刊誌（『週刊ポスト』二〇一四年三月七日号）やネットで『走れメロス』は実は走らず歩いていた、という中学生のレポートが話題になった。

愛知県岡崎市の中学二年生のM君が『走れメロス』の文章からメロスがいかに走ったかを検証した「メロスの全力を検証」で、理数教育研究所主催の二〇一三年度「算数・数学の自由研究」

作品コンクールで最優秀賞（五作のひとつ）に輝いている。

今回のテーマの主旨と紙幅の都合で詳しくは紹介できないが（興味のある方は同研究所のＨＰ参照）、「初夏満天の星の深夜出発」「一睡もせず十里の路を急ぎに急いで、村に到着したのは、翌る日の午前……」などの表現から〈深夜〇時に出発〉〈夜通し走って午前一〇時に到着〉と時間を算出、〈村までの十里＝約三九キロの道のりを行くのに一〇時間かかり、平均時速は推定約三・九キロ〉とし、一般男性のフルマラソンの平均タイムが四時間三〇分、平均時速が約九キロであることから、〈一般男性の歩行速度は四キロなのでメロスは往路は歩いた〉と結論づけた。

復路も同じように計算をして時速五・三キロと算出、大人の男の足ならちょっと早歩きする程度だとし、「『走れメロス』というタイトルは、『走れよメロス』のほうが合っている」と皮肉っている（ネットでは「だから〝走れメロス〟なんだ」というツッコミもある）。

私は初めてそれを読んだとき、Ｍ君の発想に感動すら覚えた。そして、小説の文章から時間を割り出す検証の方法にも脱帽した。

が、あとで冷静に考えると、文学をそのように数字で分析することの味気なさをも強く感じたのである。Ｍ君はおそらく理数系が好きで、将来その分野で成功を収める人間になるだろう。それはそれでいい。しかし、文学作品はやはり素直に読みたい。誰に何といわれようと、私は単純に最初に読んだときの『走れメロス』の感動をいくつになっても大切にしたいと思う。

メロスはやはり友達のために全力で走ったのだ。

――私自身はメロスの後を必死になって走ってきたような人生だったように思う。

【参考文献】
太宰治作品『走れメロス』『新樹の言葉』『斜陽』『家庭の幸福』『乞食学生』『虚構の彷徨』
『地図―初期作品集―』（太宰治／新潮文庫・二〇〇九年）
『回想の太宰治』（津島美知子／講談社文庫・一九八三年）
『回想　太宰治』（野原一夫／新潮文庫・一九八三年）
『小説　太宰治』（檀一雄／岩波現代文庫・二〇〇〇年）
『母の万年筆』（太田治子／朝日文庫・一九八七年）
『太宰治に聞く』（井上ひさし＋こまつ座編著／文春文庫・二〇〇二年）
『東京人　三鷹に生きた太宰治』（都市出版・二〇〇八年）
『NHK知る楽　こだわり人物伝／女《わたし》が愛した作家　太宰治』（NHK出版・二〇〇九年）
『東宝現代劇特別公演　太宰治の生涯―同氏作品集より―』プログラム（東宝事業・開発部／一九六七年）
『琉球歴史・文化史総合年表』（又吉眞三編著／琉球文化社・一九七三年）
『沖縄大百科事典』（沖縄タイムス社・一九八三年）
『植物標本より得られた近代沖縄の新聞』（沖縄県教育委員会・二〇〇七年）

（二〇一四年・夏　第一〇号）

沖縄の「三丁目の夕日」

プロローグ――昭和三〇年代

漫画『三丁目の夕日』（西岸良平・一九七四年～）を原作にした映画「ALWAYS 三丁目の夕日」（山崎貴監督）が公開されたのは二〇〇五（平成一七）年一一月である。

昭和三三（一九五八）年の東京の下町、架空の「夕日町三丁目」が舞台で、そこに暮らす人々のほのぼのとした交流と人間愛が描かれ大ヒットした。そのなかに、建設が始まった東京タワーが徐々にできあがっていく経過（ラストに完成）や都電、上野駅などが見事なＣＧで再現され、懐かしさと郷愁もあって共感を呼んだ。

映画はその年の「日本アカデミー賞」一三部門のうち一二部門で最優秀賞を獲得したのをはじめ多くの映画賞を総なめにし、〇七年に続編（舞台は昭和三四年）、一二年には三作目の「ALWAYS 三丁目の夕日'64」（舞台は昭和三九年）が製作された。

「ALWAYS 三丁目の夕日」は、貧しくとも家族や人々が心を通わせ、助け合って生きることの幸せを改めて感じさせ、「昭和三〇年代」へのノスタルジーもあり一種のブームにもなった。

映画の時代設定になった昭和三三年――この年、小学四年生だった私は公務員の父の転勤で石垣島から那覇に転校した。

安里〝町〟十三番地

我が家が居を構えたのは、那覇市安里の賃貸住宅だった。国際通りと又吉道路が交差する安里三差路に面した琉映本館（現在のサンエー左隣のマンション付近）という映画館の裏側にあった。当時の住所表記は「安里十三番地一区一班一〇〇号」（いまも保存している友人たちからの手紙の宛先にそう書かれている）という長ったらしい地番であった。

実は、那覇に住むのはそのときが初めてではなかった。やはり父の転勤で石垣島と那覇を行ったり来たりして、このときは三度目の那覇住まいであった。

最初は与儀で現在の知事公舎付近（まだ幼かったので私の記憶にはない）、二度目が大道で現在も同じ場所にある沖縄ホテルの裏側の丘陵地だった（四、五歳の頃でかすかに覚えている）。沖縄ホテルは戦前（一九四一年）、商船や各業界のＶＩＰを受け入れるために当時の沖縄県知事が日本政府に要請してできた日本で五番目のホテルで、沖縄では観光ホテル第一号（同ホテルＨＰ）の老舗である。私が住んでいた当時、ホテルがまだあまりなかった沖縄ではトップクラスのホテルだった。

家のあった所からは松川から首里へ登っていく首里坂下通り方面が望めた。当時の写真を見ると坂道の両側には建物はほとんどなく、草が生い茂っているだけの風景が広がっており、隔世の感がある。

父にとってはこれが最後の転勤となり、それ以来ずっと那覇に住むことになった。「最後の転勤」というのは、転勤後間もなく父は病床に伏し、半年ほど自宅療養を続けた後、翌年

（一九五九年）五月に自宅で息を引き取った。享年四八。私が小学五年生のときだった。

安里十三番地一区一班一〇〇号の我が家はその後、住居表示が変更になったため、「安里十三番地」とすっきりしたものに変わった。

♪長い旅路の　航海終えて……

当時、美空ひばりの「港町十三番地」（作詞・石本美由起、作曲・上原げんと）が大ヒットしていたこともあり、私は密かに「安里町十三番地」と替え歌にしていた。「安里」では字足らずになるため、勝手に「安里町」にしていた。

「港町十三番地」は、私が石垣にいた前年一九五七（昭和三二）年三月に発売された。三年前にヒットした同じ石本・上原コンビによる「ひばりのマドロスさん」（ひばりはこの曲で同年の第五回NHK紅白歌合戦に初出場）に次ぐマドロス物で、前作以上の大ヒットを記録し、五七年のコロンビアの年間チャート第一位に輝いている。

石本が最初に書いたのは「港町三番地」という詞だったが、コロンビアのディレクターから「語呂が悪い」「三番地では小さいし、向こう三軒両隣みたいなイメージ」というダメ出しがあり、それならばと「十」を加えて「十三番地」にしたというエピソードがある（大下英治『美空ひばり不死鳥伝説』）。

日本中を席巻した「港町十三番地」は遙か南の離島の石垣島にも届いた。当時はテレビもなく、蓄音機（後にレコードプレーヤーと言うようになった）やレコードもまだ買えない頃だから、おそらく親子ラジオで盛んに流れていたのを聞いていたのだろう。物心ついた頃から私は美空ひばりのファンで、よく「港町十三番地」を口ずさんでいた。何がきっかけだったか覚えていないが、おそらくひばりが歌に映画に大活躍していた時期と重なるからではないかと思う。

ひばりは私より一一歳上の一九三七（昭和一二）年五月二九日、横浜・磯子の魚屋の長女として生まれた。小さい頃から歌が好きで、小学三年生だった八歳で早くも横浜の小劇場で「リンゴの唄」を歌い、まわりから「とても八歳の子供とは思えないほどうまい」と注目された。

安里十三番地の住宅は不思議な造りの家で、一軒の住宅に五世帯が住んでいた。我が家から時計回りに左側に隣接していた鮮魚店のA家（ここだけ名前が思い出せない）、雑貨店を営んでいた朝鮮半島出身のT家（主人のTさんは「朝鮮オジー」と呼ばれていたらしい）、奄美出身のN家（小中学校で同級の姉妹がいた）、右側に隣接していた部屋は水商売風の若い女性らが何回か入れ替わって住んでいた。

便所（当時はトイレなどという言い方はしていなかった）はなぜか我が家だけ家の中にあり、他のお宅は外にあった複数の便所を共同で使っていた。ずっと後で分かったことだが、その不思議な造りの住宅は元々、病院だったらしい。そのためやたら部屋数が多く、家の中に便所が一か所しかなかったのである。ひとつの家を五つに仕切って貸していたのだった。

私はその家で小学四年の途中から高校卒業までの約六年半を暮らした（実際の期間は八年半だが、二年間は事情があって泊の伯父の家に預けられたことによる）。

奄美出身のNさん夫婦は同級生の女の子の祖父母で、父親はなく母親が再婚して家を出たので孫の面倒を見ているらしいことを後で耳にした（事実関係は不明）。

Nさんがいつ、どういう理由で沖縄に来たか知らない。当時は奄美大島のことなど知らなかったが、Nさんもずいぶん苦労をされたのだろう。戦後、奄美も沖縄と同じように日本本土と切り離され、米軍統治下に置かれた。引き揚げ者などで人口がふくらみ、仕事にあふれた人々が沖縄の基地建設ブームを当て込んで大勢沖縄に渡った。

奄美は一九五三（昭和二八）年一二月二五日、島民の粘り強い復帰運動によって沖縄より一足早く日本に復帰した。日本への「クリスマスプレゼント」といわれた。しかし、沖縄在住の奄美出身者はそれからが大変だった。復帰前、在沖奄美出身者は三万から五万、一説には七万人ともいわれた。復帰によって彼らは「外人登録」をして沖縄に住み続けるか、奄美に帰るか、他府県に行くかを選択しなければならなかった。米軍政府、琉球政府からは、正規の移住者であっても公務員や軍労務者は解雇されることが予告されていた。その結果、琉球政府の副主席で立法院議長を兼ねていた泉有平や、琉球銀行の初代総裁経験者、琉球開発金融公社の現職総裁らが解雇された。さらに、参政権、土地所有権、公務員試験受験、国費留学受験資格が剥奪される一方、税金だけはこれまで同様に徴収されるなど、厳しい現実を突きつけられた。

我が家が安里に引っ越してきたのは奄美の復帰から五年経っていた頃である。Nさん一家は外人登録をして住んでいたのだろうか。そういう事情もまったく知らない小学校から高校生の頃であった。

我が家の近くには沖縄の「地域史」に残るものがいくつかあった。家に近い方から沖縄第一ホテル、琉映本館、安里八幡宮、シュガーローフ、カトリック安里教会、那覇琉米文化会館などで、それらの多くは私の遊び場でもあった。現在も同じ場所に残っているのは安里八幡宮と安里教会だけである。

沖縄第一ホテルは私が安里に転入する三年前(一九五五年)に創業された老舗で、岡本太郎や大江健三郎、永六輔など著名人が定宿にしていたことでも知られる。長年、同地で経営を続けてきたが、老朽化により二〇一一(平成二三)年九月一日、牧志の一銀通り安木屋隣に移転オープンした。

美空ひばりに夢中の少年時代

琉映本館は、沖縄第一ホテルの創業より一年前(一九五四年)の六月二五日に開館している。こけら落としの特別興行として「七人の侍」(五四年東宝・黒澤明監督)が上映され、一般上映は「笛吹童子」三部作と美空ひばりの「おしどり若衆」の豪華四本立てだった。

映画館の裏側に通っていた二本のスージグヮーに挟まれるように十数軒の家が軒を並べ、我が家を含めた「安里十三番地」はその一角にあった。琉映本館までは歩いて一分足らずの距離だった。夜間、周りが静かなときには映画のセリフや音楽が聞こえてきた。台風で学校が休校になると、喜び勇んで映画を観に行った。一般の家庭が停電になっても、自家発電のある映画館が休館になることは滅多になかった。台風慣れしている沖縄では、台風のなかを映画館に出かけても家族はたいして心配もしなかった。おまけに琉映本館は目と鼻の先である。

昭和二〇年代後半から三〇年代前半にかけては、日本映画界の黄金時代であった。三三（一九五八）年には本土では映画館入場者が一一億人を超えて新記録を作っている。

那覇には国際通り周辺だけでも一〇軒余の映画館があり、沖縄も映画が隆盛を極めていた。私より年配者や同級生たちの話を聞くと、たいてい「ヌギバイ」（無賃入場）の経験があり、その体験談を自慢げに話す人が多い。真面目、というか小心者だった私はヌギバイの経験はない。いまとなっては貴重な体験を逃して後悔している。

私は封切り映画が変わる度に足繁く映画館に通った。琉映本館は東映の封切館で、当時は時代劇全盛の頃だった。

美空ひばりも私には時代劇スターの印象が強い。男役が多かった頃である。いなせな若衆姿で啖呵を切って華麗に立ち回りをし、劇中で唄を歌うのが定番だった。「ひばり捕物帖シリーズ」「花笠若衆」（五八年）「いろは若衆シリーズ」（五九年）「ひばりの森の石松」「ひばり十八番　弁天小僧」（六〇年）「花笠道中」「ひばり・チエミの弥次喜多道中」（六二年）などがそうだ。

ひばりは生涯に一六二本の映画に出演、そのうち東映映画は主演、共演合わせて九一本。特に昭和三三年は一年で一五本という最高記録を作っている（レコードも年間四一枚と歌手生活での最高を記録）。三三年度の個人所得は三五七三万円と、二位の長谷川一夫の一六八四万円を大きく引き離して芸能界で一位だった。ひばりがデビューした昭和二四年から昭和四〇年代初めにかけて、全国の至る所の映画館で毎週のようにひばりの映画が上映され、歌が流れていたのである（「ファンが選んだ美空ひばり東映映画ＤＶＤ選集」／大下前掲書／上前淳一郎『イカロスの翼　美空ひばりと日本人の40年』）。

因みに、ＤＶＤ選集のファンが選んだベスト三〇の上位は、①「花笠若衆」②「新蛇姫様　お島千太郎」③「笛吹若武者」④「千姫と秀頼」⑤「ひばり捕物帖　かんざし小判」（以下略）などとなっている。

ひばりと沖縄の関係でいうと、彼女は四度、沖縄公演を行っている。一九五六（昭和三一）年八月と一一月、八二（昭和五七）年三月、八六（昭和六一）年三月である（美空ひばり公式ウェブサイト）。

最初の公演「美空ひばり歌謡ショウ」（主催・沖縄藝能社）はひばり一八歳のとき。場所は國映館（前年開館）で、新聞広告によると期間は八月七日から六日間（一二日まで）、前売大人一二〇円、中小人八〇円（当日はいずれも二〇円増）、前売指定券は一八〇円、午前一一時からひばり主演の映画「ひばりのお夏清十郎」を上映、午後から三回公演という強行スケジュールである。入場料は当時の映画が三〇〜四〇円だったから破格の料金設定だった。それでも大入り満員が続いた。

七日付『沖縄タイムス』は〈つめかけたひばりファン／早朝六時から行列〉という見出しで「十時開館、十一時開演になっているのに早朝六時からもうファンがつめかけ八時半には早くも千名余の客が長い列をなして山形屋（現在のホテルＬＡＬシティ那覇――筆者注）の前まで続いた。那覇署では万一を心配して二十四名の警官を出動させた他、消防隊もかりだされ整理にてんてこ舞だった。……沖縄興行界始つ《ママ》て以来の記録と言われる」とその熱狂ぶりを伝えている。

興行前から連日大々的に新聞広告を打っているが、「おことわり」としてわざわざ「撮影の都合により地方公演及び日延べ興行は絶対致しません」と書いてあるのが目につく。しかし、最終日の予定だった一二日の新聞広告では、「ファンの熱烈なる御要望により明日まで日延べ致します」と当初の「おことわり」を反故にし、一三日の広告では「本日は当日売りを沢山準備してあります　指定席もあいております」と添え書きがされている。結局好評につき急遽一日日延べしたようである。当時はそんな芸当ができたのだろうか。

公演終了後の翌一四日の『琉球新報』は〈美空ひばりと一問一答〉という見出しで独占インタビューを載せている。そのなかで、ひばりは沖縄のお客さんは「歌っている時は静かに聞いて下さるのでりっぱ」「(沖縄が) こんなに暑いとは思わなかった」などと語っている。

最初の公演のとき私はまだ小学一年生で石垣に住んでいたし、おそらく美空ひばりのことも知らなかったろうから公演のこと自体知るよしもない。

ところで「美空ひばり公式ウェブサイト」に掲載されている二回目（初公演の三か月後というのが疑問だが）、四回目の公演について当該月の地元二紙を調べてみたが、見つけることができなかった（見落としもあるかもしれないので公演をご覧になった方がおればご教示願いたい）。三回目（一九八二年）は『琉球新報』の「三月のこよみ」コーナーに「三月六日　美空ひばりショーチャリティーコンサート　沖縄市民会館」（公式ウェブサイトでは沖縄返還一〇周年記念コンサートとしている）との記載が見られる。しかし、記事にはなっていない。最初の公演は戦後一一年経った頃でまだ娯楽が少なく、本土の芸能人の公演も珍しかったのであれほどの報道になったのだろう。

ひばりの沖縄初公演は、米軍による土地の強制収用をめぐる「島ぐるみ闘争」の頃（六月に沖縄基地の重要性などを指摘し、一括払い、新規接収反対などの「土地を守る四原則」を無視した「プライス勧告」が出て沖縄の不満が高まっていた）で、八日には米軍によってコザを中心にした中部地区に無期限のオフ・リミッツが発動され騒然となっていた。

また、七月下旬に開かれたプライス勧告に反対する四原則貫徹県民大会のデモで琉大生が「ヤンキー・ゴーホーム」などと反米的言葉を叫んだとして琉大財団が大学に対するすべての財政的援助を打ち切ると発表（九日）。

新聞（八月二一日付『沖縄タイムス』）のコラムは、ひばりの公演を「とにかく土地問題どこ吹く風」と揶揄している。

結局、琉大では八月一七日に責任者の学生ら六人が退学処分、一人が謹慎処分を受けた。第二次琉大事件である。

琉映本館は一九八九（平成元年）六月一八日、三五年の歴史に幕をおろし閉館した。一七日と一八日の二日間、「フィルムマラソン'89――さよなら琉映本館――」と銘打ってそれぞれ九本立て合計一八本の作品を連続上映している。最後を飾ったのは沖縄ロケをした「男はつらいよ　寅次郎ハイビスカスの花」だった。

当時、福岡で勤務していた私は小学校から高校までの八年半慣れ親しんだ映画館の最後には立ち会えなかった。

余談ながら、「――ハイビスカスの花」にはちょっとした思い出がある。私が沖縄で勤務していたとき、マスコミ労協で山田洋次監督を招聘して講演会を開いたことがある。そのとき私がチラシを担当した。その縁で地元キャストのオーディションの様子を取材することができるようになったのである。映画のオーディションに立ち会うのは初めての経験だった。しかも選ばれたのは私が出張の際、航空券などの発券を頼んでいる旅行会社の顔見知りの社員だったので嬉しさもひとしおであった。

福岡に私がいた頃、市内の病院に美空ひばりが入院してきたのも不思議な縁だった。この頃、ひばりは腰の痛みに苦しんでいた。恒例の明治座公演を前に、検査のため東大、京大病院を訪ねたが結果が出るのが数日後と聞き、一日で結果が出ると紹介された福岡市の済生会福岡総合病院に入院したのだった。一九八七（昭和六二）年四月二一日のことである。結果は両側大腿骨骨頭壊死で、慢性肝臓病と脾臓肥大もあると発表された。天神にある病院の近くを通った折りには、病室と思われる方角を見上げて回復を祈った（いったん退院し復帰した後、八八年と八九年に同病院に再入院）。

この一年前の三月、東京で勤務していた私は「首都圏スペシャル・関東歌謡地図」という番組のディレクターとして美空ひばりのインタビューに立ち会ったことがある。NHKホールのVIPルームに現れたひばりはごく普通のおばさんという印象だった。背格好も思っていた以上に小柄だ。自伝などを読むと、本人も背が低いことにコンプレックスを持っていたようだ。上前著

『イカロスの翼』には「百五十七センチ、四十キロの小さなからだ」と記されているが、同じコロンビア所属だった畠山みどりはブログで「身長は私が一四九㎝、ひばりさんが一四八㎝と二人とも小柄で似ているんです」と書いている（「演歌　よりどりみどり」）。

小学校時代に歌と映画で美空ひばりにめぐり会ったが、まさか二八年後に本人と直接対面するとは夢にも思わなかった。インタビュアーはベテランのKアナウンサー、ひばりのご指名だった。緊張のなか、無事終えた。

その後、病を抱えながらの東京ドームでの復活公演（森英恵がデザインした不死鳥をイメージしたドレスが印象的だった）、再入院などを繰り返し、一九八九（平成元）年六月二四日午前零時二八分、呼吸不全のため東京の病院で亡くなった。病名は間質性肺炎、肝硬変、大腿骨骨頭壊死。享年五二。

「昭和の大スター」美空ひばりはまさに昭和の終わりを見届けた後、「昭和の大スター」として亡くなった。翌七月に女性初の国民栄誉賞を授与された。

翌日朝七時のNHKニュースを福岡の自宅で見ていた私は飛び上がって驚いた。ひばりが亡くなったということと、一年前に私が立ち会って撮ったインタビューがニュースのトップで使われていたからだ。ひばりの歌を聴く度に、「港町十三番地」とともに、インタビューを収録した日のことが懐かしく思い出される。

道草の名所・琉米文化会館

我が家からは大道小学校が近かった（直線距離で五〇〇メートル）のだが、ギリギリ校区だった泊小学校に転入したため、結果的に倍の約一キロの道を歩いて通った。

当時は民家が連なる安里を過ぎた辺りからだんだんに住宅が少なくなり、現在の泊一丁目の道路（崇元寺通りからふたつ裏の通り）の両側は草が生えている程度の舗装されていない道が続くばかりであった。建物がほとんどない風景のなかで、通学路の左手にある高いビルの壁に施された「赤玉ポートワイン」という広告が毎日いやでも目に入った。おかげで子供心に焼き付けられた「ワイン＝赤玉」というイメージがいまでも消えないでいる。

泊小学校は一八八一（明治一四）年にできた教倫小学校が前身で、一九四一（昭和一六）年に泊国民学校に改称。三〇（昭和五）年に建てられた鉄筋コンクリート二階建ては市内初であった。私が在校した当時、古い二階建ての校舎がシンボルだった。沖縄戦の激しい爆撃をくぐり抜けたことが学校関係者の自慢で、生徒は何度もその話を聞かされた。私が転校してきた年（昭和三三年）の四月一日に、大道小学校と壺屋小学校から分離して泊小学校として独立したばかりだった。従って私の世代は一期生ということになっている。しかし、節目の周年行事の際は、創立は明治一四年から起算し、昭和三三年からは「戦後開校〇〇周年」というように使い分けしている。

校舎の裏側と運動場は米軍の牧港住宅（現在の那覇新都心）に接しており、間は金網のフェンスで仕切られていた。フェンスの向こう側には芝生を敷きつめた広々とした庭のある真っ白な戸建て住宅が建ち並び、沖縄側の狭っ苦しい民家の密集ぶりとは好対照であった。沖縄が断水のときでもアメリカーの水道は別らしく、贅沢に洗車したり散水する光景を見せつけられて、子供心に反発したものだ。休み時間には言葉は分からないまでもフェンス越しにアメリカーの子供たちとふざけあって、小さな「琉米親善」を行っていた。

その地がかつて先祖代々の豊かな農地を有した銘苅などの集落だったこと、沖縄戦の激戦地だったこと、戦後「銃剣とブルドーザー」によって強制接収されたことも知らなかった頃である。

一九八〇（昭和五五）年に現在の校舎に建て替えられたとき、古い校舎のうち一階の正面玄関と、かつて職員が鐘を鳴らして授業の開始を告げたという二階のバルコニーだけが残された。その後、それも耐震性の問題から解体案が浮上したが、地域住民から反対の声が上がり、二〇一二（平成二四）年に二階部分のみを運動場の端に保存設置することが決まった。いま、歴史の証人は子供たちに静かに「歴史」や「平和」を語りかけるように佇んでいる。

自宅と学校のちょうど真ん中辺り（ともに直線距離で約五〇〇メートル）の崇元寺跡にあったのが那覇琉米文化会館だった。下校の途中、そこでよく道草をした。四年生から六年生にかけての頃だ。あまり理解はしていなかったと思うが、『今日の琉球』（一九五七年創刊）や『守礼の光』（五九年創刊・約一〇万部）などを読んだりして時間をつぶしていた。二誌とも米高等弁務官府が発行していたPR月刊誌で、沖縄住民を懐柔するプロパガンダ雑誌ともいわれた。もちろん当時は、発行元のことも雑誌の目的についてもその認識はなかった。

復帰後、前者は廃刊になり、後者は『交流』と改題され約一年間発刊された（沖縄タイムス社

『沖縄大百科事典』)。

琉米文化会館は、琉球とアメリカの親善と理解を深めることを目的に当初、米国民政府の運営で一九四七(昭和二二)年から五二(昭和二七)年にかけて沖縄本島に三か所(那覇、名護、石川)、八重山、宮古に各一か所設置された。

戦後の文化施設の乏しい時期だったので、教育・文化・レクレーション等の活動を提供する施設として人々に利用された。一方で、琉米文化会館の役割は、「官製の親善促進運動」「一種の宣撫工作の場」ともいわれた。

なかでも私が利用していた那覇琉米文化会館の変遷は激動の歴史だ。

沖縄戦によって、沖縄県立沖縄図書館はじめ県内のすべての図書館は被災し消失した。図書館が復活するのは戦後二年経った一九四七(昭和二二)年、知念村(現・南城市)にあった沖縄民政府が設置した「沖縄中央図書館」によってである。これは戦前最後の沖縄図書館長だった城間朝教(初代沖縄中央図書館長に就任)の尽力によるもので、設置に際して本土や台湾などにも呼びかけて図書の寄贈を依頼している。これに琉球列島米国軍政府も協力し、上海から千冊の和書を譲り受けたという。しかし、それでも三か所の分館(名護、石川、首里)合わせても三千冊足らずしかなく、図書不足に泣いた。

その後、中央図書館は沖縄民政府とともに那覇に移転。五一(昭和二六)年に琉球列島米国民政府に移管されて崇元寺跡に移り、名称も「情報会館」に改められた。そして翌年、「那覇琉米文化会館」に改称された。

那覇琉米文化会館は一九六〇（昭和三五）年頃、与儀に移転し、さらに六九（昭和四四）年に現在の那覇市立図書館の場所に新築移転した。そして、七二（昭和四七）年五月一五日の本土復帰に伴う「復帰特別措置法」に基づき那覇市に無償譲渡され、「那覇文化センター」となった。三年後、那覇市教育委員会に移管され、現在の「那覇市立図書館」となり現在に至っている。

各地の琉米文化会館もそれぞれの自治体に建造物のみ無償譲渡された（琉球大学附属図書館編『沖縄県立図書館沿革史』／西日本図書館学会・九州図書館史研究委員会編『九州図書館史』）。

〝ジュガーローフ〟が遊び場だった

映画「ALWAYS 三丁目の夕日」は子役たちの好演も光っていた。平成の現代っ子たちがよく「昭和の子供」の雰囲気を出していて感心した。

「昭和の子供」だった私は小学校の高学年から中学二年にかけて、近所のガキ大将だった。我が家の向かいのY家のT君、O君兄弟と、K家のS君、少し離れた所に住んでいたA君らが「子分」格で、私より二歳から四、五歳下の小学生だった。当時はビー玉やメンコ（沖縄ではパッチーと言っていた）遊びがほとんどで、私はなぜか両方とも上手だった。多いときにはビー玉数百個、メンコ数百枚を貯めていた。そのため、母親に見つからないように隠すのに苦労した。いまだと年下の子をたぶらかして巻き上げたのではないかという疑いの目を向けられそうだが、正真正銘、正当なルールと勝負のなかで得た戦果であった。しかし、年下の小学生に勝ったものなのであまり自慢にはならない。

遊び場はたいてい家と家の間のスージグヮーだったが、時々遠征もした。安里八幡宮と、仲間うちで「安里の丘」と呼んでいた原っぱだった。後に成人してから「安里の丘」は沖縄戦の激戦地だった「シュガーローフ」だと知った。

安里八幡宮は自宅からわずか二〇〇メートル足らずの所で、境内は恰好の遊び場だった。亡父の告別式もここで行った。

「琉球八社」（琉球王国時代、王府から特別の扱いを受けた八つの神社）のひとつだが、八社の中で唯一の八幡社で、応仁天皇、玉依存姫、神功皇后を祀っている（他の七社は全て熊野権現が祭神）。宮社は沖縄戦で消失し、戦後再建された。

八幡宮の宮司N家の長男は小中学校が一緒だったT君で、私が就職して本土にいた頃に後継の宮司を務めていたらしいが、三十代の若さで病気で亡くなったと友人から聞かされた。

もうひとつの遠征地である「安里の丘」（シュガーローフ）は自宅から直線距離で約三五〇メートルの所にある原っぱで、そこは主にチャンバラごっこや駆けまわって遊ぶのに適した広い場所だった。

丘にたどり着く手前の左側にあったのが松岡配電の松岡政保社長（一八九七—一九八九）の家だった。

松岡は、一九六四（昭和三九）年一〇月に琉球政府の第四代行政主席に指名される。私が高校一年のときだ（さすがに高校受験期には「ガキ大将」を卒業していた）。松岡は就任式で「最後の任命主席でありたい」と挨拶してセンセーションを巻き起こした。当時、主席は米民政府の高等弁務官が任命していた。六八（昭和四三）年一一月に主席公選が行われたため、松岡は就任式での挨拶どおり「最後の任命主席」となった。私が就職のため上京して一年後のことだ。

松岡邸を過ぎると、原っぱが目の前に広がって迎えてくれる。父親が病床にあった半年間、「安里の丘」に生えていたフーチバー（よもぎ）を採りに行くのが私の役目だった。煎じて飲めば病気に効くということだった。遊び以外の日は一人で行った。

丘の端っこには金網が張りめぐらされており、その向こう側は米軍住宅地（現在の那覇新都心）だった。いまにして思えば、その場所から泊小学校まで直線距離で約一キロ以上にわたって金網が続いていたのである。

フェンスの手前には原っぱのなかに建つようにカトリック安里教会があった。

「沖縄戦を経験した退役軍人たちにとって、それぞれに絶対忘れられない地名がある」という。米第六海兵師団の兵士たちにとってのそれは、「シュガーローフヒル」だという（ジェームス・H・ハラス『沖縄シュガーローフの戦い―米海兵隊地獄の7日間―』）。

一九四五（昭和二〇）年五月一二日から一八日まで一週間にわたって、那覇の「名もない丘」をめぐる争奪戦が展開された。

ハラスが「名もない丘」と形容した高さ三〇メートル、長さ二七〇メートルの丘は、那覇から西に約四〇キロ離れた慶良間諸島が一望できることから地元では「慶良間チージ」と呼んでいた。日本軍は「五二高地」と呼んだ。この小高い丘は日米双方にとって絶好の攻撃陣地であっただけではなく、首里に第三二軍司令部を置いていた日本軍にとって、県都防衛の要衝になっていた。

「五二高地」の周辺にはあわせて三つの丘があった。米軍の指揮官はそれぞれ高地1、高地2、高地3と呼んだ。後に最も高い高地3に「シュガーローフヒル」（ハラス本の表記）と名づけた。菓子パンのような形から思いついたようだ。シュガーローフヒルはやがて「小さい悪魔の丘」とも呼ばれ、米兵たちを苦しめる。

一日のうちに四回も日米の奪取者が変わる戦闘や、第六海兵師団にとって「沖縄戦全期間通じて、〝もっとも打ちのめされた日〟」と評された戦闘の日々を繰り返し、日米双方の戦いは凄惨を極めた。

戦闘開始から一週間目の一八日、ついにシュガーローフヒルは陥落。日本軍は首里からの撤退を余儀なくされ、南部への敗走が始まる。

シュガーローフヒルの戦いは米軍にとって沖縄戦のなかでも最も苦戦を強いられた戦闘で、米軍は二六六二人の戦死者、一二八九人の戦闘疲労者（精神病患者）を出した。日本軍も千人近い死傷者が出た（ビーニス・M・フランク『沖縄　陸・海・空の血戦』／ハラス前掲書）。

この激戦で命を落としたひとりの海兵隊員の名前がいまも沖縄の地に残っている。うるま市（旧・具志川市）にあるキャンプ・コートニーである。

基地の名称になったヘンリー・J・コートニー少佐は本業は弁護士で、第六海兵師団第二二連隊第二大隊の副隊長として沖縄戦に参加、二九歳だった。シュガーローフの戦闘で日本軍の大砲によって即死した。

「圧倒するような敵の前で見せた、彼の明敏な軍事的直感力、不屈の指導力が、沖縄戦を勝利に導いたのである」と米軍がまとめた「沖縄の米軍基地マスタープラン」には記されている。キャンプ・コートニーは一九五七（昭和三二）年に造られた第三海兵師団のキャンプで、司令部と米軍家族住宅の基地になっている（一九九四年刊・梅林宏道『情報公開法でとらえた沖縄の米軍』）。

沖縄にはこの他、キャンプ・シュワブ（いまゲート前では、普天間基地の辺野古移設、埋め立てに反対する人々の抗議行動が連日展開されている）、キャンプ・ハンセン、キャンプ・キンザー、キャンプ・フォスターなど、沖縄戦で名誉の戦死（米国側から見て）をしたり名誉勲章をもらった兵士の名前をつけた基地が多い。そういうことを知らなかった頃、私はうかつにも「ハンセン」は「反戦」のブラック・ジョークかと本気で思っていた時期があったくらいだ。

本土の場合、三沢・横田・厚木・横須賀・岩国・佐世保とすべて地元の地名が冠された基地である。そもそも他国の基地に自分たちの「英雄」の名をつけているという例は世界的にみてもそう多くないと思われる。「沖縄は米兵たちの血であがなった土地」という占領意識は、本土復帰後も変わっていないのだろう。地元の人間としてはあまり気分のいいものではない。

少年たちは、そういう激戦地シュガーローフの攻防や沖縄戦のことなどはまったく知らず、東映時代劇を真似たチャンバラや月光仮面ごっこに興じるまことに屈託のない子供であった。

那覇市おもろまち一丁目六番地——これが現在のシュガーローフの住所である。あれから半世紀余、かつての原っぱやシュガーローフ周辺には住宅が建ち並び、現在も同じ場所に建つ安里教会以外、当時の面影を残すものは何ひとつない。眼下には、発展を続ける那覇新都心の風景が喧噪のなかに広がっている。

別世界広がる那覇新都心

シュガーローフ跡から眼下に広がる街・那覇新都心（おもろまち、天久、安謝、銘苅、上之屋）――ここは米軍の「銃剣とブルドーザー」による強制収用によって米軍牧港住宅になっていた所である。一部が前述したように私が通っていた泊小学校に隣接した地域だ。

一九五三（昭和二八）年四月三日、米軍は地主が土地取得に応じない場合でも一方的な強制収用ができる布令一〇九号「土地収用令」を公布。施行とほとんど同時に、真和志村（現那覇市）銘苅、安謝、天久で武装兵を出動させて土地の強制収用を行った。

銘苅の強制収用をめぐって思い出されるのは、国会で佐藤首相を相手に「祖国復帰の原点」と「沖縄の心」を訴えた瀬長亀次郎（当時、沖縄人民党）のことだ。

舞台は、一九七一（昭和四六）年一二月四日の「沖縄・北方問題特別委員会」。瀬長は、沖縄住民の国政参加特別措置法に基づいて前年一一月に行われた戦後初の国政選挙に当選（他に西銘順治、上原康助、国場幸昌、安里積千代）。衆議院議員になって一年目のことだった。復帰が五か月後に近づいていた。

「祖国復帰の原点について述べたい」

そう前置きした瀬長は、一枚の写真をかざした。

「これは遺骨だ。それは風にさらされ大地と化している。その母なる大地は何を求めているか。再び戦場にするな、沖縄を平和の島にして返せ、と叫んでいる。これが原点である」

「祖国防衛のために動員され、十数万の同胞が血を流し、遺骨を抱いて平和を願っている沖縄県民にアメリカ占領軍は、機関銃とブルドーザーで嵐のように襲いかかってきた。那覇市銘苅の畑と墓地がいかに強奪されたか、その点だけをいう」

瀬長は、銘苅の強制収用の様子を自分の著書『民族の悲劇』から引用して話した。

「部落の地殻につきささるような鈍重な地響きが静かに明け行く朝のしじまを破った。ブルドーザーとトラクターのうなりであった。銘苅部落民がかけつけてきたときには、すでに二万坪の田と原野が地ならしされて、アメリカにとって立派なグラウンドに変形してしまっていた」

「黒山のように集まった群衆の中から赤ん坊をおぶったおかみさんが、芋籠をぶらさげてトラクターめがけて歩みよった。七、八名がそれにつづいた。機関銃が火を吹いた。しかし、数分もたたないうちに銃口の火花は消えてしまった。籠をかかえて突進したかに見えたおかみさんたちが、トラクターの前で座り込みを演ずるのではないことがわかったからである。トラクターのほりかえした後をおっかけて、大事な芋を拾いあげる仕事にみんながとりかかったのである」

「突然、芋ひろいの集団の中からキャーと叫び声が上がった。うちくだかれた芋のかわりに白骨のかけらが手にふれたのである。何百年もやすらかにねむる先祖の頭蓋骨までかみくだかれ、手足はへしおられうちくだかれたのだ。なんの罪があるというのだ、死人の骨までしゃぶるとは！」

朗読を終えた瀬長は、

「これが銘苅部落の土地強奪だ。佐藤総理、これを聞いたことがあるか。それでもサンフランシスコ条約第三条は合法といえるのか」

と佐藤に質した。

「いまのような具体的なことがらは見たことも聞いたこともない」

と佐藤は答弁。

瀬長は続けて那覇市長時代の追放劇、人民党事件における軍事裁判、米兵による女子高校生暴行事件などを例に、アメリカ統治下の沖縄の人権問題について訴え、最後に沖縄返還協定に言及する。

「この協定は、沖縄二十六年の血の叫びで求めてきた沖縄返還ではない。沖縄県民は身体で体験してきた原点に帰って、いっさいの基地もない、核もない、米軍も自衛隊もいない平和で豊かな島として祖国に帰ることを願っている。紺碧の空、青い珊瑚礁の海、取られた土地、水源——これらが全部、沖縄県民のものとして祖国に帰ってこそ沖縄県が復帰できる。これが二十六年間、要求し叫び続けてきた沖縄の心である」（瀬長亀次郎『民族の未来』）

牧港住宅地区は復帰の翌年（一九七三年）、日米両政府によって返還が合意された。二年後に一部の返還が始まり、最終的に全面返還されたのは合意から一四年後の八七（昭和六二）年になってからである。

そして、新しい街がつくられ、いまではまったく別世界を現出させている。二〇〇一（平成一三）年に亡くなった瀬長がこの街を目にしていたならばどんな想いを抱いたであろうか。

沖縄にテレビがやって来た！

「ALWAYS 三丁目の夕日」の冒頭部のシーン――物語の中心になる鈴木家の男の子と友達が学校帰りに「テレビ、テレビ、テレビ」と連呼して家に駆け込み、興奮気味に「お母ちゃん、今日テレビ来る？」と母親（薬師丸ひろ子）に確認する。「電器屋さん、注文が立て込んでるから、まだ時間がかかる」との母親の返事に子供たちはがっかりする。

そして数日後、待望のテレビがやって来た日。ご近所の人々が大挙して鈴木家に押しかける。画面では数えきれないが、その数四、五〇人もいそうだ。酒の差し入れを持参する人など、ほとんどお祝い気分である。部屋に入りきれない人は庭に二重三重になって立っている。正装の主人（堤真一）がうやうやしくカバーをとると、モノクロのブラウン管（一四インチくらいか）のテレビが初めてその姿を見せる。その場に居合わせた人々からいっせいに拍手が起こる。そして、主人が皆を前にかしこまって挨拶を始める。「戦争から生き残って早一三年……」しかし、早くテレビを見たい人々からのブーイングに挨拶を切り上げてスイッチを入れる。固唾をのむ見物の人々。ふわっと画面に映ってきたのはプロレスの中継だった。力道山の空手チョップが炸裂する。それを全員が真似ながらテレビに見入るのだった。

日本のテレビ放送は一九五三（昭和二八）年二月一日、ＮＨＫが本放送を開始したのに始まる。当日の受信契約数は八六六件（うち都内の契約数六六四件）だった。

そして、八月二八日には民放のトップを切って日本テレビ放送網が本放送を開始した。一般家庭にテレビが入って茶の間の主役になるのは昭和三〇年代である。

沖縄では本土に遅れること六年、五九（昭和三四）年一一月一日、沖縄テレビが「沖縄初の民間放送テレビ局として開局」（『沖縄テレビ放送50年史』）した。ＮＨＫの放送を行う沖縄放送協会（ＯＨＫ）が発足するのがさらに八年後の六七（昭和四二）年一一月のことだから、沖縄テレビの「沖縄初の民間放送テレビ局」は「沖縄初のテレビ局」といっていい（琉球放送は翌年六月テレビ放送開始）。

沖縄テレビの放送は開局から三年余は、午後六時〜一〇時一五分の四時間一五分だった（六三年三月から昼の放送が、六五年九月から早朝放送がスタート）。

翌六〇年二月には第一回「お茶の間郷土劇場」、六月アイゼンハワー大統領来沖生中継、連続テレビドラマ「うず更紗」（嘉陽安男作）など開局間もない放送局としては意欲的な放送に取り組んでいる。

私はＯＨＫが開局する前の四月、ＮＨＫに入局した。

「ALWAYS 三丁目の夕日」のテレビが初めて家庭に入って来た日のシーンは、おそらく全国どこでも同じような光景であったろう。それは沖縄でも見られたし、安里でも同じ光景が展開された。しかし、我が家はまだテレビが買える経済状況にはなかった。「子分」のＹ家、Ｋ家にはすぐにテレビが入ったので、私は両家でテレビを見せてもらった。昼間の大将対子分の関係は、夜になると破綻した。両家のテレビは周辺でも早いほうだったので、隣近所の人が大勢集まり夜は社交の場と化していた。

またこの頃、国際通りでは街頭テレビに群がる光景が見られた。それは、わざわざ一般の人々に見せるために設置した「街頭テレビ」だったのか、電器店の販促用に店頭に置いたテレビの周りにたまたま人々が集まって見ていたのを「街頭テレビ」といっていたのか定かでない。

当時の番組は外国モノのドラマが主流を占めていて、「ララミー牧場」「ローハイド」「ライフルマン」「モーガン警部」「サンセット77」「アンタッチャブル」「ベン・ケーシー」「コンバット」「逃亡者」「0011ナポレオンソロ」などの番組に人気があった。

沖縄テレビ開局から五年後の六四（昭和三九）年九月一日、本土〜沖縄間のマイクロ回線が開通した。これによって本土と同じ放送が同時に見られるようになったのである。二八日の新聞のラテ欄から沖縄テレビ、琉球放送テレビとも「★印はマイクロ」という表示が登場し、NHK、JNNニュースや「ひょっこりひょうたん島」などが同時放送されている。放送開始が午前一一時半からのため、NHKの連続テレビ小説（朝ドラ）の第四作「うず潮」はまだ放送されていない。また、この年から沖縄テレビで「NHK紅白歌合戦」「ゆく年くる年」が初めて放送されるようになった。ラジオでは前年からラジオ沖縄が「紅白」を初めて中継放送している。

沖縄テレビは翌年三月、NHKと番組ネット契約を結び、ニュースや大河ドラマ（「太閤記」）、朝ドラ（第五作「たまゆら」）、「大相撲中継」、学校放送などを放送するようになった。しかし、沖縄テレビは民放なのでCMを入れなければならない。そのため、「NHKニュース」や「紅白歌合戦」にもCMが入って放送されるという全国では見られない沖縄だけの珍現象が起こったのである。この状態がOHKの開局まで約三年にわたって続いた。ちょうど私の高校三年間の期間に相当する。私の記憶では、夜七時のNHKニュースに水虫のCMソングが流れていたような気がする（正確な記録があれば教えを乞いたい）。

我が家にテレビが入ったのは私が高校二年のときで、沖縄でテレビ放送が始まって六年経っていた。それも買ったのではなく、電器店がやっていた「貸しテレビ」、レンタルテレビだった。琉映本館の左隣に電器店があり、店頭の張り紙で知った私が母にせがんで実現したものである。我が家でゆっくりテレビが見られるようになったおかげで、NHKを受験したときの面接の際、朝ドラの「おはなはん」や大河ドラマの「源義経」についてきちんと感想を述べることができ、多少得点を稼げたのではないかと思ったものである。

エピローグ

映画「ALWAYS 三丁目の夕日」を見たとき、私は自分が住んでいた安里十三番地界隈も小説になると思った。あいにくその方面の才能がないので自分で小説に仕立て上げることができないのが残念だが、ここでは構想だけを披露することにとどめたい。

タイトルはずばり『港町十三番地』。

安里十三番地に住む五軒の人々が織りなす人間模様（我が家も含めて、朝鮮オジーや奄美出身のNさん一家の戦後史）を縦軸に、「港町十三番地」など美空ひばりの歌を効果的に活かして彼女が「歌謡界の女王」「昭和の代表的スター」になっていく時間軸と、映画に出てきた東京タワーのような象徴的なものとして新都心が形成されるまでの戦後の歩みを横軸に展開させる。

その場合、映画のように短期間の物語としては消化不良になるので、沖縄戦（シュガーローフの戦闘を中心に）から現在まで、土地の強制収用に反対して立ち上がった島ぐるみ闘争、本土復帰による土地の返還と新しい街づくり、新都心が街としての形を整えて「第一回那覇新都心まつり」が開かれるまでに発展した二〇〇七（平成一九）年までの六〇年余にわたる壮大な物語にする。

――安里十三番地で多感な少年期を過ごし、いま静かに人生をふり返る年齢になった私の夢物語である。

【参考文献】
『民族の悲劇』（瀬長亀次郎／新日本新書・一九七一年）
『情報公開法でとらえた　沖縄の米軍』（梅林宏道／高文研・一九九四年）
『沖縄　陸・海・空の血戦』（ビーニス・M・フランク　加登川幸太郎訳／サンケイ新聞社・一九七一年）
『沖縄　シュガーローフの戦い―米海兵隊地獄の7日間―』（ジェームス・H・ハラス　猿渡青児訳／光人社二〇〇七年）
『沖縄大百科事典』（沖縄タイムス社編刊・一九八三年）
『沖縄県立図書館沿革史』（琉球大学附属図書館編・二〇一〇年）
『九州図書館史』（西日本図書館学会・九州図書館史研究委員会編／千年書房・二〇〇〇年）

『沖縄テレビ放送50年史』（沖縄テレビ放送株式会社編刊／二〇一〇年）
『NHK沖縄放送局史〜NHK・OHK70年のあゆみ〜』（NHK沖縄放送局編刊／二〇一二年）
『三丁目の夕日』（西岸良平／小学館文庫・二〇〇五年）
『ひばり自伝　わたしと影』（美空ひばり／草思社・一九七一年）
『川の流れのように』（美空ひばり／集英社文庫・二〇〇一年）
『「戦後」美空ひばりとその時代』（本田靖春／講談社文庫・一九八九年）
『イカロスの翼　美空ひばりと日本人の40年』（上前淳一郎／文春文庫・一九八五年）
『美空ひばりと日本人』（山折哲雄／PHP文庫・一九八九年）
『美空ひばり　不死鳥伝説』（大下英治／廣済堂文庫・二〇〇一年）
『地のなかの革命　沖縄戦後史における存在の解放』（森宣雄／現代企画室・二〇一〇年）
『沖縄　だれにも書かれたくなかった戦後史』（佐野眞一／集英社・二〇〇八年）

【映画】
「ALWAYS 三丁目の夕日」（山崎貴監督／「ALWAYS 三丁目の夕日」製作委員会・東宝配給・二〇〇五年）

【ウエブサイト】
〈美空ひばり公式ウェブサイト〉www.misorahibari.com/
〈畠山みどりブログ〉star.ap.teacup.com/utagoyomi/1429.html

（二〇一四年・秋　第一一号）

昭和四〇年代・日本との邂逅

プロローグ

「もうそろそろ、昭和40年代を〈歴史〉としてとらえてもいいのではないか」

という刺激的な書き出しの本（鴨下信一『ユリ・ゲラーがやってきた　40年代の昭和』）を五年前（二〇〇九・平成二一年）に読んだとき、「えっ、昭和四〇年代がもう歴史の範疇に入るのか」と驚いたことを覚えている。

当時から逆算すると「昭和四〇年代」は三五～四四年前に相当する。来年になればちょうど五〇年、半世紀前ということになる。当時は昭和四〇年代を歴史としてとらえることにまだすんなり腹に落ちないところがあったが、「十年一昔」ということを思えば、半世紀という時空は十分に「歴史」であると納得できるようになった。

昭和四〇年代、私は高校生であり、修学旅行で初めて日本本土に接し、その憧れもあって就職して本土に渡った。その間、沖縄は復帰運動の高揚期にあり、本土復帰がなされた。復帰の年に生まれたいわゆる〝復帰っ子〟がもう四二歳になり、「復帰運動」「復帰」を知らない世代も増えていることとから、やはり四〇年代はすでに歴史に違いない。

そして、昭和四〇年代の最後の年は、私が東京から名古屋へ転勤になり、放送局のディレクターとしての仕事に本格的に取り組んでいく節目の年であった。そういう意味では、昭和四〇年代は私にとって「青春」まっただ中の歳月であり、私自身の人生が固まった大切な時期だったといえる。

「日本」との出会い

「日本」との最初の出会いはいつだったか、はっきりした記憶はないが、おそらく小学校の教科書で教わったのがそうだと思うが、当時は日本地図で○○県がどこにあるのか、各県の位置関係、□□市はどこの県か、地域の産業構造の特徴などを覚えるのが苦手で、ほとんど頭に入っていなかった。

無理もない。私が生まれた四年後の一九五二（昭和二七）年四月二八日に発効したサンフランシスコ講和条約によって沖縄県は日本から切り離され、「県」のつかない「沖縄」としてちゅうぶらりんの存在であり、はるかに海を隔てた日本は身近な「国」としてとらえきれなかったのである。しかし、私たちは確実に「日本国民として」教育を受けていたのである。

そこに至る戦後の沖縄の教育史をふり返ってみる。

終戦の翌年一九四六（昭和二一）年一月九日、南西諸島は連合国軍最高司令官覚書によって日本から行政分離され、学校教育は幼稚園（一年）、初等学校（八年）、高等学校（四年）の制度になった（幼稚園・初等学校とも義務制）。そして、翌四七年の本土の学制改革に対応して、四八年四月から沖縄でも本土と同じ学制に切り替えられ、初等学校（六年）、中等学校（三年）、高等学校

（三年）の六・三・三制度となった（八重山群島では翌年四月から）。私が生まれた年だ。初等学校、中等学校は、五二年にそれぞれ小学校、中学校と改称された。

その年（一九五二年）四月二八日、講和条約の発効により沖縄は完全に米国の施政権下に入る（各種文献では、当初は米国軍政府だったため「軍政下」「占領下」、五〇年一二月に米国民政府に呼称が替わってから「施政権下」と表記が混在している）。五二年四月一日には、これまでの四地域の群島政府にかわって全琉統一の琉球政府ができ、「琉球教育法」（米国布令）が制定されていた。教育基本法、学校教育法、教育委員会法などからなる骨子の大半は本土の法律に倣ったものだった。これに対して米国側は、五七年に「琉球教育法」を改訂して「教育法」を制定したが、内容的にずさんで問題があるとして沖縄側の大きな反発を招いた。

こうした米国施政に対し、「日本国民」たる「県民」の教育は、沖縄自身の立法によってこそ行なうべきだという声が本土復帰への悲願とともに年を追って高まっていった。その間、教育基本法、学校教育法、教育委員会法および社会教育法は立法院で二度可決されたが、二度とも米国側に否決された。そして、五八（昭和三三）年、三度目の可決に対し米国側もようやくこれを認めた。このとき、教育基本法の前文に「日本国民として」の文言が初めて加えられたのである。私が一〇歳の小学四年生のときである。

その頃の私が「日本」への憧れとして接していたのは主に漫画だった。わけても手塚治虫の『鉄腕アトム』（一九五二年四月―一九六八年三月『少年』連載）や武内つなよしの『赤胴鈴之助』（一九五四年八月―一九六〇年一二月『少年画報』連載）に夢中になり、ついに作者へのファンレターへと発展する。「東京都××区——」という住所を書くことにさえ胸をときめかせた。

「あゝ、日本とつながっているんだ」

そんなときに日本を身近に感じていたのかもしれない。

思いがけないことに、その二人からはるばると石垣島の少年に返事のハガキがきたのである。夢のような出来事に少年が有頂天になったのはもちろんである（後年、もしかすると返事は事務所のスタッフが書いたのかもしれないとも思ったが、本人の直筆だと信じるようにした）。そのハガキは私の宝物となり、半世紀を経た現在でも大切に保存している。


中学生になると日本への憧れは強くなっていった。小学四年のとき父親の転勤で石垣から那覇に引っ越した。住まいが安里だったので、国際通りへはよく出かけた。そこでは石垣でほとんど見ることのなかった光景に遭遇した。いまでこそ石垣や八重山は観光地として脚光を浴びているが、昭和三〇年代はまだ「観光未開地」だった。

「見ることのなかった光景」というのは、本土からの観光客の姿だった。その頃、「ヤマトンチュ」という言葉もまだ知らなかった。まぎれもなく初めて見る「日本人」であった。いまでいう外国人客のようでもの珍しかった。色白の女性たちの姿はまぶしく、きれいな標準語の会話やふるまいは羨望と憧憬の的であった。

中学二年の頃だったか、地元紙の「文通欄」で本土の女子中学生が沖縄のペンフレンドを求めていることを知った。当時は新聞のコーナーとして定着しており、投稿者の名前と住所、文通相手の希望年代などが掲載されていた。いまでは考えられないが、当時はあまりプライバシーや個人情報の概念がなかったのだろう。そういった情報を悪用したりする事件などほとんどない平和な時代だったのである。

私は千葉県の同学年の女子中学生を選び、手紙を書いて送った。新聞社を通さず、直接やりとりをしてもいいことになっていた。因みに、当時「日本」でなかった沖縄の私の住所は「沖縄那覇市——」と「県」のない表記であった。相手のY・Mさんからすぐに返事が来た。見知らぬ日本人との交流に心が躍った。彼女が住む千葉県のことや本土の中学生活のことなどが書かれた手紙はどれもが新鮮で興味深かった。私はどんなことを書いたかあまり覚えていないが、おそらく「日本」と変わらない沖縄、「日本人」の中学生と同じ沖縄の中学生活のことを書いたのかもしれない。何通かやりとりが続いたが結局、高校受験を前に誰からともなく手紙を書くことがなくなり、文通は終わった（断捨離の苦手な私はいまでもその手紙を保存している）。

昭和三〇年代の最後の年（一九六四年・昭和三九年）、私は高校に入学した。

修学旅行——初めて「日本」に渡る

高校二年のとき、生まれて初めて「日本」へ渡る機会がやってきた。修学旅行である。そのときパスポートなるものを取得した。

米軍政府は一九四五（昭和二〇）年六月、布告第二号「戦時刑法」を施行、琉球列島の出入域を全面的に禁止した。四九年七月、「戦時刑法」を廃止して軍政府布告第一号「刑法並びに訴訟手続法典」を施行、「南西諸島に許可なく立ち入る者は断罪の上一万円以下の罰金又は一年以下の懲役に処する」として琉球列島の出入域を厳しく制限した。が、八月には日本から沖縄への許可手続きによる入域を認可、一〇月二九日から琉球住民の日本への許可手続きによる旅行が可能になった。しかし、それには「琉球列島又は占領軍の為になる場合」「軍機密上何らの不安を伴わないと決定される場合」などの条件がついていた。

また、五七（昭和三二）年から米国政府は問題がありそうだとにらんだ人物に対して、正規の申請書とは別に「補助申請書」を提出させた。これは、一種の思想調査ともいわれて沖縄側の反発をよんだ（六二年に廃止）。

米軍政府（後に米国民政府）が発行するパスポートは、正式には琉球住民が「日本」へ行く場合は「日本渡航証明書」（小豆色の表紙）、「日本」以外の国へ行く場合は「身分証明書」（紺色の表紙）といった。私が取得したパスポートは、小豆色の表紙に「日本渡航証明書　琉球列島米国民政府」と日英両語で記されている。

米軍は、復帰運動に関係したり左翼的な活動家とにらんだ人物に対してパスポートを発行せず渡航を拒否した。人民党委員長だった瀬長亀次郎は結局、一一年間一六回にわたって申請を拒否され続けた。また、一度発行した人物でも活動に関与したとみるやパスポートを取り上げ、その後の渡航を許さなかった。そのため、本土の大学に進学していた学生が帰省できなくなったり、休みで帰省した後に大学に戻ろうと思ってもパスポートを取り上げられて戻れなくなることもあって学生たちを萎縮させた。

修学旅行は初めての「日本」体験だったのでいまでもよく覚えている。そうはいってもかれこれ四九年前のことなので細部については忘れていることもある。幸い旅行後に私が書いて参加した友人たちに配った『青春旅行』という小説が保存されている。ガリ切りも製本も友人たちが手伝ってくれたものだ。登場人物は本人を含め友人たちをモデルにした創作だが、旅行でまわった場所やスケジュールなどはすべて事実に即している。

修学旅行は一九六五（昭和四〇）年七月から八月にかけての夏休み期間に行われた。いま改めて読み返して驚くのは、当初の旅行スケジュールが一八日間に及んでいるということである。「当初」と書いたのは、実は最終段階で台風にあって結局二〇日間になってしまったのである。いまどき、そんな長期の修学旅行があるだろうか。なぜ、当時はそんな長期のスケジュールだったのだろうか。

参加者は一五〇人の大集団だった。それでも団塊世代二番手に当たる一九四八（昭和二三）年生まれの二年生は七六〇名もいたから二割に過ぎない。旅行費用もネックになったのだろう。我が家の家計ではとても無理なことは分かっていたので私は最初からあきらめていたが、母親と次兄と義兄が分担して捻出してくれたおかげで参加することができた。小説では、費用が総額一〇〇ドル（当時一ドル三六〇円）となっている。これには二五ドル以内と上限がつけられた小遣いも含まれていたかはっきりしない（小説では規則に反して四〇ドル持参した友人が描かれている）。修学旅行によって本土への憧れがふくらみ、本土での就職にも抵抗がなかったのもそのためだったろうから三人にはいまでも感謝している。

「日本」（鹿児島）への移動は往復とも船だった。空の便は、一一年前の五四（昭和二九）年二月五日に日本航空の羽田―沖縄（那覇）線が就航（那覇―鹿児島線就航は二〇〇六年二月）。全日空は六一（昭和三六）年九月二三日から那覇―鹿児島間の運航を始めていたが、航空機はまだ高嶺の花だった。

因みに、修学旅行が行われた年の四月一日、ＹＳ11機が初の国産機として日本国内航空の東京―徳島―高知の定期路線として初出航。二年後（一九六七年）、沖縄では日本航空が地元資本との合弁で島内を結ぶ地域航空会社として南西航空（九三年、現在の日本トランスオーシャン航空に社名変更）を設立した。

那覇～鹿児島間を航行する「ひめゆり丸」は一八時間かかって錦江湾に入った。「桜島の全貌が姿を見せた。実に雄大そのものだ。ああ、祖国への第一歩だ」と主人公に語らせているが、私の実感であった。

鹿児島港に着いたものの、すぐには上陸できない。船に乗ったまま検疫官が来るのを待ち、順番に検疫を終えた後にやっと上陸となる。

いま改めてパスポートを見ると、沖縄出港のときは「琉球列島からの出域を証す」とのスタンプが押されているが、鹿児島では「日本国への帰国を証する」となっている。日本国を出国した覚えはないのに、「入国（入域）」ではなく「帰国」になっているのが妙だ。

以下は紙幅の関係で見学先を中心に記す。

西鹿児島駅から蒸気機関車で熊本へ（水前寺公園、熊本城）。バスで九州横断道路を走って阿蘇山、草千里。別府（地獄巡り、高崎山、鶴見岳）。別府港から神戸～京都へ（東本願寺、平安神宮、金閣寺、銀閣寺、京都御所、嵐山、龍安寺、清水寺、三十三間堂）。教科書で教わった名所旧跡に直接ふれ日本の歴史を身近に感じた。初めての新幹線で熱海へ（途中、車窓から初めて頭に雪をかぶる富士山を見て感激）。『金色夜叉』の碑、お宮の松、十国峠（源実朝の歌碑）、芦ノ湖遊覧、強羅へ。江ノ島、鎌倉、鶴岡八幡宮、羽田空港。これも初めてのモノレールで浜松町へ、東大近くの旅館に入る（夕刊に谷崎潤一郎逝去の報）。皇居、国会議事堂、浅草寺、靖国神社、明治神宮、国立総合体育館、東京タワー。翌日は日光日帰り。東照宮、いろは坂、華厳の滝、徳川家康の墓（ちょうど四〇〇年毎の一般公開の年に当たりラッキーだった）。翌日は東京で終日自由行動。東京で就職していた次兄の案内で都内見学。三四郎池、後楽園、有楽町、日生劇場、日比谷公園（そこから見たNHK会館で二年後に仕事をするようになるとは思ってもみなかった）。翌日、関西へ移動。奈良（東大寺、法隆寺、唐招提寺）。大阪（大阪城）。夜、移動中のバスから見た新歌舞伎座で上演中の「橋幸夫・倍賞千恵子ショー」を旅館を抜け出してひとりで観に行く（倍賞ファンだった）。元祖御三家のひとり橋幸夫が人気絶頂の頃だ。一番安い三階席で三八五円。旅行中、唯一の規則違反のアバンチュール。翌日、夕方まで自由時間に寄席で漫才、上方落語を楽しむ（三〇〇円）。夜汽車で福岡経由鹿児島へ。しかし、台風が近づいていたため予定外の福岡、鹿児島宿泊。そのため一八日間の予定が二〇日間に延びる。

結構、強行なスケジュールだったのである。若い高校生の体力だったからこなせたのだろうが、引率の教員にとっては過酷だったかもしれない。

修学旅行の体験は、私に限らず沖縄の少年少女たちにとって確実に「日本」を意識させ、その後の進路や人生に大きな影響を与えたことだろう。

就職で「日本」へ行く

修学旅行から二年八か月後。一九六七（昭和四二）年三月に高校を卒業した私は就職のため上京した。修学旅行のときのパスポートを使い、やはり鹿児島港で長い時間かかって検疫を終え上陸した。西鹿児島駅で急行「霧島」に乗車、東京まで座りっぱなしだった。四人がけの座席だが、私を除く三つの座席は途中何人ものお客さんが入れ替わり、結局終点の東京駅まで乗っていたのは私ひとりだけだった。幸い修学旅行が予行演習になったのか、ひとりでも不安は感じなかった。那覇から鹿児島まで船で一八時間、鹿児島から東京まで急行列車で二五時間、計四三時間の長旅であった。

入局した日本放送協会（NHK）では東京の国際局編成部に配属された。高卒で採用された者一二五名はそれぞれ自分の出身地に配属されるのが原則だが、当時沖縄にはまだNHKがなかったため地方出身者では私一人だけ東京配属になった（本土復帰後、NHK沖縄放送局に移行する沖縄放送協会・OHKが発足するのはこの半年後）。そして、一九七四（昭和四九）年に名古屋へ転勤するまでの間、「昭和四〇年代」のほとんどを東京で過ごしたのである。

当時のことは「佐藤栄作との45年」に書いたのでここでは詳しくは書かないが、「沖縄返還闘争」が盛んな頃で、私は沖縄出身者として、また総評傘下のマスコミ労組の組合員として「沖縄返還闘争」に関わっていた。連日のように、「沖縄国会」が開かれている国会議事堂へのデモに参加した。そして、沖縄の声を伝えたいと『朝日新聞』の「声」欄に投稿（三回）し、意見を表明していたのである。

しかし新聞投稿に飽きたらなかったのか私は、無性にまわりの知人や友人たちに対して沖縄のことを知ってもらいたいという気持ちにかられていた。それを同人誌で表現しようと思った。幸い職場に何人か賛同してくれる友人、先輩がいたので五、六人で始めることにした。二三歳のときだ。私が編集発行人になり、誌名は私の発案で『騏驥《きき》』とした。『史記』の「騏驥《きき》の跼躅《きょくちょく》は駑《ど》馬《ば》の安歩《あんぽ》に如かず」という言葉からとったもので、「千里を走る名馬もぐずぐずしていては、静かに歩み続けるつまらぬ馬にも及ばない。才能があっても努力しなければ、着実に努力する凡人に劣る」という意味で「着実に努力していい作品が書けるように」との志からである。

創刊号は復帰一年前の一九七一（昭和四六）年六月。私が発表したのは、上京して四年の間に抱いていた沖縄と日本への想いを綴ったものだ。いま読むと稚拙な思考で恥ずかしいが、当時の沖縄の状況と二〇代の私の内面が見えるので全文を再掲したい。

私の内なる沖縄と日本

六年前、高校時代の修学旅行で九州や関西や東京などをまわったが、私にとっては初めての本土、いつの頃からか深い憧憬として胸中に刻まれていた本土、この場合の本土というのは属島から本島をさしていう本土ではなく、私には母なる国としての〝祖国〟であった。十八時間の長い航海の果て桜島を認めた時の感激、煩雑な入国手続き（何という屈辱！）を済ませ鹿児島の地に一歩踏み出した時の感動を、私は今も鮮明に記憶しているし、おそらくこれからも忘れることはあるまい。

生まれて初めて見る汽車（あの蒸気をはきながら汽笛を響かせて轟然と驀進する汽車と純白の淡雪に私は憧れていたのだ）、その汽車にはしゃぎ乗って写真や映画などで親しんだ名所旧蹟を巡回したのだが、見聞するもの全てが驚異であり、確実に青春の一ページに記録された貴重な体験であったし、或いは、今日あるのも〝日本〟というものを心新たに意識する機会となった修学旅行に起因するのがあるかもしれない。それまでの茫漠たる日本が私の内に確かな存在となった一方、豊かな物質文化、平和な日本に接するにつけて、明らかに私の内心はそれらへの反動として、何とあまりにも悲しげなわが故郷の姿が、いっそう暗鬱で重たい存在となって迫りくるのを禁じ得なかった。阿蘇や日光の大自然はまさに本物であっただろうし、大都市東京は勤勉な日本人が敗戦の荒廃から血のにじみ出る努力で再建し構築した本物に相違なかろうが、なぜか私には、あの悲しい故郷の現実が日本の中にある限りにおいて、また故郷の人々を思うと、本土のことごとくが虚像であり幻想であると思わざるを得ないのであった。

今日あるのも修学旅行に起因があるかもしれないと前述したが、実際、本土を旅行しなかったならば、東京の文化の豊かさに羨望しなかったならば、本土に憧れこそすれ（その憧憬にしても祖国としての本土に対してだが）東京に住むようなことはなかったと思う。その私の東京生活も四年になる。故郷を出てよかったと私は思っているが、それは故郷が嫌いだからというのでは決してなく、むしろ私は、物心ついた頃から変わることなく故郷が好きだし、故郷を離れて堪らなく愛郷心がつのる。違った角度から故郷を見ると、今まで気づかなかった故郷の別の顔と背中がよくわかる。だから、なおさら故郷の痛ましさがいとおしいし、本土の繁栄を目の当たりに見れば見るほど、私は腹立たしさを覚える。

私の故郷が日本であり、私をも含めた故郷の人々が日本人であることは間違いないのであるが、その根拠は歴史的または民俗・言語・考古・人類学など学問的に明白にされているということ、そして物心ついた頃から自分は日本人だと固く信ずるまでもなく自然なこと当然なことに思っていたし（或いは教えられたのかもしれないが）、幼い眼に日本以外の何が映じたというのだろうか。確かに私が生まれた時には、すでに〝アメリカ〟というものが根をおろしつつあったが、私にとってアメリカ人は地球の裏側からやって来た外国人、ということにすぎなかったし、支配者としての〝ヤンキー〟を意識するようになったのは、ここ数年来のことである。

同郷の詩人・山之口貘は「会話」という詩でユーモラスな中にも故郷の厳しい現実とやりきれなさを巧妙に表現しているが、お国を問われた〝僕〟はこう説明する――「刺青と蛇皮線などの聯想を染めて図案のやうな風俗をして」いて「あれは日本人ではないとか日本語は通じるかなどと談し合ひながら世間の既成概念達が寄留」し、そして「この僕のやうに日本語の通じる日本人が即ち亜熱帯に生れた僕らなんだと僕は思ふんだが酋長だの土人だの唐手だのの同義語でも眺めるかのやうに世間の偏見達が眺めるあの僕の国か！赤道直下のあの近所」と結ぶ。

赤道直下のあの近所、日本列島の最南端、北緯二七度以南に七〇余の群島が連なり、その中の四十八島に百万近い日本人が存在するのだ。〝かたき土を破りて民族のいかりにもゆる島〟わが故郷、おきなわ――。

彼らは日本人ゆえ、当然のことながら日本語を話していることは明瞭な筈なのだが、「英語を使っているのですか」と本土の無知なる人々は臆面もなく問うのだ。このような非常識が今も絶えないし、沖縄から本土にやって来た人なら必ずや経験するだろうし、たかがそれだけの言葉と言うなかれ、純真な少年少女が強い衝撃を受けたという話も聞いたことがある。私も何度も体験したが、それでも、さすがに私を見知っている人々は申し訳なさそうに遠慮深く尋ねてくるので、その滑稽さと無知に対する義憤で私の心中は複雑になる。

私達は、小学校からずっと日本語の本土と同じ教科書（沖縄のことは何一つ記述されてなかったが）を用い、『正しい日本国民として意識を持つ子供を日々に育成していく』教育目標にそって、私達は日本国民として教育されてきたのだ。自分達の郷土についての記述がない教科書を使って日本人として教育されたこと、ドル生活をしていながら算数などで円の計算に思案することの奇妙さと矛盾、自分の故郷を地図で必死になっていくらさがしても見つからず、ベソをかいてどうして自分の生まれた所は日本地図にもないのかしらと不思議に思ったのが、子供心に強烈な印象として残っている。沖縄に生まれ育った私達でさえそういう状態であったから、本土の人々の沖縄に対する認識のなさは推して知るべし、〝知られざる沖縄〟ではなく〝知らされざる沖縄〟なのであった。その理由のひとつは、戦後二〇余年間、アメリカと日本の支配層がなるべく沖縄の実態を国民に知らすまいとする政策をとったせいだといわれている。

一九五二年四月二十八日、沖縄にとってまぎれもない〝屈辱の日〟、サンフランシスコ講和条約が発効し沖縄と日本本土が分断されたが、現地では有権者の七十二％の日本復帰要求の署名がなされたにもかかわらず、異常な異民族支配から脱却したい一心の本土政府は、沖縄住民の意思を完全に抹殺し条約を締結したのであった。第二次大戦後の最後の激戦地として祖国防衛の盾となり、莫大且つ悲惨な犠牲を払わされた沖縄が、今度は不当な（国連憲章への明らかな違反であり沖縄のような存在は世界に類をみない）異民族支配の下に置かれ長い苦難の道を歩むことになり、その後の沖縄に対するアメリカの圧政と日本本土の差別は周知のとおりである。

私は、戦後三年経ってから生まれたから戦争というものを直接には知らないが、戦後二〇余年を経た今日でも、様々な形で戦争の傷痕が潜在する沖縄に生まれたこと、巨大な軍事基地（それ自身が自由と民主主義を否定している）に包囲され、今も戦争遂行者であるアメリカ支配の下に育ったことが、私をして戦争の何たるかを知らしめたといえようか。幼い頃の私がカッコイイという感情で眺めていたジェット機や戦車や潜水艦は、あれは朝鮮戦争に出動し今またかのベトナムの戦地へ出撃しているのであった。私が沖縄問題を認識し祖国を意識したのは、高校に入学してからであった。沖縄が日本であり自分達が日本人であるから日本本土に復帰するのは当然のことだという単純な発想からだったかもしれないが、あえて単純なと書いたけれど、それ以上の真理があろうか。故郷のとるべき道について先生や友人達とよく激論を交わしたものだが、私達が欲し続けていたのは、憲法も存在せず基本的人権の保障さえなく横暴きわまりないアメリカ支配から脱することによって得る自由と民主主義だったのかもしれない。しかし、なぜかわが祖国はなかなか手をさしのべようとはしなかったし、冷たく虐待されてもなお母親にすがりつかねばならない子である沖縄の苦悩と焦燥を、彼女は知らなかったのだろうか。私達が祖国復帰を思う時、そこには不幸にも反米・本土不信があった。

大江健三郎が彼の「沖縄ノート」に〝本土は実在しない〟と書いていたが、最近では私も、或いは本当のところ、本土は実在しないのではないかとも思ったりする。私や沖縄の人々が〝日本人ではないところの日本人〟だと大江は言い、彼自身は本土に実在するものの責任として日本人ではない日本人へと変わろうとし続けるが、もしかすると沖縄の人々こそ本当の日本人であって、沖縄からみるところのヤマトンチュー（大和人）が実は日本人ではない日本人ではあるまいかと私は思ったりする。大江をはじめ有名無名の沖縄に対し深い理解と関心を寄せ、日常において彼ら自身の問題としている人々に私は敬服するし、私の周囲にもそういう人々は大勢いるが、またそれ以上に無知と無関心をきめこんでいる人々も少なくない。彼らは、沖縄を東洋のハワイやカジノにし一大観光産業で稼げばいいとか舶来品が安価で手に入るからいいとか女がいくらで買えるかとかの、まことに沖縄を愚弄するに充分な興味本位の関心しか持っていず、厄介なことは彼らが己の恥辱に気づいていないことである。女がいくらで買えるかなどと彼らに問われて、不快感を味わいながらもなお愛想笑いをしてごまかさねばならない私の心情を、彼らにはおわかりいただけないか。

今、まさに沖縄は返らんとしているが、これで沖縄問題が終わったと思ってはならない。これからが本当の始まりなのだ。現在の返還交渉を現地において大半が期待乃至は信頼していないというのが各種の世論調査の結果なのだが、それでも県民不在のままの交渉が一方的ペースで進められている。また、復帰に伴う不安感も漸次につのってきているが、今までひたすら祖国を求めていた沖縄が今になって、母のもとに帰って果たして幸福になれるのかしらと不安を抱くのを、我が侭と言うなかれ、温かいものと信じていた母の懐は意外に冷えきっていたのが真相なのだから。よく沖縄の復帰論は感情論すぎるといわれるが、戦後二〇余年、血も涙もなくなるくらいの生活を強いられてきた沖縄に、感情までなくせとのたまうのは残酷すぎやしまいか。また甘えるなとも言うが、本土が沖縄に対して甘えるなと言う資格がないことは彼ら自ら先刻承知の筈だし、差別と忍従の歴史をたどってきた沖縄は、いくら甘えても甘えすぎるということはない筈なんだけれど。

本土は実在しないのだろうか、祖国は幻想にすぎなかったのだろうか。私達にとっての母親と兄弟は虚像でしかなかったのだろうか。小さい時から日本国民として教育されたこと、修学旅行で初めて本土の地を踏みしめた時の感動を思い浮かべながら、果たして、それらは何だったのかと私は寂寞たる思いに心痛む。二年前に帰郷した時の空から見た珊瑚礁と青い海に包まれた孤島は、その中に巨大な軍事基地が存在し、人々の憂愁に動揺していると思えないくらいの美しさであった。しかし、着陸した飛行場は写真撮影厳禁の米軍空港であり、家路をたどる途中で頻繁に出会うアメリカ車のナンバー・プレートの〝太平洋の要石〟なる文字は風土を汚しており、耳をつんざくほどの爆音をさいて飛び交うジェット機は脅威となって、私を安穏にさせない。不思議に思うことは、戦後二〇余年間の米軍支配の下にあったにもかかわらず、わが沖縄が決してアメリカナイズされないということである。

やはり故郷は、本土の実在を信じ母親のもとに帰るまで、頑なに継母を拒否し続けていたのであろうか。

「僕は沖縄が好きです。ウチナーンチュ（沖縄人）であることに誇りをもっています」という便りを東京の知人達に書きながら、遙かな本土をも、私は脳裏に思い浮かべていた。

（一九七一年六月刊『騏驥』）

続いて、復帰前年（一九七一年）、二年ぶりに帰省したときに見聞きした沖縄の現状をリポートにまとめた。

リポート　沖縄・一九七一・夏

今夏、沖縄へ二年ぶりに帰省した。遠く異郷にいて、沖縄からのニュースに聞き入っているだけでは、故郷の真の姿が実感として伝わってこない。又、故郷喪失者にならない為にも、傍観者にならない為にも、故郷の現実を見たいと思い続けていた。

六月に調印された返還協定には、住民の大多数が大いに不満ながらも、明年復帰をひかえて現地の表情はといえば、期待と不安と反発が交錯したものであった。期待というのは、戦後二六年間もの不当な異民族支配から脱することであり、無国籍者でなくなることであり、平和と民主憲法（少なくとも沖縄よりはという意味で）のもとへ復帰できることであろう。不安というのは、復帰に伴う生活の変化、基地経済から自立経済への転換における混乱、復帰後の本土政府の沖縄政策などであろう。反発は、協定への不満から生じている。沖縄の祖国復帰は多年の悲願であった筈だが、それにしても人々の間に、さしたる感激もなかったという。感激どころか、調印日には、復帰運動の母体である復帰協主催の返還協定に抗議する大会が開かれ、五万人によるデモが行われたという。

地元紙（琉球新報）が協定調印直後に行った世論調査によると、不満を持っている者は五〇％にも達しており、〝どちらかというと満足〟というのはわずか九％にすぎない。不満の主な理由として、「核ぬき本土なみになると思えない」「基地の縮小・撤去の見通しがない」「秘密交渉で進められ裏があるに違いない」という順であげられている。本土政府が口癖のように宣伝するところの〝核ぬき本土なみ返還〟は、地元においては根強い不信がある。結局、主人公であるべき沖縄を完全につんぼ桟敷（当時の表現ママ）にして、沖縄の要望を何ら取り入れることもせず、アメリカの主張に屈従したことへの不満と、そういう本土政府の交渉姿勢への反発であろう。

一体、いともたやすく放送法を曲げて、ＶＯＡ（共産圏向け謀略放送）の五年間存続を認めた意味は何か。さらに、高速偵察機や特殊部隊など、本土にない戦略的存在が返還後も放置されるのだ。基地の返還リストをみても、沖縄が〝基地の島〟であり続けることは明白である。「その一つ一つは、決して本土政府がいうような〝核ぬき本土なみ〟でないことを、まぎれもなく物語っている」「基地のない青空を求めたものに、あらためて硝煙に包まれた空を与えたというべきであろう」（朝日社説）

五月の沖縄北方問題特別委員会において、「返らねば大変というので、米国の要求を何でものみこむというのではなく、主体性を持って望んでほしい。極端にいえば、協定が不調になっても」という沖縄選出議員の発言があったが、それに対し当時の愛知外相は「復帰に水をさすような言い方だ」と開き直った様子であった。後日の朝日社説は「復帰は至上命題だが、復帰の仕方もこれに劣らず重大だという沖縄の主張を、われわれは支持したい」と述べていたが、これこそ沖縄の本心を端的に表現したものといえよう。

沖縄の中心地・那覇といわず島内いたる所に目立ったのが、「自衛隊配備反対」の立て看板やポスターであった。防衛庁の沖縄防衛計画なるものによると、陸海空総勢六千八百名、総経費一千億円とされているらしい。計画が明らかにされるや、主席をはじめ沖縄住民の大部分は、いちはやく猛反対を表明している。にもかかわらず、返還後の我が国の防衛責任上、配備は当然だという論理を本土政府は展開する。そういう論理は、「単純で形式的」なものであり、「それだけで大量配備の必要性を納得することはできない」として、六月十五日付『朝日』は「自衛隊の沖縄配備計画への疑問」と題する社説を掲げている。以下、要約すると次のようである。

「米軍との同居は局地防衛という主体性がなく、米極東戦略の枠内に組み込まれ、肩代りというより上乗せの危険性が強い」そして、中国の警戒心を強め日中国交の妨げになること、航空自衛隊を中心とするスクランブル（緊急発進）作戦体制は日本が不測の紛争に巻き込まれる危険性が増大することをあげ、「返還と同時に大量の自衛隊の配備を急がねばならないか——その積極的理由にまったく乏しい」と述べている。実際、自衛隊の沖縄進駐は、中国はじめアジア諸国への脅威となること必至であろう。軍国主義復活の矢面に沖縄が立たされることになる。

沖縄配備の先兵として沖縄出身隊員を送り込むというが、同郷意識から住民の態度を軟化させようという魂胆は、浅薄であり滑稽でさえある。そんな見えすいた小細工でもって、住民が折れるほど甘くはない。太平洋戦争で軍隊の凄惨さを体験した沖縄では、自衛隊は軍隊と同視される。沖縄では、軍隊に騙されたという感覚の方が強いのではないだろうか。前述の世論調査を行った地元紙の分析では、本土と沖縄との間のタイム・ギャップからくる感覚のズレを指摘し、本土ではどちらかというと〝災害救助隊〟としてのイメージが定着しているが、戦争の傷痕が潜在し今なお米軍基地の重圧に苦しんでいる沖縄では、軍隊アレルギーが残っているといっている。しかし、何より住民は自衛隊の本質を見抜いているのだ。軍隊が平和にとって障害になることを認識している。反戦平和を希求し続けた沖縄は、戦争を憎み、戦争につながるいっさいのものを、自衛隊をも拒否する。自衛隊の存在をうやむやにし、今日までの育成の片棒をかつがされてきた本土野党はじめ国民を、沖縄は静かに告発しているようだ。

「配備に反対しているのは一部の者だ」「反対があっても計画は絶対にやめない」などの政府首脳らの国会答弁は、いかにも独善的である。そこには沖縄住民のことなど少しも念頭になく、アメリカ追従の姿しかない。返還後の住民の生活を守っていく政策を優先すべきを、自衛隊配備計画のみが先行している現状は、沖縄いや日本にとっても、不幸を予言するかのようである。

ところで、私の滞在中、五〇日間にわたる毒ガス移送と異常干魃による二日間十二時間給水という水不足などで、南国の夏はいっそうきびしいものであった。毒ガス移送コースの沿道住民は連日の避難などで、生活のペースをすっかり狂わされ、疲労困憊の体であった。なぜ、彼らだけが苦しまねばならないのだろうか。こっそりと毒ガスを持ち込んでおきながら、何らの補償さえもしない米国の無責任さと、いっこうに腰をあげない本土政府の怠慢さに怒りが集まっている。

干魃は自然が相手なので不可抗力のことかもしれないが、それとは別の基本的原因に米国が施設管理権を握っているせいだともいわれている。私が小耳にした話だが、沖縄住民は水不足で喘いでいるのに、米人住宅地は困らない程度に給水されているというのだ。もし、それが事実だとすれば、〝節水に協力しましょう。洗濯水は二度使いましょう〟の日英両語のポスターが全くもって白々しい。

沖縄の水飢饉がいい機会とばかりに、自衛隊は巡視船による本土からの水の輸送を申し出たが、屋良主席は丁重に断ったらしい。沖縄にしても、水は喉から手が出るほど欲しいが、自衛隊による運搬は有り難迷惑なのだ。いずれ、〝ムチ〟という代償がつくに違いない〝アメ〟を、沖縄は敬遠したのだ。私の滞在中は台風があって延期されたが、その後どうなったであろう。

二年ぶりの故郷は、変わってないといえば変わってなかったし、変わったといえばそうもいえた。あの沖縄を象徴する蒼空と青い海原は昔ながらの青さであったし、街の雰囲気もすぐに溶け込んでいけそうな沖縄独特のおおらかさを持っていたし、アメリカと日本の谷間にうずもれて苦悩していると思えない明るさもあった。一方、本土資本の進出や系列化などが目立ち、高層ビルや高速道路の出現、車の増加など、それらの目ざましい発展は、沖縄にもしのびよる公害を予感させ得る。

ひとつだけ確かな感触は、復帰前年の沖縄はきびしく自己を日本本土をアメリカを、見つめていることである。

（一九七一年一〇月刊『騏驎』）

『世界』に入選――戸惑いの中の沖縄

「朝日、岩波、NHKをウオッチするのが、文藝春秋の役目だ」――かつて『文藝春秋』編集長、社長だった池島信平が言った言葉だ（二〇一三年七月一五日「msn産経ニュース・花田紀凱の週刊誌ウオッチング」）。また、内田樹（神戸女学院大学名誉教授）は「『朝日・岩波・NHK』は戦後日本の『良識』のセンターラインを形成してきたメディア」（「唐茄子屋メディア論」web・二〇〇五年一〇月五日）と評するなど、確かに四〇年代においても、三社は日本を代表するメディアとして一目置かれていた存在だった。私は自らの職場に誇りを感じていたし、ほとんど無意識に『朝日』を購読し、『世界』を愛読していた。

一方で、花田は「朝日も岩波も昔日の勢いはないが、まだまだ〝ウオッチ〟をゆるめてはならない」、内田は「それらがいずれも機能不全に陥ってる」とも書いている。捏造、誤報問題で同業他社のバッシングを受ける朝日、会長、一部経営委員の不適性、発言問題でゆれるNHKの今日を言い当てているかのようだ。

一九七二（昭和四七）年五月一五日に沖縄が「日本」に復帰した月の『世界』六月号だったと記憶しているが、毎年恒例だという「八・一五記念原稿募集」との社告が目に入った。その年のテーマは「私にとっての日本」だった。沖縄が「日本」に復帰したばかりで、その「日本」に住んでいるウチナーンチュの私にはぴったりのテーマだった。締め切り日を見ると三日後になっている。原稿募集に気づくのが遅かった。しかし、何としても書きたいテーマだった。あまり時間がないことから私は同人誌の創刊号に書いた「私の内なる沖縄と日本」をベースに書き直すことにした。規定の四〇〇字詰め原稿用紙三枚にまとめて締め切り一日前に投函した。

大慌てで書いたのでまったく期待していなかったが、入選発表のあった八月号を開いて驚いた。結果は入選で、しかも入選者七名のトップ（全員同格だが）に名前があったので天にも昇る気持ちだった。あの『世界』に原稿が載る、ということもさることながら、何より沖縄のことを全国的に知らせることができるという喜びがあった。

賞金は三万円。当時の私の給与が二万五千〜七千円だったので大金だった。一万は貯金、一万は親に仕送り、一万は職場の同僚を引き連れて新橋のスナックで祝杯を上げた。

二三歳の入選作である。

戸惑いの中の沖縄

七年前、高校時代の修学旅行で九州や関西や東京などをまわったことがある。私にとって初めての本土であった。私の「本土」は、離島からさしていうところの本土ではなかった。当時の私には、幼いころからの深い憧憬としての「祖国」であった。

私は戦後三年たってから沖縄で生まれ、高校までを沖縄で過ごした。

物心ついたころの私は自分の住んでいる島と本土を、ほとんど無意識にではあったが、「沖縄」と「日本」という言葉で区別していた。私が生まれた時にはすでにわれわれの生活に「アメリカ」というものが根をおろしつつあったが、そういう背景から沖縄と日本を区別していたのではなかった。はるかに海を隔てた日本というのは、実際まったく遠い存在であった。また、当時は今ほど相互の情報が豊かでなかったから、子供心には何となく異質なものに映じた。

戦後っ子の私は、日本がかつて「祖国」だった時代を知らなかった。私が生まれた時にはもう、かつて祖国だった日本は、必死に追いすがる沖縄を袖にして悠々独立の道を歩んでいたのだ。

戦後の沖縄の教育は、砂に文字を書いて教えることから始まったといわれる。熱心な教育者たちが祖国を喪失した子供らの将来を憂えて、廃墟の跡に青空教室を開設したという。私も小学校からずっと本土と同じ日本語の教科書（沖縄のことは何ひとつ記述されてなかったが）を用い、「正しい日本国民としての意識を持つ子供を日々に育成していく」教育目標にそって、日本国民として教育されてきた。私は教えられるまでもなく、物心ついたころから当然のように日本人だと思っていたのだが。しかし、いくらわれわれが、私たちは日本国民です、私たちの日本へ返りましょうと望んでいても、その声はいっこうに「日本」まで届く気配はなかった。

いったい、自分たちの郷土についての記述がない教科書を使って日本人として教育されたこと、ドル生活をしていながら算数などで円の計算に思案したことの奇妙さと矛盾は何だったのだろうかと思う。自分のふるさとを地図で懸命にさがしても見つからずベソをかいて、どうして自分の生まれた島は日本地図にもないのかしらと不思議に思ったのが、子供心に強烈な印象として残っている。

それもこれも、自分たちの国は日本であり、自分たちは日本人であることとの志向ではなかったかと思う。私が成長し、「日本」を知るにつれて、「日本」は強い憧れとして私の胸中に刻みつけられていった。

このごろになって考えるのであるが、おそらく、あのころの私にとっての「日本」は、蒸気機関車とか純白の淡雪とかいったような象徴ではなかったかと思う。

しかし、想像するだけであった「日本」にじかにふれてから、「日本」は私の内に確かな存在となった。また一方において、豊かな物質文化と平和を謳歌する「日本」の姿は、明らかに私の内心に、何とあまりにも不公平なわが沖縄の運命を暗く重たくのしかからせるのであった。

その後、私は高校を出ると上京した。東京の文化の豊かさに羨望したのが直接の動機だったかも知れない。そうでなかったら本土に憧れこそすれ（その憧憬にしても祖国としての本土に対してだったが）、東京に住むようなことはなかったと思う。動機はどうであれ、私は「沖縄」と「日本」を同時に見つめたかった。「私にとって」という内なる意識として存在していたのは「日本」だけであったが、修学旅行以来、沖縄も私にとって客観的に見つめる意味を持つようになっていた。私が沖縄に生まれ沖縄に育った、という事実を乗り越えなければならなかった。

仮に、私が本土のある一県に生まれ、生を受けたその時から「日本人」であり、当然の権利として「日本人」として育っていたなら、私は「日本」を求め、「日本人」になりきろうとしなかったに違いない。沖縄が「日本」であり、われわれウチナーンチュが「日本人」であることは厳然たる事実であったが、現実は沖縄は「日本」ではなかったし、ウチナーンチュは「日本人」ではなかった。

かつて日本の一県だった沖縄が敗戦によって日本本土と分断され、アメリカにも属さずに無国籍者としてちゅうぶらりんのままにあった二十七年間、「日本」であり続けようとしたことの意味は何だったのであろうか。そして、長年にわたる血のにじみ出るような運動が成就して「日本」へ復帰した現在、沖縄が日本の「沖縄県」になり、ウチナーンチュが晴れて「日本人」になったことで、われわれの問題は終わってしまったのであろうか。

ところが事実は、現地の表情はといえば、復帰の感激よりむしろ無感動の方が多かったという。返還の内容に対しての不満を別にしても、あんなにも願望していた復帰の現実に嬉々としなかったのはなぜだろうか。返りついた「日本」は、沖縄が求め続けていた「日本」ではなくなっていた、といった方が当たっているかも知れない。沖縄がまるっきり異なった形態に組み込まれることへの戸惑いが、沖縄をして躊躇させた。もう日本は「祖国」ではなくなって、国家として沖縄県をがんじがらめにしてしまう。沖縄がその国家形態を好むと好まざるとにかかわらず、選択する意志は抹殺されてしまう。

沖縄の若い世代には「日本」を拒否し、祖国であることを否定する者が増しつつあるという。日本という祖国をもたぬウチナーンチュであるという思想である。これは、ひとり沖縄だけの特徴ではあるまい。日本人ひとりひとりが対峙している問題ではなかろうか。それに気づかぬのは、生まれ落ちた時から「日本人」だった特権にあぐらをかいているからに他ならない。

「私にとって」という内なる意識として存在するのは、初めから「当たり前」のこと、「問題ではないこと」であろう。私が「私にとっての日本」をとらえるのは、私が「日本人」になって当り前の身分を得た今を出発とすべきかも知れない。もはや私にとっての日本は、蒸気機関車でもなければ純白の淡雪でもない。

これまで、沖縄にいた時とか、東京に住むところの「沖縄出身者」といった無国籍者であった間は、「日本」とか「日本人」というものから無責任であり得た。それはたいていの場合、ふてくされた気持の裏返しからであったが、おれたちは日本じゃない沖縄なんだ、という逃げ場があった。しかし、私が日本そのものになった現在、どこからものがれ得ぬ「もの」を背負ってしまった。その「もの」は、私の祖国が日本であり私が日本人であることの証であると同時に、日本人であり続ける限り「もの」をとらえ、それに対して責任を果たしていかねばならなくなったのではあるまいか。

沖縄は決してアメリカナイズされることがなかった。沖縄にとって日本というのは、アメリカを拒否する「もの」であった。また、本土にあっては憲法の形骸化や、自衛隊の存在を曖昧にしてきたことなど、今やっとあらゆるものの原点に立った沖縄は、「本土」へ向けて鋭く告発していくであろう。

（『世界』一九七二年八月号）

エピローグ――四〇年代最後の年

沖縄の「日本」復帰から二年後の一九七四（昭和四九）年八月、私は初めての転勤で名古屋に異動になった。東京は初任地だったため規程により七年間、家賃は全額自己負担だった。県外異動すると転勤者住宅があてがわれ、家賃も補助が出る。共済会から指定された名古屋の住まいは六畳一間の１Ｋだったが、東京の三畳一間生活からすれば倍の広さになったので満足だった。おまけにずっと共用だった台所、トイレ、風呂が室内に付いているし、やっと銭湯通いから解放されたのである。生まれて初めて自宅に電話が付いたのもこのときだ。いまも手元に残っている電話債券（公共電話証券株式会社発行）を見ると、債券代金一五万円、加入料三〇〇〇円、設備料五万円とべらぼうに高かったことが分かる。これだけ負担すると、自分の力で電話を引くまでに出世したんだという気分にもなった。このとき、二六歳であった。

私が名古屋に着任した日、離れたばかりの東京では過激派による三菱重工爆破事件が起きた。死者八人、負傷者三八六人は当時「戦後日本最悪の爆弾テロ事件」といわれた。同じ転勤組で名古屋に同行してくれた先輩は応援要員としてすぐに東京に呼び戻された。

「報道番組のディレクターは、三六五日、二四時間体制でいつ呼び出されるか分からない仕事だから」

ディレクター稼業二年目の私は、名古屋の上司や先輩たちからおどされた。

以後、数々の事件事故の現場を踏むことになる私にとって昭和四〇年代最後の年であった。

こうして昭和四〇年代をふり返ってみると、血気の勇という側面もあるが、最も正義感にあふれ、打算もなく、純粋に自らの心情を文章に綴って意見を表明していた時期だったようだ。五〇年代以降は仕事に忙殺されるようになったことや、年齢を重ねる毎に組織人としての自覚と束縛もあり、外部に対してほとんど発言することがなくなった。

いま昭和四〇年代の原稿を読み直してみると、沖縄は当時とあまり変わっていないように思える。「もう日本は『祖国』ではなくなって、国家として沖縄県をがんじがらめにしてしまう」状況が続いているのが復帰後の現実である。いまだに「第〇の琉球処分」「第〇の島ぐるみ闘争」という言い方がされるような事象が繰り返され、そのことに違和感がないのが不思議である。

沖縄はどこへ向かっていくのだろうか。

【参考・引用文献】

『ユリ・ゲラーがやってきた　40年代の昭和』（鴨下信一／文春新書・二〇〇九年）
『世界』（岩波書店・一九七二年八月号）
『沖縄教職員会16年　祖国復帰・日本国民としての教育をめざして』（屋良朝苗編著／労働旬報社・一九六八年）
『祖国なき沖縄』（東京沖縄県学生会編／太平出版・一九六八年）
『沖縄の戦後教育史』（沖縄県教育委員会編刊・一九七七年）
『瀬長亀次郎回想録』（瀬長亀次郎／新日本出版社・一九九一年）
『沖縄史を駆け抜けた男』（福地曠昭／同時代社・二〇〇〇年）
「戦後アメリカ統治下の沖縄における出入域管理について―渡航制限を中心に―』（岸本弘人／沖縄県立博物館・美術館『博物館紀要』ＮＯ五・二〇一二年）
「教育基本法と沖縄」（小林文人／日本教育学会『教育学研究』第六五巻第四号・一九九八年）
「花田紀凱の週刊誌ウオッチング」（花田紀凱／ｍｓｎ産経ニュース・二〇一三年七月一五日）
「唐茄子屋メディア論」（内田樹／ｗｅｂ・二〇〇五年一〇月五日）

（二〇一四年・冬　第一二号）

第三章

我が愛しの国際通り

～『沖縄・国際通り物語』の周辺～

琉球政府八重山支庁に勤めていた父親の転勤で、小学四年の二学期（一九五八年）に石垣から那覇に転居した。住まいは安里の琉映本館裏の二つ道を隔てた所にあった。夜の静かな時は映画のセリフや音楽が聞こえた。

琉映本館前の安里三叉路は国際通り（かつては牧志街道、牧志大通りと呼ばれていた）の出入り口だった。母親の買い物について公設市場に行く時は、国際通りを歩いて行った。那覇高校への登下校は、国際通り〜平和通り（時々、桜坂）〜開南経由で徒歩通学した。松尾の国映館に映画を観に行く時や、もう一方の出入り口にあったデパートのリウボウへも国際通りを歩いて行った。石垣から来た少年には、映画で見る銀座のような感覚であった。

ＮＨＫ沖縄放送局に勤務していた一九八〇（昭和五五）年、「沖縄戦後史」（月一回・三〇分）シリーズで「〝奇跡の一マイル〟誕生」として国際通りを取り上げた。しかし、三〇分では伝えきれないエピソードや証言も多く、残された取材ノートを活かしたいとの思いから本にまとめることにした。本を書くのもノンフィクションを書くのも初めてだった。この間、東京、福岡、長崎と三回の転勤があり、中断も含めて結局一四年がかりでまとめたのが『沖縄・国際通り物語〜「奇跡」と呼ばれた一マイル〜』（ゆい出版）である。有り難いことに一九九八年度「第一九回沖縄タイムス出版文化賞正賞」という評価をいただいた。

著書のあとがきに「国際通りに関する初めての出版物——という自負はある」と書いたが、その後、那覇市国際通り商店街振興組合連合会のＨＰや佐野眞一氏の『沖縄　誰にも書かれたくなかった戦後史』など、さまざまな著作物で参考文献として活用されているのを知るにつけ、取材当時は参考になる文献がほとんどなく苦労しただけに、感慨深く、後世に何らかの貢献ができたことに誇りと喜びを感じている。

国際通り再発見

那覇、というよりも沖縄のメインストリートである「国際通り」。戦禍の中から立ち直り、街も道路も驚異的に復興、発展したことから「奇跡の一マイル」と称えられた。

その名称の由来が戦後まもないころ、牧志に建った「アーニー・パイル国際劇場」だということは知られている話である。しかし、最近では、通り会関係者でも知らないという人が増えている。ましてや、若い世代にとっては初めて聞く、という人も多いに違いない。戦後五十年余、本土復帰二十五年——時の移ろいの中で、もはや知る人ぞ知る歴史の出来事になりつつある。

そのアーニー・パイル国際劇場のこけら落としが挙行されたのは、ちょうど五十年前（一九四八年）の一月二十一日であった。「同胞を慰めるために映画や演劇をやりたい」と一九四七年、高良一氏（故人。うるま新報那覇支局長を経て那覇市会議員・議長）が米軍にかけあって建てた戦後初めての映画館である。現在の国際ショッピングセンターの場所にあたるが、終戦後は米軍の物資集積所であった。

「規格住宅でさえまだ全住民に行きわたってないというのに、一部の人間が劇場を建てるのは困る」

なかなか許可を出さない沖縄民政府の中で、芸術課長だった川平朝申氏の尽力でどうにか建設にこぎつけた。完成した劇場はテントぶき、椅子は丸太の杭《くい》に板を渡したものだった。当時としては、これでも立派な建物だった。三千人規模の収容だったという。

高良氏は劇場名をアーニー・パイル国際劇場（以下、国際劇場）とつけた。アーニー・パイルは米海兵師団とともに沖縄に上陸、伊江島で最期を遂げたアメリカの従軍記者である。米兵たちに人気があった。

「アメリカ側の受けもいいに違いない」

高良氏の深慮遠望であった。

こけら落としには、来賓として米国琉球列島軍政長官ヘイドン准将夫婦、沖縄民政府から志喜屋知事夫婦をはじめ各部長夫婦、一般の知名士も含めると参列者はおよそ八百人にものぼった。

終戦後、日比谷の東京宝塚劇場は米軍に没収され、一時期「アーニー・パイル劇場」と名前を変え、米軍専用になっていた。期せずして東京と沖縄に同じアーニー・パイルを冠した劇場が登場したのである。歴史の巡り合わせか、今年、宝塚劇場は老朽化のために建て替えられることになっている。

沖縄の国際劇場は娯楽に飢えていた一般大衆を慰めた。那覇はもちろん本島中から人々が集まって大入りの毎日だった。戦後の那覇は、復興の目的で先遣隊・復興隊が入った壷屋から始まり、国際劇場のある牧志を中心に商店が軒を並べて発展していった。

当時、通りは「牧志街道」「牧志大通り」などと呼ばれていた。牧志街道は戦前、野中の一本道だった。一坪一銭でも買い手がなかったころもあった。一九三四（昭和九）年、那覇と首里を結ぶ「新県道」が開通した。二間（約三・六メートル）のコンクリート舗装の近代的な道路だった。国際通りの前身である。その後、五間（約九メートル）に拡張された。

「奇跡の一マイル」という呼び方は、いつごろ、だれが言い出したのだろうか。よく言われているのは、戦争で壊滅的被害を受けた那覇の街や牧志街道が戦後見事に復興したのを、通りが一マイルあったところから、取材に来ていた外国人記者がその驚異的な発展ぶりに対してそう表現した、というのが定説になっている。今回、さまざまな方を取材したが、だれも確証をもって説明できる人はいなかった。また、ズバリ記述した書物類もなかった。

『沖縄事始め・世相史事典』（月刊沖縄社）には「外人記者が昭和二十四年ごろ言った」という記述が見られる。この年、米軍政府のシーツ軍政長官は戦後、初めてアメリカ本国の新聞記者に沖縄取材を許可した。『タイム』誌記者は《沖縄――忘れられた島》という取材記を発表した。沖縄を世界に知らしめた有名な記事である。『ワシントンポスト』紙も取材記を載せているが、彼らが「奇跡の一マイル」の表現を使ったかどうかはっきりしない。

国際劇場ができて二年後の一九五〇年三月十九日。蔡温橋～ガーブ橋（後にむつみ橋）間約四百六十二メートルで営業する人々が集まって通り会が結成された。五十軒が参加した。「発展途上にある商店街に牧志街道はふさわしくない。何とかいい名前をつけよう」

その結果、大繁盛していた国際劇場にあやかって「国際大通り団」とつけた。これによって、初めて「国際通り」という名称が世の中に登場したのである。だれの発案であったか今でも定かでない。その後、「通り団」も新鮮とは言えないとして三年後に「国際大通り会」に改称している。国際通りは、正式には県道39号線である。39号線は泉崎のバスターミナルから安里三差路までの千九百九十三メートルをいう。そのうち、ベスト電器、第一勧銀のあるビル辺りから安里三差路までの間に四つの通り会があり、それらを引っくるめた通称が国際通り（約千六百六十メートル）である。「奇跡の一マイル」と呼ばれたのは、この千六百メートル（一マイル）という距離からきている。

国際通りのルーツになったアーニー・パイル国際劇場は、一九五五年に高良一氏から大城鎌吉氏（故人。大城組・沖縄三越創立者）に譲渡され、「国際琉映館」と名称が変わった。さらに一九七〇年、「沖縄で初めての一大商業地域・国際観光センター」に生まれ変わることになり、国際琉映館は取り壊された。結局、国際劇場としては六年、映画館としては二十二年の歴史であった。国際観光センターは、本土復帰を二年後にひかえ、観光の時代を先取りしたものである。最初の計画では地下三階、地上十二階建てのビルで、五階以上はホテルになっていた。しかし、実際に完成したのは地下一階、地上四階のビルだった。名称も現在の国際ショッピングセンターに変わっている。壮大な計画はさまざまな事情からとん挫したのである。計画どおり完成していたら、国際通りにひときわ高くそびえたシティーホテルとして沖縄の名所になっていたかもしれない。

高良氏は国際劇場建設の二年後、その隣に「平和館」という劇場も併設した。「国際平和」を願ってのことだった。国際劇場〜国際琉映館〜国際ショッピングセンターと変遷をたどった場所であるが、「国際」という名称は脈々と受け継がれている。最初は高良氏のこだわりにすぎなかった「国際」が、「国際通り」が定着するようになると、逆に「国際」抜きには看板として成立しなくなったのである。

川平朝申氏は劇場取り壊しの際のあいさつ文の中で、国際通りの発展に貢献した高良氏を持ち上げ、「国際通りの目ぬきの所にいつかは高良一氏の銅像を建立すべきである」と提案している。国際通りの目抜き通りに個人の銅像はふさわしいとは言えないが、せめて那覇市か通り会が国際ショッピングセンター前に、〈国際通りのルーツ、〝アーニー・パイル国際劇場〟ここにありき〉というような記念碑を建てて、国際通りの由来になったアーニー・パイル国際劇場について後世に伝えていくべきである。

幸いに那覇市では現在、「史的地名等標示事業」を進めている。歴史的に価値のある旧跡に標識を設置し、広く一般に伝えていこうというものである。国際劇場跡も、ぜひその一環に加えてほしいものだ。

「那覇の街は戦後を懸命に生きた人たちの努力の集積であって、〝奇蹟の一哩《マイル》〟などという評価を下したよそ者の考え及ばぬ努力といえる」

牧港篤三氏は著書『幻想の街・那覇』の中で書いている。高良氏をはじめ、国際通りや那覇の復興・繁栄に尽力し、今日の基礎を築いた人々が大勢いる。それらの事実は、あまり知られていない。当事者にすれば、そういうことを自らけん伝しようという気持ちはないかもしれない。しかし、表に出ないままの歴史の事実を、ぜひ大勢の人々に知ってもらいたい。若い人には地域の歴史から見つめてほしい。その思いから私は、『沖縄・国際通り物語』という本にまとめた。

国際通りの地盤沈下が言われて久しいが、かつてのにぎわいを取り戻したいと、官民による計画が進められている。希望ケ丘公園の大規模地下駐車場計画、国際通りから「やちむん通り」に通じる牧志～壺屋線の拡張計画、長い間の懸案になっている国際ショッピングセンターの管理会社による再開発計画。これらが実現すれば、牧志や桜坂の活性化につながっていくことが期待される。

温故知新——国際通り、那覇の戦後史はふれてみるとおもしろい。身近にあって、意外に知らない事実にさまざまな発見がある。国際通りのにぎわいよ再び、と願わずにはいられない。

［NHK報道局チーフ・プロデューサー］
（一九九八年一月二一日・二二日『琉球新報』）

戦後をたどる　写真で見る沖縄の60年　国際通り～奇跡の一マイル～

沖縄戦で那覇は灰燼《かいじん》に帰し、しばらく人々は収容先の中北部から戻れなかった。最初に那覇入りを許されたのは、沖縄戦が終わって五カ月後の一九四五年十一月、「先遣隊」と呼ばれる壺屋の職人たちと、住宅関係の「設営隊」だった。そして、翌年一月、家族や関係者も帰ってきたことから、人口約九百八十名のひとつの集落が形成されることになった。

世の中が少し落ちついた頃、「同胞を慰めるために劇場を建てたい」と米軍に申し出た男がいた。戦前、本部村で映画館を経営していた高良一（当時、ウルマ新報那覇支局長）である。ねらいをつけたのは米軍の物資集積所になっていた牧志（現在のてんぶす那覇付近）だった。米軍からはすぐにOKが出たが、「規格住宅でさえまだ全住民にいきわたってないというのに、劇場建設は困る」との理由で沖縄民政府の反対にあう。

紆余曲折を経て、最終的には米軍の後押しもあり許可された。劇場名は「アーニー・パイル国際劇場」（以下、国際劇場）とつけた。米海兵師団とともに沖縄に上陸、伊江島で最期をとげ米兵にも人気があった従軍記者の名前を冠した。「アメリカ側の受けもいいに違いない」との高良の深謀遠慮だった。「国際」には、「国際平和」「国際化」の願望が込められていた。

一九四八年一月二十一日、盛大にこけら落としが挙行された。戦後初めての映画館の出現に娯楽に飢えていた人々は歓喜した。連日、大入り満員が続いた。戦後の那覇は、先遣隊・設営隊が入った壺屋から始まり、国際劇場のある牧志を中心に商店が軒を並べて発展していった。

国際劇場ができて二年後の一九五〇年三月、蔡温橋～ガーブ橋（後にむつみ橋）間四百六十二メートルで営業する約五十軒が集まって通り会が結成された。当時、通りは「牧志街道」「牧志大通り」などと呼ばれていた。戦前は野中の一本道だった。三四（昭和九）年、那覇と首里を結ぶ「新県道」として開通した。

「発展途上にある商店街に牧志街道はふさわしくない」――商店街では、大繁盛していた国際劇場にあやかって「国際大通り団(三年後、会に改称)」と名づけた。これによって、初めて「国際通り」という名称が世の中に登場したのである。

六年後、三つの通り会が誕生した。「松尾通り」と呼んでいた那覇税務署(現在の松尾三差路付近)～ガーブ橋間の「国際中央通り会」、通称「政府前通り」(琉球政府前～那覇税務署間)の「国際本通り会」、真和志市だった蔡温橋～安里三差路間の「サイオン橋通り会」(後に国際蔡温橋通り会)である。国際通りは四つの通り(千六百六十メートル)の総称である。

その後、国際通りは誰言うともなく「奇跡の一マイル」と呼ばれるようになる。戦争で壊滅的被害を受けた那覇の街や牧志街道が戦後見事に復興したのを、通りが一マイルあったことから、取材に来ていた外国人記者がその驚異的な発展ぶりをそう表現した、というのが定説になっている。一九四九年、戦後初めて沖縄取材を許されたアメリカ本国の新聞記者が来島した頃のことである。

「那覇の街は戦後を懸命に生きてきた人たちの努力の集積であって、『奇蹟の一哩《マイル》』などという評価を下したよそ者の考え及ばぬ努力といえる」(『幻想の街・那覇』)と詩人・牧港篤三が書いているように、人々の大いなる努力によって国際通りを中心に街は驚異的な発展をとげたのである。

国際通りのルーツ・国際劇場(後に国際琉映館に改称)があった場所は三度、形を変えている。映画産業が衰退したことから、本土復帰を前に観光の時代をにらんで計画された「国際ショッピングセンター」(一九七二年～二〇〇〇年)。そして、去年(二〇〇四年)十一月にオープンした文化複合施設「てんぶす那覇」。高良一がこだわった「国際」という名称はついに消えてしまった。

しかし、那覇の方言で〝へそ〟を意味する「てんぶす」には、ここは国際通りの中心である、国際通りのにぎわいよ再び、という関係者の思いが込められているかのようである。

［NHK九州メディスプロデューサー］

（二〇〇五年一〇月一四日『琉球新報』、『戦後をたどる「アメリカ世」から「ヤマト世」へ』〈琉球新報社〉所収）

国際通りの歴史 ～蔡温橋通り商店街を中心に～

始めに道ありき――といわれる。道に沿って人々が住み、街が生まれる。その逆もある。道なき場所に人が住み、道を開き、街をつくる。「道には生命がある」ともいわれる。その生命によって、道と街の歴史がつくられていく。

国際通りは戦前、名前のない野中の一本道だった。現在、国際通りの中心になっている牧志や松尾も那覇の郊外にすぎなかった。松林や墓地の多い原野であった。一坪、一銭でも買い手がいなかった頃もあったというから今では信じられないような話である。

かつて那覇の中心だった東町や西本町から、一九一九（大正八）年に県庁、二五（大正十四）年には警察署が泉崎に移転したため、中心地も現在の県庁付近に移った。一九三四（昭和九）年五月、那覇市と旧首里市を結ぶ道路として、県庁前から牧志、安里に延びる新しい道が建設された。コンクリート舗装された近代的な二間道路（約三・六メートル）は、「新県道」と呼ばれた。現在の国際通りの前身である。

「県道　道つくて／誰が為に　なゆが／世間御万人ぬ／為になゆさ」――当時、流行した『県道節』に、原野の中に延びた新しい道への人々の期待が込められていた。

それから十年後、人々が想像さえしなかったことが起きる。沖縄戦である。一九四四（昭和十九）年十月、米軍による「十・十空襲」で那覇の街は灰燼に帰す。街の九十パーセントを焼失、さらに引き続く沖縄戦によって県都那覇は焦土と化した。

戦後――。米軍占領下の那覇に最初に立ち入りが許されたのは、「陶器製造産業先遣隊」と呼ばれた壺屋の陶器職人たち百三人だった。一九四五（昭和二十）年十一月十日のことである。生活に必要な食器類を作るのが目的だった。五日後、「製瓦業設営隊」として百三十六人が那覇入りした。半壊状態で残っていた家屋の修復、瓦製造、家のない人のために「規格住宅」の建築を担った。そして、翌年一月、その家族や関係者も帰ってきたことから、壺屋に人口九百人余の集落が形成されることになった。

その後、那覇市街が漸次開放されるようになると、牧志街道（いつの頃からか新県道はそう呼ばれていた）周辺にも住宅や店舗が建ち並ぶようになった。一九四八（昭和二十三）年一月、現在の「てんぶす那覇」付近に戦後初の映画館、アーニー・パイル国際劇場がオープン、娯楽に飢えていた人々が押し寄せて大繁盛した。「車に乗るのも人と待ち合わせるのも国際劇場前」といわれるほどの名所になった。

二年後（一九五〇年）の三月、蔡温橋～ガーブ橋（後にむつみ橋）間で営業する約五十軒の店が集まって通り会が結成された。「発展途上にある商店街に〝牧志街道〟はふさわしくない」「つけるなら大きく〝国際大通り〟ではどうか」――商店街では、にぎわっていた国際劇場にあやかって「国際大通り団」と名づけた（三年後、会に改称）。これによって、初めて「国際通り」という名称が世の中に登場したのである。

六年後（一九五六年）、国際大通り会にならって三つの通り会が誕生した。「松尾通り」と呼んでいたガーブ橋～那覇税務署（現在の松尾三差路付近）間の「国際中央通り会」、通称「政府前通り」（琉球政府〈現在の県庁〉前～那覇税務署間）の「国際本通り会」、真和志市だった蔡温橋～安里三差路間の「サイオン橋通り会」（後に国際サイオン橋通り会～国際蔡温橋通り会）である。国際通りは四つの通り（約千六百メートル）の総称である。一九八七（昭和六十二）年九月、那覇市が一般から市内の通り名を募集した時、すでに人々の間で定着していた「国際通り」が公式に愛称として選ばれた。本土復帰（一九七二年）後の正式名称としては県道三十九号線である。かつての「国際〇〇通り会」は、現在ではいずれも「那覇市国際〇〇通り商店街振興組合」と称している。

その後、国際通りは誰言うともなく「奇跡の一マイル」と呼ばれるようになる。戦争で壊滅的被害を受けた那覇の街や牧志街道（国際通り）が戦後見事に復興したのを、通りが一マイルあったことから、取材に来ていた外国人記者がその驚異的な発展ぶりを見て表現した、というのが定説になっている。一九四九（昭和二十四）年、戦後初めて沖縄取材を許されたアメリカ本国の新聞記者が来島した頃のことである。

　さて、四つの通りの中でも、活気に乏しく発展が遅れたのが蔡温橋通りだった。理由としては、リウボウや山形屋（一九九九年閉店）、大越百貨店（現・沖縄三越）のように、他の通りにあったデパートや、映画館、書店などがなかったこと、当初は真和志市（一九五七年、那覇市と合併）だったため都市計画が遅れたこと、通りには一般相手の店舗ではなく卸問屋が多かったことなどがあげられよう。

　一九五一（昭和二十六）年一月、民間貿易が始まった。当時、貿易業者たちが集まっていたのは、国際通り、平和通り、神里原通り、新栄通りなどであった。貿易が盛んになるにつれて、これまで小さな店舗で仕事をしていた業者たちは、店舗の狭さや倉庫不足に不便をきたすようになってきた。四つの通りの業者たちがまとまって店舗を移したのが、蔡温橋や安里付近だった。しばらく落ち着いて営業をしていたが、そのうちそこも手狭になったため、別の場所に集団移転することになった。一九五六（昭和三十一）年十一月に完成した若松通り商店街である。蔡温橋通りは核を失ってまた活気をなくしてしまう。

　あれから約半世紀――二〇一一（平成二十三）年七月、蔡温橋通りに出現したのが牧志・安里地区第一種市街地再開発事業「さいおんスクエア」である。モノレール牧志駅と直結した商業施設、駅前広場、安里川親水庭園、ホテル、二十五階建て高層マンション――これまで国際通りには見られなかった風景が広がる。とりわけ、国際通りの中で唯一、川が流れ、水辺に憩える場所である。その新しい街が約八十年前、国際通りの前身となる新県道の建設に伴って架橋された蔡温橋（二〇一〇年架替）際にできたのも何かの縁であろう。

「さいおんスクエア」の街づくりに関わった関係者の胸の奥には、「奇跡の一マイルふたたび」（パンフレットより）の気持ちが満ちあふれている。新しい街を歩きながら、ここから再び「奇跡の一マイル」が復活してほしいと願わずにはいられない。

〔『国際通り物語～「奇跡」と呼ばれた一マイル～』著者〕
（牧志・安里地区第一種市街地再開発事業さいおんスクエア完成記念誌『奇跡の1マイルふたたび』二〇一二年一二月）

変貌する国際通り　85年前「新県道」65年前「牧志大通り」

民放朝の情報番組の中で放送している「30秒うちなークイズ」が面白い。沖縄の歴史、行事や習慣、しまくとぅば、ことわざなどさまざまな分野から出題されるが、若い人たちには難問のようだ。突拍子もない答が飛び出して、朝から大いに笑わせてくれる。

「国際通りは別名『〇〇の1マイル』と呼ばれている？」に、「幸せ」「鉄道」「速攻」「世界」「地球」などの回答。「奇跡」との正解に、10代の女子3人も、20、30代とみられるアベックも一様に「聞いたことない」との反応。若い世代には「奇跡の1マイル」も通じなくなってしまったのか。その調子だと、「国際通り」の由来（アーニー・パイル国際劇場）も知らないかもしれない、と自称国際通りウォッチャーとして一抹の寂しさを覚えた。

今年、国際通りは節目の年であった。泉崎から安里間に、国際通りの前身「新県道」が開通したのは１９３４（昭和９）年５月22日、今から85年前である。野中の一本道だった所に、那覇と首里を結ぶ道路として約３・６メートルの新県道が建設された。バス以外ほとんど人通りがなく、だだっ広い道が延びているだけの風景だった。やがて道路の両側にもポツリポツリと家が建つようになっていった。

10年後の１９４４年、10・10空襲によって那覇市街は90％以上が灰じんに帰した。戦後、米軍施設から１マイル以内は立入禁止になった時代を経て、開放後に牧志や松尾を中心に人々が住み、商売を営み、街が形成されていった。

49年、米軍政府のシーツ軍政長官は初めてアメリカ本国の新聞記者に沖縄取材を許可した。その中で「タイム」誌のフランク・ギブニー記者が書いた「沖縄――忘れられた島」はよく知られている。いつ、誰が「奇跡の１マイル」と言ったか定説はないが、おそらくその頃のことだと思われる。「奇跡」というのは、沖縄戦で壊滅的な戦禍を被った街が驚異的な復興をとげたからという見方と、一方で表通りの華やかさと裏通り（墓地や茅葺《かやぶ》き、トタン屋根の家があった）のみすぼらしさの対象が「奇跡」だとの見方もある。

その後、那覇の街は発展をとげるが、「天下の悪路」「車尊人卑道路」といわれた国際通り（当時の新聞表記は「牧志街道」「牧志大通り」「牧志通り」「国際通り」と混在し統一性がない）は、都市計画の中で拡張することになった。９メートルの道幅を22メートルにする計画だったが、12メートルを主張する地元の激しい反対にあい、最終的に18メートルで決着する。それが現在の国際通りの原型になっている。

2年の工事を経て、54年12月5日にニュー国際通りが開通する。「沖縄タイムス」は同日付夕刊社会面で「牧志通り／暁の開通式／冷気をついてテープを切る」と三段抜きで伝え、「面目を一新した牧志大通り」「開通式のテープを切る当間市長らの乗用車」と2枚の写真をつけている。今から65年前のことである。

87年9月、那覇市は市内の道路の愛称を募集し、市民に定着していた通称名の「国際通り」を正式な愛称として認定した。

観光関係の店が90％以上を占める現在、国際通りは「国際観光通り」の観を呈している。そうした中で、「地元に愛される店」をコンセプトに沖縄三越跡に「沖縄国際通りのれん街」が16日に開業した（17日付本紙）。さらに年明け1月6日には国映館跡にホテルコレクティブ（地上13階）が開業。観光客だけではなく、地元の人にも利用してもらいたいと考えたのが「フルスペックシティーホテル」のキャッチコピーだという。

国際通りは、いまだ変貌し続けている。

［元ＮＨＫディレクター＆プロデューサー。沖縄国際大学南島文化研究所特別研究員］
（二〇一九年一二月二九日『沖縄タイムス』）

第19回「沖縄タイムス出版文化賞正賞」を照屋林助著『てるりん自伝』と同時受賞（1998年12月）

親族・知人と（1998年12月）

●『沖縄・国際通り物語』書評

際立つ面白いタッチと構成

真栄里泰山（那覇市経済部長）

那覇の中心市街地を貫く一・六キロの一直線の国際通りは、戦前に那覇と首里を結ぶ新県道として開かれた。その当時は野中の一本道であったという。

それが、沖縄戦と米軍占領の結果、戦後の那覇の中心市街地として急激に発展し、「奇跡の一マイル」と呼ばれるほどの沖縄の戦後復興の象徴となった。そんな国際通りの自然発生性を詩人牧港篤三は『幻想の街・那覇』の中で、「戦争で荒れた旧那覇市郊外の一面畑と泥田地帯のキャンパスに、荒々しいタッチで一本引いた太い線、それがいつのまにか生き物のように肉がつき、骨格ができた」と端的に書いている。その生き物のような肉や骨格のできあがる国際通りの形成過程を、当時の関係者の聞き書き、行政資料を駆使して具体的、実証的にまとめたのが、この「沖縄・国際通り物語」である。

国際通りの名称のルーツとなったアーニーパイル国際劇場、隆盛を極めた映画産業、沖縄を代表する三つのデパート戦争、十間道路拡張、初期の那覇市の都市計画行政など、五〇年代の国際通りをめぐる動きが、興味深いエピソードを織り込んで掘り起こされ、ドキュメンタリータッチの構成や文章と相まって実に面白い物語にまとめられている。

「国際通りに関する初めての出版物―との自負」があると著書は言っているが、その自負心とは、著者が少年期を過ごした懐かしい国際通りへの強烈な愛着心にほかならない。NHKの看板番組「おはよう日本」のチーフ・プロデューサーという超多忙な中にある著者が、この本を書いたのは、戦後五十年を経て「心のふるさと国際通り」を再確認してみたいとの追憶の情からのようにも見えるが、その心根は、現在大きな環境変化に直面している国際通りに対する「思い出の街・国際通りよ永遠なれ！」という、著者の限りない応援歌なのではないか。

ぜひ続編も期待したい楽しい本である。

（一九九八年二月二〇日『沖縄タイムス』）

小説のような文化・都市論

謝名元慶福（劇作家）

沖縄の歴史と文化を学ぶ本が、創立されたばかりの「ゆい出版」から出された。それが従来の沖縄紹介の本と異なるのは、沖縄の人たちにとってなじみの深い、いや、今日も歩いている国際通りの話だということ。観光客でにぎわう、その通りの紹介かと思って手にする人は、まず、三百五十五ジという分量に、読むかやめるか迷うに違いない。しかし、パラパラとめくっているうちに、自分が国際通りの中で呼吸しているのを感じるだろう。それほど、この本は、小説のように、読者を魅きつける。

それはたしかに、野中の一本道から、「奇跡の一マイル」と言われ、今もなお発展し続ける国際通りへの変遷を語っているのだが、それが、たんなる事実の紹介に終わらず、街（通り）をつくりあげていく人々の姿と愛情が鮮やかに描かれており、読者も街（通り）づくりに参加しているような気分になる。なかなかの筆力だ。

それだけではない。世界史と連動した沖縄の戦後史と重ねつつ、街（通り）が成長していく様子を、広く丁寧な取材と厳しい事実の検証、資料で積み上げられ、立派な沖縄の文化経済史、都市論にさえなっている。だからといってむずかしい本ではなく、わかりやすい。

著者の大濱聡氏はＮＨＫで番組制作に携わっている現役の放送マンだが、少年のころ、八重山から那覇に出てきて、初めて国際通りを見た時の感動が、この本を生み出す動機となっているだけに、国際通りへの愛情にあふれた本である。そして、巻末には、国際通り関係年表があるという行き届いた本。ただ、分量のことを考えずにいえば、今の国際通りの地図や、沖縄ジァンジァンの活動とそこに関わった人々の話も盛り込んでほしかったと思う。

とはいえ、戦後、国際通りで生活したり、映画を見たりショッピング、デートの経験のある人は、この本の中に自分の在りし日の姿を重ねる喜びがあるし、観光客も自分が立っている国際通りの歴史と沖縄の人々の思いを共有することができるだろう。今ぼくは、高校時代によく通った牧志停留所の古本屋のことを思っている。（一九九八年三月一日『琉球新報』）

早期復帰を訴える中高生のデモ行進（1966 年・那覇市内）　撮影：森口豁

第四章

青春記

〜愚直に一直線〜

「我が愛しの国際通り」のところでもふれたが、石垣小学校四年の時（一九五八年）、父親の転勤に伴い一学期の終了とともに那覇に引っ越した。新居は安里三叉路沿いの琉映本館の裏側にあり、四畳半二間の狭い賃貸住宅だった。四〇〇坪の庭付きの一軒家だった石垣の家とは比ぶべくもなかった。ずっと後で知ったが、家は元々病院だった建物で、一軒を六世帯分に区切って貸していたようだ。

小学校は、約一キロの距離にあった泊小学校に転入した。一三年前の沖縄戦の戦火を免れた古い校舎が象徴だった。最初の頃、苦労したのは級友たちが使う本島の方言（当時の呼称）がわからないことだった。沖縄は極端に言えば島毎に言葉が異なるので、慣れるまでに時間がかかった。

中学は真和志中学校だった。三年間、自宅と学校の間にあった栄町を経由して通った。戦後、翁長助静市長時代につくった市場を中心にした町で、市民の台所として親しまれていた。一方で、周辺は居酒屋、バー、旅館などが建ち並ぶ飲食街としてにぎわい、なかにはいかがわしい店などもあったが、詳しいことについてはまだ疎い中学生だった。

転機になったのは二年時の夏休みの宿題で、国語で習った太宰治の「走れメロス」をラジオドラマ化し、学年二位に入賞したことである。これを機に友人三人で同人誌『絆』を創刊し、詩作や文章を書くことに目ざめたのだった。

那覇高校進学後は勉学よりも、文芸部、演劇部、放送部（三年時に創部）の三つをかけ持ち、部活に励んだ。三年間、「全国高等学校ラジオ作品コンクール」（民放連主催・文部省後援）の脚本を担当し、沖縄地区では一位、二位と常に上位の成績を収めた。それらが後の放送の仕事に活きたように思う。

中学生、ラジオで映画トーク

一枚の色あせた郵便はがきが残っている。「琉球郵便1 2/1￠」の文字と「チンチン馬」の絵が印刷され、これが切手代わりになっている。表面の宛名は「那覇市字安里十三番地　大浜聰様」、差し出し人は「那覇市ハーバービュー　ラジオ沖縄編成課　外間完邦」、裏面には「前略　来る五月二十四日（木曜日）、午后六時からラジオ沖縄第一スタジオに於て、琉映ゴールデンタイムの録音を行います。必ずおいで下さい。尚、時間厳守をお願いします」と手書きの案内があり、「琉映ゴールデンタイ

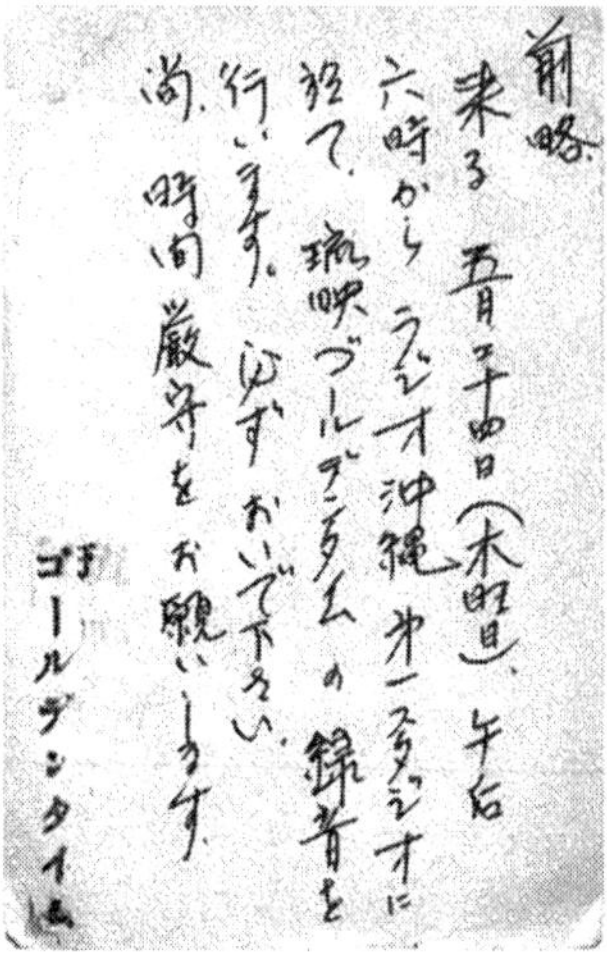
前略
来る五月二十四日(木曜日)午后
六時から ラジオ沖縄 第一スタジオに
於て 琉映ゴールデンタイムの 録音を
行います。必ずおいで下さい
尚、時間厳守をお願いします
ゴールデンタイム係

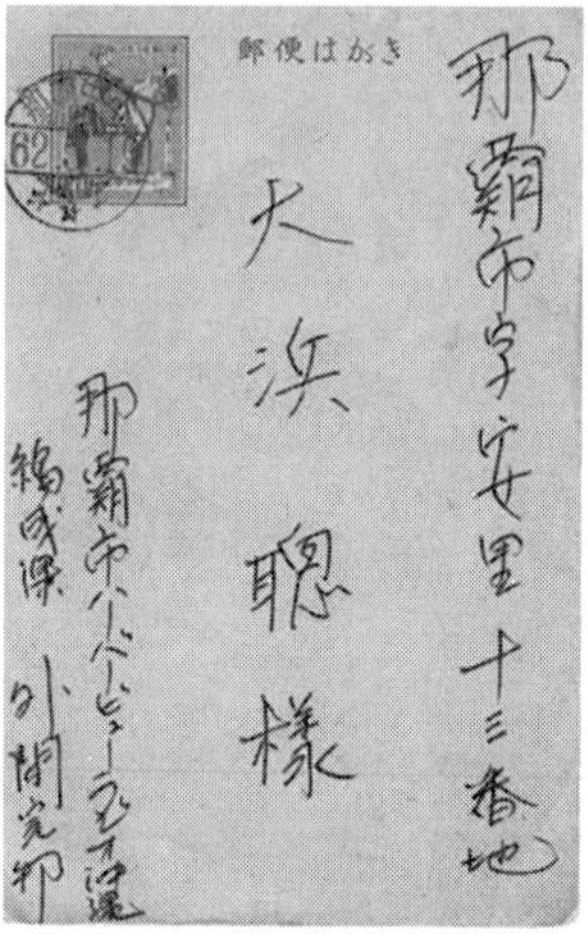

ム」の番組名が朱印されている。消印は「那覇中央62・5・19」つまり一九六二（昭和三七）年、中学二年の私宛てのはがきである。

「琉映ゴールデンタイム」は当時ラジオ沖縄で金曜日の夜八時一五分から放送されていた一五分の番組で、琉映貿がスポンサーになっていた。琉映系の映画館で上映されていた映画（東映・日活）やスターについて、アナウンサーと一般公募の映画ファンが語りあうという内容だった。

中学生の私がなぜ？　というと、小学生の頃から映画が好きで、何しろ四年生の途中まで石垣島にいた頃の娯楽といえば映画と親子ラジオしかなく、必然的に映画に親しむしかなかった。那覇に転居して住んだ家が、運命的な出会いか琉映本館のすぐ裏側で、さらに周辺に十数館の映画館があった国際通りにも近かったことから、高校を卒業するまで週末は映画三昧であった。

ラジオ沖縄は当時、泉崎にあり（現在のファミリーマートプラスりうぼう泉崎店斜め向かい）、近くにはハーバービュー・クラブ（復帰後、跡地に沖縄ハーバービューホテルができた）があった。

生まれて初めての放送局だったが、スタジオに入ってアナウンサーとマイクに向かっても意外と緊張しなかった。どんな話をしたか。かすかな記憶のなかにあるのは、前年二月に撮影所内でのゴーカート事故で亡くなった赤木圭一郎や、撮影中だった「激流に生きる男」を代役で継いだ高橋英樹や、日活のなかでファンだった二谷英明（中学生にしては渋かった）などについて語ったように思う。

ラジオ出演のことは担任の先生や級友には話していなかった。中学生だから学校の許可を取らなければいけなかったのだろうが、当時はそういうことについて考えも及ばなかった。ただ出演料代わりの招待券（二枚）欲しさの行動だったのである。しかし、何の反応もなかったことにがっかりするやらホッとするやら複雑な気持ちであった。と思ったら唯一、次姉に「ラジオに出てたね、聞いたよ」と言われた。ドキッとしたが、招待券のことは知られずにすんだ。もちろん、その後しっかり二回分の映画を楽しんのだった。

■高校時代の新聞投稿から

再び教師に願うもの

〝教育の目的は、機械をつくることではなくて人間をつくるにある〟とは、かのルソーのことばである。

教師を志す者はずいぶん多いようだが、はたしてその何％が真の教育を望んでいるのだろうかと考えずにはおれない。一考してみるに、教師の中には職業的になっているのがかなりいる。

職業的というのは、自らが機械になっているのである。生徒には教科書にあるものを教え、質問には適当に答え、成績をつけるのに精を出し、これでいかにも教師であると教師らしくしている。

ことわざに〝他人に教えることは、自分自身に教えること〟というのがある。だから真の教育者たる教師の教え子には、その教師の誠心誠意が現れてくるといっても過言ではあるまい。文学にみられる教育者らしい教師が、この世にいないはずはない。「坊ちゃん」でもよし、「雲は天才である」の主人公でもよし、「路傍の石」「次郎物語」の先生でもよし、自分の職業をもう一度見つめてほしい。

生徒というのはいつでも教師を批評していますす。生徒の相談相手になれるような尊敬できる教師がいない、との声が案外多い。生徒に、誠実さや忍耐力を説くなら、それ以前に、教師から生徒に知らしめるべきです。まだ教師の卵だったころ、だれもが真の教育をめざして情熱に燃えていたことでしょう。いや、いまでもそうかも知れません。夕立の晴れた空にかかる虹は、やがてはかなく消えてしまいますが、人間の胸にかかった虹は消えません。その虹を生徒の心にかけて下さい。真の教師たらんことを望みます。〝教育の秘訣は、生徒を尊重するところにある〟(カント)

(一九六六年四月六日『琉球新報』)

見てきた石垣市長選挙

この春休み、自分は友人五人と七年ぶりの帰郷をした。なつかしい故郷に一歩上陸してすぐさま目にはいったのが、市長選挙のポスターであった。

立候補者は二人のはずなのに、まるで多人数を思わせるほどのポスターのはりようであった。もっともA候補とB候補の割り合いが七対三くらいであったが……。

石垣島一周をしたが、どこへ行ってもポスターが目につき、無遠慮にほこりをたててつっぱしる宣伝カーに不思議に思い、よくよく考えてみると、石垣市と大浜町が合併していてこの島全体が石垣市なのである。合併して初の選挙だから、これは激しいものになるだろうと興味を持った。

一周を終えて帰ってみると、A候補の当選と選管委の不正が話題になっていた。投票用紙が市役所の便所に捨てられてあったとか、残票が消え失せているとかいうのも、はじめはデマだと思い気にとめなかった。

ところが、その夜の市街がふだんと違い妙に緊迫しているようだった。その予感はあたった。市役所がメチャメチャにこわされているのを、翌日通りがけに見た。その日の午後警察署の前で抗議集会が行われた。しかし「この集会はどこの主催でもない。住民ひとりひとりが不正に憤然となって集まってきたのである。だから警察は解散命令を出す権利はない」というように、住民が自然に、しかも積極的に参加したのである。

ことの経過は、いちはやく本島にも伝えられたことと思うのでご存知であろう。派遣されてきた百五十人の武装警官の取り巻く中で、日ごろおとなしいといわれている八重山の人々は、あまりのことに激怒し叫んだ。

それにしても選管委員長にはあきれはてた。与党関係者は不正のことをどうもミスと表現したがるらしい。一度当選無効を告示しながら翌日取り消したのは身の危険を感じたから、というのは明らかに住民を軽視している。それに不正をしていなかったのなら、どうして飛行機で逃げようとするわけがあろうか。警官の実力行使には行き過ぎの点があったことは誰もが認めるところである。八重山の人は決してハデなことはしない。にもかかわらず、いきなり警棒をふりまわしてくるものだから、そこは群集心理というもので反発してしまう。警官も負けてはなるまいと職権の限界を忘れ住民に負傷までさせるのだ。

自分の友人もケガをした。七年ぶりに帰って八重山史始まって以来の事件に会ったのは、運がよかったというべきか、悲しむべきというのだろうか。

八重山はのんびりとしていて、人々も穏やかな方である。こんどの事件は大きな刺激となるであろう。自分は、はっきりしたことは知らないけれど、じかにふれてきたことをここに書いた。今後の法廷での成り行きを見守りたい。

（一九六六年四月八日『琉球新報』）

四・二八を前にして思う

沖縄の人は二十九日の天皇誕生日は忘れても四・二八は決して忘れないという。

ことしもまた、その復帰県民大会がやって来る。毎年毎年同じことを繰り返して今まで何の効果もないのだから結局はムダなことだという人もいるし、こうなってくると、それが一種の行事になったような感がしないでもない。もちろん、そうなってはならない。「現在の復帰運動にはしっくりしないものがある。あまりにも政党化されたそれであるように思う。まるで政党の勝負場である」とはこういうことに熱心な先輩の意見である。また、各団体の参加も単に義務的に終わってはならない。中には○○団体に属しているゆえの者もいよう。しかし、みな真剣なのだろう。そうでなければ例年のように盛り上がりがあろうはずはない。

去年、自分は初めて参加した。日ごろ、政治とかこういったものに大した関心もなかった自分であるが、そこに集まった人々の熱っぽさに触れていると、知らぬうちにぐんぐん引き込まれてしまった。みんな真剣なのだ。ロマンチックな星の夜もそれらつどう人々の叫びにかき消されたようだ。二十五年ぶりに内地から帰ったというおじさんが、自分の手を握り涙をこぼしたものだ。「君たち若者が…」と励まされた。月並みな表現であるが実際自分たち若者が無関心でいてはいけないと思う。

大学進学が目標だというある友人は〝でしゃばったまね〟をして将来に傷つくことは避けたいという。「まだ学生だ。社会人でないから」というのは、一種の逃げ口上になるのではなかろうか。

住民の悲願は、絶えず訴え叫び行動する。そして自分たちはこの島に生まれ育ったのだから、そこには政治運動ということばはないのではなかろうか。だからといって復帰運動に直接参加するのが関心ある証拠だとはいわない。思うに自分たちは純粋に祖国復帰を願う住民の一人として参加するのだから、まさかなまいきだとはいわれまい。左翼扱いにされるのもまた、はなはだ迷惑である。自分の未熟さでは復帰論をうんぬんと述べることはできないが四・二八を前にしての雑感としてとめたい。

辺戸岬と与論島に、お互いに求めあうふたつの火柱が、ことしもまた燃え上がるのだ。

（一九六六年四月一三日『琉球新報』）

小さな親切月間運動に寄せて

親切ということは気持ちのいいものである。他人に親切にされると、なおいっそうそれを感じる。どんな小さな親切でも、やはりうれしい。

永六輔は「ボクは小さな親切というのはキライだ。第一、親切に小さい大きいの区別はないのであって、小さな親切というのは、いかにも、その人間が小さな心の持ち主であるかのようだ」というようなことをいっている。なるほど考えてみるとそうである。

大きな親切はこういうごときであると定義づけられるものでもなく、計りにかけたって人の善意の重さはわかるものではないから、確かに親切や善意などというものには大小、軽重の区別はないであろう。ただ小さな親切運動なるものは「大事をなさんと欲せば小さなる事をおこたらず勤むべし」の精神であって、小さなことが積み重なって何事も成就するのであるのだから、それが、われわれの生活にとけこんで習慣となることが、この運動の目的だと思う。

また、交通安全や火災防止などもそうであるが、それが運動期間中のみに終わってはならない。習慣は技術ではなく無意識的である。そういうのに期間はないのであって、われわれは、その期間中に養った精神をいつまでも忘れずにいることである。

那覇市民憲章にもかかげられている親切。目立たない親切であろうと個人個人が親切心を持っていたならば、社会全体もそれだけ住みよくなるであろう。われわれはいつどこにいても、だれにたいしても親切でありたい。

（一九六六年五月二五日『琉球新報』）

高校生らしくしよう

六日本欄に、「全島高校生に告ぐ」と題して、規則にしばられすぎるというようなことを書いてあったが、その高校生の一人として感じた点を記してみたい。

人生はすべて規則で成り立っている。国家の最高規則として憲法があるし、それに基づいて各種団体でも規則が決められている。これはあたりまえのことである。一体、規則がなければ世の中の秩序はいかにして保てるだろうか。

だからそれぞれの規則は必要不可欠のものであって、無意味な規則なんてないものである。それを無意味などと思うのは、学則にたいして反ばくを持っているか、あるいは妙なヘリクツではなかろうか。「暴力はいけない」というのは規則でなく人道上の常識である。なぜいけないかと詰問する者はよほどのヘリクツ屋で、そういう者に限ってすぐ暴力をふるってしまう。「長髪を禁ずる」もごく当然のことである。〝学生らしい〟というのが一般的な考えのようである。

なぜ丸刈りが〝学生らしい〟かというと〝らし

い〟から〝らしい〟のである。もう水かけ論である。それならば学生らしい長髪は認められるのだろうか。僕は長髪には反対ではないが、それにしてもなぜ長髪にしなければならないのか不可思議である。授業放棄をしてストを起こすというのはある面では、ほほえましく思われるがやはり血気の勇ではなかろうか。

いくら不満だからといって、労働組合並みに実力行使にでるのは一考を要する。何のために高校教育を受けてきたのだろうか。長髪の場合、背広などを着けさえすれば学生か社会人かの区別がつかない。だから学生らしからぬ行動をする。その点、丸刈りは質素清潔でまことに学生らしいではないか。

（一九六六年六月九日『琉球新報』）

国語教育の欠陥

私はこんど高校を卒業した者ですが、過去三カ年をふり返ってみると、国語教育の欠陥というものにすぐ気づきます。

というのは、国語はすべての学科の基礎といいながらも軽視されているのです。これは高校だけではなく、中学の場合も同じことがいえるようです。現在の国語教育は、計画に従って一冊の教科書を終えようとする、通り一遍的なものです。すなわち、語句の意味や主題の掌握などはするのですが、それだけではほんとうの国語とはいえないように思われるのです。沖縄の生徒の発表力が乏しいのは、そこに原因があると思います。本土の大学に行っている先輩が帰省した際、つくづくそのことを痛感しておりました。本土の人はどしどしものおじせずに発言するのですが、沖縄の人は頭の中で考えていてもなかなか声にならない人が案外に多いということです。その他、私自身もそうですがまわりを見て感ずることとして、表現力のまずさ、中には作文さえも書けない人がいるのには驚いた。作文を読んでみると、うまい人とまずい人が極端なのです。

話しじょうずや文章じょうずは、素質をたよりとする特技では決してないと思います。それは、なれるに従って上達します。その早道は、現在の国語教育を改善することです。単に教科書のみにおいてではなく、時には脱線も必要です。討論が非常に少ないようです。数多くみんなで話し合う場を持つことです。読書も大切です。いつでも辞典を携帯して、わからない語句はめんどうくさがらずすぐにひくことです。もっと作文教育を徹底的にすることを先生方に望みます。国語は自分の力だけでも伸びるのだから、生徒個人がもっと自覚すべきことでもあります。

（一九六七年三月一四日『琉球新報』）

棒倒し奮戦記

棒倒しは運動会のレギュラー競技である。そして、いちばん力強さがあるのもそれである。そのことだけに頼って何の改善もなかったのがこれまでの例で、どの学校も似たようなものであった。

相撲体操を加えたのは新しい魅力だ。たくましい男子の肉体美に父兄や女子諸君が魅了されたそうな。

ワアーッという奇声で俺は我に返った。余計なことを考えている暇などない。

俺も攻撃隊になって突進したいのだが、そんな勇気と力はない。〝奮戦記〟というといかにも勇ましいように感じるが、この文には自分の性格からして勇ましさは出ていない。

だが少なくとも実戦の時は、ありとあらゆるエネルギーを使い果たしたつもりだ。

痛ッ！無駄なことを思っていると、たちまち敵方にもぐり込まれてしまった。両手は組んでいるので使おうにも使えない。足で蹴っては違反だから、ひとまず身体で止めておくことにした。そのうち手のあいた奴がひっぱり出してくれるだろう。

俺達は必死になって防いでいるのだが、向こうの方はどうなっているのか気にかかる。四方はほこり一色で視界がきかない。

ただ懸命になって敵方を押し返すことだけを続ける。〝ワッショイ！　ワッショイ！〟と奇声をあげて人手不足をファイトで補う。

ほこりが口に入ることなど考えておられない。赤はいつも負けているので、今日はぜひ勝たなければ。

三年生であろうがやっつけるつもりだ。よくよく見ると俺の肩に誰か登っていやがった。

幸い手が自由になった。

彼の足をつかまえて落下させる。これが自由落下運動だな、などといい気分になっていると第二陣のお出ましだ。汗もだくだく。

肉と肉がぶつかり、汗で身体がすべったりする。

こういう場面をロングカメラでとらえたら、それぞれ面白い表情をしているのだろう。

真面目な顔をして、感情をむき出しにして、たくましい顔をしているのかも知れない。

間のぬけた俺の顔も、きっとすごい格好をしているのかも知れない。そろそろ疲れが出てきた。

我らが中心軸がズルズル斜めになっていく。くやしいかな、棒は倒れてしまった。奇声があがる。

ハアハアと酸素を吸入し、苦笑いをする。すっきりした気分になると、身体中があかだらけになっているのに気づいた。あかを落とすのも忘れて、二回目の対戦にファイトを燃やす。

（一九六五年一〇月二八日『那高ジャーナル』）

不得意学科の教師への意識

嫌いな先生は？　と質問されると、授業がよく教えきれないとか、生徒に理解がないとかの実際的な点は別として、我々はしばしば、自分の苦手な学科の教師をあげてしまうことがある。自分の不勉強のせいにしないで、教師の顔を見るのも嫌いだという意識をもってしまう。まともにツラを合わせると、何だか恥ずかしさが先にたって、いつも自分の悪い成績を勘ぐられているように思い込んでしまう。そうなると、いちばん損をするのは当の教師である。別に悪いこともしていないのに、生徒に嫌われるのだから、全く損な話である。しかしながら実際、苦手な学科の教師なんて堅苦しくていけない。気楽に向かうことも出来ない。だから僕の場合、最高に低姿勢で望むようにしている。だいたい余り派手に振る舞うと、こいつ〇〇はちっともできんくせに、などと教師は腹の底では思っているようでならない。そういう妙な連想をするのはやはり不得意学科へのコンプレックスであろうか。又ある人達は、すごく嫌いな学科でもその教師は好きだという現象もある。これは教師の人柄の良さからくるものだろうが、そういう人こそまことに教師にふさわしいといえよう。小説に描かれる教師像というのは、たいていは型破りで天真爛漫な教師が多いようである。生徒に好感を抱かれる教師は、真面目くさって機械のように動く教師ではなく生徒と共に悲しみ語り合う人間味のある人物なのだろうと思う。

話がそれてしまったが、僕が苦手な学科の教師に対しての妙な意識から悟り（？）を得たのは、去年の修学旅行の時だった。ある時、数学の教師とたった二人きりで風呂に入るはめになってしまったことがあった。いやにテレくさかったので、熱い湯ともつい知らず頭からぶっかけてしまった。頭の毛が薄くなってしまったような気がしたが、それを知らないH先生は快活に言う。

「どうだね修学旅行は？」「はあ」どんな好感想を喋ったか覚えていないが、「旅によって人間が深くなりますね」などと詭弁を述べていたに違いない。タンゼントやらを教えているこの教師にも、旅は数量や空間以外の何ものかを与えてくれるだろう。こうして改まって話をすると、今まで知らなかった人間味が次から次へと出てくるのだ。裸同士でチンポコだってある男と男だ。

〃出藍の誉〃という言葉もある。教え子は先生より偉くならなくてはいけないのだ。もっとおおらかな心を育てよう。俺は不得意学科の教師に対して妙な意識を持つのはよそう。熱湯をかぶってのぼせていたせいでもないが、僕はその時、きっぱりと誓ったのである。

（一九六六年一〇月一八日『那高ジャーナル』）

○那覇市民憲章作文佳作

目ざめた親切心

以前、バスを乗り違えて知らない所でおりたことがあった。

夕方からふり始めた雨はやむ気配もなく、バス・ストップといえば小さな古くさくなった屋根があるだけで、とても雨やどりできるものではなかった。四方を見渡すと付近には家らしいものは見当らない。おまけにもう一仙も持っていない。これは大変なことになったと思った。事の起こりは――クラブ活動が終わった頃、急に夕立がふり始めた。傘を持っている者は誰もいない。幸い前に忘れて部室に置いてあった自分の傘があったので、親切心を出して女生徒に貸してやった。そして、めったに利用したことのない市外線に乗って帰ることにした。これが失敗のもとであった。よく確かめて乗ればよかったと思ったが後の祭りで、大雨のせいかバスも満員で車掌さんの声もろくに聞こえない。気づいた時には、反対方向に行っているのだった。慌てておりたものの全く見知らぬ所で那覇市か否かもわからなかった。

　雨はいよいよどしゃぶりになった。ずぶぬれになった自分は、寒さと不安の為ぶるぶる震えていた。今にも泣きださんばかりの形相であった。こんな目にあったのは初めてなので、なすべく手段も浮かばなかった。翌日の数学のテストの心配などは全く頭になかった。なるほど、孤独ということは淋しく耐えがたいものだ。ただ、今はもう知っている所へ出たかった。そうすれば、ぬれてでも家に帰ってやろうと思った。雨は自分の涙のように思えた。

しかし悲しんでばかりもおれない。自分の力でしか家へは帰れないのだ。タクシーをとめることにした。家に着いてからお金を払えばいいのだ。こんな簡単なことをどうして気づかなかったのか。手段が決まると自分の心にもいささかの希望が湧いた。ところがタクシーはおろか、めったに車さえ通らない。自分は泣きたくなった。バスを間違えるとは何て間抜けなことをしたものだ。いや、これもH子に傘を貸したことから起こった事なのだ。果てはH子に傘を貸したのを損したと思った。大型トラックが雨の線にライトを照らして突っ走って行った。
　もう七時も過ぎた。だいぶ暗くなっていた。寒さと不安はつのるばかりだった。と、その時小走りに駆けて来るような足音が聞こえた。しめた、その人に訳を話して何とかしよう。
　ずぶぬれになって駆け込んで来たのは、一見貧しそうな身なりをした老人だった。頼みの綱がぷっつり切れたような思いになった。しばらく無言のままいたが、思い切って打ちあけることにした。すると、そうした自分の気持ちを感じとったのか「どうしたのかね」と老人は声をかけてきた。自分は事のいきさつを残らず話した。幾らか気分が楽になった。

　老人は自分の間抜けた失敗をいかにも人のよさそうな微笑を浮かべて聞いていたが、やがて頼もしい顔つきになった。ポケットを探り始めた。いやしいことだけれども、自分はポケットの中を想像したのだ。まさかとは思ったけれども、老人は四十仙を取り出して「これだけしかないんだ。タクシーにでも乗って帰りなさい」とさもすまなさそうに言うのだ。その時の自分にとって四十仙は貴重なお金だった。バス賃さえあればいいと思っていた。それが貧しそうな老人から四十仙を貰えようとは。老人の親切に対し、自分は嬉しさのあまり充分にお礼もできなかった。H子に傘を貸して損したなどと思った自分に恥辱を感じた。自分の親切なんて虚栄にすぎなかったのだ。

　本当の親切というものは、いっさいの私欲を捨ててこそ他人の為に役立てることではないだろうか。もはや、自分の身体は寒さなど感じなかった。今度は、見知らぬ人からの親切に泣けそうだった。老人はやっと来たタクシーを止めてくれた。ガラス窓のしずくの影に写った老人の微笑みは、庶民の美しいそれであった。「名前と住所を教えて下さい。必ず返しますから」「いやいや困っている時はお互いさまだ」そう言って名前すら教えてくれなかった。ありふれた言葉ではあるが、あの時自分は初めてその実践を味わったのだ。地獄で仏とはあの時のことをいうのだろう。

　ここで自分は、お金を貰ったことに云々と言うのではない。親切ということは、どんな小さな親切でもやはり嬉しい。自分たちは誰にも親切でありたい。目立たない親切であろうと、個人個人が親切心を持っていたならば、社会全体もその精神で発展して行く。言いかえれば、それだけ社会全体が住みよくなるのである。自分は、あの時の貴重な体験をいつまでも忘れまい。自分は、いつでもどこにおいても親切であろうと思う。あの老人のことを思い出すたびに、目ざめた自分の親切心は燃えるのである。

那覇市安里十三番地　大浜　聡　十七才・高校生
（一九六六年五月『市民憲章入選作文集でいご第２集』）

ベトナムを爆撃に嘉手納基地を発進するB52爆撃機（1969年2月）撮影：石川文洋

第五章 東京で沖縄を見つめていた頃

～ふるさとは遠きにありて～

東京にはNHK入局時と転勤で三度住んだ。最初は一九六七（昭和四二）年〜七四（昭和四九）年、二度目は八一（昭和五六）年〜八六（昭和六一）年、そして最後は九七（平成九）年〜九九（平成一一）年である。

ここでは最初にいた七年間、復帰前の沖縄を東京で見つめていた頃に書いたものを中心にまとめた。復帰前、高校時代に修学旅行で九州、関西、東京などをまわったことで、私は本土に対して強い憧れを抱くようになっていた。

二年後に就職で上京したが、まだパスポート携行、出発時の検疫もあった。那覇港から船便で鹿児島港まで約一八時間、西鹿児島駅で急行「霧島」に乗り換えて東京まで約二五時間（四人がけの座席に終点まで乗車していたのは私だけだった）、計四三時間の旅程だった。一八歳の若さと好奇心が疲労に勝っていた。当時、航空機の利用は高嶺の花だったし、東京の晴海直行の船便は二泊三日かかる上、船に弱いこともあって列車にした。

沖縄の本土復帰をはさんだこの時期は沖縄返還闘争真っ只中にあり、総評傘下の日放労（NHKの組合）の組合員だった私も連日の国会デモに参加していた。また、「知られざる沖縄」の実情を本土に訴えたいと、『朝日新聞』の声欄に投書したり、職場で同人誌を主宰して沖縄のことを書いていた。『世界』の募集原稿に入選して雑誌に掲載されたのは、まさに復帰の年の一九七二（昭和四七）年、二三歳の時だった。沖縄の願望とは違った復帰の形態につけたタイトルは「戸惑いの中の沖縄」。

私は五年間、働きながら夜学に通い、卒業後に大卒への資格変更試験を受けて合格し、念願のディレクターになった。大卒の同年生に比べて二年遅れのスタートであった。

故郷の訛り懐かし

東京での逸話――所は後楽園球場、やって来ましたウチナーンチュ三人、あまりの一方的なゲームに立腹したのか、下品きわまりないウチナーグチでやじり始めて曰く、「アキサミヨー」「ジンケーセー」「ヤナピッチャー」「クルサリンドー」ｅｔｃ（これ以上続けると、この文の品を落とすのでやめる）。周囲の善良なる野球ファンの皆様方は先刻から迷惑顔をしていたものの、このことばは何語かわからず、朝鮮語でもなし、さりとてあのうすっぺらの鼻は外国人でもなし、うっかり注意してケンカでもふっかけられてはたまったものではないという腹か誰もかれも知らんふり、その時、前の方に座っていた人がおもむろに立ち上がって口出しするのだ。

「エー、ヤメラニィ！」

これは創作かも知れないが、おもしろい話である。友人からそれを聞いた時、僕はゲタゲタ笑ったものだ。ちっともおもしろくないと言う人がいれば、おそらく文字にしたせいだろう。それとも、おもしろいと感じない人は風流を解さぬ者である、とは過言かしら。

「エー、ヤメラニィ！」とやりこめられた三人のウチナーンチュが呆然となったのは言わずとも知れよう。おもむろに立ちあがった前の人が、予想に反して、というよりも想像だにしなかったに違いない我がウチナーグチでどなったという落ちが傑作なのだ。まさか、彼がナイチャーで三人のウチナーンチュの騒々しい方言についひきこまれてウチナーグチを喋った訳でもあるまい。どこを歩いていても知人には絶対に会わないとシマグヮーには解放感を持たれている広い東京でも、慎み深くあれと教えているようだ。

僕の級友で学問にあまり熱心でない大学生、ある日の電車内での出来事、彼とやはりウチナーンチュの友人の二人が、今にも舌をかみそうなほど苦労して東京語を真似ていたのが、隣の大学生らしき二人がいかにも周囲にも聞かせたいそぶりの大声で英語を使っていて、その流ちょうな外国語に同じ大学生としてコンプレックス、或いはジェラシー、又はリパルシャンを感じたのか、誰からともなく「よし、いっちょうスペイン語でいこう」と言い出し、英語はまるっきり喋れないのにスペイン語とやらは次から次へと口に出てくるが、実はこれは何をかくそう沖縄の方言であって、周囲の人達はもちろん知るよしもないから、はゝん、これがスペイン語なんだな、最近の学生はよく勉強しているなぁ、なんてたいそう感心しながら耳を傾けていたというウチナーンチュが聞いたら全くバカげた話。

これは僕の経験談、電車の中でのこと、ちょっと疲れていたのでウトウトしかけていたのだが、いずこから何やら聞き覚えのある言葉が断片的に小耳に入ってくるではないか、そう、あれはまぎれもなく懐かしいウチナーグチ、ハッと目を見開き見れば、色黒でニキビ面のいかにも南国者らしい顔つきの若者三人がペチャクチャ喋っているので、僕は例の後楽園の一件を思い出して「エー、イッタァ、ウチナーンチュヤミー？」と寄って行くと、彼等はどういう訳か恐縮してしまい「エエ、そうですが……」と標準語できたので、僕はおかしさと同時に、山之口貘さんのある詩を思い出したのであるが、それは貘さんが戦後すぐに、何年か振りで故郷の地を踏んだ時、ひどい戦災にびっくりして島の人に「イクサニサッタルバスイ？」と心配そうに尋ねたら、逆に「沖縄語が上手ですね」と日本語でこられたという詩。

異郷にて故郷の言葉を聞くと何ともいえず懐かしい。沖縄航路が出入りする晴海港に行った際、聞こえてくるのはウチナーグチ、たまに標準語でもアクセントだとかイントネーションの訛りはかくせない。

啄木の気持ちがわかるような気がした。

（那覇高校放送部ＯＢ誌『かまど』一九六八年四月）

故郷の仲間へ

今年、成人式を迎えた皆さんおめでとう。本土で働きながら学ぶ身として、皆さんと一緒にお祝いできなかったのが残念です。私が故郷を出て、二年になろうとしています。私は沖縄から出てよかったと思います。沖縄がきらいだからというのではありません。私は今まで郷土に、とりわけ、沖縄問題にあまり関心を持っていなかったのです。

十八年間、アメリカの統治の中に住んでいるうちに、その矛盾が矛盾でなくなり、感情が免疫化し、たび重なるさまざまな事件にも何の抵抗もなしにノホホンと過ごしていたようです。こうして、外から沖縄を見ると、その沖縄の置かれている立場に、矛盾を感じ、怒りを覚えずにはおれません。そういうことを悟っただけでもよかったと思います。

よく「知られざる沖縄」といわれますが、私は「知らされざる沖縄」ではないかと思うのです。本土の人に、より多く沖縄のことを知ってもらうには、私たち自身が郷土についてもっと学び、本土の人の無知におこる前に、彼らに、もっと知らしめることではないでしょうか。
私は、本土の人と比べて沖縄の人は、こせこせしていて、おおらかさに欠けているように思います。それらは、大海に囲まれた島国のせいなのでしょうか。それとも、アメリカの圧政にしいられてきたせいなのでしょうか。私は故郷へのたよりはすべて「沖縄県」を用いています。それを本土の人は不審がるのです。「沖縄は県じゃないのに」と言うのです。沖縄県となるべく、私たち若者も沖縄には無関心でいず、力を結集しようではありませんか。私たちは、もう郷土をになう力を持っているのです。

（東京都世田谷区代沢四―三二―一〇・大浜聡・二十歳
『琉球新報』一九六九年一月一七日）

成人の日に思ったこと

二〇才になったというのは、その人の生まれた日を期していうのであって、だから考えようによっては、成人式というものはあまり意義のないものかも知れない。一月一五日という日も、さして意味はないという。祝われる側の現代っ子もたいていは、成人式に対してナンセンスだという意見が多いようだ。成人式なんていうものは、おエラ方とおぼしき人々におしつけがましい演説をされるのがおちと決まっている。寄せ集め的な美辞麗句に感動して、私もきょうから大人なんだと自覚し、子供だましのような粗品を貰って喜ぶ。というような単純な素直な若者が今時いるのだろうか。女性にとっては、成人式は晴れ着を競ういい機会かも知れないが。

一般的に、酒やタバコが許されるのは二〇才からであるが、今日ではそういう観念はないらしい。ところが、一八才未満入場お断りの成人映画は一八才以上は認められていて、一八才から成人となっている。どうも大人と子供の区切りがはっきりしない。又、大人と子供の区切りなんてないものかも知れない。一九才から二〇才になったたって、すぐには大人になったという心の変化はないものである。

あるところで「あなたが大人になったと感じたのはいつか」というアンケートをとったところ、回答はあまり分散していなくて、多かったのが「セックスを体験した時」「社会人になって給料を貰った時」の二つだったという。後者の論法でいけば、親のスネをかじっている大学生は、二〇才を過ぎていても大人ではないということになる。二〇才になったら選挙権が与えられ、政治に関心を持つようにと強く言われる。しかし、僕は特に改まってそういうことを考えるということはない。投票権はないにしても間接的にしろ、政治には常に参加すべきである。間接的ということは、無関心でいてはならないということだ。

古今東西の偉人を調べてみると、二〇前には凡人、もしくは不良がかった人が大半だという。二〇を過ぎてから、じっくりやった人ばかりということになる。そういう意味で、〝Life Begins at Twenty〟といわれるらしい。

「書いた愛した生きた」これはスタンダールの最後の言葉だという。前の二つ、書いた愛したというのは人により職業によって違うだろうが、大切なことは〝生きた〟ということだという。〝生きた〟という証拠は何か？ある人によれば、まず自分でその道を選んだということ。次に、選んだその道に対して、自分はベストを尽くしたということだという。〝生きる〟ということを、下村湖人は次のように述べている。「生きるということは、自分の存在を意義あらしめることである。それは結局、社会とか国家とかいう人間の世界に、役に立つということである」と。

最後に、ある飛行家が長距離飛行の秘訣として常に守っていたという言葉を、僕自身も、そして二〇才を迎えた諸君にも肝に銘じてもらい結びとする。それは、人生の大飛行に出発しようとする僕らにも、決して無用ではないと教えているようだ。

すなわち「高く飛べ　まっすぐ飛べ　ゆっくり飛べ」。

（那覇高校放送クラブOB誌『かまど』一九六九年二月）

リポート　沖縄・一九七一・夏

今夏、沖縄へ二年ぶりに帰省した。遠く異郷にいて、沖縄からのニュースに聞き入っているだけでは、故郷の真の姿が実感として伝わってこない。又、故郷喪失者にならない為にも、傍観者にならない為にも、故郷の現実を見たいと思い続けていた。

六月に調印された返還協定には、住民の大多数が大いに不満ながらも、明年復帰をひかえて現地の表情はといえば、期待と不安と反発が交錯したものであった。期待というのは、戦後二六年間もの不当な異民族支配から脱することであり、無国籍者でなくなることであり、平和と民主憲法（少なくとも沖縄よりはという意味で）のもとへ復帰できることであろう。不安というのは、復帰に伴う生活の変化、基地経済から自立経済への転換における混乱、復帰後の本土政府の沖縄政策などであろう。反発は、協定への不満から生じている。沖縄の祖国復帰は多年の悲願であった筈だが、それにしても人々の間に、さしたる感激もなかったという。感激どころか、調印日には、復帰運動の母体である復帰協主催の返還協定に抗議する大会が開かれ、五万人によるデモが行われたという。

地元紙（琉球新報）が協定調印直後に行った世論調査によると、不満を持っている者は五〇％にも達しており、〝どちらかというと満足〟というのはわずか九％にすぎない。不満の主な理由として、「核ぬき本土なみになると思えない」「基地の縮小・撤去の見通しがない」「秘密交渉で進められ裏があるに違いない」という順であげられている。本土政府が口癖のように宣伝するところの〝核ぬき本土なみ返還〟は、地元においては根強い不信がある。結局、主人公であるべき沖縄を完全につんぼ桟敷（当時の表現ママ——筆者注）にして、沖縄の要望を何ら取り入れることもせず、アメリカの主張に屈従したことへの不満と、そういう本土政府の交渉姿勢への反発であろう。

一体、いともたやすく放送法を曲げて、VOA（共産圏向け謀略放送）の五年間存続を認めた意味は何か。さらに、高速偵察機や特殊部隊など、本土にない戦略的存在が返還後も放置されるのだ。基地の返還リストをみても、沖縄が〝基地の島〟であり続けることは明白である。「その一つ一つは、決して本土政府のいうような〝核ぬき本土なみ〟でないことを、まぎれもなく物語っている」「基地のない青空を求めたものに、あらためて硝煙に包まれた空を与えたというべきであろう」（朝日新聞社説）

五月の沖縄北方問題特別委員会において、「返らねば大変というので、米国の要求を何でものみこむというのではなく、主体性を持って望んでほしい。極端にいえば、協定が不調になっても」という沖縄選出議員の発言があったが、それに対し当時の愛知外相は「復帰に水をさすような言い方だ」と開き直った様子であった。後日の朝日社説は「復帰は至上命題だが、復帰の仕方もこれに劣らず重大だという沖縄の主張を、われわれは支持したい」と述べていたが、これこそ沖縄の本心を端的に表現したものといえよう。

沖縄の中心地・那覇といわず島内いたる所に目立ったのが、「自衛隊配備反対」の立て看板やポスターであった。防衛庁の沖縄防衛計画なるものによると、陸海空総勢六千八百名、総経費一千億円とされているらしい。計画が明らかにされるや、主席をはじめ沖縄住民の大部分は、いちはやく猛反対を表明している。にもかかわらず、返還後の我が国の防衛責任上、配備は当然だという論理を本土政府は展開する。そういう論理は、「単純で形式的」なものであり、「それだけで大量配備の必要性を納得することはできない」として、六月十五日付朝日は『自衛隊の沖縄配備計画への疑問』と題する社説を掲げている。以下、要約すると次のようである。

「米軍との同居は局地防衛という主体性がなく、米極東戦略の枠内に組み込まれ、肩代りというより上乗せの危険性が強い」そして、中国の警戒心を強め日中国交の妨げになること、航空自衛隊を中心とするスクランブル（緊急発進）作戦体制は日本が不測の紛争に巻き込まれる危険性が増大することをあげ、「返還と同時に大量の自衛隊の配備を急がねばならないか――その積極的理由にまったく乏しい」と述べている。実際、自衛隊の沖縄進駐は、中国はじめアジア諸国への脅威となること必至であろう。軍国主義復活の矢面に沖縄が立たされることになる。

沖縄配備の先兵として沖縄出身隊員を送り込むというが、同郷意識から住民の態度を軟化させようという魂胆は、浅薄であり滑稽でさえある。そんな見えすいた小細工でもって、住民が折れるほど甘くはない。太平洋戦争で軍隊の凄惨さを体験した沖縄では、自衛隊は軍隊と同視される。沖縄では、軍隊に騙されたという感覚の方が強いのではないだろうか。前述の世論調査を行った地元紙の分析では、本土と沖縄との間のタイム・ギャップからくる感覚のズレを指摘し、本土ではどちらかというと〝災害救助隊〟としてのイメージが定着しているが、戦争の傷痕が潜在し今なお米軍基地の重圧に苦しんでいる沖縄では、軍隊アレルギーが残っているといっている。しかし、何より住民は自衛隊の本質を見抜いているのだ。軍隊が平和にとって障害になることを認識している。反戦平和を希求し続けた沖縄は、戦争を憎み、戦争につながるいっさいのものを、自衛隊をも拒否する。自衛隊の存在をうやむやにし、今日までの育成の片棒をかつがされてきた本土野党はじめ国民を、沖縄は静かに告発しているようだ。

「配備に反対しているのは一部の者だ」「反対があっても計画は絶対にやめない」などの政府首脳らの国会答弁は、いかにも独善的である。そこには沖縄住民のことなど少しも念頭になく、アメリカ追従の姿しかない。返還後の住民の生活を守っていく政策を優先すべきを、自衛隊配備計画のみが先行している現状は、沖縄いや日本にとっても、不幸を予言するかのようである。

ところで、私の滞在中、五〇日間にわたる毒ガス移送と異常干魃による二日間十二時間給水という水不足などで、南国の夏はいっそうきびしいものであった。毒ガス移送コースの沿道住民は連日の避難などで、生活のペースをすっかり狂わされ、疲労困憊の体であった。なぜ、彼らだけが苦しまねばならないのだろうか。こっそりと毒ガスを持ち込んでおきながら、何らの補償さえもしない米国の無責任さと、いっこうに腰をあげない本土政府の怠慢さに怒りが集まっている。

干魃は自然が相手なので不可抗力のことかも知れないが、それとは別の基本的原因に米国が施設管理権を握っているせいだともいわれている。私が小耳にした話だが、沖縄住民は水不足で喘いでいるのに、米人住宅地は困らない程度に給水されているというのだ。もし、それが事実だとすれば、〝節水に協力しましょう。洗濯水は二度使いましょう〟の日英両語のポスターが全くもって白々しい。

沖縄の水飢饉がいい機会とばかりに、自衛隊は巡視船による本土からの水の輸送を申し出たが、屋良主席は丁重に断ったらしい。沖縄にしても、水は喉から手が出るほど欲しいが、自衛隊による運搬は有り難迷惑なのだ。いずれ、〝ムチ〟という代償がつくに違いない〝アメ〟を、沖縄は敬遠したのだ。私の滞在中は台風があって延期されたが、その後どうなったであろう。

二年ぶりの故郷は、変わってないといえば変わってなかったし、変わったといえばそうもいえた。あの沖縄を象徴する蒼空と青い海原は昔ながらの青さであったし、街の雰囲気もすぐに溶け込んでいけそうな沖縄独特のおおらかさを持っていたし、アメリカと日本の谷間にうずもれて苦悩していると思えない明るさもあった。一方、本土資本の進出や系列化などが目立ち、高層ビルや高速道路の出現、車の増加など、それらの目ざましい発展は、沖縄にもしのびよる公害を予感させ得る。

ひとつだけ確かな感触は、復帰前年の沖縄はきびしく自己を日本本土をアメリカを、見つめていることである。

（一九七一年十月『騏驥』第二号）

オキナワとナポレオン

少年時代、東西の伝記を読みあさっていた頃、僕が最も憧れた人物はナポレオン・ボナパルトであった。コルシカという小さな島に生まれ、ついにはフランス皇帝にのしあがった彼の波瀾万丈の一生に感激したものらしい。

僕が生まれたのは、そのコルシカに遙かに比ぶべくもないほど小さな石垣島という島であり、七〇余島からなる沖縄の総面積でさえ、コルシカの約三・五分の一である。そういう状況に育った少年には、都会や都会の文化といったものに、羨望と劣等の意識が混在していたものだった。だから伝記を読んでいて、地方や貧乏人から偉人が出ると、とても尊敬の念を抱かずにはおれなかった。そして、少年の空想は俺もナポレオンのように偉くなるんだ、とひそかに決意していたのだった。

少年が、自分の故郷と、遙かに海を隔てた国の人であり、一世紀以上も前の人であるナポレオンとは、結ぼうにも結べない全く無縁の関係だと思うのは至極当然のことであった。ところが意外にも、少年が生まれた年から百三十年くらい前、ナポレオンは沖縄の存在を知っていたし、沖縄についての問答までしたというのだ。本当のところ、僕もつい最近まで知らないことであり、史書をひもといているうちに発見したものである。尤も、その当時は、沖縄ではなく琉球というふうに称していたけれど。

ナポレオンと沖縄との関係について語る前に、琉球と沖縄について説明すると、琉球というのは中国流の呼称で、沖縄県になる前の旧称である。現在でも、琉球政府・琉球大学など沖縄と琉球が併用されているが、一般的に、琉球は琉球列島全体を、沖縄は沖縄本島をさすことが多い。ちなみにローマ字で表せば、沖縄はＯＫＩＮＡＷＡであるが、琉球はＲ

ＹＵＫＹＵＳと複数でいう。六〇五年、中国の「随書」に〝流求〟と出たのが沖縄の名が歴史に出た最初のものであり、流虬・留求・瑠球などを経て、琉球に固定されたようである。ちょうど、小野妹子が遣隋使として随に渡っていた頃である。しかし、実際のところ、「随書」の流求が沖縄をさすのか、或いは台湾をさすのか、議論の分かれるところらしい。

　沖縄という名称が文献に最初に出たのは、奈良時代（七五三年）、阿倍仲麻呂らの遣唐使が帰途に難破し、阿児奈波《オチナハ》に漂着したという記録がそれであるとされる。「長門本平家物語」で〝おきなは〟と表記され、新井白石の「南島志」で初めて〝沖縄〟が出てくるといわれる。

　閑話休題——。一八一六年、英国軍艦が中国からの帰途、那覇に寄港した。日本が頑なに鎖国を守っていた頃であり、ペリーが浦賀に上陸するに先だって沖縄に立ち寄ったのは、この三十七年後である。彼等は、四十日間滞在したが、船長バジル・ホールは「大琉球島航海探検記」を残している。ところで、ナポレオンと沖縄との関係はここからであるが、バジル・ホールは英国への帰途、当時、ナポレオンが流されていたセント・ヘレナ島に寄って彼と会見し、武器のない島琉球の話をして、ナポレオンを驚かせたというものである。その時の対談を、ある書物から要約引用してみる。

　バジル・ホールが琉球人はいっさい武器を持たないことを告げると、ナポレオンは大いに驚いて、たたみかけるように叫んだ。

「何の武器もない？　大砲もないというのか、小銃もないのか」

　小銃さえないと言うと、「でも、槍か弓くらいはあるだろう」どちらもないと答えると、「短刀もないのか」何もないと言ったら、彼は拳をあげ声を張りあげて叫んだ。

「何だ、全然武器がないというのか」私達が知る限りでは、彼等は決して戦争をしたことがなく、ただ対内的・対外的に平和状態の中に生存している、とバジル・ホールが答えると、「何？　戦争もない」と〝この太陽の下、戦争なき人民の存在は不都合きわまるものとするかのように、罵るが如く且つ合点できない様子で〟ナポレオンは叫んだという（山里永吉『壺中天地　裏からのぞいた琉球史』）。

　確かに、バジル・ホールが目撃したのはそういう琉球であったが、事実は必ずしもそうではなかった。というのは、当時からすでに一世紀以前に、琉球が薩摩の侵略を受け、その搾取と支配下にあり、非武装でいたことによるのであって、彼はそれを知らなかったのである。しかし、非武装になったのは薩摩の侵略以後ではなく、さらに一世紀以前の沖縄史上における黄金時代といわれる国王尚真の頃、按司《あじ》（城主や貴族のこと）らの王室に対する反抗の歯止めをねらった政策として、刀狩りを行ったのがそもそもである。秀吉の刀狩りに先だつこと、実に約七十年前のことである。それにより国の防備は裸同然となったが、それが一世紀後の薩摩の侵略の際に命取りになる原因になったようである。尚真が行った刀狩りが、薩摩の侵略に惨敗を招く結果になり、その薩摩による琉球侵略に同じく刀狩りを行った秀吉がかかわりあいを持っていることを思うと、偶然かも知れないが、何となく因縁めいたのを覚えるのである。

琉球と薩摩の関係はそれ以前からあったが、ここでは、琉球と薩摩の交渉史、琉球侵略に至るまでの経過を逐一書く枚数の余裕を持たないので、別の機会に譲ることにしたい。薩摩が琉球侵略を決行するまでには、そうさせる様々の原因となるべきものが集積してのことであろうが、最終的にきっかけを与えたのは、秀吉の朝鮮征伐にあるらしい。秀吉の命令を受けついだ島津氏は、琉球に対し、朝鮮征伐の為、薩摩と琉球あわせて一万五千人の出兵が命ぜられたが、琉球は人が少ないのと戦争に不慣れだということで、出兵の代わりに兵糧米を朝鮮に送る旨の書を送った。しかし、当時の琉球は、ちょうど中国から冊封使という使節を迎える準備中でもあり、又その要求は全く一方的な理由のない承伏し難いものであり、七千人十ケ月分の兵糧米を調達する能力もなかったから、薩摩の要求を拒否した。これが琉球侵略の言いがかりをつけられる結果になったらしい。このことから十五年後、島津氏は琉球近年の無礼を理由に、徳川家康から琉球征伐の承諾を得、三年後の一六〇九年、いよいよ決行となり総勢三千人、百隻の軍船で琉球に進んだ。薩摩軍が上陸して十二日間の戦闘で戦は終わったが、武器を撤廃していた琉球側は抵抗のしようがなかったのである。その時の模様は、喜安《きあん》という僧の「喜安日記」に詳細に記されて現存している。

侵略後の琉球に対する薩摩の数々の仕打ちという

のは、どれをとっても過酷なものであったし、徹底した搾取を子々孫々の代まで続け、実質的に植民地として支配したことは歴史の証明するところである。これらのことを考えると、僕の脳裏に二重写しとなって思い浮かんでくるのは、一九四五年の米軍の沖縄上陸から敗戦を経て今日までのアメリカ占領下にある沖縄の姿なのだが、何と酷似していやしまいか。そのどちらも、沖縄自身には戦争をする意志などなかったけれど、一方は薩摩の野望の為に、一方は本土の軍国主義と、ひたすら天皇の名において、沖縄はひとり犠牲を強いられたのである。よく沖縄のことを、悲劇の島だとか受難の歴史だとかいうふうに形容するけれど、それが実によくわかるのだ。

さて、話をもとに戻して、ナポレオンとバジル・ホールの会見は、他に琉球の貨幣についての問答などがあり、それらは、ナポレオンをして驚嘆させるに充分な話題だったようだ。この会見の数年後の一八二一年、ナポレオンは死去している。おそらく、彼のどの伝記をみても、そのようなエピソードなどは出ていないに違いない。フランス大帝国の栄光を担ったナポレオンにとって、琉球との出会いはほんのささいな出来事だったのだろう。琉球が彼にどのように存在したかわからない。或いは、その場限りですぐに忘れてしまったのかも知れない。しかし、少年は空想するのだが、もしかするとナポレオンは、未知の琉球に不思議な魅力を持って憧れたのではないかしら。

ナポレオンは一八一二年のモスクワ遠征に失敗し、一四年退位してエルバ島に流され、次の年に脱出してパリに戻り百日天下の座についたが、ついにワーテルローの戦いに敗れてセント・ヘレナ島に流されたのであるが、バジル・ホールが琉球を訪れたのはこの翌年である。少年は思うのだが、もしエルバ島にいるうちにナポレオンが琉球のことを知ったのなら、彼は決してパリになんか戻らなかったに違いない。彼はきっと、武器も戦争もない不思議な国、琉球をめざしたであろう。革命の申し子ナポレオンにとって、そういう平和は、自らの目で確かめねばならなかった。そして、彼が現実に琉球を見たとしたなら、彼の人生は全く変わったものとなっていたろう。戦争が人を不幸にし、平和が人類にとってかけがえのないことを悟ったであろう。しかし又、琉球の平和が薩摩の支配による偽装だったということを彼が知れば、彼はやはり奮然として、民衆と共に武器をとってたちあがったことだろう。

少年は、それが途方もない空想だとは決して思わない。

沖縄には、為朝伝説というのがある。保元の乱に敗れて伊豆大島に流されていた為朝が脱出して鬼が島に行った筈が、暴風にあい沖縄に漂着し、滞在中に現地娘との間に生まれた子が琉球の第一代国王となったが、為朝は望郷の念やみがたく本土へ帰ることになったものの、男女が同じ船に乗ると龍神が暴風をおこして船を進ませないということで、いつか迎えに来る約束でやむなく妻子を残してひとり帰ったというものである。少年の空想は明らかに、この為朝伝説を下敷きにしたナポレオン伝説である。

不可能という言葉が辞書になかったナポレオンのことだ、彼ならやりかねない、と少年は思う。何よりも、自分の故郷と、彼の憧れるナポレオンとが結びつくことが、少年には嬉しい。

ワーテルローの戦いに敗れた時に、ナポレオンが叫んだという言葉〝倒れたる強者達よ、我は敗れ、我帝国はガラスの如く砕けた〟のように、沖縄の歴史も、さながら常に砕けたガラスのようである。とりわけ、太平洋戦争における〝鉄の暴風〟といわれた沖縄戦は、まさに粉々に打ち砕かれたガラスのようである。つなぎあわそうにもつなげないほど散々にだ。そして、二十数年の間、そういうガラスをつなぐ為に、ひとつひとつ拾い集めていたような気がする。

日本にとって終戦となった八月十五日、その同日、百七十六年前、遙か彼方のあの小さなコルシカ島に、ナポレオンは生まれた。


（一九七二年四月『騏驎』第三号）

追記：二〇一六（平成二八）年一二月、バジル・ホール記念碑建立期成会のメンバーとして、那覇市泊緑地に「バジル・ホール来琉二〇〇周年記念碑」を建立。

本土は実在しないのだろうか

六年前、高校時代の修学旅行で九州や関西や東京などをまわったが、私にとっては初めての本土、いつの頃からか深い憧憬として胸中に刻まれていた本土、この場合の本土というのは属島から本島をさしていう本土ではなく、私には母なる国としての

〝祖国〟であった。一八時間の長い航海の果て桜島を認めた時の感激、煩雑な入国手続き（何という屈辱！）を済ませ鹿児島の地に一歩踏み出した時の感動を、私は今も鮮明に記憶しているし、おそらくこれからも忘れることはあるまい。

生まれて初めて見る汽車（あの蒸気をはきながら汽笛を響かせて轟然と驀進する汽車と純白の淡雪に私は憧れていたのだ）、その汽車にはしゃぎ乗って写真や映画などで親しんだ名所旧蹟を巡回したのだが、見聞するもの全てが驚異であり、確実に青春の一ページに記録された貴重な体験であったし、或いは、今日あるのも〝日本〟というものを心新たに意識する機会となった修学旅行に起因するのがあるかも知れない。それまでの茫漠たる日本が私の内に確かな存在となった一方、豊かな物質文化、平和な日本に接するにつけて、明らかに私の内心はそれらへの反動として、何とあまりにも悲しげなわが故郷の姿が、いっそう暗鬱で重たい存在となって迫りくるのを禁じ得なかった。阿蘇や日光の大自然はまさに本物であろうし、大都市東京は勤勉な日本人が敗戦の荒廃から血のにじみ出る努力で再建し構築した本物に相違なかろうが、なぜか私には、あの悲しい故郷の現実が日本の中にある限りにおいて、また故郷の人々を思うと、本土のことごとくが虚像であり幻想であると思わざるを得ないのであった。

今日あるのも修学旅行に起因があるかも知れないと前述したが、実際、本土を旅行しなかったならば、東京の文化の豊かさに羨望しなかったならば、本土に憧れこそすれ（その憧憬にしても祖国としての本土に対してだが）東京に住むようなことはなかったと思う。その私の東京生活も五年になる。故郷を出てよかったと私は思っているが、それは故郷が嫌いだからというのでは決してなく、むしろ私は、物心ついた頃から変わることなく故郷が好きだし、故郷を離れて堪らなく愛郷心がつのる。違った角度から故郷を見ると、今まで気づかなかった故郷の別の顔と背中がよくわかる。だから、なおさら故郷の痛ましさがいとおしいし、本土の繁栄を目の当たりに見れば見るほど、私は腹立たしさを覚える。

私の故郷が日本であり、私をも含めた故郷の人々が日本人であることは間違いないのであるが、その根拠は歴史的または民俗・言語・考古・人類学など学問的に明白にされているということ、そして物心ついた頃から自分は日本人だと固く信ずるまでもなく自然なこと当然なことに思っていたし（或いは教えられたのかも知れないが）、幼い眼に日本以外の何が映じたというのだろうか。確かに私が生まれた時には、すでに私達の生活に〝アメリカ〟というものが根をおろしつつあったが、私にとってアメリカ人は地球の裏側からやって来た外国人、ということにすぎなかったし、支配者としての〝ヤンキー〟を意識するようになったのは、ここ数年来のことである。

同郷の詩人・山之口貘は「会話」という詩でユーモラスな中にも故郷の厳しい現実とやりきれなさを巧妙に表現しているが、お国を問われた〝僕〟はこう説明する——「刺青と蛇皮線などの聯想を染めて図案のやうな風俗をして」いて「あれは日本人ではないとか日本語は通じるかなどと談し合ひながら世間の既成概念達が寄留」し、そして「この僕のやうに日本語の通じる日本人が即ち亜熱帯に生れた僕らなんだと僕は思ふんだが酋長だの土人だの唐手だの泡盛だのの同義語でも眺めるかのやうに世間の偏見達が眺めるあの僕の国か！赤道直下のあの近所」と結ぶ。

赤道直下のあの近所、日本列島の最南端、北緯二七度以南に七〇余の群島が連なり、その中の四八島に百万近い日本人が存在するのだ。〝かたき土を破りて民族のいかりにもゆる島〟わが故郷、おきなわ——。

彼らは日本人ゆえ、当然のことながら日本語を話していることは明瞭な筈なのだが、「英語を使っているのですか」と本土の無知なる人々は臆面もなく問うのだ。このような非常識が今も絶えないし、沖縄から本土にやって来た人なら必ずや経験するだろうし、たかがそれだけの言葉と言うなかれ、純真な少年少女が強い衝撃を受けたという話も聞いたことがある。私も何度も体験したが、それでも、さすがに私を見知っている人々は申し訳なさそうに遠慮深く尋ねてくるので、その滑稽さと無知に対する義憤で私の心中は複雑になる。

私達は、小学校からずっと日本語の本土と同じ教科書（沖縄のことは何一つ記述されてなかったが）を用い、『正しい日本国民としての意識を持つ子供を日々に育成していく』教育目標にそって、私達は日本国民として教育されてきたのだ。自分達の郷土についての記述がない教科書を使って日本人として教育されたこと、ドル生活をしていながら算数などで円の計算に思案することの奇妙さと矛盾、自分の故郷を地図で必死になっていくらさがしても見つからず、ベソをかいてどうして自分の生まれた所は日本地図にもないのかしらと不思議に思ったのが、子供心に強烈な印象として残っている。沖縄に生まれ育った私達でさえそういう状態であったから、本土の人々の沖縄に対する認識のなさは推して知るべし、〝知られざる沖縄〟ではなく〝知らされざる沖縄〟なのであった。その理由のひとつは、戦後二〇余年間、アメリカと日本の支配層がなるべく沖縄の実態を国民に知らすまいとする政策をとったせいだといわれている。

一九五二年四月二十八日、沖縄にとってまぎれもない〝屈辱の日〟、サンフランシスコ条約が発効し沖縄と日本本土が分断されたが、現地では有権者の七二％以上の日本復帰要求の署名がなされたにもかかわらず、異常な異民族支配から脱却したい一心の本土政府は、沖縄住民の意思を完全に抹殺し条約を締結したのであった。第二次大戦後の最後の激戦地として祖国防衛の盾となり、莫大且つ悲惨な犠牲を払わされた沖縄が、今度は不当な（国連憲章への明らかな違反であり沖縄のような存在は世界に類をみない）異民族支配の下に置かれ長い苦難の道を歩むことになり、その後の沖縄に対するアメリカの圧政と日本本土の差別は周知のとおりである。

私は、戦後三年経ってから生まれたから戦争というものを直接には知らないが、戦後二〇余年を経た今日でも、様々な形で戦争の傷痕が潜在する沖縄に生まれたこと、巨大な軍事基地（それ自身が自由と民主主義を否定している）に包囲され、今も戦争遂行者であるアメリカ支配の下に育ったことが、私をして戦争の何たるかを知らしめたといえようか。幼い頃の私がカッコイイという感情で眺めていたジェット機や戦車や潜水艦は、あれは朝鮮戦争に出動し今またかのベトナムの戦地へ出撃しているのであった。

私が沖縄問題を認識し祖国を意識したのは、高校に入学してからであった。沖縄が日本であり自分達が日本人であるから日本本土に復帰するのは当然のことだという単純な発想からだったかも知れないが、あえて単純なと書いたけれど、それ以上の真理があろうか。故郷のとるべき道について先生や友人達とよく激論を交わしたものだが、私達が欲し続けていたのは、憲法も存在せず基本的人権の保障さえなく横暴きわまりないアメリカ支配から脱することによって得る自由と民主主義だったのかも知れない。しかし、なぜかわが祖国はなかなか手をさしのべようとはしなかったし、冷たく虐待されてもなお母親にすがりつかねばならない子である沖縄の苦悩と焦燥を、彼女は知らなかったのだろうか。私達が祖国復帰を思う時、そこには不幸にも反米・本土不信があった。

大江健三郎が彼の「沖縄ノート」に〝本土は実在しない〟と書いていたが、最近では私も、或いは本当のところ、本土は実在しないのではないかとも思ったりする。私や沖縄の人々が〝日本人ではないところの日本人〟だと大江は言い、彼自身は本土に安在するものの責任として日本人ではない日本人へと変わろうとし続けるが、もしかすると沖縄の人々こそ本当の日本人であって、沖縄からみるところのヤマトンチュー（大和人）が実は日本人ではない日本人ではあるまいかと私は思ったりする。大江をはじめ有名無名の沖縄に対し深い理解と関心を寄せ、日常において彼ら自身の問題としている人々に私は敬服するし、私の周囲にもそういう人々は大勢いるが、またそれ以上に無知と無関心をきめこんでいる人々も少なくない。彼らは、沖縄を東洋のハワイやカジノにし一大観光産業で稼げばいいとか舶来品が安価で手に入るからいいとか女がいくらで買えるかとかの、まことに沖縄を愚弄するに充分な興味本位の関心しか持っていず、厄介なことは彼らが己の恥辱に気づいていないことである。女がいくらで買えるかなどと彼らに問われて、不快感を味わいながらもなお愛想笑いをしてごまかさねばならない私の心情を、彼らにはおわかりいただけないか。

今、まさに沖縄は返らんとしているが、これで沖縄問題が終わったと思ってはならない。これからが本当の始まりなのだ。現在の返還交渉を現地において大半が期待乃至は信頼していないというのが各種の世論調査の結果なのだが、それでも県民不在のままの交渉が一方的ペースで進められている。また、復帰に伴う不安感も漸次につのってきているが、今までひたすら祖国を求めていた沖縄が今になって、母のもとに帰って果たして幸福になれるのかしらと不安を抱くのを、我がままと言うなかれ、温かいものと信じていた母の懐は意外に冷えきっていたのが真相なのだから。よく沖縄の復帰論は感情論すぎるといわれるが、戦後二〇余年、血も涙もなくなるくらいの生活を強いられてきた沖縄に、感情までなくせとのたまうのは残酷すぎやしまいか。また甘えるなとも言うが、本土が沖縄に対して甘えるなと言う資格がないことは彼ら自ら先刻承知の筈だし、差別と忍従の歴史をたどってきた沖縄は、いくら甘えても甘えすぎるということはない筈なんだけれど。

本土は実在しないのだろうか、祖国復帰は幻想にすぎなかったのだろうか。私達にとっての母親と兄弟は虚像でしかなかったのだろうか。小さい時から日本国民として教育されたこと、修学旅行で初めて本土の地を踏みしめた時の感動を思い浮かべながら、果たして、それらは何だったのかと私は寂寞たる思いに心痛む。二年前に帰郷した時の空から見た珊瑚礁と青い海に包まれた孤島は、その中に巨大な軍事基地が存在し、人々の憂愁に動揺していると思えないくらいの美しさであった。しかし、着陸した飛行場は写真撮影厳禁の米軍空港であり、家路をたどる途中で頻繁に出会うアメリカ車のナンバー・プレートの〝太平洋の要石〟なる文字は風土を汚しており、耳をつんざくほどの爆音をさいて飛び交うジェット機は脅威となって、私を安穏にさせない。不思議に思うことは、戦後二〇余年間の米軍支配の下にあったにもかかわらず、わが沖縄が決してアメリカナイズされないということである。

やはり故郷は、本土の実在を信じ母親のもとに帰るまで、頑なに継母を拒否し続けていたのであろうか。

「僕は沖縄が好きです。ウチナーンチュ（沖縄人）であることに誇りをもっています」

という便りを東京の知人達に書きながら、遙かな本土をも、私は脳裏に思い浮かべていた。

［NHK国際局編成部］

（『青い海』一九七一年一二月号）

沖縄は自衛隊の本質見抜く

沖縄へ二年ぶりに帰省した。返還協定に不満のまま明年復帰をひかえ、期待と不安と反発が入りまじった表情があった。自衛隊配備反対のポスターが特に目立った。沖縄住民は主席を通して自衛隊配備に猛反対を表明している。にもかかわらず、返還後のわが国の防衛責任上、自衛隊配備は当然という本土政府。その先兵として沖縄出身隊員を送り込むという。同郷意識から住民の態度を軟化させようという魂胆は、浅薄であり、こっけいでさえある。

返還後も米軍基地機能は実質的には変化しない。加えて自衛隊の沖縄進駐による肩代りとなると、中国はじめアジア諸国への脅威となること必至である。軍国主義復活の矢面に沖縄が立たされることになる。太平洋戦争で軍隊のむごたらしさを体験した沖縄では、自衛隊は軍隊と同視される。自衛隊の本質を住民は見抜いている。「配備に反対しているのは一部の者だ」「反対があっても計画は絶対にやめない」などという首相らの国会答弁は独善的である。返還後の住民の生活を守っていく政策を優先すべきだ。

［東京都 大浜聡 学生 二三歳］

（一九七一年八月二四日『朝日新聞』声欄）

返還は政府の手柄ではない

拝啓、佐藤栄作殿。まがりなりにも沖縄返還が実現し、あとは待望のあなたの引退を待つだけですね。あなたと私との出会いは、七年前のあなたの沖縄訪問の時に始まります。以来あなたを見守り続けてきた私ですが、あなたにはほとほと失望させられました。あなたは沖縄返還に政治声明をかけたとのことですが、おれがやったんだという思い違いはせぬことです。真実は沖縄住民の多年の血のにじみ出るような運動と世論に、アメリカがその支配の不当性を認識し屈服したということを忘れてはいけません。また引退の花道ができたなどとおろかなことは考えぬことです。沖縄があなた一人の芝居の道具に使われるのはたまったものではありません。あなたはとうにやめてしかるべきだったのです。でも、もう何もいいますまい。あなたがやめたあとはあなたを思い出すこともないし、すっかり忘れてしまうでしょうから。あなたとしてもその方がいいのかも知れません。返還交渉で密約問題など、とかくのウワサが絶えませんが、何年か後、もしそれが暴露されるようなことが起き、再びあなたがクローズアップされてはあなた自身も不名誉でしょうから。

［東京都・大浜聡・勤労学生・二三歳］

（一九七二年五月一五日『朝日新聞』声欄）

『世界』八・一五記念原稿入選作

戸惑いの中の沖縄

七年前、高校時代の修学旅行で九州や関西や東京などをまわったことがある。私にとって初めての本土であった。私の「本土」は、離島からさしていうところの本土ではなかった。当時の私には、幼いころからの深い憧憬としての「祖国」であった。

私は戦後三年たってから沖縄で生まれ、高校までを沖縄で過ごした。

物心ついたころの私は自分の住んでいる島と本土を、ほとんど無意識にではあったが、「沖縄」と「日本」という言葉で区別していた。私が生まれた時にはすでにわれわれの生活に「アメリカ」というものが根をおろしつつあったが、そういう背景から沖縄と日本を区別していたのではなかった。はるかに海を隔てた日本というのは、実際まったく遠い存在であった。また、当時は今ほど相互の情報が豊かでなかったから、子供心には何となく異質なものに映じた。

戦後っ子の私は、日本がかつて「祖国」だった時代を知らなかった。私が生まれた時にはもう、かつて祖国だった日本は、必死に追いすがる沖縄を袖にして悠々独立の道を歩んでいたのだ。

戦後の沖縄の教育は、砂に文字を書いて教えることから始まったといわれる。熱心な教育者たちが祖国を喪失した子供らの将来を憂えて、廃墟の跡に青空教室を開設したという。私も小学校からずっと本土と同じ日本語の教科書（沖縄のことは何ひとつ記述されてなかったが）を用い、「正しい日本国民としての意識を持つ子供を日々に育成していく」教育目標にそって、日本国民として教育されてきた。私は教えられるまでもなく、物心ついたころから当然のように日本人だと思っていたのだが。しかし、いくらわれわれが、私たちは日本国民です、私たちの日本へ返りましょうと望んでいても、その声はいっこうに「日本」まで届く気配はなかった。

いったい、自分たちの郷土についての記述がない教科書を使って日本人として教育されたこと、ドル生活をしていながら算数などで円の計算に思案したことの奇妙さと矛盾は何だったのだろうかと思う。自分のふるさとを地図で懸命にさがしても見つからずベソをかいて、どうして自分の生まれた島は日本地図にもないのかしらと不思議に思ったのが、子供心に強烈な印象として残っている。

それもこれも、自分たちの国は日本であり、自分たちは日本人であることとの志向ではなかったかと思う。私が成長し、「日本」を知るにつれて、「日本」は強い憧れとして私の胸中に刻みつけられていった。

私は七年前の修学旅行で、鹿児島の地、そのまぎれもない「日本」の地に一歩を踏み出した時の感動というものを永久に忘れることはあるまいと思う。

このごろになって考えるのであるが、おそらく、あのころの私にとっての「日本」は、蒸気機関車とか純白の淡雪とかいったような象徴ではなかったかと思う。

しかし、想像するだけであった「日本」にじかにふれてから、「日本」は私の内に確かな存在となった。また一方において、豊かな物質文化と平和を謳歌する「日本」の姿は、明らかに私の内心に、何とあまりにも不公平なわが沖縄の運命を暗く重たくのしかからせるのであった。

その後、私は高校を出ると上京した。東京の文化の豊かさに羨望したのが直接の動機だったかも知れない。そうでなかったら本土に憧れこそすれ（その憧憬にしても祖国としての本土に対してだったが）、東京に住むようなことはなかったと思う。動機はどうであれ、私は「沖縄」と「日本」を同時に見つめたかった。「私にとって」という内なる意識として存在していたのは「日本」だけであったが、修学旅行以来、沖縄も私にとって客観的に見つめる意味を持つようになっていた。私が沖縄に生まれ沖縄に育った、という事実を乗り越えなければならなかった。

仮に、私が本土のある一県に生まれ、生を受けたその時から「日本人」であり、当然の権利として「日本人」として育っていたなら、私は「日本」を求め、「日本人」になりきろうとしなかったに違いない。沖縄が「日本」であり、われわれウチナーンチュが「日本人」であることは厳然たる事実であったが、現実は沖縄は「日本」ではなかったし、ウチナーンチュは「日本人」ではなかった。

かつて日本の一県だった沖縄が敗戦によって日本本土と分断され、アメリカにも属さずに無国籍者としてちゅうぶらりんのままにあった二十七年間、「日本」であり続けようとしたことの意味は何だったのであろうか。そして、長年にわたる血のにじみ出るような運動が成就して「日本」へ復帰した現在、沖縄が日本の「沖縄県」になり、ウチナーンチュが晴れて「日本人」になったことで、われわれの問題は終わってしまったのであろうか。

ところが事実は、現地の表情はといえば、復帰の感激よりむしろ無感動の方が多かったという。返還の内容に対しての不満を別にしても、あんなにも願望していた復帰の現実に嬉々としなかったのはなぜだろうか。返りついた「日本」は、沖縄が求め続けていた「日本」ではなくなっていた、といった方が当たっているかも知れない。沖縄がまるっきり異なった形態に組み込まれることへの戸惑いが、沖縄をして躊躇させた。もう日本は「祖国」ではなくなって、国家として沖縄県をがんじがらめにしてしまう。沖縄がその国家形態を好むと好まざるとにかかわらず、選択する意志は抹殺されてしまう。

沖縄の若い世代には「日本」を拒否し、祖国であることを否定する者が増しつつあるという。日本という祖国をもたぬウチナーンチュであるという思想である。これは、ひとり沖縄だけの特徴ではあるまい。日本人ひとりひとりが対峙している問題ではなかろうか。それに気づかぬのは、生まれ落ちた時から「日本人」だった特権にあぐらをかいているからに他ならない。

「私にとって」という内なる意識として存在するのは、初めから「当たり前」のこと、「問題ではないこと」であろう。私が「私にとっての日本」をとらえるのは、私が「日本人」になって当り前の身分を得た今を出発とすべきかも知れない。もはや私にとっての日本は、蒸気機関車でもなければ純白の淡雪でもない。

これまで、沖縄にいた時とか、東京に住むところの「沖縄出身者」といった無国籍者であった間は、「日本」とか「日本人」というものから無責任であり得た。それはたいていの場合、ふてくされた気持の裏返しからであったが、おれたちは日本じゃない沖縄なんだ、という逃げ場があった。しかし、私が日本そのものになった現在、どこからものがれ得ぬ「もの」を背負ってしまったのだ。その「もの」は、私の祖国が日本であり私が日本人であることの証であると同時に、日本人であり続ける限り「もの」をとらえ、それに対して責任を果たしていかねばならなくなったのではあるまいか。

沖縄は決してアメリカナイズされることがなかった。沖縄にとって日本というのは、アメリカを拒否する「もの」であった。また、本土にあっては憲法の形骸化や、自衛隊の存在を曖昧にしてきたことなど、今やっとあらゆるものの原点に立った沖縄は、「本土」へ向けて鋭く告発していくであろう。

［大浜 聡・東京都・学生・二三歳］
（一九七二年『世界』八月号）

詩

女たちの追憶～S町を想う～

ぼくはいつもあの町を見つめていた
ぼくが中学校に通う時に朝夕通りぬけていたあの一角
あの町に群れをなすあの女たちの激しい棲息
崩れかけた居酒屋と宿屋の井然たる密集体
あの女たちのあらゆる生が凝縮した秘密の住処
女たちにとって天国と地獄が背反する町の人生
女たちの天国は不幸と苦悶の快楽しかない
町の朝　吐き出された分泌物と揮発油の漂うＧＨＯＳＴ・ＴＯＷＮのような
陰気なネオンに照らし出されて活気づく夜の鮮やかな開花
女たちの金切り声と彷徨者の欲望と金銭の交錯
ぼくらが寝静まったあとの町の真夜中
真夜中の女たちはきっと息つくことなく燃焼している
ある日　町の自由と女たちの天国が剥奪された
不自由な町のネオンは貌を変えて黙り続ける
女たちの金切り声は悲しい聲となって路地裏に消えてゆく
女たちのあの歓声が悪夢だったかのようなうらぶれた静寂

ぼくはもう何年もあの町を通っていない
ぼくはあの町の憂鬱なたたずまいを忘れない
さまざまな女たちのイメージはぼくから離れない
あの女たちはどこへ散っていったのだろう
いつか見た街灯の薄明かりの下の母娘らしい二人連れは
あの少女の微笑はやはりどこかで息づいているのだろうか
とめどない鉄鎖の罠から逃れたろうか

（一九七二年一〇月『麒麟』）

創る側に回って

「今回は、再来年の復帰10年に向けた、沖縄を考える波を拡げるきっかけにすぎない。沖縄問題の風化に対応したこのフェスティバルは、大きな成果をあげて幕を閉じた」

一昨年、私が制作したNHK沖縄の番組「'80沖縄でーびる」ダイジェスト版のラストコメントである。そして、昨年の転勤で私は「東京の沖縄人」になった。今回は舞台進行スタッフの一員に加えさせていただいた。

「よくやるよ、全く」――その道にかけてのプロ集団である職場のディレクター仲間が感心して言う。それは11時間という盛り沢山なプログラムと、東京でそれだけの人間が集まることへの驚嘆である。「沖縄」と「ウチナーンチュ」だからこそなせることへの羨望と敬意である。

個々のプログラムについての批評・反省はいろいろあるが、それは別の機会に譲るとして、我が沖縄県人のエネルギーと結束力は、改めて誇りに思う。それぞれが手弁当で取り組んでいることが泣かせる。若者たちのめざましい活躍が頼もしい。ヤマトゥンチュのスタッフの沖縄に寄せる情が嬉しい。出演者のギャラを度外視した奮闘努力に胸を打たれる。

復帰10年だが、沖縄問題はまだ終わらない。終わらないうちは風化させてはならない。二度にわたる「でーびる」のエネルギーと結束を、いかに発展継承させていくか、フェスティバルに関わったそれぞれが、今後なお問い続けていかねばならない課題かも知れない。

［NHK報道局ディレクター］

（一九八二年六月一〇日『月刊おきなわの声』第三一号）

※三四歳の時の寄稿文。これは、「やり遂げた喜びと貴重な無形の収穫／実行委員諸氏の感想」と題して、実行委員四名の感想文が掲載された。前文は「約半年の間、毎週のように集まって、構成を考え、出演依頼に出かけ、ポスターやチラシを作り、会場の小うるさい連中と交渉し、切符を売りあるき、当日は、舞台に目をやる暇もなく場内をかけまわり、或いは幕を上げたり降ろしたり、苦労を重ねた人たちが沢山いる。そういう人たちに感想を

寄せてもらった」とある。三〇年近く前のことだが、昨日の出来事のように鮮明に記憶している。

司会はNHK沖縄放送局の先輩ディレクター宮城信行氏と当時、新進の琉球舞踊家だった玉城敦子さん。総合プロデューサーは木村聖哉氏。同じ紙面で木村氏は「舞台進行に関するかぎり、今回は楽だった。二度目だということで精神的ゆとりがあったこと、わたしのそばに立橋登志雄さんや大浜聡さん、それに嘉手川徹くんらがピッタリ付いていてくれたこと」と書いている。

出演者陣には中野区の青山良道区長、ジャーナリストの筑紫哲也氏、歌手の加藤登紀子さん、オペラ歌手の山城加代子さん、フォークのまよなかしんやさん、川田功子さん（琉球舞踊）、沖縄芝居の北島角子さん、野村流音楽協会関東支部の皆さん、文化集団ゆんた、彫刻家の金城実氏、俳優の沼田曜一氏ら。

東京で沖縄を見つめていた頃

「朝日新聞の投書欄に出ていた、東京都・大浜聡・勤労学生・二三歳というのは、あなたですか？」

知人の県人会役員Uさんからの電話だった。二三歳といえば、もう一五年前も前だ。どうしてまた昔の話を持ち出してきたのだろう。

「復帰当日の新聞をめくっていたら、聞いたような名前があったので、同姓同名の別人かなと確認しようと思って」とのこと。

まぎれもなく私本人の投書である。思えば、あのころは最も「正義感」に燃えていた時期だったようだ。その投書も含めて、『朝日』の「声」欄には三度投稿した分が全て掲載された。また、岩波の『世界』の原稿募集に入選したのも二三歳の時だった。

昔の自慢話をしようという訳ではない。むしろ、あのころは「沖縄」に対して発言し続けていたものだ、と現在の自分を反省してしまうのである。若者の正義感がそうさせていたかも知れないが、何よりも復帰前後の沖縄をとりまく状況がそういう行動にかりたてていたのだろう。

昭和四十二（一九六七）年、私は就職のために上京した。そして、名古屋に転勤するまでの七年間、東京で過ごした。その七年というのは、沖縄の本土復帰をひかえて政治の世界も世の中も、めまぐるしく動いていた時期だったし、本土復帰の年であり、復帰一年目の年でもあった。復帰という意味のある年に地元にはいないという地団駄踏む思いと、東京で客観的に故郷を見ることができるからいいとの気持ちがった。そのどちらがよかったかどうかわからないが、ただ歴史的な出来事の渦中に身をおいたのは初めての体験であったし、私の生涯の中でも忘れ得ぬこととして残っている。

以下、当時の私の拙い投書を通して、七年間の東京体験をふり返りたいと思う。

上京して二年後の一月、成人式を迎えた私は沖縄の仲間たちへメッセージを送っている。琉球新報への投書は友人の目にもふれたらしく、高校時代の同級生が切り抜きを送ってくれた。主旨は、こうである。

よく「知られざる沖縄」といわれるが、私は「知らされざる沖縄」ではないかと思う。本土の人により多く沖縄を知ってもらうには、私たち自身が郷土についてもっと学び、本土の人の無知に怒る前に、彼らにもっと知らしめることではないか、というようなものだった。

これを書いた動機は、私の職場や当時の下宿仲間が沖縄に対して、あまりにも無知だったところによる。曰く、沖縄はアメリカなのか、英語を使っているのか、女が安く買えるというではないか、等々。もちろん、こういうことなら本土に来た沖縄出身者なら誰でも経験していたことだし、戦後まもないころや昭和三十年代に本土に住みついた先輩諸氏は、もっと辛い目にあったに違いないが。ところが、復帰問題が現実化し毎日のようにマスコミで報道されていたにもかかわらず、同じマスコミの知的労働者（？）の集まりである私の職場でさえそんな具合だったから、一般の人は推して知るべしである（一般の人がはるかに、ある問題に深い関心を持っている場合もあるが）。

一年後の昭和四十五（一九七〇）年十二月、朝日新聞「声」欄に最初の投書。

十五日に投票が行われた沖縄初の国政選挙の結果、衆院で定員五人のうち三人当選、参院でも一位当選、全体の得票数でも革新が保守を上まわった。当時の中曽根防衛庁長官が「終戦直後の本土の総選挙で、戦後の混乱に乗じて社会党が第一党を占めたのに似ている」とコメントしたのに対して、「まさに沖縄はまだ終戦直後の状況と同じである。そういう状況を作り出したのは、本土政府の責任である」と反発したものだ。

この年十月、中曽根長官は初めて沖縄を訪問した。屋良主席は「沖縄県民は米軍基地に反対していると同時に自衛隊の配備にも反対している。私は県民代表として、自衛隊の配備に反対せざるを得ない」と申し入れたが、中曽根長官は「沖縄の軍事基地は重要であり、これを無視してこれからの沖縄の行政や経済というものは当分考えられない。沖縄県は基地を前提にして考える必要があり、この方針が正しい。沖縄が復帰した以上、主権の発動として全国民の責任として堂々と進出するつもりである」と回答。当時の自民党は、国会において三〇〇議席と絶対多数を占めていた。歴史はめぐって、今回の同日選挙で自民党は三〇四議席を獲得し、今や中曽根首相の天下である。

二回目の投書はこの一年後、復帰一年前の八月二十四日付。編集者がつけたタイトルは「沖縄は自衛隊の本質見抜く」。

二年ぶりに帰省した沖縄でいちばん印象に残ったことを、帰京してさっそく投書にしたためたようだ。沖縄は、返還協定に不満のまま明年復帰をひかえ期待と不安と反発が入り混じった表情であった。そのころ、自衛隊は配備にあたって、先兵役として沖縄出身の隊員をリーダー格で送り込む計画を持っていた。

「同郷意識から住民の態度を軟化させようという魂胆は浅薄であり、こっけいでさえある」「太平洋戦争で軍隊のむごたらしさを体験した沖縄では、自衛隊は軍隊と同視される。配備に反対しているのは一部の者だ、反対があっても計画は絶対にやめない、などという佐藤首相らの国会答弁は独善的である。返還後の住民の生活を守っていく政策を優先すべきだ」

そして三回目の投書は、その佐藤首相に反発して書いたものだ。Uさんが見たという復帰当日の新聞である。たぶん、佐藤さんは記念式典で有頂天になるだろう、しかし、あまり浮かれてばかりでは困りますよ、という気持ちからであった。これも編集者がつけた見出しで「返還は政府の手柄ではない」。これは、私自身にも思い出に残る資料なので、記録の意味で全文を引用させていただきたい。

「拝啓、佐藤栄作殿。まがりなりにも沖縄返還が実現し、あとは待望のあなたの引退を待つだけですね。あなたと私との出会いは、七年前のあなたの沖

「安保廃棄」「佐藤内閣打倒」を掲げた東京メーデー（1971 年）撮影：大濱 聡

縄訪問の時に始まります。以来あなたを見守り続けてきた私ですが、あなたにはほとほと失望させられました。あなたは沖縄返還に政治声明をかけたとのことですが、おれがやったんだという思い違いはせぬことです。真実は沖縄住民の多年の血のにじみ出るような運動と世論に、アメリカがその支配の不当性を認識し屈服したということを忘れてはいけません。また引退の花道ができたなどとおろかなことは考えぬことです。沖縄があなた一人の芝居の道具に使われるのはたまったものではありません。あなたはとうにやめてしかるべきだったのです。でも、もう何もいいますまい。あなたがやめたあとはあなたを思い出すこともないし、すっかり忘れてしまうでしょうから。あなたとしてもその方がいいのかも知れません。返還交渉で密約問題など、とかくのウワサが絶えませんが、何年か後、もしそれが暴露されるようなことが起き、再びあなたがクローズアップされてはあなた自身も不名誉でしょうから」

佐藤首相との出会いは、彼が返還を土産に沖縄訪問した時、高校生だった私は学校行事として、空港の沿道で「日の丸」の小旗をふって彼を迎え入れた。当時、私が編集人だった『那覇高文芸』という文芸誌の編集後記に、首相の来沖について「日の丸で迎えるのも赤旗で迎えるのも、それぞれに二一年間の感慨を胸に秘めているのだろう」と冷静な書き方をしている。

まさか東京での私の住まいが、佐藤首相の私邸の近くになろうとは。不思議な因縁である。私邸のそばを通って通勤する私の恰好がラフな服装にバッグを持っていたせいか、いつも警ら中の警官の視線を集めていた。返還闘争が盛んで、過激派学生の動きも活発であった。核抜き返還を要求して労働団体は連日のように国会デモをかけていたが、私もマスコミ労組の一員として参加していた。

その佐藤首相も、今は亡い。

そして復帰から三か月。雑誌『世界』の八・一五記念募集原稿「私にとっての日本」入選が、私の二三歳最後の原稿であった。タイトルは「戸惑いの中の沖縄」。

「『私にとって』という内なる意識として存在するのは、初めから『当り前』のこと『問題ではないこと』であろう。私が『私にとっての日本』をとらえるのは私が『日本人』になって当り前の身分を得た今を出発とすべきかも知れない。これまで、沖縄にいた時とか、東京に住むところの『沖縄出身者』といった無国籍者であった間は、『日本』とか『日本人』というものから無責任であり得た。それはたいていの場合、ふてくされた気持の裏返しからであったが、おれたちは日本じゃない沖縄なんだ、という逃げ場があった。しかし、私が日本そのものになった現在、どこからものがれ得ぬ『もの』を背負ってしまったのだ。その『もの』は、私の祖国が日本であり私が日本人であることの証であると同時に、日本人であり続ける限り『もの』をとらえ、それに対して責任を果たしていかねばならなくなってしまったのではあるまいか」。

こうして私の拙い意見を投書の中から拾ったのであるが、それもこれも東京から沖縄を見ていた一青年の一五年前の記録に過ぎない。しかし、確実にその時代を反映しているのではないかと思う。

その後、私は名古屋に三年、沖縄に四年勤務し、五年前から再び東京勤務になった。本土と沖縄の関係は、一五年前とどれくらい変わったろうか。久しぶりに投書を読み返して、私は新たな感慨にふけっている。

［NHKディレクター］

（一九八七年八月『三十周年記念誌　東京沖縄県人会』）

第六章

書も読み、町へも出よう

～連載コラム、寄稿など～

■『月刊情報やいま』〈やいまーる外電〉

福岡勤務時代に日本最南端の出版社「南山舎」編集部からの依頼で、『月刊情報やいま』の「やいま〜る外電」（約六〇〇字）に二〇〇八（平成二〇）年五月号から一二月号まで九回連載。サブタイトルは編集部がつけたもの。

望郷の石垣島
〜「万年青《おもと》は千古の霊山で…」〜

東京、名古屋、福岡、長崎など六か所、九回の異動をした転勤族である。それぞれの地で「出身はどこですか」と問われると、「沖縄」だけでいいはずなのに、なぜかいつも「沖縄の石垣島です」と答えてしまう。そうすると相手は必ず羨ましがる。沖縄の中でも、石垣島は知名度も人気も高く憧れの地であるらしい。それは私のひそかな誇りでもある。沖縄への移住ブームの中でも石垣島は過熱気味のようだ。しかし、不動産バブルや乱開発、地域住民と新住民のトラブルなどの報道に接すると心が痛む。

幼い頃、父親の転勤で石垣と那覇を二度行ったり来たりした。最後に島を出たのは一九五八（昭和三三）年である。当時、現在の美崎町、石垣港はなく、その後埋め立てられたものだ。本船は沖合数キロの海上に停泊し、乗客は小さな「はしけ」に乗って移動、梯子を使って本船に乗り移った。波のまにまに船と梯子がゆれて、海に落下してしまう恐れもあった。子供心にはそれが怖く、船での旅は苦痛に感じた。当時は航空機の利用は庶民には高嶺の花だった。石垣港に大型船が接岸できるようになったのは、私が島を出て四年後のことである。

「万年青は千古の霊山であって、今も尋常の旅人には、ただ遙かに山の姿を仰ぐことを許している」と柳田國男が『海南小記』に書いた於茂登岳を遙かに見ながら私が石垣島を後にして、今年でちょうど五〇年目になる。

○○と同郷の……
〜石垣島出身の著名人ですぐに認知〜

大濱信泉、具志堅用高、ＢＥＧＩＮ、夏川りみ、八重山商工――説明するまでもなく皆、石垣関係（者）である。加えてそれらは私の本土での生活に少なからず関わりがある。

初めて上京した六〇年代、よく聞かれたのは「大濱信泉とは親戚ですか」だった。「同郷の大先輩です」と私。当時、「大濱」といえば「信泉」であり、沖縄出身の著名人であった。今の若い世代には元早稲田大学総長（一九五四〜一九六六。私が上京した一年前退任）といっても知らない人の方が多いかも知れない。

七〇年代、出身地を尋ねられた際は、「具志堅用高（当時、世界ジュニアフライ級チャンピオン）と同郷の……」と形容した。「世界王座連続十三度防衛」は現在に至るも破られていない国内最多記録である。現役時代、三度TVで取材したことがある。彼の結婚式には光栄にも「取材で知り合った同郷出身」という縁で招待状をいただいた（偶然にも私の結婚式も同じ日だったため、やむなく欠席）。

平成に入ってからは、BEGINや夏川りみ、そして最近の八重山商工の大活躍もあって「〇〇と同郷の……」で即、話は通じ、その話題で何分かは座が持った。

私はそれら先輩、後輩の活躍によって、出身地をより早く親しみを持って認知された。ありがたいことである。おそらく、これからも新しい人たちが続々出てくるであろう。相変わらずお世話になりそうである。（敬称略）

〝ひと〟儲け
〜人脈はもうひとつの財産〜

福岡に同郷（石垣）の知人Iさんがいる。大学で教鞭をとるかたわら、県人会、泡盛の会、模合（複数）などの代表や世話役を務めている。その他、新垣渚後援会、沖縄出身ストリートミュージシャンの若者を支援したり、休日に大学で琉球舞踊の一般公開講座を開くなど、小柄な身体のどこにそんなエネルギーがあるのかと思うくらいの超多忙ぶりだ。

「ちゃんと授業をやっているのだろうか」と口さがない別の知人は言う（冗談半分）。もちろん、それらの活動は夜が中心で、昼間はしっかりと教壇に立っている（ハズ）。

彼のモットーは「ひと儲け」主義だ。教員の身で不謹慎なと憤るなかれ、実は「〝人〟儲け」なのである。人脈を広げ、多くの人を知ることで人生を豊かにしようというものだ（と理解している）。人はより多くの人を知るほど社会が広がる。知らない人より知っている人とは協力関係が生まれやすい。知らない人の紫煙は不快だが、知人だと我慢できる。知人より知らない人とは争いが生じやすい（昨今は身内の事件も多いが）。かくて知っている人が多いと、安穏が保たれる。これは人間関係だけでなく、国と国の関係にも当てはまる。

Iさんのおかげで私も実にさまざまな人と知り合えた。この年齢、職業では知り合えないような老若男女だ。仕事以外の知り合いが増えるのは面白いし貴重だ。「人脈」はもうひとつの財産だといえる。「人儲け」主義バンザイ！

「ちゅらさん」異聞
～大ヒットドラマ誕生の思い出～

先日、女優の真野響子さんと仕事する機会があった。私が石垣出身ということで親近感を持ってくれたようだ。NHK朝ドラの「ちゅらさん」つながりである。彼女は主人公恵理の夫文也の母親を演じた。ロケも含めて行った小浜、石垣、竹富島のどこもすばらしく、西表島に行けなかったことを残念がっていた。

「ちゅらさん」には私も格別の思いがある。二〇〇〇年の沖縄サミットをきっかけに、初めて沖縄を舞台に朝ドラを制作することになった。当時、東京で勤務していた私は、旧知のKドラマ部長とKプロデューサーに呼び出された。沖縄の話を聞きたいということだった。K部長は名古屋時代も一緒で、沖縄をテーマにした「中学生日記」を企画演出するなど、人一倍沖縄に関心を持つ人物である。もちろん、その時は「ちゅらさん」というタイトルは存在せず、彼らから出たのは、主人公は看護婦（師）の女の子、舞台は離島、基地問題にはふれない、という三点だった。

今となってはどんな話をしたか覚えていないが、その後彼らが「ちゅらさん」という名作を生み大ヒットさせたのはご存知のとおりである。後で聞いた話では、小浜島を舞台に選んだ理由のひとつは、集落から海が見えるロケーションだったからだという。

朝ドラ史上パート4まで制作されたのは「ちゅらさん」しかない。その名作の誕生に少しでも関わりを持てたことは私の誇りでもある。真野さんにとっても思い出深いという「ちゅらさん」の話をしながら、私はそんなことを思い出していた。

「730」と具志堅用高
～「人は左、車は右」から「車は左、人は右」へ～

先日、沖縄の新聞社から「730から30年」をテーマに原稿の依頼があった。真っ先に思い浮かんだのは、具志堅用高氏とのことだった。若い世代のために「730」を説明すると（詳細は省くが）――1978（昭和53）年7月30日、それまで「人は左、車は右」だった沖縄の交通方法を、まったく逆の「人は右、車は左」に変更したことをいう。

県民一人一人の命に関わることだったので、メディアはキャンペーンを展開した。私が勤める放送局では具志堅氏を起用したPRを制作、私が担当した。当時、世界J・フライ級チャンピオンの彼は全国的な人気者だった。そんなヒーローに「730」を呼びかけてもらえば効果絶大である。PRは30秒で、ジムで練習するチャンピオンが最後にカメラに向かってグローブをつき出し、「車は左、人は右」と叫ぶ。グローブには「730」のシンボルマークが貼られていて、そのアップで終わるというものだ。反響は大きくキャンペーンとしては大成功だった。あれから30年、鮮やかに当時のことが思い出された。

「味覚人飛行物体」に会う
～石垣市ゆばなうれ大使・小泉武夫教授～

仕事の打合せで東京農大に小泉武夫教授（農学博士）を訪ねた。あらかじめ調べていたプロフィールの中で見つけた「石垣市経済大使」のことについてふれ、私も石垣出身ですと告げると、教授はたいそう喜んで机の引き出しから別の名刺を取り出した。肩書には「ゆばなうれ大使」とあった。「ゆばなうれ」？　小学四年で島を出た私は不覚にも方言の意味を知らなかった。幸い名刺の裏に「豊穣を乞い願う心」という説明がついていたので不明を恥じずにすんだ。自称「味覚人飛行物体」を名乗る教授は国内はもとより世界中を飛びまわり、美味、珍味、あらゆる「食」を食べ尽くしている御仁で、「食」に関する著作は一〇〇冊を超える。

教授は石垣島大好き人間である。三〇年前から年に四、五回、通算で一五〇回は通っているそうだ。東京に住んでいても、石垣島の距離など「屁みたいなもの」（教授の表現なので悪しからず）という。石垣に行く時は朝四時に起床し、早朝の羽田発の直行便に乗る。教授は石垣島通いの理由を四点あげている。①お気に入りの泡盛がある②美味しい島の食材・料理③旅人の心を盛り上げてくれる自然④そして料理関係の地元の友人たち——石垣島は「極楽のような島だ」と彼はいう。

教授は講演会や対談などで、長寿の島沖縄の中でも八重山諸島が一番「医食同源」に近い生活をしていると喧伝している。これら手放しのほめ方は嬉しい反面、いささか面映ゆい。

もうずいぶん長い間、八重山の美味しい食材に接する機会のない私は、「味覚人飛行物体」の行動力を羨望の目で見ていた。

ふるさとのなまり懐かし……

～「みすこーみすこー、おーりよー」～

「しまくとぅばの日」の九月一八日、ここ福岡でもイベントが行われた。仕掛け人は香蘭女子短大の西表宏教授（石垣出身）。七月号の本欄でご紹介した「Iさん」である。私も参加するつもりだったが、残念ながら仕事の都合でNGとなった。

当地での集いは、沖縄県議会で「しまくとぅばの日」の条例が制定された二〇〇六年から開催しているという。今回は約四〇人（本土出身者一〇人）が参加。集いでは、最初に参加者全員が出身地の方言で自己紹介したらしい。後で聞いてホッとした。

小学校時代に石垣から那覇に転校した私は、どちらの方言も身につかないまま今に至っているからである。沖縄は極端にいえば、島ごとに方言が異なっているような所なので、那覇に転校した当初は友人たちの話す言葉（一九五〇年当時は方言が普通だった）がまったくわからず、外国に来たような困惑を覚えたものだ。その後、上京する高校までの間にある程度までは理解できるようになった。しかし、ウチナー芝居の理解度は今でも六、七割くらいである。八重山方言は、日常的に母親が話していたことから断片的に聞きかじっていた。

ところで、国文学の専門家でもある西表教授に「いちばん好きな八重山方言は？」と聞くと、「みすこーみすこー、おーりよー」とのこと。別れ際に告げる「気をつけて行ってらっしゃい」という意味らしい。響きのいい心のこもった言葉である。

なお、同イベントは毎日新聞（西部版）が記事にしていたが、その記事を書いたのは沖縄（中城）出身の女性記者であった。

日本最「南北」端に立つ
～最南端・最西端を観光ツールに～

先日、TVニュースで石垣市と姉妹都市の北海道稚内市が秋の交通安全運動の一環として、交通安全グッズを交換しあったという話題を紹介していた。

「日本最南端の市」生まれの私にとって最北端の地は、幼い頃から憧憬の場所であった。東京に住んでいた二十代の頃、北海道を一週間かけてまわったが、最大の目的は稚内の宗谷岬だった。「日本最北端の地」の碑の前に立った時は感慨深いものがあった。次なる目標は最南端の地だった。その後、沖縄勤務になった時、波照間島高那崎の「日本最南端の碑」の前に初めて立つことができた。日本最南端と最北端の地を踏破したことは、いささか大仰だが私のひそやかな誇りである。

因みに、最西端の島・与那国島の西崎も訪れたことがあるが、八重山に二つある「最○端」というのを観光に活かさない手はないと思っていたら、同じことを考える人はいるもので、すでに「最南端・最西端の島巡りツアー」が実施されていた。継続的なものでなければ、今後ぜひ観光ツールとして売り出したらいいと思うのだが。

音楽で八重山をイメージする
～「南の風が君を呼んでる…」～

先日上京した折、機内の音楽サービスを聞こうとイヤホンを耳にしたら、「やなわらばー」の歌が流れてきた。二人のDJ番組だった。夏川りみ、大島保克の曲も紹介され、石垣つながりに不思議な縁を感じた。

十余年前、沖縄のTV局で沖縄音楽の番組制作に携わったことがある。大工哲弘、新良幸人、日出克、大島保克の皆さんに出演してもらった。それ以後も、BEGIN、池田卓らがデビュー、八重山出身のミュージシャンは多士済々だ。

三年前には福岡でＰＡＮＡ（石垣出身）の歌に初めて接し、のびやかで力強い歌に惹かれた。週末、我が家の近くの公園を一時間ウォーキングしているが、このところ聞いているのがＰＡＮＡの曲だ。「とぅまた節」はじめ軽快な曲に自ずと歩きも軽やかになる。「南の風が君を呼んでる……恋しくなったら帰ろう、太陽の島へ帰ろう」（「Ｈｉ～太陽の島～」）のフレーズが頭から離れない。福岡の風景の中にいながらも、脳裡にイメージするのは懐かしい八重山の景色であり、幼い頃の記憶である。（敬称略）

■「多島海」

ニュースの見方①

「ざわわ　ざわわ……」で知られる「さとうきび畑」（寺島尚彦作詞・作曲）の歌碑の除幕式が、67年前に米軍が上陸した同じ4月1日、その海が一望できる読谷村高志保の地で行われたというニュースをテレビと新聞で知った。

ＮＨＫは除幕式の模様を、石原昌家歌碑建立実行委員長の挨拶、寺島夫人のインタビュー、地元の子どもたちが歌う曲の一部を音入りで伝えた。

私は映像を見ながら、ちょっと風変わりな碑のデザインに大いに興味をひかれた。しかし、コメントではそれについて一切ふれなかったため、いささか消化不良であった。

その後、新聞（『沖縄タイムス』）を読んで、初めてその意味するところが分かった。つまり、歌碑は沖縄の伝統的な家屋の塀で、悪霊を防ぐ「ヒンプン」がモチーフになっており、「海の向こうからやって来る戦争を追い払う、という意味を持たせた」（デザイン担当の林俊彦氏談）ものだという。さらに、碑の開いた部分に立つステンレス製の棒66本は、「曲の中に出てくる『ざわわ』の数で、66本のさとうきび」をイメージしているのだという。

なるほど、こうして制作者の意図が分かると、深い味わいのある碑であることが伝わってくる。66本の棒（さとうきび）の隙間から見えるさとうきび畑と読谷の青い海――67年前、読谷から北谷にかけての海に無数の米艦隊が押し寄せて上陸、戦争がやって来た様が脳裏に浮かんだ。

ＮＨＫの記者は碑のデザインに関心を示さなかっ

たので取材をしなかったのか、原稿には書いたが、時間の都合やデスク判断で削られたのか、推測するしかない。

しかし、時間が理由ならば、委員長の挨拶の代わりにデザインについて紹介する方法もあったはずである。

視聴者・読者に何を伝えるか、視聴者・読者が何に関心を持っているかの判断は大事なことだ。

(『多島海』二〇一二年・夏　第二号)

ニュースの見方②

昨年暮れ、沖縄防衛局が米軍普天間飛行場の辺野古移設に向けた環境影響評価書を県庁に未明に持ち込んだドタバタ劇ともいえるニュース——。

NHKでは、責任者の真部朗沖縄防衛局長は車に乗ったままの映像しか出なかったので、現場には行かずに姑息(これは私の感想)にも車の中で待機して事の成り行きを見守っていたのかと思わせるものだった。しかし、後で民放のニュースを見たら、局長が歩いて車に戻るところを記者たちがぶら下がって追いかけている様子が写っていた。この映像だと現場に出向いて指揮を執った後、車に戻るところらしいことが想像される。

取材時のタイミングで、この時、NHKのカメラマンは現場に居合わせていなかったのか。あるいは、撮影はしたが、ニュースでは車中の映像だけを使ったのか。それは編集マンの判断か、デスク判断だったのか。だとしたら、なぜか。映像ひとつでニュースの印象はずいぶんと変わるものである。

なお、『沖縄タイムス』の号外は「現場には真部朗沖縄防衛局長も姿を見せており、指揮を執ったものとみられる」と推測調だが、『琉球新報』の号外は「評価書搬送には真部朗沖縄防衛局長が同行し、陣頭指揮を執った」と断定的に書いている。新報は局長が指揮を執る現場に立ち会うことができたが、タイムスはいなかったので推測記事になったのか。

このような例(コラム①含む)は、日々のニュースを丹念に見比べると、よくあることだ。しかし、よほどマスコミ報道に関心のある者か、暇人でないと、いちいち比較などしないだろう。一般の人の多くは、一紙、一局の報道しか見ないのが普通かもしれない。また、地元紙と本土紙、NHKと民放、地元民放局と東京キー局ではニュースの取り上げ方は異なってくるであろう。
ニュースの事実、真実は一紙、一局だけではすべては伝わらない。事実、真実に迫る力は、人それぞれがつけるしかない。

（『多島海』二〇一二年・夏　第二号）

校正畏るべし

出版・編集の世界で「校正畏るべし」という言葉がある。孔子の言葉「後生畏るべし」をもじったものだ。校正ミスの例でよく引用されるものに「我が家の姉もそろそろ色づいてきました」という手紙文がある。これは「柿」の間違いだが、「姉」と「柿」では意味がまったく違ってくる。手紙をもらった人はさぞやびっくりするだろう。

いや、他人事と笑ってはおれない。実は『多島海』創刊号にも校正洩れがあった。編集者、執筆者が3校を重ねたにもかかわらずである。それを、1回読んだ友人があっさり指摘してくれた。私の原稿では「声明」が「生命」に、宮城氏は「2時46分」が「2時間46分」のままになっていた。思うに自分で校正する際、スーッと「セイメイ」と読み過ごしてしまうのだろう。ミスを防ぐにはすべての単語、数字、人名、地名などハナから疑ってかからなければいけないということだろう。

このコラムを書きかけの時、公開講座で通っている大学の授業で、大きな校正ミスに遭遇した。1995年の宝珠山防衛施設庁長官の「基地との共生・共存」発言に関して、資料として新崎盛暉氏の「現代社会における構造的沖縄差別としての日米安保」（栗原彬編・弘文堂刊『日本社会の差別構造』所収）のコピーが配布されたが、「共生・共存」が「強制・共存」になっていた。編集者に「基地を〝強制〟されている沖縄」という意識があったからだろうか。担当の准教授は「この文章でいちばん肝心なところなのに」と嘆いていたが、「強制・共存」のままでも違和感がないのは、それが沖縄の現実だからであろうか。

そんな折、某自治体の文化協会発行の文芸誌をいただいたが、最初から26か所の正誤表が添付されていた。例えば「按司」が「接司」、「琉歌」が「流歌」、「進撃」が「新劇」等。正誤表付きの出版物は自費出版や記念誌などではよく見られるが、

「後世惜しむべし」にならないためにも、いかに「校正」と「編集力」が大事か改めて痛感した。

（『多島海』二〇一二年・秋　第三号）

「　」付き

過日、〈琉球処分〉をテーマにした赤嶺守琉大教授の講座を聞く機会があった。

琉球処分は「」付きの「琉球処分」でなければならない、と教授は強く主張する。当時の琉球が大和から「処分」されることは何もやっておらず、「処分」されるいわれはひとつもない。従って「琉球処分」であり、「琉球処分」の問題は今も続いているという。「復帰40年」の連続講座のひとつだったが、「琉球処分」を設定した理由はここにあった。

いわれてみれば、これまで歴史の出来事として何の疑問も抱かずにそう思いこんできた。実際は明治政府が琉球王国を勝手（強制的）に「処分」し日本の領土にしたのである。受講者も教授の説に大いに納得した様子であったが、主催者が作成したチラシやレジュメのタイトルが「」なしの琉球処分（教授も指摘していたが）だったのが何とも皮肉ではあった。

復帰当時、「反復帰論」を展開した新川明氏（当時、沖縄タイムス編集委員。後に社長・会長）は、復帰は「」付きの「復帰」でなければならないと主張している。

「復帰」とは「元の位置・状態などに戻ること」であり、日本は歴史的に「元の位置・状態」ではないからである。これは別の復帰40年関連講座だったが、ここでもまた主催者が用意した看板は「」なしの復帰40年という表記であった。看板を振り返ってそれにふれた時の氏の戸惑いの表情が印象的であった。

米軍政下、敢然と米軍・米民政府に対峙した瀬長亀次郎や人民党は、著者や文書などで『サンフランシスコ「平和」条約』、『「琉球政府」』『アメリカ「民政府」』『「民政副長官」ビートラー』など、徹底して「」付きで書いている。どれも言葉どおりの内容、意味合いとして認めていなかったのである。

琉球・沖縄の歴史には「」付きの表記が多い。未だ第〇の琉球処分、第〇の島ぐるみ闘争などの比喩が使われ続ける沖縄——それもまた「」付きの「第〇の琉球処分」「第〇の島ぐるみ闘争」ということになろう。

（『多島海』二〇一二年・秋　第三号）

Yナンバー

「Yナンバー」なるものを初めて知った頃（時期は定かでないが）、米関係車両に割り当てられた記号という認識しかなく、何の略か分からなかった。「yellow」か「Yankee」のYかと冗談半分に思っていたくらいだ。その後、Yの他にもA・E・K・Tなどさまざまにあることを知った。

結局、Yは駐留米軍関係者の課税対象車の私用車のことで、この制度が横浜で始まったことに由来するという。「Yokohama(横浜)」の「Y」であった。

以前、那覇に住んでいた時はめったにYナンバーを目にすることはなかったが、去年から中部に住むようになってやたら「Y」に出会うことになった。基地を抱える読谷、嘉手納、北谷、沖縄、宜野湾を通るのだから当然かもしれない。

実はこのYナンバーが厄介なのである。スピードは出すわ、強引な追い越しは多いわ（おまけにウィンカーは出さない）で危険この上ない。もちろん、すべての車がということではないが、実態として多いのは事実だ。

この1年余で、6件の事故現場を目撃したが、すべてに「Y」が絡んでいた。那覇にいた17年間でさえ交通事故には1、2件しか遭遇していない。後ろから衝突したらしい事故、前方にいて衝突されたらしい事故もあった。そのうちの1件は「Y」同士だった。事故の原因については知らないが、普段の傍若無人ぶりの運転からして「Y」に原因があるのではとつい疑ってしまうのである。

巷間、沖縄では「Yナンバーに気をつけろ」という合い言葉があるらしい。「Y」と事故にあっても、保険に入ってないことが多いため保険金が支払われないし、問題解決の前に本国に帰られて泣き寝入りせざるを得ないケースがあるというのだ。私もある時など、前後左右を「Y」に囲まれ、「うむ、謀略に巻き込まれたか」と恐怖の時間を味わったことがある。「君子はYナンバーに近寄らず」である。

願わくば、「Y」が「Yabai（やばい）」の「Y」にならないことを祈るばかりである。

（『多島海』二〇一二年・冬　第四号）

人生のディナー

「人生のディナーを召し上がれ」というTV番組（NHK「クローズアップ現代」5・22放送）を見た。余命1、2か月のガン末期患者に週1回、食べたいものを何でも叶えてくれる大阪のあるホスピス病院の終末期医療を紹介した番組だった。

これまで末期患者には食べやすい物、消化のいい物が優先されたが、同病院のデータでは亡くなる5日前まで食べられる人が75％以上になることから、「食べることが自分で努力してできる唯一の手段、生き方」になるとし、食べることの力を心のケアに活かそうという取り組みであった。番組で取材した患者の「リクエスト食」は白いご飯（貧しさの中で初めて食べた感動が忘れられず）、ラッキョウ、バッテラ、すき焼きなどだった。それぞれ人生の中で思い出のある食べ物だが、決して贅沢なものではない。そのうちの二人は1、2週間後に亡くなったが、満面の笑顔でリクエスト食を食べる映像が印象的だった。

翻って、自分だったら何を希望するのだろうかと考えた。記憶の中にある私の最初の〝ご馳走〟は、平和通りの中にあったAというレストラン（現在はない）のソフトクリームである。小学生の頃、母親と買物に行くとよく食べさせてくれた。とろけるような何ともいえない美味しいものだった。当時の私には年に数回しかない至福の時で最高のご馳走だった。

家では、母親が揚げる魚のてんぷらがご馳走だった。これは今でも大好物（揚げたてのアツアツであればなおいい）で、それだけで十分夕食代わりにもなる。本土に就職してからも、帰省すると必ず母親がてんぷらを揚げてくれた。

成人してから、にぎり寿司や新鮮な魚介類なども好物になったが、私のリクエスト食はやはりアチコーコーの魚てんぷらとソフトクリームになるのかもしれない。

人間にとっての「人生のディナー」は、倹しいものであっても、各々の人生の体験と密接に絡んだ食べ物ということなのだろうか。

（『多島海』二〇一三年・夏　第六号）

富士山の記憶

富士山が世界文化遺産に登録される見通しとなった（六月最終決定）。「一度登らぬバカ、二度登るバカ」と言われる富士山だが、私はバカになった。二度登ったのである。

一度目は上京した一九六七（昭和四二）年一九歳の時、高校時代の友人と二人で登った。その二年前、高校の修学旅行で新幹線の車窓から富士山を生まれて初めて見たが、いつか頂上に立ちたいと思った。二度目は、苦しい思いをしながらも山頂に到達した時の最初の爽快さが忘れられず、翌年職場の同僚と登頂した。

いずれも富士吉田口の五合目までバスで行き、夜通し歩いて六、七時間かかって山頂にたどり着いた（最近、〝弾丸登山〟として問題になっている）。二度ともご来光を拝めたのだから、普段の行いがよかったたか、運がよかったのだろう。

旧五千円札と新千円札の裏には山梨県側の本栖湖に映る「逆さ富士」の絵がデザインされている。東京時代、紀行番組で本栖湖を取材した時、「逆さ富士」がどうしても撮りたいと思った。「冬の風のない晴れた日の午前中」が撮影の好条件だが、あいにく梅雨時の取材。それでも三日連続宿から通ってやっと撮影に成功した時（一時間しか姿を見せなかった）の感動は今でも忘れられない。

富士山といえば私はすぐに太宰治の『富嶽百景』を思い浮かべる。甲府の御坂峠で、二人の若い娘から富士山をバックに写真撮影を頼まれた太宰が、「ふたりの姿をレンズから追放」して富士山のアップだけを写し、「うちへ帰って現像してみた時には驚くだろう」といたずら心を発揮するシーン〈文章〉が好きである。私もいつか真似してみたいと思ったことがあったが、これはフィルムの時代だからできたことであって、現在のデジカメだとそうはいかない。その場でチェックされて非難、軽蔑されるのがオチである。

富士山に三度登ったら何て言われるのだろう。私が最後に富士山に登ってからもう四五年経つ。

（『多島海』二〇一三年・夏　第六号）

65歳

7月で65歳になった。「高齢者」の仲間入りをしたわけだが、肝心の本人にほとんどその自覚はないし、おそらくこの歳を通過した多くの人々も同じような気持ちを持ったに相違ない。さすがに肉体的には老化したろうが、精神的には20代、30代の頃とあまり変わらない。と言うと、何も成長していないのではないかと突っ込まれそうだが、風格と品格が備わっている同輩諸氏を見ると劣等感と羨望を抱いてしまうから〝当たらずとも遠からず〟であろう。

「65歳」と「卒業50年」の節目に来年、中学時代の同級生（団塊世代の二番手）で記念誌を出すことになり、編集を仰せつかった。

在学中の年表を作成していて驚いたことは、1年生当時（1961年）の日本人の平均寿命は男性65・32歳、女性70・19歳である（「厚生白書」）。何と男性は現在の私の年齢だ。現在は79・59歳（女性86・35歳）である（2013年厚労省発表）。50年の間に14歳伸びたことになる。そうだとすれば50年後はもっと伸びそうだが、残念ながら沖縄の男性の平均寿命はいまや凋落の一途である（全国30位）。

高齢者といえば、最近の高齢者による犯罪の増加が気になる。『平成24年版犯罪白書』によると、高齢者の検挙数は他の年齢層に比べて著しく増加傾向にあり、ここ20年の推移で6.3倍に増えている。東京都内での「万引」件数では、統計のある1989年以降初めて65歳以上の高齢者の摘発者数が19歳以下の少年を上回ったという（2012年警視庁調査）。動機は「生活困窮」や、相談者がいないなどの「孤独感」が圧倒的に多い。

老人力・老いの才覚・団塊老人・暴走老人・林住期・なぜ男は老いに弱いのか・「うつ」にならない老後の生き方――これは巷にあふれる高齢者をテーマにした本のタイトルであるが、何を隠そう65歳を前に私が読んだ本でもある。

「六十にして耳順《したが》う」「七十にして心の欲する所に従って、矩《のり》を踰《こ》えず」――いま一度、孔子の言葉をかみしめたい。

（『多島海』二〇一三年・秋　第七号）

沖縄で歩くということ

沖縄の人間はあまり歩かない。近くのコンビニへも車で行く――「沖縄本」では定番のように取り上げられ揶揄されている。

私が本土で36年暮らしていたからという訳でもないが、私自身は歩くことはほとんど苦にならない。いまでも国際通りに出るときは、端から端まで歩いて移動する。歩くことは「健康」にもいいし、「(タクシー代) 節約」にもなるから一石二鳥である。

2年前、本土から引き揚げてきた頃、友人と待ち合わせをするために読谷村楚辺の自宅から嘉手納町役場まで歩いたことがある。まだマイカーの準備ができていなかったこともあるが、嘉手納ロータリー辺りまで徒歩でどれくらいかかるか確認してみたかった。しかし、8月の炎天下である。家人から「こんな暑いときに誰も歩く人はいない。フラー(気がふれた人) と思われるから止めて」と懇願された。確かに、途中の読谷村内、国道58号、嘉手納町内を歩いている人にはついぞ会わなかった。

知人から聞いた話――高校時代の同級生があるとき、中部の町のバス停で立っていたのを他のクラスメイトが目撃、「○○は車を手放すくらいに生活が苦しいのか」という噂になったという。当人にすればたまたまバスで行く必要性があってのことだったのかもしれないが、狭い町ではいろいろ尾ひれがついて広まるらしい。炎天下のなかを必死の形相で歩いていた私を目撃した人は、やはり家人の言うように「フラー」もしくは「車も持ってないのか」と噂したのだろうか。

要するに、田舎で歩くのはウォーキングにとどめ、歩くときの格好も普通の服装ではなく、ちゃんと帽子をかぶり、トレパン、運動靴を履いて、明らかにウォーキングをしていますということをアピールすれば誤解されずに済むらしい。

しかし、たかが歩くだけでいろいろ気を遣うのは、兼好法師流に言えば「いと煩わし」である。そんなことを思いながら私は懲りずに歩いているのである。

(『多島海』二〇一三年・秋　第七号)

続・校正畏るべし

前号の「『昭和天皇』体験」を書く際に参考文献にした『天皇とマスコミ報道』（天皇報道研究会）で「校正」に関する次のようなエピソードがあった。

孫引きで恐縮だが、読売新聞の前沢猛新聞監査委員が「新聞記事で、『陛下』が『階下』と化けていたため、責任者がクビになった——というのは戦前の話。そして、『校正（後生）恐るべし』という〝格言〟ができたとか」と由来について書いている（『マスコミ報道の責任』）。しかし、その後に「ことの真偽はわからない」と付け加えられているので、事実かどうかはわからない。

第3号のコラム「校正畏るべし」で、3校を重ねたにもかかわらず「声明」を「生命」と見逃した自分の体験から厳しく自戒したいということを書いたが、また校正ミスがあった。それも前回と同じで、執筆者本人、編集者が3校を行ってスルーしたのが、1回読んだだけの知人からの指摘で判明したのである。

第6号の「個人的昭和・平成史～佐藤栄作との45年～」59ページの「驚天動地」が「道地」になっていたのだ。電話をもらった私の方がそれこそ驚天動地してしまった。しかも、ゴシックの「小見出し」である。そんな強調した部分でも気づかないとは、前回反省したときと同じように、スーッとキョウテンドウチと読み過ごしてしまったのだろう。

小見出しで間違うはずがない、四文字熟語の入力で間違うはずがない、との先入観や過信があったのかもしれない。「ミスを防ぐにはすべての単語、人名、地名などハナから疑ってかからなければいけない」という反省はまったく活かされなかったということになる。

それにしても不可思議なのは、パソコンで「きょうてんどうち」と入力すれば当然「驚天動地」と変換されるのに、どうして「道地」という漢字が出てきたのか。今だに謎である。しかし、パソコンに罪はない。

二度あることは三度あるという。猛省しよう。

（『多島海』二〇一三年・冬　第八号）

訂正記事

このところ新聞の訂正記事が目につく――3・12『タイムス（以下T）』〈□□高等学校が開校〉電話番号の誤り。3・5『新報（以下S）』タワーレコード営業終了時間「午後10時半×」「午後8時半○」。2・22『T』高校入試最終志願者前年度比「減少×」「増加○」。1・26『T』〈オフィスの窓から〉東日本大震災が発生した年「2010年×」「2011年○」。これは寄稿者の勘違いだったのかもしれないが、担当者、校閲係のチェックで防げたろう。1・24『T』〈さとうきび親善大使〉□□君の名前の一字違い（福島県の発表ミス）。1・7『S』四段見出しの「万引き25％が高齢者×」「20％○」、「摘発件数256件×」「204件○」のダブルミスは「県警の資料の誤り」とある。13・10・29『S』〈中小企業団体全国大会〉組合功労者S氏の顔写真を別人と間違えて掲載（翌日、差し替え掲載）。10・19日『T』〈タクシー横転事故〉死亡者名「□□△△さんに誤りがあった（県警発表ミス）」としているが、どこが誤りだったかの訂正がなく中途半端な訂正記事である。

なかでも珍しいケースは、『T』で連載中の小説「潮の音、空の色、海の詩（140）」（13・10・4）が突如「憎まれ天使（140）」というタイトルに替わっていたことだろう。連載回数、内容はあっているが、「作・画」が別人になっている（2日後にことわりを入れ、「潮の音―」を再掲載）。さぞかし読者はビックリしたことだろう。因みに「憎まれ天使」をネットで検索したら、共同配信の小説らしく、『T』を含む全国11の地方紙が11年11月から13年9月にかけて順次連載したものとある。それにしてもなぜタイトルと「作・画」だけが入れ替わったのか珍事といえる。

ノンフィクションの場合、過去の出来事を新聞記事を引用して書くことがあるが、記事に誤りがあってもそのまま引用することになるので影響は大きい。図書館などで新聞を調べる際、後日の訂正記事にまで目が届かない場合がある。結局、気づかないまま引用してしまうことになる。もちろん、記事だけに頼らず「ウラ」をとればいいのだが、肝心の発信元が間違えていたのでは話にならない。

校正ミスに泣いた経験のある身として自戒を込め

て書いた。

（『多島海』二〇一四年・春　第九号）

代役《ピンチヒッター》

作家の渡辺淳一氏逝去（4月30日・享年80）の報に接したとき、私は3か月前の1月23日に亡くなった料理研究家の小林カツ代さん（享年76）と、さらに二人に共通するあるイベントのことを思い出していた。

14年前、私は某財団主催の高齢者の健康長寿をテーマにしたシンポジウムのプロデューサーを務めた。パネリストは小林さん、世界的ファッションデザイナーのY氏、大学教授、漫画家の4人。出演者が決まれば半分以上はできたようなものだ。と安心していたら、そこからが苦難の始まりだった。

東京在の小林さん、Y氏と打ち合わせするためディレクターを伴って上京。ところがY氏、企画の主旨を説明し終えるや否や「出演辞退」を申し出たのだ。ガーン！　3億円規模のイベントを企画演出している本人から見れば、高齢者の健康長寿の話はしょぼかったのだろう。事務所もOKしていたのに、本人のわがままによるとんだハプニングであった。

続いて訪ねた小林さんとは打ち合わせもうまくいき、手応え十分で帰った。

戻ってすぐに着手したのはY氏に代わる出演者探しだった。最終的に決まったのが渡辺氏である。再び上京して打ち合わせ。「性愛」「不倫」小説のイメージと違って、温和で偉ぶったところが少しもない紳士だ。作家仲間からも慕われている。そこが女性からモテる要素なのかもしれない。結果オーライで安堵の胸をなでおろす。

しかし、一難去ってまた一難。今度は小林事務所から電話が入り、病気で倒れ長期入院が必要になったので出演を辞退したい、入院のことは公にしないで欲しいとのこと（逝去の報道で初めてクモ膜下出血だったと分かった）。本番まで3か月。急遽、代役探しにとりかかったが、人気者は1年前からスケジュールが埋まっていることが多い。運良く女性タレントのKさんがつかまった。ホッ！

結局、小林さんには代役を立て、渡辺氏は代役として出演することになったのだった。二人は偶然にも誕生日が同じ10月24日で、そして同じ年に亡くなったのである。

ちょっとしたご縁に過ぎないが、一騒動あっただけに強い印象として残っている。合掌。

（『多島海』二〇一四年・夏　第一〇号）

続・訂正記事

新聞の「訂正」「おわび」の連鎖が止まらない。

前回の号（『多島海』９号）が発刊された翌日３・21『タイムス（以下Ｔ）』にさっそく訂正記事が載ったのをはじめ、最近までの約半年間で、『Ｔ』24件、『新報（以下Ｓ）』20件と、私の記憶の中でもここ数年にない多さである。誤りの内訳（〇内は件数）は、名前⑦共同通信・県警などの配信・発表ミス⑧肩書・所属⑥数字④事実関係③日付③漢字表記②、以下各①件で、事実と正反対、性別、地名、電話番号、顔写真などとなっている。

名前や肩書・所属の誤りでは、６・28『Ｔ』「喜納正春県議会議長」→「昌春」、８・28『Ｓ』「仲地博琉球大学教授」→「沖縄大学学長」――一般人・公人問わず姓名は人格と同様に大切なものだから、より慎重を期すべきだろう。８・１『Ｓ』

『多島海』同人懇親会（2013年10月）時計回りに手前右から船津進平、宮城秀一、大濱、山入端津由、池間一武、仲里尚子（でいご印刷）の各氏

「ティータイム」投稿者の顔写真を同姓同名の別人のものを使用。担当者は名前で元県副知事M・H氏と早合点したのかもしれない。翌日、投稿者本人の顔写真が「おわび」とともに掲載されたが、ふたりのM・H氏はそれぞれにビックリしたことだろう（『S』は以前にも顔写真を間違えている）。

数字の誤りも致命的になる。7・24『T』「論壇」の島ぐるみ会議結成大会「28日、宜野湾市中央公民館」→「27日、宜野湾市民会館」とW訂正。これでは「論壇」だけ読んだ人が28日に参加したら大会はすでに終わっていたということになる。投稿の主催者が間違えるはずはなさそうだが、真相はどうなんだろう？7・29『T』「きょうの歴史／7・30交通方法変更」は単純に翌日の原稿と間違えて掲載したのだろうか。担当者が「7・30」の意味をよく分かっていないと思われても致し方ないケースだ。

珍しいケースとしては、8・17『S』「社説／イラク新首相……」の「イラク人勢力」→「クルド人勢力」。社説での訂正はあまり聞かない。

前回は、何度か校正ミスに泣いた経験のある身として自戒を込めて書いたが、今回はいささか目に余ったので叱咤激励のつもりで書いた。人間のやることだからミスは起こり得るが、ことは新聞の信頼性にも関わる問題である。願わくば、今後も訂正が続出して「続々・訂正記事」を書くことがないように祈りたい。

（『多島海』二〇一四年・秋　第一一号）

講演会考

普天間・辺野古、「琉球処分」、復帰40年、尖閣、オスプレイ、八重山教科書問題、沖縄独立、沖縄自治州、自己決定権、沖縄アイデンティティー、しまくとぅば、集団的自衛権、憲法ｅｔｃ——これらは私が3年前に帰郷して以降、参加した講演会・講座・シンポジウム（以下、講演会）のテーマである。沖縄では毎週のように講演会が催されている。おそらく全国の県レベルでこれほどの講演会が開かれているところは他にあるまい。多岐にわたるテーマは、沖縄問題がいかに複雑で未だ解決されないでいるかを物語っている。

時宜を得たテーマや講師に人気が集まるのか、ウチナーンチュが勉強熱心なのか、どの会場も盛況である。ただ、高齢者がほとんどで若者が少ないのが課題だろう。資料代が必要な講演会もあるが、無料の場合が多い。著名な研究者、専門家による話を無料で聞けて学習できるのだから贅沢である。

これらの講演会に参加して感じるのは、たいていの場合、全体を統括するプロデューサーや、中身を構成し演出するディレクター役が不在だということである。そのため、①登壇者（講師・パネリスト）が多い上に、持ち時間をオーバーすることが多く、時間が足りなくなって駆け足になり消化不良で終わってしまう。②全体構成と時間配分に難がある。③コーディネーターの役割が十分に発揮されていない、などの問題がみられる。

また、最後に会場との質疑応答が設定されることがある。一見、民主的にみえるが、これも一考を要する。質問ではなく自分の意見を滔々と披瀝する人がいるのである。そういう人に限って内容が希薄で何を言いたいのか分からない。さすがにあまりの〝KY〟ぶりに会場からブーイングが飛ぶこともしばしばだ。質問なら一、二分あれば十分にまとめられよう。一般人の議論の未成熟さを感じさせられるケースだ（自らも顧みてだが）。最近では主催側も心得ていて、「意見ではなく質問を」と注文をつけるようになっているが、それでも意見を述べる強者もいる。いっそのこと質疑応答をやめて、時間不足で消化不良になりがちな講師（パネリスト）の話やディスカッションにその分の時間を割いた方がいいと思うのだが。

（『多島海』二〇一四年・冬　第一二号）

■「唐獅子」

『沖縄タイムス』文化面のコラム欄。一〇名の執筆者が半年間、月二回担当。私は二〇一五（平成二七）年の上半期（一月～六月）を担当した。執筆者紹介では、「放送局勤務体験と、定年後のライフワークである沖縄の戦後史や世相を中心につづります」と抱負を述べている。

最後？のイザイホー

過日来沖された歴史学者の色川大吉氏の懇親会に出席した折り、会場に展示された新聞記事が目に入った。1978（昭和53）年のイザイホーに氏や民俗学者、著名な写真家などが久高島を訪れたことを紹介したものだが、メインは「薄れた〝荘厳さ〟

記録性のみ浮き彫りに」という見出しの記事で、「テレビの明るすぎる照明が、参観者の期待を裏切り、違和感さえ与えた」と手厳しいものだ。私は冷や汗が出る思いだった。その当事者だったからである。

イザイホーは久高島で30歳から41歳の女性が島の祭祀《さいし》組織に新たに加わる就任儀礼で、12年毎の午《うま》年の旧暦11月15日（今月5日だったが中止に）から5日間行われる。当時、私は地元放送局のディレクターとして島に2週間滞在した。

戦前から4度目の調査という湧上元雄氏（当時琉球大学教授）によれば、1942年は部外者が鳥越憲三郎氏（古代史）と2人だけだったのが、54年は20余人、地元が公開に踏み切った66年は400～500人に増え、報道陣や一般見学者も目立つようになったという。番組スタッフが映像を見て事前学習したのは66年の記録だった。モノクロの映像は確かに荘厳で、秘祭を思わせるものだった。

78年は人口380人の島に1000人以上が押し寄せたため、2、3軒しかない民宿、公民館は満杯になった。そのため小中学校の校庭が開放され、テント村が林立した。私たちは空き家を借用し、寝袋持参、自炊をして取材にのぞんだ。

さて「明るすぎる照明」だが、県や村、区の通達でフラッシュの使用が禁止されたので、関係者が集まって照明の明るさについて協議した結果である。公共放送局ということから当方に調整役がまわってきた。苦労してまとめたのだが、結果的に、初日のクライマックスともいうべき「夕神遊び」が行われたウドンミャー（御殿庭）は演劇の舞台のようだと批判された。私には苦い思い出である。

その後、90年、2002年、14年のイザイホーは対象となる女性や、祭りをつかさどるノロの不在で3回連続の中止となった。国内的にもまれで貴重な民俗行事だけに惜しまれる。36年前、私たちが記録したものが「最後のイザイホー」の資料映像として残されていくのだろうか。

［元放送プロデューサー］以下同
（二〇一五年一月一六日）

思い出す人

東京での入局式にのぞむため日本放送協会の玄関

をくぐったのは1967（昭和42）年4月1日のことであった。当時、千代田区内幸町にあった放送会館は戦前（1938年）にできた6階建ての古い建物だった。

国際局編成部に配属された私は、着任あいさつのため上司に連れられて局長室に行った。局長は館野守男といった。私が沖縄出身だと知って、沖縄戦について2、3尋ねられた。局長はアナウンサー出身とのことだったが、太平洋戦争の開戦と終戦に関わる伝説的な経歴を持った人物だった。が、それは後になって先輩から聞いて知った。

「臨時ニュースを申し上げます……帝国陸海軍は本8日未明、西太平洋においてアメリカ・イギリス軍と戦闘状態に入れり」という有名な1941年12月8日の日米開戦を知らせる臨時ニュースを読んだ人だ。また、45年8月14日と15日には玉音放送の予告アナウンスも担当している。

局長への着任あいさつの4カ月後、「日本のいちばん長い日」（岡本喜八監督）という映画が公開された。2年前に出版された同名の著書（大宅壮一編。95年再刊の決定版から著者名は実際に書いた半藤一利）を映画化したものだ。ポツダム宣言の受諾と天皇の玉音放送を阻止しようと決起した陸軍の青年将校らと政府、宮内省、放送関係者らの息詰まる攻防を14日から15日にかけての24時間をとおして描いている。その中で宮城に続いて占拠された放送局で、自分たちの言い分を放送させろと銃を突きつけて迫る将校に対して、敢然と拒否し続けるのが館野守男放送員（敵性語だったアナウンサーの言い換え）である。館野役は当時、人気絶頂の加山雄三だった。

私は映画を見た後、局内の廊下ですれ違った局長に「映画を見ました」と報告したらニッコリされた。館野氏は後に開戦と終戦の放送に関係したことを「（両日とも宿直にあたった）運命のいたずらだった」と語っている

放送会館は渋谷の放送センターへの移転に伴い、72年12月、競争入札により総額354億余円で三菱地所に売却。その後、解体され新しいビルに生まれ変わった。

戦後70年の今年、「日本のいちばん長い日」のリメイク版（原田眞人監督）の製作が進んでいる。

（二〇一五年一月三〇日）

開戦・玉音放送 沖縄では

前回の開戦と玉音放送について、沖縄ではどうだったかという質問があったので書いてみたい。

1941年12月8日午前7時、日米開戦の臨時ニュースが放送された時、沖縄では正式にはまだ放送は始まっていなかった。日本放送協会が開局を目指して準備していた時期だったが、たまたま臨時ニュースを自宅で受信した技術職員の報告を受け、沖縄局長の判断で試験電波として発射したのだった（NHK放送文化研究所「沖縄放送局」）。5回放送されたうち午前9時半の最後の放送だった。これがきっかけとなってラジオ店では受信機が売り切れ続出だったという。首里市（当時）寒川町に沖縄放送局が開局したのは3カ月後の42年3月19日のことである。

玉音放送はどうだったか。戦火の中を着の身着のままで逃げのびた人々がほとんどだっただけに、一般住民で聞いた人は皆無だったのではないか。「無条件降伏宣言は、ラジオが聞けなかったので沖縄県民は知らなかった」（池宮城秀意「激流」）との証言がある。

一方で玉音放送を聞いた人もいた。放送のあった8月15日、沖縄では早くも石川で沖縄諮詢《しじゅん》会（後に沖縄民政府）の設立会議が開かれている。議長の志喜屋孝信（後に民政府知事）ら代表3人が軍政本部に連れて行かれ、ラジオを聞かされた。会議に出席していた高嶺朝光（戦後『沖縄タイムス』創刊に参加）は、放送を聞いて戻った志喜屋から「半分は聞きとれなかったが、終戦には間違いないようだった」との報告があったと著書『新聞五十年』に記している。

栄養失調で羽地村（現名護市）にあった米軍の野戦病院に収容されていた瀬長亀次郎（戦後、沖縄人民党結成）はベッドの上で放送を聞き、「『終わったか』というのがその時の実感だった」（『瀬長亀次郎回想録』）と書いている。

『沖縄新報』の記者だった上地一史（後に沖縄タイムス社長）は今帰仁で米軍の命令で玉音放送を筆記させられ、米軍はそれをビラにして飛行機からばらまいた（沖縄タイムス『沖縄の証言』）。ちゃんと内容が聞きとれたということだろうか。

わが家は父親の仕事の関係で戦前から台湾に住ん

でいた。台湾ではどうだったのだろう。私は戦後3年経ってから石垣で生まれた。

（二〇一五年二月一三日）

ふたつの平和祈念像

東京勤務の時、紀行番組で彫刻家の北村西望氏を取材したことがある。長崎の平和祈念像の制作者である。1986年、武蔵野市の井の頭公園内にあった北村氏のアトリエ兼住宅で録画撮りをした。作品を収蔵した彫刻館には平和祈念像（9・7メートル）の石膏の原型が展示されていた。

氏は当時102歳。高齢ということもあって短時間の取材だったが、とても丁寧に応じてくれた。帰り際、氏から「壽」と揮毫《きごう》された色紙をいただいた。「長壽」「めでたい」という意であろう。今でもわが家の家宝として額に収まっている。

北村氏は取材の翌年、亡くなられた。その2年後、私は氏の出身地である長崎に転勤した。毎年、8月9日に平和祈念像の前で行われる平和祈念式典を中継したが、4年間現場に立ち会うことになったのも何かのご縁であったろう。

長崎の平和祈念像が完成して今年でちょうど60年になる。

平和祈念像といえば、糸満には沖縄平和祈念像がある。小学6年の時（1960年）、クラスの新聞部で祈念像を制作中の山田真山氏を取材した。新聞を見て思いついたのだろうが、祈念像をこの目で見てみたいというのも動機だった。

場所は普天間のアトリエだった。12メートルもある石膏の像の原型はすでに形を整えていた。おじゃました時、氏は高い場所で作業中だったが、中断して珍客を迎えてくれた。氏は当時75歳、白いあごひげを蓄えた好々爺《や》で、小学生の私たちに優しく接してくれた。まだカメラが普及していなかった頃なので、祈念像をスケッチして壁新聞に載せた。

氏は18年かけて原型を完成させた直後の1977年1月、91歳で逝去された（翌年、祈念像完成）。

94年、戦後50年をテーマにした大晦日《みそか》のテレビ「ゆく年くる年」で、沖縄局は平和祈念像と広場で行われる「火と鐘のまつり」を中継した。私は担当プロデューサーとして平和祈念堂にあいさつに伺ったが、応対してくれた山田昇作所長は真山氏のご子息であった。私の小学校時代の体験談に氏も驚かれたようだった。34年の時を経てゆかりの方にめぐり会ったのもまたご縁であったように思う。

戦後70年の今年、あらためてふたつの平和祈念像に思いをはせている。

（二〇一五年二月二七日）

沖縄と佐賀

先月、白磁の第一人者で佐賀県有田を代表する陶芸家・井上萬二氏（人間国宝）の沖縄で初めての個展が那覇市内で開かれた。佐賀に勤務していた時、仕事でお世話になった。ギャラリートークを拝聴しに行き、12年ぶりにお目にかかった。

沖縄と佐賀は意外に関係が深い。佐賀で二つの大学を創立した永原マツヨの夫は、宜野湾出身の法律家・佐喜眞興英である（佐喜眞美術館の道夫氏は孫にあたる）。

初代の沖縄県令（明治12年―14年）の鍋島直彬《なおよし》は肥前（佐賀）鹿島藩の当主であった。直彬は旧鹿島藩士30余名を伴って沖縄に赴任した。県令としての功績では、師範学校を設けて教員の養成を行うなど教育制度の改革がある。

直彬が残した159点の沖縄関係文書は、1966年に孫によって琉球政府に贈呈され、現在は「鍋島直彬沖縄関係文書」として県教育委員会に保管されている。

佐賀の歴史を研究している知人の末岡暁美さんによると、明治13年の「沖縄県職員録」では、176人の職員のうち出身県別にみると28府県中、佐賀県（当時は長崎県に属していた）が49人（沖縄県は37人）で最も多い（末岡「佐賀と沖縄の関係」）。

その末岡さんから一昨年、久米島で行われる「鳥島移住記念行事」に参加のため来沖するという連絡があり、10年ぶりに再会した。

明治29年から17年間、島尻郡長を務めていた佐賀出身の11代齋藤用之助にまつわる行事であった。用之助は明治36年、硫黄鳥島が大噴火した際、先頭に立って島民約700人全員を無事久米島に移住させた。移住地は鳥島と命名され、地元では今でも恩人として語り継がれている人物である。東日本大震災後、佐賀の民放が「大災害時のリーダー」の象徴として用之助を主人公にしたドキュメンタリーを放送した。

記念行事には佐賀から14代用之助氏をはじめ用之

助顕彰会の関係者が来沖、那覇で開かれた交流会に私も出席する機会を得た。

糸満の大度浜には用之助が整備した港が「用之助港」として今もその名をとどめている。

私は定年で退職後、帰郷して3年余になるが、毎年1月には直彬と同郷（鹿島）の知人から有明海で採れた一番海苔《のり》が送られてくる。

（二〇一五年三月一三日）

吉村さんから学んだこと

今月3日、太平洋戦争中に撃沈された戦艦武蔵らしい船体がフィリピン沖の海底で発見されたというビッグニュースがあった。私はすぐに小説「戦艦武蔵」の作者吉村昭氏のことを思い浮かべた。氏には「殉国」「敵前逃亡」「剃刀」など沖縄戦関係の作品がある。

1993年、私は長崎に勤務していた時に、テレビの生中継番組で氏と1週間ご一緒した。そして、氏との対話や作品をとおして取材にのぞむ姿勢について多くを学んだ。現場に行く、当事者に会って証言を得る、複数の人間に確認する、多くの資料に当たる、裏をとる――これらは取材の鉄則だが、改めて肝に銘じた。

史実にこだわる氏には、わずか2行の文を書くために東京から鹿児島に飛んだエピソードがある。「生麦事件」を執筆していた時、夜明けに目を覚ました。アラブ系の大きな馬に乗っていた英国人の肩を薩摩藩士が斬り下げられるのか、疑問が湧いて眠れなくなった。記録を読み直し、さらに鹿児島に飛んだ。そして、剣術の専門家を訪ねあてて実演してもらい、初めて納得する（「史実を歩く」）。

氏とは毎晩のように当日の反省と翌日の打ち合わせを兼ねて酒席を共にした。氏の好む店は、おでんや餃子《ぎょうざ》などの小料理屋である。

取材で旅に出る時は大抵ひとりで、最大の楽しみは夜、うまい食物を肴《さかな》にうまい酒を飲むことだ。店には飛び込みで入るが、長年の勘で外観を見ただけで好ましい店かどうかはずれることは絶対にないという。また、中年以上のおだやかな表情をした男性の客が飲んでいる店ならまず間違いないらしい。

私が共感を覚えたのは、酒の席はなごやかでほのぼのとしたものでなければならない、という氏の「酒席論」ともいうべき考えである。「旅や食物のことなど、他愛ないことのみを話し、むずかしい話は御免である。……それによって酒はことのほかうまく、同席する人への親しみも増し、幸せな気分になる。これが酒の大きな魅力である」
（「縁起のいい客」）

２００６年、膵《すい》臓がんの手術後、自宅療養中だった氏は装着していた点滴の管や首の静脈に埋め込まれたカテーテルのチューブを自ら外して命を絶った。享年79。

今年5月1日は氏の生誕88年、生きていれば米寿であった。

（二〇一五年三月二七日）

沖縄とコルシカ島

一昨年、県内で発足した「バジル・ホール研究会」の末席を汚している。バジル・ホールは英国の海軍将校で、１８１６年に琉球に来航、40日余滞在し島の人々と交流を持った。英国への帰途、セントヘレナ島に幽閉されていたナポレオンを訪ね、「武器なき国琉球」を報告し、皇帝が驚いたという話は有名である。著書「朝鮮・琉球航海記」は母国でベストセラーになった。ホールに同行した海軍大尉らの「訪琉日記」や水彩画の存在が英国で確認されたとの3月30日付本紙の記事は興味深い。来年は来琉２００年に当たる。

私の記憶にある最初に読んだ本は小学5年の時、ナポレオンの伝記だった。ナポレオンと沖縄（琉球）が関わりがあったことを琉球史で知ったのは20代の頃だ。その歴史的事実がひどく嬉《うれ》しくて当時、東京の職場で主宰していた同人誌に「オキナワとナポレオン」の表題で自慢げに書いたことがある。

その後、私の関心はナポレオンが生まれたコルシカ島にも向いた（２００８年に県立博物館・美術館で開かれたコルシカの音楽祭で初めて彼《か》の地の旋律にふれた）。

沖縄とコルシカは似たような歴史と風土を持っている。「コルシカ島」（ジャニーヌ・レヌッチ／１９９９年刊）の訳者（長谷川秀樹）のあとがきによれば、近代以前に独立国だったこと、その後封建的な国家により武力併合されたこと、戦争で大きな戦禍を被ったこと、独特の民族文化（言語、姓名、音楽、料理、住居など）を形成していること、「日本と沖縄」「フランスとコルシカ」との間に見られる「アイデンティティー」が強く意識されていることなどである。「同じ島嶼《とうしょ》地域として沖縄の人たちの目に本書が触れることを願ってやまない」と訳者のまなざしは沖縄に向けられている。

　沖縄とコルシカで異なった点でいえば、沖縄には戦後70年ずっと軍事基地が存在し過剰な負担を強いられているが、コルシカでは1960年に計画された地下核実験基地が島民の猛反発で白紙撤回されたことがある。そして、コルシカでは独立運動を指導したパスカル・パオリのような英雄が登場したのに対し、沖縄は「オール沖縄」の名の下にいまだに闘いが続けられていることだろうか（と書くと、いささかこじつけにすぎるだろうか）。

（二〇一五年四月一〇日）

伊江島にて

　今月19日に伊江島で行われたアーニー・パイルの慰霊祭に参加してきた。彼はピュリッツァー賞を受賞した米国の著名な従軍記者で、沖縄戦では1945年4月1日に米軍とともに本島中部の海岸に上陸。16日には伊江島に移動した。18日、米軍のジープで前線に向かう途中、日本兵の銃撃弾に当たり死亡した。45年6月、米軍によって記念碑が建てられ、在沖米国退役軍人会が慰霊祭を行っている。

　伊江島といえば、私は2人の人物を思い浮かべる。

　ひとりは阿波根昌鴻氏である。1980年、「新日本紀行」というテレビ番組の事前取材で団結道場を訪ねた。当時氏は79歳、50年代の米軍による土地の強制接収を中心に話を伺った。「陳情規定」を設けて整然と米軍と対峙《たいじ》した闘いは「無抵抗の抵抗」といわれた。沖縄本島を縦断して伊江島の実情を訴えた「乞食《こじき》行進」など、氏は島の住民たちを指導して先頭に立って闘った。

　結果的に紀行番組のコンセプトの問題や時間的な制約もあり、氏や団結道場については番組ではとり入れられなかった。

　今、辺野古や高江などでは、伊江島闘争の「無抵抗の抵抗」の思想が受けつがれていると聞く。

　もうひとりは井上ひさし氏である。氏は2010年4月9日に亡くなったが、主なき書斎には「琉球語便覧」（伊波普猷監修）が置かれていたという。

氏はその15年前に、「伊江島で敗戦後の47年3月まで、ガジュマルの木の上で生きのびた2人の日本兵がいた」という話を聞いて興味を抱き舞台化を考えた。

井上作の「木の上の軍隊」は1990年4月に上演される予定だったが、台本が書けず公演中止になった。2010年7月に再度上演が企画されたが、公演3カ月前に氏が急逝したことにより実現しなかった。しかし、氏の遺志を継いだ関係者らが井上原案を基に台本を完成させ、藤原竜也らの出演で13年4月に上演された。私はテレビの劇場中継で見た。井上台本であればどんな展開だったのだろうかという関心もあったが、彼が心を寄せた沖縄への思いが実現したことに胸が熱くなった。

慰霊祭の後、私はガジュマルの木を訪ね、「木の上の軍隊」に敬意を表して島を後にした。

（二〇一五年四月二四日）

変貌する街

前回、沖縄戦で殉職した米国の従軍記者アーニー・パイルについてふれたが、戦後彼の名を冠した映画館が那覇に出現した。

1948年1月、米軍占領下、まだ開放されてなかった那覇の牧志（現在のてんぶす那覇付近）に、当時うるま新報那覇支局長だった高良一氏が「人々に娯楽を提供したい」と米軍にかけあって建てたものだ。米軍にも受けがいいように「アーニー・パイル国際劇場」と名づけた。2年後、牧志街道の蔡温橋～ガーブ橋間で店を営む人々によって「国際大通り会」（現・国際大通り商店街振興組合）ができ、「国際通り」という名が世の中に定着していった。

国際通りの繁栄は、「国際」がついた四つの通り会にあったデパート（リウボウ・山形屋・大越百貨店＝70年に沖縄三越）と、通り近辺を含めて12館もあった映画館を中心に、書店や衣料品、靴、食堂など人々の日常生活と結びついた店舗によってもたらされた。

そのいきさつを書いた拙著『沖縄・国際通り物語――「奇跡」と呼ばれた1マイル――』が出てから17年になる。「十年一昔」という。あれから国際通りは大きく変貌した。

現在ではデパートはリウボウ1店だけとなり、映画館も一時はすべて閉館になった（その後、桜坂劇場、パレットシネマができた）。昔からの店舗は閉じた所が多く、今や通りの約9割は観光関係の店舗で占められ、経営も本土資本が増えたことで商店街の組合加入率は6割弱という状況である（2014年4月現在・那覇市国際通り商店街振興組合連合会調べ）。

そして、国際通りが今また大きく変わろうとしている。3月、沖縄三越跡にできたHAPINAHA、6月と7月に相次いで開業するグランドオリオン跡の「国際通り屋台村」、桜坂の外資系ホテル、今後計画されている国映館跡、沖映本館跡のホテル建築、那覇タワー跡や牧志1丁目3番地区の再開発計画などである。

観光客1千万人達成の目標に向かう中での現象かもしれないが、一方で私は、地元に暮らす人々の居場所はどうなるのだろうという思いを抱いてしまう。

私は拙著のあとがきで「街は変貌する」と書いたが、正確には「街は変貌し続ける」とした方がいいのかもしれない。

（二〇一五年五月八日）

瀬長さんと西銘さん

18年前の1997年5月20日、瀬長亀次郎氏と西銘順治氏は那覇市から同時に「名誉市民」の称号を贈られた。かつてともに務めた那覇市長としての功績にとどまらず、戦後沖縄をリードした保革両雄の政治家に対する敬意も込められていたのだろう。

「那覇市名誉市民」の条例は、西銘氏が市長だった1963年12月に提案され、制定された（これまで11人顕彰）。34年経って自らにまわってきたことになる。

思想・政治信条は相反する二人であったが、多くの共通点と交流があった。二中出身、新聞社社長、政党党首（総裁）、那覇市長、立法院議員、衆議院議員――そして、同時に那覇市の名誉市民となり、最後は同じ年（2001年）に亡くなった。

西銘氏が20代で興した新聞社が城岳付近にあった頃、近くに瀬長氏の自宅（人民党本部が隣接）があり、よく出入りして酒を酌み交わした。他の同席者が酔いつぶれる中、酒豪の二人だけで泡盛をつぎあい夜を徹して談論風発を重ねたという。14歳年長の瀬長氏は40代――後に政敵となるが、年齢差を超えて沖縄の将来を心底憂える者同士の交流であったろう。

二人の足跡をたどると、沖縄の戦後史が重なって見えてくる。二人を中心にした戦後史をまとめたいと思い、この10年くらい関係者からの聞き取りを続けている。

若き日の西銘氏が映画「革命児サパタ」を見て感動し、メキシコ革命と米軍の圧政を重ね合わせて「サパタになろう！」と宣言したエピソード（元新聞社仲間の証言）、西銘知事と県議会の共産党議員団が対立状態にあった時、知事に電話を入れて面会した瀬長氏（当時・衆議院議員）とのうちとけた様子を見た瀬長元秘書の「肝胆《かんたん》相照らす仲とはこういうものか」との述懐などは印象深い。

瀬長氏が好んで揮毫《きごう》した「不屈」が辺野古の抗議船名に付けられるなど、今あらためて「カメジロー」がクローズアップされている（本紙「カメジロー抵抗の足跡」も時宜を得た連載であった）。

西銘知事であれば大浦湾の埋め立てに対してどういう判断を下したのだろうか。

二人が健在であれば、未《いま》だに続く沖縄問題にどう向かったのか大いに興味のあるところである。

（二〇一五年五月二二日）

ｉｆ

毎年６月３日がやってくると、長崎勤務時代の雲仙普賢岳災害を思い出す。１９９０年11月、１９８年ぶりに噴火した普賢岳は次第に土石流、火砕流が頻発し、ついに91年６月３日に大火砕流が発生、「定点」（絶好の撮影場所で報道陣の定位置）で取材していた報道陣や警戒中の地元消防団員ら43人が犠牲になった。同僚のカメラマンとライトマンも巻き込まれ、大やけどを負って亡くなった。

あの時、もしかすると私も当事者になっていたかもしれない。その日、私は有明海沿岸４県に向けた地域放送の立ち上げのため島原に日帰り出張し、放送態勢が整ったら「定点」付近を見学して帰る予定だった。その矢先の16時８分に大火砕流が発生。結局、私は緊急報道対応のために10日間足止めにされた。もし、早めに現場に行っていたら……と思うと運が良かったとしか言いようがない。

歴史に「ｉｆ」はないが、ネット上では「歴史の

ｉｆ検討委員会」なるスレッドがあり、日本史や現代史などさまざまな分野でユニークな「ｉｆ」が展開されている。「もし沖縄戦がなかったら」の項目には、「アメリカに支配されることはなかった」「鉄道は名護まで延伸」「音楽『さとうきび畑』『島唄』などは存在しない」などが書き込まれている。過去をあれこれ詮索しても徒労かもしれないが、想像力がふくらんで楽しい。

　歴史の「ｉｆ」で私を慄然《りつぜん》とさせるのは、１８７９年、沖縄の帰属問題をめぐる明治政府と清国の交渉の中でグラント（18代米大統領）が出した「宮古・八重山を中国領土とする」という「分島・増約（改約）」案である。もし通っていたら今頃、先島は中国であり、私も中国人になっていたかもしれないのである（いや、私の祖先は憤然として島を脱出したであろうし、必ずしも私自身が八重山で生まれたかどうかはわからない）。

　歴史の「ｉｆ」はないが、現在や未来を考える上で「ｉｆ」の視点に立つことは意味のあることだ。例えば、基地や原発問題において「もし自分の町に基地や原発があったら」と考えたら決して他人事《ひとごと》ではないはずである。「沖縄や福島の人に寄り添う」という為政者の言葉が言葉だけに終わって空虚なのは、相手の立場に立って考える想像力、「ｉｆ」がないせいだろう。

（二〇一五年六月五日）

20年目の「平和の礎」

作家の笹沢左保氏が月産で最高１５００枚の原稿を執筆していた頃、締め切りが迫って徹夜が3日続き、眠らないように立って書いたことから「笹沢は立って執筆する」という伝説が生まれた（仕事で氏にお会いした折り確認したら事実だということだった）。

　放送業界では、映像編集や台本書きで一晩徹夜することは珍しくない。私もある時期、1年間毎週1日は徹夜になる仕事を担当したことがある。しかし、その後に初体験した二晩連続の徹夜はさすがに疲労困憊《こんぱい》の体であった。

　１９９５年、沖縄放送局では6月23日に除幕する「平和の礎」をテーマに看板番組の「ＮＨＫスペシャル」を制作した。放送は２日後の25日。制作の作業場はすべて東京だった。追い込みの編集とコメント書きのため、二晩の徹夜を余儀なくされた。一晩目の編集の徹夜はいつものことだが、二晩目のコメント書きは睡魔との闘いであった。座って書くとどうしても居眠りしてしまう。途中から清書係の担当ディレクター以外の私を含めたプロデューサー、デスクの3人は立ってコメントを考えるようになった。コメントが思い浮かばず沈黙の時間が続くと身体がガクッと前後左右に崩れてしまう。

何とか乗り切って台本を仕上げ、ナレーション、音楽効果、字幕を入れて放送当日に完成。こうして「沖縄23万人の碑《いしぶみ》～戦後50年目の祈り～」は放送された(完成時の刻銘者は23万4183人)。

戦後70年の今年、久しぶりに礎を訪れた。20年前、若木だったクワディーサー（モモタマナ）がしっかりと根を張り繁茂していた。「人を呼ぶ木」「悲しみの涙の分だけ成長する木」といわれる。やはり大勢の訪問者の涙で大きくなったのだろうか。

今、「平和の礎」をめぐって新たな動きが見られる。一つは、世界中の戦没者をインターネット上に刻銘しようという「世界平和の礎」への取り組み。もう一つは、「平和の礎」を創設した沖縄の人々を２０１６年のノーベル平和賞に推薦しようという活動である。いずれも「平和の礎」の理念を海外にも広げようという有志による斬新でユニークな挑戦である。

「平和の礎」創設から20年、今年は新たに87人が追加刻銘され、24万１３３６人になった。

（二〇一五年六月一九日）

追記：二〇二三（令和五）年、三六五人が追加され二四万二〇四六人に。

■新聞、雑誌、その他の寄稿

№２以下

昭和五十一年があけてすぐのビッグニュースといえば、中国の周恩来首相の死去であろう。私はこの報に接した時、彼はとうとう№２のままで終わってしまったのだな、と思った。私は別に中国びいきでもないし、周恩来について詳しく知る者でもないが、なぜかしら彼を好ましく思っていた。〝偉大なる指導者〟毛沢東よりも、常に№２の地位にいながらも、コツコツと内政外交に力を注いでいた周恩来の方が好きだった。

周恩来に限らず、私にとって魅力ある人物は、№.2あるいはそれ以下の人間なのである。

私の生来の「№.2以下」好みは、判官びいきと天の邪鬼からきているかも知れない。大勢の人々に圧倒的支持を得ている者や、チヤホヤされている者に対して、私はいわれない拒否反応を起こしてしまう。

私がかつて愛したスターたちも、決して№.1ではなかった。

東映時代劇に夢中だった小学生時代は、大川橋蔵や中村錦之助よりも東千代之介の方が。日活アクション映画華やかな頃は、石原裕次郎や小林旭よりも二谷英明が。松竹女優陣の中では、岩下志麻や鰐淵晴子よりも倍賞千恵子が。柏鵬よりも佐田の山、長嶋よりも王ｅｔｃ。

私のひそやかな自負は、こうしてあげた「№.2以下」の人々が、後には必ず№.1なり人気スターに成長していることである。王にしても、投手としてデビューした当時は全くさえなかったし、打者に転向してしばらくも三振バッターであった。いずれ大物になると信じてはいたが、これほどの大打者になろうとは、正直のところ想像以上である。

想像以上といえば、彼女たちの場合もそうである。
四、五年前、ある歌謡番組でアシスタントガールをやっていた三人娘がいた。まだ十五、六歳のあどけなさをいっぱいに湛えた少女たちだった。その無名の少女たちとは、よく社員食堂で一緒になった。衆人環視の中で食事をしていたスター歌手と違って、少女たちは殆ど目立たない存在だった。目立たない存在の少女たちが、スター歌手を、番組を盛り上げようと一生懸命、跳んだりはねたりしている姿が私は好きだった。無名の少女だった彼女たちは、今やキャンディーズとして若者たちのアイドルに成長している。いつぞや、日大講堂で何千人ものファンを集めてリサイタルを開いたという記事を見たことがある。私は嬉しく思う反面、もう私の手から離れてしまったなと思う。特に肩入れした訳でもないし、私の手中にあった訳でもないから全く勝手な言い草なのだが、私のファンたるスターは、私が静かに声援できる存在でないと困るのである。大衆のアイドルになったキャンディーズよりも、社員食堂でわれわれと同じ定食を食べていた無名の少女たちが、私は懐かしい。

私は、熱烈なファンとはいえないかも知れない。が、所詮、スターは虚像にすぎない。もともと私は、熱烈に好きになることがない。人気スターに群がる熱狂さは、熱しやすく醒めやすいものだ。

私の場合、熱烈ではないが、気長で深い。倍賞千恵子にしても、もう十四年来のファンなのである。

息の長いファンにとってみれば、後から出てきて博学多識をひけらかす連中の存在は、何とも疎ましい。

映画「男はつらいよ」もそのひとつ。

十六作を数えるこのシリーズ、今でこそ爆発的人気を呼んでいるが、八、九年前にテレビで放映していた時はパッとしなかった。

しかし、私は、脚本の丁寧さ緻密さと、作品に流れるユーモアと温かさに注目し、毎週欠かさず見ていた。寅さんは№Xの中にも入らない、その他大勢の人間だけれど現代人が忘れてしまったような人間の優しさを持っている。

後に映画化されるや、あっというまに日本中を席巻したのは周知のとおりである。正当な評価をすれば、至極当然な結果である。

私が不満なのは、すぐにブームに飛びつく連中のことだ。今では「寅さん通」を自認する人は多いが、素人・玄人といわず、いかにも通ぶる連中の姿には白々しさを覚える。しかし、私も、我こそ発掘者なりと自慢するのはよそう。私より以前に、私のような人がいたかも知れないのだから。

ところで、私はといえば、あいにく報道番組の仕事なのでタレントたちとのつきあいはない。もし芸能番組がやれたら、私の愛する№2以下のタレントに大勢出演してもらうつもりである。

とりあえず実践すべきは、私にとって№1の女性に〝熱烈〟なラブレターをぜひ書かねばと思っているきょうこの頃である。

［NHK名古屋放送局ディレクター］
（『世界政経』一九七六年五月号）

映像および放送とクラシック音楽

私はクラシックオンチである。こういうパンフレットにクラシックオンチが一文を寄せるのは甚だ僭越なのだけれど、この際それを承知であえて書きます。

最近、クラシックで驚かされたことがある。もうあまりにも有名になってしまったコッポラの「地獄の黙示録」における「ワルキューレの騎行」である。ヘリコプター軍団が狂気のように戦場に突っ込むシーンの迫力もさることながら、ワーグナーを使ったことの発想、それが想像以上の効果（まさに狂気じみた戦争行為）をあげていたことの驚き、いちいち感心することばかりであった。

そういえば、コッポラが師と仰ぐわが黒澤明監督もクラシックを使うのがうまい。今ではウィスキーのCM音楽になってしまった感のあるハイドンの「驚愕」は、実は昭和四〇年の名作「赤ひげ」で使用したものである。ハイドンと時代劇―結びつかないようでいて、実にぴったりと結びついた不思議さと新鮮さに、私はやはりうなったものである。蛇足ながら、クラシックを使うのがうまいふたりの巨匠が「影武者」と「黙示録」で今年前半の映画界の話題を独占したのは、単なる偶然であろうか。

ところで、テレビのディレクターの末席を汚している私はと言えば、いつもポピュラーとかイージーリスニングなどをBGMに使用しているが、いつかクラシックでもって思いがけない番組効果をあげたいものだとひそかにねらっている。

テレビといえば、NHKに「名曲アルバム」という番組がある。昭和五二年に始まって以来、クラシックを中心に東西の名曲二〇〇曲以上を放送している。音楽や作曲家にまつわる土地の美しい映像による紹介と相まって、五分というミニ番組ながら幅広い人気を得ている。身内同士では、あの番組の企画者はただで外国に行けるからいいとやっかみ半分の羨望を持つ者もいるが、我々の世界では「初めに企画ありき」で、何でも最初に考え出した方が勝ちである。なるほど、こういうものでも番組になるのか、とまだ若輩の私などは企画者に敬意を表した次第。

企画といえば、放送された曲のうち一〇〇曲がレコード化されたのだが、発売元のレコード会社自身がビックリするくらいに売れているという。レコード会社の話によると、普通、クラシックというのは売れる枚数が決まっていて見当がつくらしいが、今度ばかりは予想以上の大ヒットで、クラシックとしてはいちばんのベストセラーになっているらしい。おそらく、レコード会社内部でも、この企画をした人が鼻高々になり、それを羨む人が臍をかんでいるに違いない。

最後になってしまったが、今度日本フィルの大川内氏によるリサイタルを企画実施する沖縄フィルハーモニック協会の今後の発展を祈りつつ、さらに多くのクラシックに接するチャンスを県民に与えてくれることを希望したい。

そして今回のリサイタルの御成功を願ってやまない。

［NHK沖縄放送局ディレクター］
（一九八〇年一〇月「大川内弘リサイタル」パンフレット）

私と葉隠　洋画に見た「葉隠」

巡り合わせであろうか。佐賀に赴任して観た「ゴースト・ドッグ」（ジム・ジャームッシュ脚本・監督）は「葉隠」にインスピレーションを得て制作された映画であった。九九年カンヌ映画祭で拍手喝采を浴びた作品だ。一九七九年に英訳本が出た「葉隠」は海外でも版を重ねており、「大変感銘を受けた本」と監督は述べている。

物語は―かつて恩を受けたマフィアのボスを主として忠誠を誓う黒人の殺し屋（愛読書は「葉隠」）が、あるミスから逆に主の命令で組織から命を狙われる。結局、ラストの決闘で、彼は弾の入っていない銃で相手に撃たれる。主に忠義を尽くし、自ら殺されることで〝武士道〟を貫くのである。こうしたストーリーの随所に、「葉隠」の英文とモノローグが挿入される。

映画は米日仏独四ケ国の合作だが、「葉隠」の思想は欧米人にどう理解されたのだろうか。日本では映画を観終わった後、「葉隠」を知らない若い人々が本を買い求める現象がみられたという。

「武士道」「滅びゆく者の美学」に感銘を受けた若者は多かったようだ。足元を見ず、外からの教示で初めて「日本固有」のものを再認識させられるのは毎度のことである。アフォリズム（箴言）を敬遠しがちな彼らが「葉隠」に接してどんなことを感じたのか、大いに興味のあるところである。

ところで、中学時代からアフォリズムにかぶれていた私にとって、「葉隠」はすんなり溶け込めた座右の銘たる哲学書である。

［NHK佐賀放送局副局長］
（『葉隠研究』二〇〇一年四五号）

昭和は遠くなりにけり

平成生まれが初めて成人式に出席した―という今年（二〇〇九年）の「成人の日」のニュースに接して感慨深いものがあった。そして、私の脳裡には「昭和天皇体験」ともいうべき記憶がよみがえった。

最初の体験は、一九八七（昭和六十二）年である。この年十月、天皇は沖縄で開催される国体に出席される予定になっていた。実現すれば戦後初めての沖縄訪問であった（大正時代、皇太子のころに欧州訪問の途中立ち寄られたことがある）。戦後、「人間天皇」を宣言、八年間にわたる全国巡幸を行ったが、唯一沖縄だけは残っていた。

当時、NHK福岡放送局のディレクターだった私は、国体の応援要員として沖縄に出張することになった。担当は競技ではなく「天皇班」だった。競技以外の天皇に関わる行事や、緊急事態が発生した時の対応要員である。

しかし、天皇は慢性膵炎の疑い（腺がんが確認された）で九月に手術を行ったことから、最終的に沖縄行きは中止になった。天皇の名代として国体には皇太子夫妻がご臨席され、私の役割も「皇太子班」に代わった。

二度目は一年後（一九八八）の九月。私は同僚三人でソウル五輪ツアーを計画し、旅行会社への手続きも終えていた。ところが、十七日の五輪開会式の翌日、天皇は発熱し、それ以後、吐血、下血を繰り返す状態に陥った。当然のことながら私たちの五輪ツアーはキャンセル。二十日からNHKと民放は特別編成の終夜放送で症状を伝えるようになった。特別報道体制が長引くにつれて、地方局からの応援派遣が増えた。やがて私にも順番が回ってきて、年末年始の二週間、東京出張を命じられた。東京では局内勤務と皇居、宮内庁からの中継を担当した。幸い私の応援期間中にいわゆる「Xデー」はなく、正月三カ日が過ぎて福岡の自宅に戻ることになった。

三度目は一九八九年、わずか一週間で終わることになる「昭和六十四年」だった。年末年始を妻子に不義理した私は、六日から津屋崎方面に一泊の家族旅行に出かけた。六歳と四歳だった二人の子どもはそれまでの不満も忘れてアイススケートに興じた。そして、次の日もスケートの約束をして宿に帰った。

翌日、朝食をとろうと食堂に行くと、係の人が鏡餅を片づけているところだった。「まだ松の内だというのに、ずいぶん片づけるのが早いですね」と言うと、「天皇陛下が亡くなられたので……」との返事（七時五十五分、天皇崩御の記者会見が中継された）。天皇報道に携わった関係から、いずれ「Xデー」がとの思いはあったが、いざ崩御の報に接すると、ついに来るべき時がきたかと衝撃を覚えた。ひとつの時代の終焉《しゅうえん》に立ち合うのは初めての体験だった。慌てて職場に電話すると、「すぐ出勤するように」とのこと。まだ事情も把握できない子どもたちに平謝りして、急遽、帰り支度をしたのだった。

一月七日午後、小渕官房長官が「平成」と書かれた額を掲げて新しい年号を発表、翌八日から改元された。

半年後の七月、私は長崎に転勤したが、まさか転勤先でも「体験」が続こうとは思いもよらなかった。翌年一月、本島長崎市長が右翼団体の男に銃撃され、全治一カ月の重傷を負う事件が発生した。一九八八（昭和六十三）年の市議会で天皇の戦争責任に言及したことが発端だった。天皇の容体が悪化していた中での発言だっただけに物議をかもしていた。私はまた一連の取材、報道に忙殺されることになった。四度目の「体験」であった。

「明治」「大正」が私にとって歴史上のことだったように、平成生まれの若者たちにとっては「昭和」も、もはや「歴史」にすぎないに違いない。平成生まれが初めて成人式に出席した今年の「成人の日」のニュースを見ながら、私は「昭和天皇体験」の日々に思いを馳せていた。

［(株) NHKプラネット九州支社長］
（『西日本文化』二〇〇九年六月号）

書も読み、町へも出よう

「会社をリタイアした団塊シニアの中で、やることが見つからず、地域の活動にも溶け込めない人が増えています」―団塊世代の定年後の生き方をテーマにしたテレビ番組（NHK「クローズアップ現代」二〇一三年一二月一〇日放送）のナレーションである。インタビューでは、「朝起きてやることがない。行く所がない」「何かやろうとしてもやり方が分からない。どういう仲間に入っていいかも」との声を紹介していた。へぇー、そんな人もいるんだ、と団塊世代のひとりである私は妙に感心したものである。

ゲスト出演の民間シンクタンクの研究員が「老後、大事なのは〝きょういく〟と〝きょうよう〟と解説する。今さらその歳で「教育」と「教養」が必要なのか、と頭の中を「?」マークがかけ巡った。しかし、最近は「暴走老人」が増えたり、高齢者の万引きが社会問題になっているようだから、改めてこの年代の「教育」と「教養」を説いているのかなと思い直した。

『平成二四年版犯罪白書』(法務省)によると、高齢者の検挙数は他の年齢層に比べて著しく増加傾向にあり、ここ二〇年の推移で六・三倍に増えている。東京都内での「万引」では、統計のある一九八九年以降初めて六五歳以上の高齢者の摘発者数が一九歳以下の少年を上回った(二〇一二年警視庁調査。一三年も同様)。動機は「生活困窮」「友人や相談相手が誰もいない」が圧倒的に多い。高齢者の社会的な孤立が万引きの背景にあると調査は分析している。

さて「きょういく」と「きょうよう」だが、やはりこの年代にふさわしい再「教育」と「教養」を身につけてもらわないといけないのだろうと得心していたら、実は「きょういく」は「今日、行く所がある」、「きょうよう」は「今日、用がある」ことを言うらしい。つまり、定年後は何もすることがなく、家にこもりっきりになったり、人とつきあわなくなって孤独に陥ったりする人が多くなるので、「今日、〇〇に行く」「今日、用がある」として積極的に外へ出るべきだと言うのである。強要されず自主的にということだろう。

かつて団塊世代が青春時代、寺山修司(歌人・劇作家)は『書を捨てよ、町へ出よう』と著書で若者たちに呼びかけた。学生運動が盛んな頃で、「書物から学ぶ学問なんか捨てて、幅広く社会の実相をみろ」との意味が込められていた。昨今は書物をほとんど読まずスマホ漬けの現代の若者たちに対して、「スマホを捨てよ、書を読もう」という言い方がされるが、時間のある高齢者は「書も読み、町へも出よう」ということになろうか。

三年前、私の定年退職の送別会で会社の仲間から記念品とともに、ある言葉が贈られた。福岡でよく当たると評判の女性占い師のご託宣がＡ３サイズの紙いっぱいに書かれてあった。

「カニ歩きの人生。まだ野望があり、これからひと花咲かせるでしょう！」――「カニ」は私の生まれ月の星座に因んだものだろうが、この歳（当時六三）でもう「ひと花咲かせる」とは、退職者に対するはなむけの言葉とはいえ奮い立たせる予言である。

占いの結果
カニ歩きの人生
まだ野望が
あり
これからひと花
咲かせるでしょう!
昭和２３年７月２３日生まれ

私は、「四四年間働き、そのうち一九年は単身赴任だったので、これからは新しい住まいの住所一四一四―二二の語呂合わせで〝イヨイヨ、フウフ〟しながらのんびりと過ごします」などと受けねらいの挨拶をして下がったが、占いは私の内心を見透かしたようなもので驚いた。そう、私にはまだひそかな野望があったのだ。仕事や金儲けではない。心身ともにまだいけそうな七〇半ばまでの一五年内に達成したい野望だ。まだ誰にも言わ（え）ない。いや、実際は野望というほどのものではなく、「計画」「目標」に過ぎないが、占いの言葉を借りて「野望」とした方が若々しくとてつもなく大きな決心のようで力が入りそうだ。

しかし、「今日、行く所がある」「今日、用がある」を言い訳にした時間つぶしの外出と、現役時代と変わらない自分自身の怠慢から無為に三年が過ぎた。その間、私も前期高齢者の仲間入りをした。このところ、旧友たちの訃報や病気療養の報が多くなった。大人の時間は短いという。一日一日を大切に生きようと思う。

［元放送ディレクター＆プロデューサー］
（二〇一五年三月　玉木病院「宇富屋双書 XI
途上にて―人生小考」）

「730」から30年

「4・28」「6・23」「5・15」―沖縄には歴史的な出来事を象徴する日付がいくつかある。順番に、対日講和条約によって沖縄が日本から分離された日、慰霊の日、本土復帰の日である。そして、「730（ナナ・サン・マル）」もそうである。

賛否両論の中

「730」とは、一九七八（昭和五十三）年七月三十日、それまで「車は右、人は左」だった沖縄の交通方法を、まったく逆の「車は左、人は右」に変更したことを象徴的に言ったものだ。これは、復帰に伴って本土との交通方法の違いによる道路交通上の危険を除くこと、「ジュネーブ交通条約」の「一国一交通制度」を順守する立場から実施された。本土復帰から六年も経っていたのは特別措置のためで、賛否両論ある中での実施だった。「730」によって復帰の総仕上げをしようというもので、名実ともに沖縄は「日本」との一体化がなったのである（制度上は）。

個人的なことを言えば、当時私は車の免許を持っておらず、「730」が終わって落ち着いてからにしようと思っていた。「右側」で教習を受けて、なれた頃に「左側」に切り替えるのは戸惑うからだ。今にして思えば、免許を持っていた人々の不安感というのはいかばかりだったかがよくわかる。何しろ戦後三十年余にわたって「車は右、人は左」だったものを、一夜にして一八〇度転換しようというのだから。

キャンペーン

現在、那覇市歴史博物館で「730狂騒曲」という記念展が開かれている。「狂騒」とは言い得て妙だが、実際は狂騒と揶揄《やゆ》できないくらい世の中は必死だった。一人一人の生命がかかっていたのである。

メディアは大々的なキャンペーンを展開した。NHKでは具志堅用高氏を起用したスポット（PR）を制作した。今でもテレビで「730」を回顧する時によく使用される映像だ。制作を担当したのは私である。具志堅氏は当時、世界ジュニア・フライ級チャンピオンで五連続防衛を続け、全国的な人気を得ていた。そんなヒーローに「730」を呼びかけてもらえば効果絶大である。

スポットは三十秒で、ジムで練習するチャンピオンが最後にカメラに向かってグローブをつき出し、「車は左、人は右」と叫ぶ。グローブには「730」のシンボルマークが貼られていて、そのアップで終わるというものだ。反響は大きくキャンペーンとしては大成功だった。

交通方法変更は、二十九日夜十時から県全域で交通を完全にストップし、あらかじめテープやカバーなどで覆っていた道路区画線や道路標識・信号などを新しいものにし、三十日午前六時を期していっせいに「車は左、人は右」に切り替えたのである。私もその間のテレビの生中継を担当した。「歴史」に立ち合った二日間だった。

見切り発車

当日は車同士の衝突事故などが多発、混乱はあったが、懸念された死者を一人も出さずに終了した。その年の年末までの記録では、交通事故発生件数五百六十五件、死者二十九人、負傷者百五十七人となっている（七九年「警察白書」）。交通方法変更に起因するのがどれかはわからないが、前年同期よりいずれも30パーセント前後減少しているのは、人々が慎重運転を心がけたことによるのだろう。

日本でも初めて経験する交通方法変更は何とか無事に乗り切ったが、その陰でひとりの政治家の政治生命を縮めることになった。平良幸市知事である。当時、交通方法の変更をめぐって県と国の間につぶれ地の補償問題、特別事業などで未解決の問題を抱えていた。

地元からは「見切り発車」との批判が出ていた。国との度重なる折衝や現場視察などで、平良知事は精神的、肉体的にピークに達していたといわれる。七月二十一日、全国知事会のために東京に出張中、宿泊先のホテルで倒れて緊急入院した。交通方法変更は知事の入院中に行われた。入院から三カ月後、平良知事は任期半ばで辞任した（後任を選ぶ知事選では保守の西銘順治氏が当選、政治は「左」から「右」へといわれた）。

沖縄問題今も

「730から三十年」—私の中ではすっかり定着していて、ほとんど意識してなかったというのが正直なところである。「730」のためにやむなく住居や店舗を移転、廃業せざるを得なかった人々はその後どうなったのか、つぶれ地の補償問題はどうなったか気になる点はあるが、それよりも私が日常的に心を痛めているのは、全国的にもワースト記録を持つ飲酒運転の多さであり、交通マナー、バス・タクシー運転手の接客態度、バスの定時制の問題などである。

さらに言えば、「730」は復帰の総仕上げといわれたが、それにしても復帰三十六年たってもなお解決の糸口が見えない基地問題である。沖縄にとって基地問題が解決しない限り、復帰の総仕上げにはならないのである。

［(株) NHKプラネット九州支社長］
（二〇〇八年七月三〇日『沖縄タイムス』）

「風の画家　中島潔の世界展」に寄せて

「風の画家」と呼ばれるのは、中島さんの絵から見る人が「風」を感じるからである。それは見る人によって異なる風である。私が感じるのは、そよ風であり涼風である。そして、風の中にあるのは、昔懐かしい子どもたちの姿と郷愁を誘うふるさとの情景である。色彩豊かな風景の美しさと、子どもたちの愛くるしさ。独特の「童画」の世界に心が洗われる。

中島潔さんは1943年、旧満州生まれ。終戦の年、両親のふるさと佐賀に引き揚げて来た。幼い頃から絵が好きで画家を志した。中島さんが一躍、脚光を浴びたのは1982年にNHK「みんなのうた」に採用されたイメージ画によってである。これまで6作品を手がけている。

私が初めて中島さんにお会いしたのは2000年、NHK佐賀放送局に勤務していた頃で、中島さんの全国巡回展が佐賀市で開催された時だった。翌年には当時、詩人の金子みすゞの世界に取り組んでいた中島さんを佐賀局がドキュメンタリー番組として制作した。その中で紹介した「大漁」(今回展示)は、少女（みすゞ）のまわりをかけ抜けるイワシの大群の迫力に圧倒される屏風絵である。詩に託したみすゞの生命へのまなざしを、鮮やかに絵に吹き込んだ大作である。

中島さんは童画と同じように素朴で飾り気のない人である。佐賀市内の鮨屋（女将さんが沖縄出身）で中島さんと泡盛を酌み交わした折、「ぜひいつか沖縄でも個展を開いて下さい」とお願いしたことがあるが、それから8年を経ての開催となった。

中島さんの絵は、童画から女性画（「万葉の女」）、古典画（10年がかりで完成させた「源氏物語五十四帖《じょう》」）へと領域を広げてきた。しかし、どこまでも中島潔の万葉の世界であり、中島源氏なのである。今回、これらの作品100点が展示される。

中島さんは今回の展示会を機に初めて沖縄を訪れる。中島さんの沖縄に対する思いは、「青い海」と「ひめゆり」だという。美しい海を汚した悲惨な沖縄戦に対する心の痛みと、ひめゆりの女学生への畏怖の念が沖縄訪問を躊躇《ちゅうちょ》させてきたという。

そんな中島さんにぜひお願いしたいことがある。うりずんの風、南風、あるいはミーニシやムーチービーサーを感じさせる沖縄を題材にした童画を描いていただきたいのである。中島さんの「沖縄童画」を想像するだけでわくわくする。沖縄展開催が実現した今、新たな私の夢である。

［（株）NHKプラネット九州支社長］

（二〇〇九年七月一五日『琉球新報』）

怒りと希望　8・5県民大会、それから③
島ぐるみから全国ぐるみへ

17年前と同じような光景を見ているような気がした。今回の「オスプレイ配備に反対する沖縄県民大会」実行委員会の玉城義和事務局長は、1995年の「米軍人による少女暴行事件を糾弾し日米地位協定の見直しを要求する沖縄県民総決起大会」でも事務局長として、動員に頭を痛めていた。

報道は「横並び」

当時、放送局のプロデューサーとして大会の生中継の準備をしていた私は、前夜、玉城氏を訪ねて情勢を取材した。氏は目標の5万人に届くか気をもんでいた。しかし、結果的に8万5千人（主催者発表、以下同）が集まり、大会は成功裏に終わった。今大会についても「最低5万人規模、過去最大になるよう、10万も15万も目指す気持ちで取り組む」と意気込みを語っている（7月19日付本紙）。

いったい戦後、あるいは復帰後、どれくらいの県民大会が開かれてきたのだろうか。市民大会も含めると数え切れないくらいだ。「由美子ちゃん事件」が起きた1955年の「人権擁護全沖縄住民大会」（約5千人。この時は事件も含め、当時沖縄で社会問題になっていた米軍による人権抑圧などを網羅）。翌56年の土地の強制接収をめぐる「島ぐるみ闘争」では、全島で一斉に行われた住民大会に約30万人、那覇での「四原則貫徹県民大会」には約15万人が参加したといわれる。そして、祖国復帰運動に関わる幾多の大会。2007年の11万6千人が参加した「教科書検定意見撤回を求める県民大会」、2010年の「普天間基地の県内移設に反対する4・25県民大会」（約9万人）等々。

これらの大会は本土マスコミでどのように報道されたのだろうか。メディアの習慣及び特質として、参加人数の多寡や同業他社との横並び意識によって報道する傾向が見られる。一部新聞や週刊誌の中には、航空写真と会場の面積から参加人数を算出して揚げ足をとるなど、本質とかけ離れたところでの報道も見受けられた。

政治問題で注目

少女暴行事件の場合、当初本土メディアの反応は鈍かった。それはNHK、民放、全国紙も同様であった。「せいぜいローカルレベル」「他社は扱っていない」「また基地問題か」などの反応が多く、なかなか全国的な報道に広がらなかった。本格的に報道されるようになったのは、「地位協定」がクローズアップされて政治レベルに発展してからのことである。復帰後、本土メディアでは「沖縄報道」は特別な全国ニュースではなくなっていた。

内外へアピール

「オスプレイ」も最初はそうだった。「全国的関心事」にまでなったのは、6カ所（7カ所とも）の訓練ルートが全国にまたがることが明らかになってからである。日本全体が演習場化することによって、ようやく自らの問題として意識されるようになったのである。

7月に本紙が行った「全国知事アンケート」（回答41知事）では、普天間配備と訓練実施の両方に反対したのはわずか5県にすぎなかったが、ついには全国知事会議（7月19日）において「安全性について確認できていない現状では受け入れることはできない」として緊急決議が可決されるに至ったのである。「今まで沖縄の米軍基地は沖縄の問題だったが、(オスプレイは) 本土の人間にも関わってくる」と民放のワイドショーであるコメンテーターが解説していたが、これは正しいとはいえない。沖縄の米軍基地は決して沖縄だけの問題ではないのである。

しかし、経緯はどうあれ、「全国の沖縄化」を機に全国と連携し、日本全体につながっていくような運動にしていくことが重要である。そのためにも大会を一過性に終わらせてはならない。

「反原発」と連動

以前、私が勤務していた長崎でのふたつの運動を紹介したい。ひとつは、1968年の米原子力空母エンタープライズの佐世保入港をきっかけに、毎月19日に行っている「平和」と「反戦」を訴える市民による繁華街デモ。44年続いている。もうひとつは、長崎に原爆が投下された8月9日にちなんで、毎月9日に平和公園で行っている「核廃絶」を訴える反核座り込み。33年になる。いずれも息の長い地道な活動であり、内外へアピールし続けている。

沖縄でも毎月1回、例えば普天間基地や在沖米海兵隊基地司令部のあるキャンプ瑞慶覧で抗議活動を続けていくなどの方法もあろう。喫緊の行動としては、現在東京で毎週金曜日に行われている「反原発」の集会と連動するのもよい。東京ではツイッターやフェイスブックなどによる呼びかけで集まる一般の人々、若者が多いという。今回の県民大会はブログやツイッターを開設して、参加の呼びかけや情報の共有を図るようだが、インターネット中継によって世界に発信するのもよい。

今年は復帰40年だが、沖縄はいまだに「第〇の琉球処分」「第〇の島ぐるみ闘争」という表現に違和感のない状況が続いている。オスプレイの普天間配備と国内での訓練計画を撤回させるまで「島ぐるみ」で終わらせず、「全国ぐるみ」闘争にまで発展させねばなるまい。

[元NHKディレクター・プロデューサー]

(二〇一二年八月一日『沖縄タイムス』)

危急の9・9県民大会　日米への訴え正念場

先に本紙連載「怒りと希望　8・5県民大会、それから」の第3回(8月1日付)を書く機会を得たが、実は紙幅の関係で最後の文章を削っていた。
「しかしながら、沖縄がこれほど怒り、人々が集うであろう県民大会は、本土ではオリンピック報道の陰に隠れて小さく扱われてしまうと思うと憂鬱《ゆううつ》ではある」―と結ぶつもりでいた。案の定であった加熱気味の五輪報道を見るにつけ、結果的には台風による順延は案外よかったのかもしれない。実行委関係者もいうように「雨降って地固まる」である。

　私はオスプレイの沖縄配備や県民大会のことを多くの人々に知ってもらいたいと思い、掲載記事をPDFにして、メール登録している県内外の３００人(本土関係者が多数)近い知人たちに一斉送信した。何人かから返事があった。一部を紹介する。

「１９９５年の県民総決起大会を取材しました。あの日の熱気と県民の怒りは今でもはっきりと覚えています。あれから17年たちましたが、状況は全く変わらず、むしろ悪くなっているように思えます」「県民大会を一過性に終わらせてはならない―その通りですね。長崎の息の長い運動を見習う必要がありますね」「本土では脱原発のデモが少しずつうねりを見せ始めています。原発も基地も構造は全く同じで、この構造をいつまでも続けてはいられない、という認識が少しでも広がって欲しいものです」等々。

　先月16日、米海兵隊のエイモス総司令官は声明を出し、「普天間飛行場へのオスプレイ配備は『死活的に重要だ』と訴えた」(ワシントン共同)。メア元沖縄総領事は海兵隊の沖縄での訓練について、「訓練不足のまま紛争地に配備されると、兵士が死ぬことになる」というのが持論で、同様の発言を繰り返している。これらはあくまでも「米国・海兵隊の論理」であり、生命・健康・環境が脅かされる沖縄の「死活的」な叫びは全く聞こえていない。在沖米軍トップ、グラック沖縄地域調整官の「普天間配備は県民大会後」という配慮のない発言(22日付本紙)も同様だ。

　先月18日に行われた「琉球大学地域貢献フォーラム」で我部政明教授は、「オスプレイ配備反対は海兵隊の存在そのものを問うことと同じ意味合いを持つ」とし、「海兵隊が沖縄から全面撤退しなければ問題は解決しない」と述べた。沖縄はその覚悟が問われているのである。沖縄は「沖縄の論理」で対抗し続けるしかない。

　今年３月に亡くなった評論家の吉本隆明氏は復帰

前の講演で「沖縄は復帰するも地獄、しないも地獄」と語った。沖縄返還交渉時の密使・若泉敬氏は、沖縄問題に向き合おうとしない人々に絶望、本土の実情を「愚者の楽園」と表現した。いまだ「基地地獄」の中の沖縄は、「楽園」に向けてねばり強く訴え続けていくことだ。

私は8月の大会開催日を「オスプレイ普天間配備、ハゴー（8・5）サン〈汚い〉！日米政府」なる語呂合わせで覚えていたが、今回はまさに「危急（9・9）存亡の秋（とき）」――沖縄にとって正念場の9月9日である。

［元NHKディレクター・プロデューサー］

（二〇一二年九月六日『沖縄タイムス』）

復帰45年、悪化する沖縄の状況

最近、友人二人の著書の書評を地元の新聞と月刊誌に書く機会があった。

ひとつは『復帰後世代に伝えたい「アメリカ世」に沖縄が経験したこと』(池間一武・新星出版)。「パスポート」「強制土地接収」「コザ反米騒動」「毒ガス移送」など28の項目でまとめたものだが、人権がないがしろにされ、理不尽な米軍統治下で暮らしていた時代が活写されている。

一方で「憲法手帳」「米兵犯罪と地位協定」など復帰後にも言及しているのは、復帰44年（出版時）経っても変わらない沖縄の状況、27年続いた「アメリカ世」が復帰によって終わったとはとても言いがたい、という著者の思いが込められているからである。いや、圧倒的多数の民意を無視した辺野古の新基地建設、高江のヘリパッド建設、オスプレイの強行配備と日常生活を脅かす訓練など、現況はそれ以上に悪化している。復帰前は米国政府の強権に苦しめられたが、復帰後は皮肉にも日本政府が同胞を追いつめているのである。

もうひとつは『世界のオーケストラ（2）パン・ヨーロピアン編』（上地隆裕・芸術現代社）。ヨーロッパは二度の世界大戦の主戦場になった。ほとんどのオーケストラが「戦争の中で生き、死に、復活し、再び死に、再度生き返り」歩み続けてきた。大勢の住民が巻き込まれて犠牲になった沖縄戦では、人々の生活と伝統文化が破壊された。

高校教諭を定年退職し、音楽ジャーナリストとして中央でも活躍する著者だが、書斎にとどまらず辺野古や高江闘争の現場に足を運び続けているのは、「戦争（につながるもの）はオーケストラ（音楽）を破壊する」と断じる著者の信念と危機感が駆り立てる行動なのだろう。

［元放送ディレクター&プロデューサー］

（二〇一七年六月一二日『週刊 うたごえ新聞』沖縄の叫び42）

『知事抹殺』の真実」県内上映に寄せて

国策と検察　考える映画

絵画「最後の審判」にカメラが寄っていく映像に宗教音楽風のコーラスが流れ、秤《はかり》が映し出されて左右にゆれる。そして、「裁き」の最終判断を下す者はすべてにおいて「公正中立」「正義」をもって審判されなければならない、というナレーションがかぶり、ピンセットでつまんだ重りのひとつが階段を転げ落ちていく。これから始まる映画のテーマを暗示しているかのようである。

2006年9月、5期18年にわたり「闘う知事」として地方自治を確立して共生の社会を目指した県づくりに取り組んできた福島県の佐藤栄佐久知事が辞任。翌月、不正な土地取引の容疑で逮捕された実弟の事件絡みで、「身に覚えがない」まま収賄容疑で逮捕される。一審、二審とも執行猶予付きの有罪だったが、「収賄額0円」の有罪判決は前代未聞、冤罪《えんざい》事件といわれた。

佐藤氏は元々、自民党の参議院議員を経て知事になった保守政治家だが、地方分権や原発政策をめぐって国や東京電力と激しく対立したため狙われたのではないかといわれた。当時は小泉政権、第一次安倍政権の頃である。

「知事は日本にとってよろしくない、いずれ抹殺する」―取り調べの中で、知事の弟が検事から言われた言葉である。本当に検事がこんな暴言を吐くのだろうかと思ったりもするが、弟が証言している し、過去の事件における検察の取り調べの実態を考えてもあり得ることだろう。

02年に背任と偽計業務妨害容疑で逮捕された佐藤優氏（元外務省外交官・作家）は、検事から「これは『国策捜査』なんだから」と面と向かって宣告されたことを暴露している（『国家の罠』）。

一連の出来事は辺野古問題で「国策」と対峙《たいじ》し続ける沖縄と決して無関係と思えない。「知事は日本にとってよろしくない、いずれ抹殺する」との検事の脅し文句が何やら現実味を帯びて聞こえてくるのが不気味である。
この映画は、原発、地方分権、自己決定権、山城博治氏の長期拘留にみられる人権問題、国策捜査、「共謀罪」法、メディア報道のあり方など、現在進行形の問題にもつながる多くの要素をはらんでいる。一般の方々のみならずメディア関係の皆さんにもぜひ観《み》ていただきたい映画である。
［上映実行委員会委員・元ＮＨＫプロデューサー］
（二〇一七年六月一六日『沖縄タイムス』）

「木の上の軍隊」に寄せて
沖縄公演の「風」に期待

井上ひさしにとって広島、長崎とともに沖縄はぜひとも書かなければいけないテーマだった。広島を舞台にした「父と暮らせば」沖縄公演（２００１年）で来県した際、地元紙のインタビューで「私はいつも沖縄がどこかにこびりついている」と語り、沖縄をテーマに二つ用意していることを紹介していた。

一つが「木の上の軍隊」で、もう一つは現在の上皇が皇太子時代にひめゆりの塔で火炎瓶を投げつけられた事件を基にしたものだった（こまつ座発行「ｔｈｅ座」89号）。

手製の「沖縄語辞典」まで作って準備した井上にも「沖縄」は手強《てごわ》く、なかなか書けずにいた。月刊誌「学習」（１９８５年６月号）で、敗戦を知らないまま2年近く伊江島の木の上で暮らしていた二人の日本兵（沖縄出身の佐次田秀順、宮崎出身の山口静雄）のことを知り、「これだ」とひらめいたという。

「木の上の軍隊」は90年4月に上演される予定だったが、台本が間に合わず中止になる。２００９年に肺がんが見つかり治療が始まるが、「木の上の軍隊」を書く意志が支えだったという。10年7月に公演が企画されたが、3カ月前に井上が75歳で急逝した。遺志を継いだ蓬莱竜太が井上原案を基に台本を完成させ、13年4月、藤原竜也、山西惇、片平なぎさにより初演された。

三女でこまつ座社長の麻矢は、佐次田の長男勉を東京に招いた。「芝居は良かったが、全く沖縄の匂いがしない」。勉の厳しい感想にショックを受けた麻矢は「作ったことに甘んじてはいけない」と決意し、16年の再演の時、初演を見た人から「沖縄の風が吹きましたね」との感想をもらうほど昇華したという（ジュンク堂のトークイベントから）。藤原、片平に代わり、再演から松下洸平、普天間かおりが新たな配役となり、今回の再々演が沖縄初上演となる。

1982年にNHKラジオのドキュメンタリー「沖縄・もうひとつの終戦」で取材した佐次田（当時石川市在）は次のように証言した。

「敗戦、終戦を信じなかった。いつかまた、連合艦隊が来ると思った。戦前から、日本は神の国で最後は神風が吹いて逆転すると教えられた。軍服と日の丸はビニール袋に入れて隠し、日本軍が来たら着けて出るつもりだった」「精神的に終戦になったのは、今でもない。というのは、沖縄戦が始まって以来、アメリカ軍が沖縄を引き揚げたのはかつて未《いま》だにない」

秀順は09年6月に91歳で逝った。麻矢は「父も秀順さんも、空の上から見てくれると思う」と思いを馳《は》せている。沖縄初公演はどんな匂い、風を感じさせてくれるだろうか。　（敬称略）

［読谷村、元NHKディレクター・プロデューサー、70歳］

（二〇一九年六月二三日『琉球新報』）

もろさわようこさんと沖縄の五〇年

手元に一冊のテレビ台本が残されている。表紙には「イザイホー～沖縄の神女たち～」「出演者　沖縄県文化課・当間一郎　女性史研究家・もろさわようこ」とある。一九七九（昭和五四）年三月二三日にNHK教育テレビ（現Eテレ）で全国放送された番組である。当時、沖縄放送局のディレクターをしていた私が担当した。

イザイホーは久高島で琉球王朝時代から約五〇〇年続く祭祀で、一二年毎の午年の旧暦一一月一五日から五日間行われる。島で生まれ、島の男と結婚した三〇歳から四一歳までの女性が厳しい儀式を経て神女になる神事で、七八年一二月に行われた。

出演者については取材を全部終えた後に決めることにしていた。当間氏は地元の専門家でもあり、イザイホーに関する著作もあったことからすんなり決まった。もう一人は女性の視点から語れる人を考えた。図書館で民俗祭祀や女性史関係の文献、新聞、マスコミ用の「出演者名簿」などに当たった。当時はＮＨＫ内の検索システムもまだなく、インターネットのない時代はそういう作業が普通だった。

イザイホーには多数の民俗学者、研究者、文化人らが調査、見学に訪れていた。その中で、「『原始女性は太陽であった』ことに異論をとなえる学者もおりますが、沖縄の女たちの歴史をかえりみるとき、私は、やっぱり太陽であった女たちの歴史があったことを確信します。イザイホウ《ママ》ーもその例の一つではないでしょうか」（一二・一八『琉球新報』）とのもろさわさんの言葉が印象的だった。

もろさわさんは沖縄が日本に復帰した年（一九七二年）に初めて沖縄を訪れ、久高島にも渡っていた。『おんなの戦後史』（七一年）はじめ、『おんな・部落・沖縄　女性史をとおして』（七四年）『わが旅……――沖縄・信濃・断想』（七六年）など沖縄関係の著書もあった。七四年には、宮古島と与那国島に三ヶ月滞在し、宮古島でその後の沖縄との関わりを決定づける祖神祭に出会っている。理想的な出演者であった。

出演を依頼したところ快諾していただいた。収録の一週間前に上京し、高円寺の住まい近くの喫茶店で打ち合わせをした。私が沖縄出身ということもあってか、最初から親近感を持って接していただいた。終始にこやかな笑顔で包み込むように話す姿は今でも鮮明に覚えている。四〇余年経った現在でも、その柔和な笑顔と口調はほとんど変わらない。

番組では、イザイホーの五日間の祭事を映像で紹介し、その意味や意義についてゲスト二人に解説してもらった。

「女が神になるということは、女の歴史にとって念というか、ルーツなんですね。私自身の身体でそこで立ち合わせていただいて考えたいと思って。与えられることが大変多かった」

もろさわさんは最初に、一二年待って、実際に島の女性たちが神女になる過程を目の当たりにした喜びと感動にふれた。

古代の祭祀を女性が中心になって今に伝え続けているイザイホーの意義については、次のように語っている。

「女を本土においては大変、蔑視したわけですね。蔑視して卑しめて、お前たちは卑しいんだから耐えなさいという形で耐えさせられたんです。沖縄ではそうではなくて、女を崇めて尊んで、そして人間的な地平から上にあげちゃいましてね、女たちにいろんな苦労を耐えさせたと。だから、蔑視して卑しめて耐えさせたのと、崇めて女たちをひろやかな心持ちの中でいろんな矛盾を乗り越えさせたのでは、沖縄では女たちが損なわれなかったと。女を聖化することと蔑視することも裏表になってますけど、崇めて女たちを待遇したということは女の人間性を大変損なわないで、歴史の中で伝承されてきたと思って、沖縄の歴史伝承の見事さを改めて感じました」

放送後のメディアの反響も大きく、いずれもラジオ・テレビ欄で、『朝日新聞』(三・二八)は〈女性を崇めて待遇〉として、前述のもろさわさんの発言を再録して紹介。『読売新聞』(四・一)は、〈神との対話の〝実感〟伝える　明るさににじむ「沖縄の神女たち」〉との見出しで、もろさわさんの「沖縄では女をあがめ、ひろやかな心で苦労に耐えさせた」との言葉を引用している。『中日新聞』(三・二六)は〈伝承の重みをずっしり感じる〉として、「女性史研究家のもろさわようこさんは、マスメディアがなかった時代や社会で、語り、歌、踊りから心にわき起こる感動を、身体を通して伝えてきたこの神事の意味を語っていた」と書いている。

次回のイザイホーについて、もろさわさんは「女たちが作り出した祭りの原点は忘れないで、形は変わるでしょう、生活様式が変わりますからね。形は変わっても、心はますます磨いて伝えてほしいと思っております。一二年後、続けていただいたら嬉しいと思います。女たちが伝えていることを誇らかに思います」と期待を寄せたが、残念ながら一九九〇（平成二）年以降、二〇〇二年、一四年と過疎化により資格のある女性の不足と、祭りを司る二人のノロが相次いで亡くなり後継者不在のため、中止が続いている。

放送が終わってしばらく経った頃、私の元に平凡社刊の『ドキュメント女の百年』が「著者謹呈」として送られてきた。同書は、七八年から七九年の二年にわたって全六巻が発刊された。イザイホーを取材した私に、もろさわさんからさらに「女」の歴史を勉強するよう宿題を与えられたように感じた。その後も『解放の光と影—おんなたちの歩んだ戦後』（八三年）『沖縄おんな紀行—光と影』（二〇一〇年）など出版の度に恵送していただいた。

もろさわさんが「女性」ではなく「女」「おんな」と表記するのは、「『婦人』が一般的だった時代に、蔑視の意味も含んだ『おんな』をあえて使って女性差別を見据え、解放像を探った『おんな』の実像に迫りたいという意志を込めた」ものだという（河原千春編『志縁のおんな　もろさわようことわたしたち』解説）。

女たちの解放像を探りたいとするもろさわさんにとって、沖縄は離れがたい存在になっていた。

「すでに本土で失われてしまったかずかずの女性風俗をいまなお保存している沖縄は、女性史の宝庫である」（一九七二・一〇・七『朝日新聞』）「日本の歴史においては、出土品や説話・文献の中にしか残っていない原始・古代・中世の女たちの片りんが、なお現存する沖縄は、思索の宝庫」（『新沖縄文学』一九七九年八月号）であるとして、沖縄通いを続ける。

「原始、女性は太陽であった」ことに異論をとなえる学者に対し、イザイホーに立ち会ったもろさわさんが「沖縄の女たちの歴史をかえりみるとき、やっぱり太陽であった女たちの歴史があったことを確信」した思いを強くしたことは前述したが、県内各地の女たちの祭祀をみるにつけ、ますます確信を深めるのである。

「『原始、女性は太陽であった』とする発想は、神話にすぎず、史的事実とことなるとするのが、現在の学会における通説である」と認めつつも、沖縄での実体験がより優るのである。

〈たしかに文化人類学などの『未開』社会の調査はそのことをうらづけるが、沖縄の祭祀風俗をみるとき、『原始、女性は太陽であった』地域もまた、世界史の中に存在していたのではないかと、私は考え込まざるをえない〉（『月刊婦人展望』一九七九年一〇月号）

一九八二（昭和五七）年、もろさわさんは故郷の長野県望月町に「歴史を拓くはじめの家」（現「志縁の苑」）を開設するが、彼女が沖縄の旅で最も魂をゆさぶられたという宮古島の「祖神」の祭祀が原点になっている。

〈女たちが日常性から離脱、断食、山籠りを重ね、「祖神」の憑りましになり、島人の栄えを祈る秘祭は、「愛にみちて歴史を拓く」女たちのありようを、霊性ゆたかに、感動的につたえていた。この「祖神」に学ぶこと大きく、「歴史を拓くはじめの家」

は「愛にみちて歴史を拓き、こころ華やぐ自立を生きる」をモットーに開設されている〉（『沖縄おんな紀行』）

前年に東京に転勤していた私は八五年に「はじめの家」を訪ねて再会を果たし、もろさわさんの「家」に寄せる熱い想いを伺った。

その後、沖縄の玉城村（現南城市）に「歴史を拓くはじめの家うちなぁ」（九四年・現「志縁の苑うちなぁ」）、高知市に「歴史を拓くよみがえりの家」（九八年）が開設され、もろさわさんの理想と思想が各地の女性たち（少数ながら男性も）に拡がっていくのである。

ただ「はじめの家うちなぁ」は、単純に長野の「はじめの家」の延長上に開設されたものではないように思う。もろさわさんは沖縄通いの中で、祭祀の場を訪れるだけではなく、金武湾の反ＣＴＳ（石油備蓄基地）闘争、恩納村の都市型訓練施設建設反対で闘っている女性たちの中に飛び込み、座り込みにも参加している。

もろさわさんは闘争の中からも、しっかり沖縄における「オナリ神」（兄弟を守護するといわれる姉妹の霊）信仰について学んでいる。イザイホーの番組の中でエピソードとして語っている。

ＣＴＳ闘争で知り合った助産師の話である。彼女の兄が反対運動の世話人になる時に、苦労することを心配してユタ（沖縄で呪術・宗教的職能者）にみてもらったところ、「あなたのオナリ神としての健康な子どもが生まれることを願っている霊力がお兄さんに働いて、沖縄の自然を破壊させないためにお兄さんが働くのだから、あなたはオナリ神として守りなさいと託宣されたそうです。ですから兄の反対運動を私はオナリ神になって守ります、と言ってました」

一方で、もろさわさんは沖縄の厳しい視線とも対峙する。金武湾の座り込みの現場で女子学生から「ヤマトンチュー帰れ」との声を浴びせられたのである。しかし、もろさわさんはひるまない。

〈ヤマトンチューであることの宿命はあっても、私は人間であることの自由を拠（よりどころ）に、沖縄とのかかわりを築いてきました。党派的理不尽な排撃はうなずけず、かえって『うちなぁ』開設の決意はさらに堅くなりました〉（二〇一〇年一〇月『あけもどろ』第二七号）

彼女の矜持の中で、「沖縄」がより強固になっていく。

「他府県にいてはわからない沖縄の受難を、直接身に体験、沖縄の人たちと交流、反戦の志を生きる拠点の一つとして」（『あごら』一九八九年一一月号）

沖縄の「家」の建設を志す。「はじめの家うちなぁ」は、「自らのありようを方向づける、『愛』と『平和』の発信基地が沖縄」（『新沖縄文学』一九九二年冬号）とのもろさわさんの理念が具現化されたものであろう。

もろさわさんは『沖縄おんな紀行』のあとがきで、「沖縄と関わった四十年の歳月は私にとっておろそかなものではなく、私のいのちの軌跡の一つでもある」と記しているが、復帰の年に初めて沖縄を訪れてから今年（二〇二二年）でちょうど五〇年になる。その間、多くの島々を巡って「女たち」の祭祀に立ち合い、対話し、心通わせた多くの「女たち」と交流を重ねてきた。もろさわさんは、おそらくウチナーンチュ、ヤマトンチュ含めて、最も多く「沖縄」を歩き、「沖縄」を書き続けてきた随一の女性であろう。

もろさわさんは今年、九七歳を迎えられた。「人生百年時代」を全うされて、ぜひ「もろさわようこの百年」の物語を語ってほしいものである。

［元NHKディレクター&プロデューサー
沖縄国際大学南島文化研究所特別研究員］

（『沖縄ともろさわようこ　女性解放の原点を求めて』
二〇二三年・不二出版）

■書評

『遥かなるオルフェウス』

上地隆裕・著
（那覇出版社）

本書は「辺境からの洋楽通信」というサブタイトルにみられるように、「地方の音楽ファンが中央と同じレベルで演奏芸術を語ってみたい」という欲求から書かれたものだが、著者の意図したように中央のレベルにも決してひけをとらない音楽評論になっている。所収されている文章はここ四、五年内に「音楽現代」や外来オーケストラなどのプログラムに発表したものが中心だが、どれも著者のクラシックに対する造詣の深さ、愛情がにじみ出ている。

クラシックの「慢性的飢餓状況」にある沖縄で

は、オーケストラ演奏会はせいぜい年一、二回で、外国からは戦後わずかに六団体にすぎないという。ふだんから実演に接する機会が極端に少ないため、音楽の専門家、音楽教師でさえクラシックに対する知識が乏しいと嘆く。

中央と比べて何かと不利なはずだが、著者は情報不足というハンディを感じない。大学時代は一日も欠かさずにレコードを聴き、卒業後、四年近くシカゴに住んでシカゴ交響楽団のコンサートに六百回も通い続ける。当時のことを書いた「シカゴ日記」には、若い日の著者の情熱がよく出ている。

切符代を捻《ねん》出するために三食抜き、きょうはカラヤン、あすはホロヴィッツと積年のうらみを晴らすかのように贅沢（こういう日常的文化状況でありたいが）を極める。

入手困難な第九のキャンセル券を手に入れるために、切符係に泡盛を差し入れて成功する話は、後に持ち前の体当たり精神で巨匠たちの取材をものにしていく著者の姿を彷彿《ほうふつ》させる。第一章「アーティスト達との対話」は、そういうインタビューの記録である。

このほか、老いていくカラヤンを冷静に、しかし温かさをもって論じた「帝王は黄昏の中へ」、今をときめくキャスリーン・バトルの成功譚「トップ歌手への道」など、クラシック・ファンには読みごたえがあるし、私のようなクラシック・オンチにもその魅力が十分に伝わってくる。「よい音楽」を聴くとともに、それを作り出す側の人間性にも触れたい、という著者の音楽に対する基本的姿勢が全編に貫かれた好著である。

［NHK福岡放送局ディレクター］
（一九八八年一〇月三日『沖縄タイムス』）

『世界のオーケストラ（1）～北米・中米・南米編～』　上地隆裕・著
（芸術現代社）

前人未到、空前絶後というといささか大げさだが、大著である。

本書は著者が「月刊・音楽現代」に世界中のメジャー楽団について166回にわたって連載したものに加筆修正、新しいデータを加えてまとめたものだ。今回の「(I) 北米・中米・南米編」では55

のオーケストラを収録している。それぞれの歴史や、歴代の音楽監督についてのエピソードがこれでもかというくらい詳細に記されている。紹介の最後には「推薦ディスク」までつくサービスぶりである。

小学高学年の頃、宮古島のサトウキビ畑でラジオから流れてきたベートーベンの第6番交響曲「田園」を聞いたことがオーケストラに開眼するきっかけになったという著者は、定年まで県内私立進学高校で教鞭《きょうべん》をとった。専門は音楽ではなく英語である。趣味が高じて（ちなみに、「田園」は560種のCDを所蔵）、現在はフリーの音楽ジャーナリストとして中央でも活躍している。

現役時代、厳しい時間的制約の中で世界各地をまわり、プロ・アマ合わせて500団体以上のアンサンブルを聴いた。そして、カルロス・クライバーら名だたる指揮者に直接インタビューし、まだパソコンが普及していないころは電話や手紙でのやりとりを通じて取材を重ねた。30年余にわたる成果だが、その労力、筆力に圧倒される。

来年、「（2）ヨーロッパ・ロシア編」「（3）日本・アジア・オセアニア・その他」が刊行予定だが、合わせて200以上のオーケストラが勢揃《せいぞろ》いする。先行研究書にもない規模である。冒頭の表現は全巻揃ったらという前提だ。オーケストラ、クラシック環境が恵まれない沖縄からこういう著者、著作が生まれたことは国内にとどまらず世界的に誇れる金字塔である。

320ページの横書き33行にびっしり詰め込まれた情報量は私のようなオーケストラやクラシックの門外漢には専門書の域に入るので、そう気軽に読めるものではないが、世界のオーケストラにふれるには最適の書であろう。

［元放送プロデューサー］

（二〇一五年八月二九日『沖縄タイムス』）

『世界のオーケストラ（2）上
～パン・ヨーロピアン編～』
『世界のオーケストラ（2）下
～英、露、パン・ヨーロピアン編～』
上地隆裕・著
（芸術現代社）

「怪物的書籍」とは言い得て妙である。これは、1

月29日付『琉球新報』の書評欄で『世界のオーケストラ（2）上・下』について書かれた松本大輔氏（アリアCD代表）の表現である。

全くもって同様のイメージを持った。私が同書「（1）北米・中米・南米編」の新聞書評（『沖縄タイムス』2015年8月29日）で表現した「前人未到、空前絶後」は同義語のつもりである（松本氏も文中で「前人未到」の「ドキュメント」と表現している）。

今回出版された（2）は、一冊にまとめたいとする著者と出版社のせめぎ合いの中で、結局「上〜パン・ヨーロピアン編〜」「下〜英、露、パン・ヨーロピアン編〜」の上下二巻の上梓となったようだ。該当する51か国の主要約680楽団から120団体が取り上げられている。あわせると491ページの大著である。

正直なところ（2）の書評について、私は（1）の新聞書評でだいたいのことは書いたし、それ以上のことは書けないと消極的且つ自信がなかった。しかし、うかつにも私は、（2）が二度の世界大戦の主戦場になったヨーロッパのオーケストラであることに思いが至らなかった。それは当然、（1）のアメリカとは異なるオーケストラ史、物語があるはずである。私は自分の不明を恥じ、あらためて腹をすえて大著と向き合うことにした。

ヨーロッパはオーケストラ発祥の地である。世界最古のオーケストラは1448年に創設された王立デンマーク管弦楽団で、トランペット、ケトルドラム、トロンボーンの20人足らずの小編成から出発した。日本でいえば室町時代、世界史的にはコロンブスによってアメリカ大陸が発見されるのは44年後のことだから、アメリカの歴史はまだ始まってもいないのである。

楽団は2度の世界大戦で迎えた危機も「不屈の闘志」で乗り越え、今年創立569年を迎える。時を超え、営々5世紀以上も存続してきた事実だけで、著者は「音楽が人間にとっていかに必要不可欠な存在なのかを、認識できるのではなかろうか」と音楽の持つ本質を説く。

その後、各国でさまざまなスタイルのオーケストラが誕生し、ヨーロッパはオーケストラの総本山となる。しかし、第一次世界大戦（1914〜18）、第二次世界大戦（1939〜45）で主戦場となり、国もオーケストラも多大な戦禍を被る。ただ戦火の中でも銃を選ばず楽器を持って演奏活動を続けた音楽家や、捕虜収容所内で楽団の異なる捕虜同士が集まって仲間を慰めるために演奏を行うなど、音楽が絶えることはなかった。第二次世界大戦下のポーランドを舞台にした映画「戦場のピアニスト」は、音楽の持つ力を描いて感動的だ。音楽を愛する人々の圧倒的な熱意に後押しされ、関係者たちの不退転の決意と努力によってよみがえったオーケストラも多い。

「戦争の中で生き、死に、復活し、再び死に、再度生き返り」「躍進への道を辿り着き、歩み続けて」きたのがヨーロッパのオーケストラなのである。

一方で、相当数の奏者や指揮者が戦火を逃れてアメリカに亡命している。アメリカのオーケストラが発展したのは彼らのおかげだと著者は指摘する。

残念ながら戦争は今も世界各地で起こっている。「戦争はオーケストラを破壊する」と断じる著者は、「人間が作る歴史の中から戦争をなくす……そういうことが可能なら、全世界に数多あるオーケストラは、それこそ途方もない発展を続けて行くに違いない」と展望する。

国家間の紛争の恩讐を乗り越えて音楽（オーケストラ）が果たす役割について、著者はひとつのモデルケースを提示する。

（2）で取り上げた120楽団の中でも著者が一押しで推奨するのがスペインのセビリアに本拠地を置く「ウエスト＝イースタン・ディヴァン管弦楽団」である。国や地域の名称が冠されていないきわめて特異な楽団だ。楽団名はドイツの詩人・劇作家ゲーテの『西東《せいとう》詩集』からきている。命名者はピアニストで指揮者のユダヤ人と、大学教授で文学者のアラブ人の二人。1999年の「ゲーテ生誕250年記念日」のイベントがきっかけで創設された。ユニークなのは、楽員全員を対立するアラブとイスラエルの若者たちで編成していることである。さらに、それぞれ男女が均等に選別されている。楽員の大半が戦闘で相手側に親兄弟や親戚、友人知人を殺されている。それでも「同じ音を追求する中で、いつしか恩讐を超えて」、芸術が「国境を越え、憎悪の連鎖を断ち切り」、人類史上初の「実験的アンサンブル」となっていく過程を、著者は創設者二人の対談を基にした著作『音楽と社会』を引用しつつ心をゆさぶられた心情を吐露している。実際に生演奏に接した著者は、「それぞれ隣り合った椅子についているユダヤ人とアラブ人の若い奏者達が、演奏中互いに笑顔を見せ合う場面など、胸が一杯になり、思わず落涙しそうになる」と感動を伝える。創設者たちの試みは「音楽に国境なし」という言い古された言葉ではあるが、「(同楽団こそ) その言葉と、他者を理解するための最良の方法へ繋がる道を体現したもの」と賛辞を送る。

この後、いよいよ完結編となる（3）の刊行が控えている。最終巻は「日本・アジア・オセアニア・その他」編（45楽団）で、全巻で220ものオーケストラが出揃う。

ところで、私が（1）の新聞書評で表現した「前人未到」はそれほど間違ってはいないが、「空前絶後」は「前」はまだしも「後」のことは分からないので正確ではないところもあろうが、私はこれ以上の著作は出てこないだろうと確信している。それほど誰にも真似のできない大著、偉業なのである。世界的にも貴重なオーケストラに関するバイブルとなろう。

なお、あえて追記したいが、今日、辺野古や高江闘争の現場に著者の姿を見るのは、「戦争（につながるもの）はオーケストラを破壊する」とする著者の信念と危機感が駆りたてる行動なのであろう。

［元放送ディレクター&プロデューサー］
（二〇一七年『月刊琉球』四月号）

『世界のオーケストラ（3）日本、オセアニア、中東、アフリカ、アジア全域編』

上地隆裕・著
（芸術現代社）

ついに最終編である。2015年に（1）北米、中米、南米編（55楽団）、17年に（2）パン・ヨーロピアン、英、露編（上下巻120楽団）を発刊。そして、今回の（3）日本、オセアニア、中東、アフリカ、アジア全域編（47楽団）で完結となった。全部で49ヵ国222楽団を収録している。

これだけをみると7年でまとめたようにみえるが、単行本の基になった「月刊・音楽現代」に1989年に連載を始めてから、実に30余年かけたことになる。それだけの大作、労作、偉業なのである。

　本書が取り上げたのは、演奏水準、公演回数、推薦ディスクの有無など、著者自身が課した厳しい基準をクリアした楽団を基本にしている。読者のクラシックに対する知識によって専門書、入門書どちらにもなる書である。

　著者は高校教諭を定年退職するまで、プロ・アマあわせて世界各地で500団体以上の実演を聴き、カルロス・クライバー、W・サヴァリッシュら名だたる指揮者、M・アルゲリッチ、ヨーヨー・マら演奏家など400人余にインタビュー。さらに電話や手紙、メールで取材を重ね、出版時に最新情報に書き直している。

　今回の〈日本〉の項では読売、日本フィル、N響など27楽団を紹介しているが、最後に取り上げたのは、わが琉球交響楽団である。「プロオーケストラの存在しない場所に長く住んで」失意ともどかしさを感じていた著者は、2001年に誕生した待望の沖縄初のプロオーケストラに大きな期待を寄せる。それゆえ、温かいまなざしの中にも、この地に根づいてほしいとのエールを込めて厳しい注文をつけ、傾聴すべき提言もしている。

　宮古島の小学高学年の時に、ラジオから流れる曲（後にベートーヴェンの交響曲第6番「田園」と知る）を聴いたことがきっかけでクラシックに傾倒していったという著者の半世紀余にわたるクラシック愛、オーケストラ愛がつまった好著である。

　読者はきっと読後に、オーケストラによるクラシック音楽が聴きたくなるに違いない。


[元NHKディレクター・プロデューサー]

（二〇二二年三月六日『琉球新報』）

『復帰後世代に伝えたい「アメリカ世」に沖縄が経験したこと』

池間一武・著

（琉球プロジェクト）


　1960年に沖縄を訪問したアイゼンハワー米大統領がオープンカーに乗って帽子を振る姿が表紙を飾っている。当時、小学6年生だった私は、おそらく学校からの動員で泊の1号線に並んで、物々しい警備のMP越しに大統領の姿を垣間見た。

　著者は私と同じ戦後3年経って「アメリカ世」で生まれ、大学を卒業するまでずっと27年間の「アメリカ世」で育った世代である。

「通貨切り替え」「Aサイン」「パスポート」「強制土地接収」「人民党事件」「コザ反米騒動」「高等弁務官」「毒ガス移送」など、すべて身近に体験し、目撃してきたことが28のキーワードでまとめられている。人権がないがしろにされ、理不尽な軍政の下で暮らしていたことが昨日のことのように思い出される。

「アメリカ世を知らない中高生向け」に執筆したのが動機の一つだが、必ずしも中高生にとって平易な読み物というわけではない。が、新聞記者出身らしく文章は簡潔で明瞭である。当時の写真がふんだんに使われ、中高生でも丁寧に読むと、かつての「アメリカ世」の沖縄がどういう時代だったのかイメージしやすく編集されている。

取り上げたキーワードはタイトルどおりすべて「アメリカ世」に限ったものではなく、「憲法手帳」「不発弾処理・事故」「米兵犯罪と地位協定」など、復帰以後も続く事象についても取り上げている。復帰後44年経っても変わらない沖縄の状況、27年続いた「アメリカ世」が復帰によって終わったとはとても言いがたい、という著者の思いが込められているようだ。

今や、人口比で復帰後世代が復帰前世代を超えている。「唐の世から大和の世、大和の世からアメリカ世、ひるまさ変わたるこの沖縄」と民謡に歌われた沖縄の世替わりだが、現在の「アメリカ・大和世」ともいうべき状況の中で、あらためて中高生といわず、復帰後世代やアメリカ世の同時代を生きた人々にも、「記憶」と「記録」を刻む書として手にとってもらいたい著書である。

［元NHKプロデューサー］

（二〇一六年八月二八日『琉球新報』）

『福木　合同エッセイ集33』

沖縄エッセイスト・クラブ編

（新星出版）

元知事、元校長、現役医師ら名だたる執筆陣を前に書評をためらっていると、「なぁに、福木の木陰でユンタクしているおじぃたちのおしゃべりだと思えばいいんじゃない」とのメンバーのアドバイス（エッセイストらしい表現）で気が楽になった。そう思うと、おじぃたち（おばぁもいるが。失礼）の言霊が活字になって眼前で踊っているようで一気に読み進んだ。

33冊目の合同エッセー集である。旅行記あり、回顧談、報告・論文調ありで、36人が自由なテーマで書いている。職業・人生経験がさまざまな分、内容も多岐にわたり知識欲を刺激してくれる。

私のイメージする「エッセー」は、一読の価値がありそうなテーマ・タイトル、読みやすい文章・文体、何かしらの情報・蘊蓄《うんちく》がある、思わずクスッとさせるユーモアがある――などで、例えば、藤原正彦（数学者）、東海林さだお（漫画家）などのエッセーが理想に近い（※CMでいう「個人の感想です」）。自分では絶対に書けないので、読者としてまことにハードルの高い要求をしているのである。

各々《おのおの》自由に、がクラブのモットーのようだが、テーマ・様式は自由でも文章のテクニックとしては前述のエッセンスを織り込むように工夫した方がより「エッセー」として読ませるのではないか、と思っている。

それにしても驚嘆すべきは、合同エッセー集のタイトルのすべてを毎回異なった沖縄に関わる「言葉」でつけていることだ。「群星《むりぶし》」「石敢当」「新北風《みーにし》」「ひんぷん」「うりずん」「ゆい」「礁池《いのー》」「サバニ」等々。沖縄の語彙《ごい》は何と豊かなのだろう――というような内容（実際はもう少し詳しく）を私のフェイスブックで紹介したら、いつも以上に「いいね！」の反応がよかった。とりわけ本土関係者に多かったのは、多様で豊かな沖縄の言葉に羨望《せんぼう》と憧憬《しょうけい》を抱くからだろう。それだけでも誇っていいエッセー集である。ぜひともタイトルが万策尽きるまで、発刊し続けてほしいものである。

［元NHKプロデューサー］

『沖縄エッセイスト・クラブ作品集37』

沖縄エッセイスト・クラブ編

（新星出版）

昭和58（1983）年に創刊され、平成を経て令和最初の作品集である。その令和元年に首里城が焼失するという衝撃的な出来事が発生。

首里に生まれ育ち、現在も首里城近くに住む金城弘子と諸見里杉子が「首里城に想うこと」「赤への回想」にその想いをつづっている。親からの伝聞や復元後の首里城を身近に見つめてきた者にしか書けない随想である。そして、それぞれ共通して再建への決意で結んでいるところに、首里人《スインチュ》の心が感じられる。

　稲嶺惠一「上杉茂憲――県費留学生の父――」は山形のテレビ局から取材の依頼があったのをきっかけに、第二代沖縄県令（知事）の上杉について丹念に調べ功績を称えたものだが、先輩知事に対する畏敬の念が伝わってくる。ただ、途中二カ所に突然、「茂徳」という名前が登場して困惑したが、肝心の名前に校正もれがあったのが惜しまれる。

　大宜見義夫「おおぎみクリニックの二十三年―ABCものがたり―」は単に病院経営の記録かと思ったが、ロゴマークのABC裏話（ネタバレのため読んでのお楽しみ）、自称「爆走小児科医」の米大陸ハーレー横断、自らの突発性難聴、閉院の決断など波乱感があって読ませる。

　大宜見や、「俳句の声が聴こえる」のローゼル川田、「セレンディピティ」の長田清、「探偵もどき」の南ふうなど、すでに著作のある書き手はさすがに手慣れた文章でタイトル、内容ともに読む者を引きつける。

　他に、石川キヨ子「『人情劇場』へのご招待」我那覇明「島へ帰りたかった」上原盛毅「失明の記」にも触発されたが、紙幅の都合で紹介だけにとどめたい。

　作品集の出版後、会員は毎月集まって合評会を開くという。元知事、元校長、現役医師らが「まな板の鯉」になるのである。会員の厳しい（？）洗礼を受け、切《せっ》磋《さ》琢《たく》磨《ま》し、また翌年に向けて作品に向き合うのだという。

　実に「三十一通りの人生をじっくり味わって」（「まえがき」より）たくさんの栄養を得た心地にさせてくれる作品集である。（敬称略）

［沖縄国際大学南島文化研究所特別研究員］

（二〇二〇年八月九日『琉球新報』）

『ファインダーの中の戦場』

謝名元慶福・著

（ゆい出版）

『アンマー達のカチャーシー』『島口説』『海の一座』に続く作品集である。前3作は戯曲集だが、今作はラジオの脚本5本、戯曲4本、シナリオ1本が収録されている。

表題の『ファインダーの中の戦場』はじめ、『骨』『命口説』『海の一座』『命どぅ宝・沖縄紀行　命どぅ宝・命の歌』はいずれもNHK・FMで放送されたものである。すべての作品に通底しているのは「沖縄戦」だが、『ファインダーの中の戦場』はベトナム戦争を取材した沖縄戦生き残りの報道カメラマンをめぐって、東京、ベトナム、沖縄のトライアングルの中で時空を超え「戦争」に翻弄《ほんろう》される人々の姿が描かれる。

第3戯曲集の表題にもなっている舞台劇の『海の一座』に対し、今回収録分はラジオドラマとして書き直されたものである。比べて読むのもおもしろい。

脚本や戯曲を読む楽しみは、劇化された時どう命が吹き込まれるのか、想像力をふくらませてくれることである。『ファインダーの中の戦場』には井川比佐志、三田和代ら実力派俳優と、北島角子、平良トミ、八木政男ら沖縄を代表する役者が出演、作品に深みを加えている。『命どぅ宝・沖縄紀行　命どぅ宝・命の歌』は、読んでいるうちに語りの津嘉山正種の美声が文章をなぞって聞こえてくるような錯覚に陥って快い。

著者には「カメジロー　沖縄の青春」などの映画作品もあるが、シナリオ『森の風になった少女』は、企画・上地完道、監督・野村岳也によって映画化が進められていたようだが、二人が亡くなったため実現しなかったのが惜しまれる。

少年のころ、親子ラジオから流れるラジオドラマに胸を弾ませ、ラジオ・テレビドラマを書くことが目標になった著者は、初志を貫き、傘寿を過ぎてなお執筆と映像ドキュメンタリー制作に取り組むなど旺盛な創作力をみせている。舞台化、テレビ化されてない未公表の作品もまだ多数あって、自作の原稿探しを続けているという。第5作品集にも期待したい。（敬称略）

［元放送ディレクター&プロデューサー］
（二〇二三年三月五日『琉球新報』）

『書を捨て、まちに出た高校生たち
うちなー世　復帰51年目の黙示録』
吉岡 攻・著
（インパクト出版会）

あの頃の高校生たちのまなざしはなぜあれほど鋭く、厳しく、たたずまいは毅然《きぜん》としているのだろうか。1969年から復帰の年72年まで沖縄に住み、3万枚もの写真を撮った著者の記録を見て直感的に思った。

女子高生刺傷事件抗議デモの前原高生、紙幅の多くを割いている読谷高校では、青空校庭討論会、佐藤訪米抗議大会の印象的な二人の女生徒の視線、琉球政府文教局の政治的活動禁止通達に反発した生徒たちの「秘密の会合」。「通達」をめぐる首里高校の全校公開討論集会の写真は壮観である。高校生たちが正面から見つめたのは復帰前の激動の沖縄だった。

本書はNHK「ETV特集」で放送した「沖縄が燃えた夜～コザ暴動五〇年目の告白～」「君が見つめたあの日のあとに～高校生の沖縄復帰五〇年～」をベースに書籍化したものだ。評者は放送時に見たが、数多《あまた》の関連番組のなかではいずれも白眉の作品であった。

本書では、限られた時間の番組で伝えきれなかった関係者の詳細な証言が採録されているので、番組を見た人にとっても新たな付加情報が得られる。

3万枚の写真を基にした沖縄再訪の旅は第一章から第十章（＋終章）で構成され、72年の復帰に向かうなかで、嘉手納基地のB52墜落・爆発、毒ガス移送、コザ暴動、多発する米兵事件などの時代状況に身を置いた高校生たちが、積極的に「まち」へと出て行った背景が読み取れる。

終章では現役読谷高生が思い描く50年後の「沖縄」が提示されるが、彼らの時代の沖縄が不条理の状況から解放されていることを願わずにはいられない。

かつて団塊世代の評者が青春時代、寺山修司（歌人・劇作家）は著書『書を捨てよ、町へ出よう』で若者たちに呼びかけた。学生運動が盛んな頃で、「書物から学ぶ学問なんか捨てて、幅広く社会の実相をみろ」との意味が込められていた。

それに倣って現代の高校生、若者たちに一言――スマホを置き、本書を読み、町へも出よう！

［元NHKディレクター＆プロデューサー］

（二〇二三年七月三〇日『琉球新報』）

あとがき

小学校時代から今日まで、いろいろなかたちで書いたものが残っている。振り返ってみると、学校時代は教師、とりわけ国語系に恵まれていた。

小学五年時の古波蔵保林先生は、授業で書いた作文を生徒個人別にまとめて、卒業時にプレゼントしてくれた。「思い出」という手書きのタイトルに、四編の作文がホッチキスでとめられている。これらが私のいちばん古い作文である。稚拙でとても公表を憚られる代物だが、そのなかに新聞部として壁新聞を一五号まで作ったことが書かれているので、書くことは好きだったのだろう。

六年時の多嘉良行雄先生は「詩と句」というガリ版刷りのクラスの作品集を全員に作ってくれた。私の詩と俳句も収録されている。子供心にも嬉しいものであった。

中学二年時の高橋通仁先生は学年の国語担任として、一六クラス選抜の「短歌・俳句集」と「二年生詩集　七草」を発行。どちらにも選ばれたせいか、詩歌に興味を持つようになった。

決定的だったのは、同じく二年時の国語担任の新崎キヨ先生だった。夏休みの宿題として提出した教科書で習ったばかりの「走れメロス」をラジオドラマにした脚本を、学年銀賞に選んでくれたのである。それによって私は書くことに覚醒したといえる。級友三人で同人誌を創刊し、10号まで続けた。

高校では文芸部に所属し、さらに演劇部、放送部をかけ持ちして活動の領域を広げていった。それら部活での経験が放送の仕事へと誘ったのだと思っている。

四先生とも鬼籍に入られたようだが、今でもとても感謝している。


今年（二〇二三年）七月で七五歳、いわゆる「後期高齢者」になった。七〇代になって周辺から「断捨離」「終活」の声が頻繁に聞かれるようになり、身近な問題として我が身にも迫っているようだ。

このところ同世代の友人、知人の訃報も多い。何年か闘病中だったと聞いていた知人、最近まで元気だったが急逝した友人など、亡くなり方もさまざまである。人はいつ人生の幕を閉じるのか、誰もわからない。健康な人や若い人でも思わぬ事故にあわないとも限らない。後期高齢者の節目に自らの来し方行く末をより見つめたいと思うようになった。

本書は、高校時代の新聞投書から最近に至る約六〇年近い既に新聞、雑誌、同人誌などに発表した原稿をまとめたものである。なかにはあらためて再録するまでもないものもあるが、出版に当たり念頭に浮かんだこんなエピソードがある。

新川明氏（ジャーナリスト）が四〇代の頃、新聞に連載した『新南島風土記』の刊行を出版社から勧められてためらっていたときに、敬愛していた島尾敏雄氏（作家）から「発表された以上、その人の手を離れてひとり立ちしたものと考えないといけない。しかも現象的な面は時間が経てば古くなるのは当たり前だが内容の本質は古くならないものだってある」と背中を押されて出版を決意したという。

名文ルポの新川氏の例を持ち出すのは畏れ多いのだが、本書は若い頃からの拙稿の集成を「ひとり立ち」した作品として記録に残し、読者の目にふれてもらいたいと思ったのが出版の動機である。雑文、駄文の類いだが、全体をとおして沖縄の戦後史、昭和・平成史の一端が見えてくる側面もあるのではないかと思う。

今回、紙幅の都合ですべての原稿を採録したものではない。例えば私のNHKで働いていた時代をまとめた第一章『『NHK』を歩く』』は、沖縄関係に限った。この〈歩く〉は、沖縄の言葉の言い回しで「仕事をしている」「職業についている」という意味合いである。また、引用などによって同じ原稿が重複しているものがあるが、個々の原稿としてあえて収録した。ご寛容に願いたい。しかしながら、もとより浅学非才の身、事実関係や解釈、数字などに誤りがあれば、ご指摘ご教示いただければ幸いである。


本書のタイトル決定までには試行錯誤を繰り返した。沖縄に関する本として「沖縄」は入れたい。しかし、いわゆる「沖縄本」は数え切れないほど出版されている。正確な数は不明だが、だいたい年間三〇〇〜四〇〇冊くらいではないかといわれている。したがって、どうしても同工異曲のタイトルが見受けられる。今回、途中で有力候補にあげたものが、同時期に地元紙の連載のタイトルにつけられて断念したこともあった。

最終的に決まった『我が内なる沖縄、そして日本――ある放送人が見つめた昭和・平成史』は、ライターでもある編集担当の新城和博氏が私の原稿を読み込んだ上で提案したものである。いささか大仰で気恥ずかしい気もしたが、「沖縄、日本という二つの視線が感じられるのと、それぞれの微妙な距離感が筆者の中にある、またそういう体験をしているところが面白い」との新城氏の捉え方に、なるほどと納得して決めたのだった。

仕事を完全リタイアし帰郷して九年後の二〇二〇（令和二）年、沖縄と本土での暮らしが三六年ずつとちょうど半々になった。沖縄に関わることで家人と意見が異なったりするとき、「あなたは半分ナイチャーだから」と皮肉を言われることがある。やはり、私の内には「沖縄」と「日本」という「二つの視線、微妙な距離感」があるのだろうか（もちろん、「全身ウチナーンチュ」だが）。

今回、一〇代〜三〇代の頃の原稿を再録するに当たって、半世紀ぶりに読み返してみた。

復帰の年、二三歳のときに『世界』に入選した原稿で、復帰の実現に地元が歓迎一色ではなかったことに対して、「沖縄がまるっきり異なった形態に組み込まれることへの戸惑いが、沖縄をして躊躇させた。もう日本は『祖国』ではなくなって、国家として沖縄県をがんじがらめにしてしまう。沖縄がその国家形態を好むと好まざるとにかかわらず、選択する意志は抹殺されてしまう」と書き、「戸惑いの中の沖縄」というタイトルをつけた。

復帰から五〇年余、新基地建設が強行されるなど沖縄の民意は無視され続け、基地問題（危険性、騒音、米兵犯罪、環境汚染 etc）は変わらず、むしろ悪化する一方で、さらに台湾有事を名目にした先島諸島への自衛隊駐屯地の建設、ミサイル部隊の配備、ＰＡＣ３の展開など、状況はますます厳しくなり、「新しい戦前」が危惧されるようになっている。二〇代の頃の私の拙い予言が現実味を帯びてきているようでもある。

加えて、無責任な沖縄フェイク、沖縄ヘイトが横行し、「沖縄」と「日本」を分断するような動きが見られる。「戸惑いの中の沖縄」はいまや「差別の中の沖縄」の様相を見せている。残念ながら沖縄に対する不条理な状況は、団塊の世代が後期高齢者になっても、我々を安穏とさせてくれない。「あとがき」にこうした堅苦しい文章を書くつもりはなかったが、著者のやむにやまれぬ沖縄への思いとしてご理解いただきたい。


出版に当たっては多くの方々のご支援をいただいた。

表紙は下嶋哲朗氏（ノンフィクション作家・絵本作家）、章とびらの写真（掲載順）に大塚勝久氏（日本写真家協会会員）、森口豁氏（ジャーナリスト）、石川文洋氏（報道写真家）、いずれも三〇年から四〇年の親交のある尊敬する大先輩諸氏に珠玉のカットを提供していただいた。深く深く感謝してお礼申し上げたい。

プロフィール写真は、「ウチナーンチュの貌」を撮り続けている東邦定氏（沖縄県写真協会会長）が撮影したものだが、末席を汚す光栄に汗顔の至りである。同世代の東氏とは三〇代の頃、共通の友人である宮城秀一氏（『多島海』同人）が主宰していた「夢の会」で大いに夢を語りあった間柄である。

一九九八（平成一〇）年、『沖縄・国際通り物語～「奇跡」と呼ばれた一マイル～』（ゆい出版）

で沖縄タイムス出版文化賞を受賞したときの祝賀会で、初対面の私のところにつかつかと歩み寄って「私は最初からこの本が受賞すると思っていましたよ」とお祝いの言葉をかけてくれたのが、宮城正勝氏（当時ボーダーインク社長）だった。そのとき、さまざまな良質の本を出版しているボーダーインク社にいつかお世話になりたいと話したように思うが、あれから二五年も経ってしまった。今回、やっと積年の思いが叶うことになった。出版の基本方針から編集まで新城和博氏にはひとかたならぬお世話になった。また、たまきまさみさんの緻密な校正には大いに助けられた。あわせてお礼申しあげたい。

今日まで私を温かく見守ってくれた家族、親族はじめ、小中高時代の友人、先輩、後輩、それぞれの勤務地（東京・名古屋・福岡・長崎・佐賀・沖縄）で公私にわたってご厚誼、ご支援いただいた大勢の地域の方々、職場の上司、先輩、同僚、後輩諸氏の皆様に心から感謝いたします。

最後に、四〇年余にわたり不肖の夫と家族を支え、今回の出版の後押しをしてくれた妻洋子に感謝の言葉を伝えたい。

二〇二三（令和五）年七月

大濱　聡

『ウチナーンチュの貌』（沖縄タイムス社・2023 年）より　　　撮影：東邦定

■著者略歴

大濱 聡（おおはま そう）

1948（昭和23）年石垣市生まれ。石垣教育区立石垣小学校～那覇教育区立泊小学校・真和志中学校、琉球政府立那覇高等学校、國學院大學二部文学部卒業。

日本放送協会入局後、東京（3回）、名古屋、福岡（2回）、長崎、佐賀、沖縄局（2回）のディレクター、プロデューサー、放送部長、副局長、（株）NHKプラネット執行役員九州支社長を歴任。2011（平成23）年に退職し帰郷、読谷村に住む。沖縄国際大学南島文化研究所特別研究員。

著書に『沖縄・国際通り物語 ～「奇跡」と呼ばれた一マイル～』（ゆい出版・1998年度第19回沖縄タイムス出版文化賞正賞）、『関東甲信越小さな旅 ④～⑦巻』（学陽書房・共著）、『昭和五年に生まれて～ふるさとは國吉屋取～』（國吉眞忠 共著・私家版）

我が内なる沖縄、そして日本
ある放送人が見つめた昭和・平成史

二〇二三年八月二〇日　初版第一刷

著　者　大濱 聡
発行者　池宮紀子
発行所　(有) ボーダーインク
〒九〇二―〇〇七六
沖縄県那覇市与儀 二二六―三
電話 (〇九八) 八三五―二七七七
www.borderink.com
印　刷　でいご印刷
 ISBN978-4-89982-452-7
printed in OKINAWA Japan